花冠病毒

HUA GUAN BING DU

毕淑敏 / 著

国际文化出版公司

·北京·

图书在版编目（CIP）数据

花冠病毒 / 毕淑敏著. —— 北京：国际文化出版公司，2020.4

ISBN 978-7-5125-1199-6

Ⅰ.①花… Ⅱ.①毕… Ⅲ.①长篇小说—中国—当代 Ⅳ.①I247.5

中国版本图书馆CIP数据核字(2020)第035067号

花冠病毒

作　　者	毕淑敏
总 策 划	鲁良洪
责任编辑	李　璞
特约策划	李　莉
统　　筹	杨婷婷
品质总监	张震宇
出版发行	国际文化出版公司
经　　销	国文润华文化传媒（北京）有限责任公司
印　　刷	文畅阁印刷有限公司
开　　本	710毫米×1000毫米　　16开
	23印张　　350千字
版　　次	2020年4月第1版
印　　次	2020年4月第1次印刷
书　　号	ISBN 978-7-5125-1199-6
定　　价	59.80元

国际文化出版公司

地　　址：北京朝阳区东土城路乙9号　　邮　　编：100013
总编室：（010）64271551　　传　　真：（010）64271578
销售热线：（010）64271187　　传　　真：（010）64271187-800
E-mail：icpc@95777.sina.net

如果你没有高中以上的化学知识，读这本小说，可能有一点困难。

如果你没有大学以上的医学知识，读这本小说，或许有轻微困难。

如果你没有研究生以上的心理学知识，读这本小说，一点也不困难。

如果你没有勇气和责任，没有环境危机感，读这本小说，将非常困难。

如果你没有人道主义情怀，就不要读，扔了它。

本书纯属虚构。祈愿书中情形永不再现，但我坚信人类和病毒必有血战。谁胜谁负，尚是未知之数。读这本小说，有一个小小用处——倘如某一天你遭逢瘟疫，生死相搏，或许你有可能活下来。

书中所写具有神秘抗病毒作用的药粉，虽有坚实原理，但切勿擅用。

——毕淑敏

再版序

我想你此刻在家，窗外已是春天。

居家隔离，家就成没有硝烟的战场。滚动播报的疫情数据，牵动亿万人心。

清楚记得，当听到钟南山院士说到新冠肺炎人传人信息时，顿觉五雷轰顶，肝胆俱颤。

17 年前，我受中国作家协会派遣，在"非典"突袭北京的时候，深入前线，采访疫情。我深知人传人的凶猛。

那时，身患癌症晚期的母亲与我同住，她鼓励我放下自身一切，放下她的临终重病，响应征召，火速奔赴前线。

作为作家，我曾走访抗击"非典"一线医生、护士、病患，去了外交部、国家气象总局、军事医学科学院等机构，采访各级卫生防疫部门……

如今，母亲已在天堂，病毒又一次肆虐人间。

采访之后，我没有动笔，而是陷入长长思考。我开始读书，除了哲学和历史之外，还有人类灾难史、瘟疫史、病毒学、群体心理学、说谎心理学等等。我曾经什么都不愿写，因为做出预判太难了。不信你想，即使在资讯如此发达，手段如此先进，包括拥有卫星侦测数据的当今，天气预报还常常出错。在预报风和日丽的时候，你被暴雨淋成落汤鸡。然而，我曾经保家卫国的军人职责，我曾经救死扶伤的医生使命，都时刻提醒我，绝不可轻言放弃。我在睡眠中会不断梦到各式病毒，确信它们潜伏在人类进步的阶梯旁，伺机重出江湖。我梦到妈妈殷殷嘱托我要把作品完成，其中也渗透着她日夜不息的隐忍病痛和望我不辱使命的期待。更还有，我作为一个作家的铁肩担当和沸血激荡。

八年沉淀和酝酿，一年伏案疾书，终于完成《花冠病毒》书稿。我的初心，希望它永是预见，而非重现。病毒比我们人类更古老，人类和病毒必有血战，且会多次交锋。它到底发生了什么，为何从原来的状态奔逸而出，如此疯狂？灾难起兮，从何而来，如何应对？它何时离去？还会不会再来？面对无数问号，人们须做出深刻反思，汲取经验和教训。

为所有奋战在抗疫一线的医务工作者加油！为所有在病痛中顽强求生的新冠病毒患者加油！为所有中国人民在大灾大难中迸发的勇气和坚忍加油！

春天已经来了，夏天还会远吗？

沼泽处，你的心智要成为纤夫。精神明朗坚定，情绪安稳平和，助家国度过危厄！

2020 年 2 月 9 日

自 序

喜欢一句话——树不可长得太快。一年生当柴,三年五年生的当桌椅,十年百年的才有可能成栋梁。故要养神积厚,等待时间。

2003 年,SARS 病毒引发的"非典"在北京暴发,疫情深重。我受中国作家协会派遣,深入北京抗击"非典"的一线采访。

我曾经身穿特种隔离服,在焚化炉前驻留。我与 SARS 病毒如此贴近,我觉得自己闻到了它的味道。病毒其实是没有味道的,我闻到的也许是病人的排泄物和消毒液混合的味道。袋子密封非常严密,其实这味道也是闻不到的,只是我充满惊惧的想象。

同去的报告文学家早已写出了作品,我却一直找不到好的支点表达,不能动笔。八年后,我才开始写作这部与病毒有关的小说。它距离我最初走向火线的日子,已经过去了几千个日夜。

不知多少次在梦中看到病毒,那么真切那么鲜艳,仿佛可以触摸到它们卷曲的边缘和瑰丽的颗粒。(又是我的想象。)

它是一部纯粹虚构的小说,我应将这部小说归入科幻小说范畴,只是不知道人家的领域要不要我?

我相信人类和病毒必有一战,必将多次交锋,谁胜谁负,尚是未知之数。

我祈望读者们不要纠结于本书的某些技术细节。不要对来自雪山的矿泉水产生恐惧。不要擅服某种元素。不要对病毒噤若寒蝉。不要和 SARS 对号入座。不必寻求真实的燕市在中国的什么地方。

3

　　这本书，是我的"百达翡丽"，我的"天梭"。这两个是世界名表品牌，用它们打比方，不是因为我崇洋媚外或狂妄自大，只因在我有限的关于钟表的知识里，只知道它们有完全手工打制的品种。虽然我至今戴的是国产表，但很惭愧，恕我不清楚中国手工制表的历史。

　　写完以上文字之后，我查到了中国第一块完全手工打造的陀飞轮表的名称叫"中华灵燕"。那么，这本书就是我的"中华灵燕"。

　　写一部小说的过程，像做一块好表。我前半生当医生，后半生做过若干年心理医生。我始终迷恋于人的生理相似性和精神的巨大不相似性。竭愿力求精准地解剖和描绘这些差异，从中找到潜藏至深的逻辑。在情节和故事若隐若现的断续和连接中，探寻人性的丰富和不可思议。暮鼓晨钟，我时刻警醒投入，不敢有丝毫懈怠。

　　这本书，并不只是一些纸加上一点油墨印刷的文字，它蕴涵着我的时间。时间也并不仅仅包括我书写文字所用去的黎明和夜半，不仅仅包含我体力和脑力的付出，不仅仅包括我的殚精竭虑和手指痉挛。与下面的因素相比，它们实乃微不足道之物。

　　在这本书里，渗透了我人生的结晶：我青年时代在西藏饮下的每一口冰雪，我当医生抢救垂危病人时对心脏的每一次按压，我对鲜血从恐惧到习以为常的每一分钟目不转睛，我面对濒死者脸庞温和凝视的告别……这书里还包含着我绕行地球的漫长航程，包含着我对以往和将来世界的回眸与眺望，包含着我对宇宙的好奇和幻念。

　　写这部小说时，我的手指集体造反，多个腱鞘发炎。电脑键盘上的每一格，都变成了某种尖锐的野草种子，敲下去的时候，十指关节和双腕一起持续痛楚。我对自己小声说——你要坚持。我相信，在这个自私纵欲狂野诡谲的世界上，还有一些人勤劳和正直勇敢地生活着。我愿以自己诚实的劳苦，加入其中。

　　感谢中国作协给予我亲临一线的信任。感谢北京作协在那危险的日子里给予我实实在在的关怀，派车送过我。（那时街上几乎没有出租车，公交车也很少。）感谢传染病院战斗在生死前沿的医护人员，向我科学生动地描述了 SARS 的病程经过。感谢军事医学科学工作者，给予我关于药物学的前沿知识。感谢身患 SARS 病毒感染的病人，声泪俱下地倾诉感受，让我身临其境地体验了他们死里逃生的凶险经历。感谢外交部长、国家气象局首席专家、著名社会学家等的接见和恳谈。

这部小说，虽积攒已久，仍然是柴。即使是柴，我也希望它燃起短暂而明丽的火焰，传递我发自内心的徐徐暖意。

我曾在加拿大北部山区，一夜两次看到北极光。除了有绿色的极光，还见了红色极光。据说北极光是通往天堂的阶梯，看到红色北极光的人，会有加倍的幸福。

我和所有的朋友分享红色的北极光。

北极光对于幸福，其实是没有什么效力的。在身体和心灵遭遇突变，像本书中出现的那种极端困厄的状况，最终能依靠的必有你的心灵能量。

幸福只存在于你身心善美坚稳之处。

毕淑敏

2011 年 12 月 19 日

目　录

再版序 ___ 1

自 序 ___ 3

引　言 ___ 001
　　燕市花冠病毒死亡人数超过 100，
　　抗疫指挥部公开发布信息为 25 人

Chapter 1 ___ 005
　　你让我窃取花冠病毒毒株，还说它是莲花
　　你是谁？中情局？克格勃？抑或摩萨德？

Chapter 2 ___ 022
　　总指挥的身体语言是"木乃伊型"
　　请想象肝肠寸断是什么样子

Chapter 3 ___ 036
　　24 层厚的消毒口罩，都到哪里去了？
　　保障供应，就是和人民的一场对赌

Chapter 4 ___ 055
　　火葬场人满为患，三天后死尸会上街
　　没有特效药，整个城市将沦为 C 区

Chapter 5 ＿＿ 062

　　史前病毒掀开羽绒被, 重出江湖
　　特别危险, 杀手藏在无瑕冰川内

Chapter 6 ＿＿ 068

　　一个盒子里, 需要塞进三双鞋
　　一具死于花冠病毒的尸体, 会感染 100 个人

Chapter 7 ＿＿ 071

　　雕花楼梯出自意大利顶级大师之手
　　这里不能再藏葡萄酒了, 永远永远

Chapter 8 ＿＿ 076

　　病毒用一万年的时间把恐龙杀死
　　我们只有等待今夏炙热的阳光

Chapter 9 ＿＿ 084

　　生死相交时刻, 人的情欲会格外强烈
　　香草最大的遗憾, 是没有和朗姆酒相遇

Chapter 10 ＿＿ 092

　　冰地球上第一个大面积消失的陆地是澳大利亚
　　胶带缠紧包裹后写上 "剧毒! 万勿打开!"

Chapter 11 ＿＿ 101

　　于增风告自己的女朋友预谋杀人
　　从 C 区到 0 区, 每人要戴脐橙头盔

Chapter 12 ＿＿ 109

　　身体在诱惑下像充满了坑洞的粉色海绵, 鲜艳欲滴
　　罗纬芝好像是集中营中的犹太女, 而他是纳粹军官

Chapter 13 ___ 117

痰中血丝,像要打出一个漂亮的蝴蝶结
科学家,你临死遗留下的病毒在人间扩散

Chapter 14 ___ 124

亿万只病毒的嘴巴,噬咬肌体化成脓水
蓝盏小瓶中的白色粉末,恰像一个符咒

Chapter 15 ___ 130

是否发布中国大陆全境进入传染病紧急状态令
你如何判断 207 住客是安睡而非昏迷抑或死亡

Chapter 16 ___ 135

天堂里有卷草云纹的屋顶,窗帘上镶满珠串般的璎珞
请记住我们与千万人的约定,不然你会有生命危险

Chapter 17 ___ 144

病毒的星星之火,会以燎原之势蔓延
我们定下暗号,"白娘子"和"法海"还有"馒头"

Chapter 18 ___ 154

到哪里去找"法海"? 今晚你会不会来?
谁拿到了毒株,谁就占有了一座钻石矿

Chapter 19 ___ 163

千辛万苦深入虎穴采来毒株,却无一存活
将尸体剖骨扬灰播散世界,惨烈后果如何

Chapter 20 ___ 170

人类和病毒必有一战,现在正以人类的大溃败向前推演
葡萄酒窖改成的尸库可有灵异发生? 比如僵尸和吸血鬼

Chapter 21 ___ 179

酒窖深处的尸体复活后必定羸弱无比
科学、病毒还有钱,都是没有国界的

Chapter 22 ___ 184

你所说的位置是国家特殊管辖区,我们无法进入
病毒毒株交给战争狂人,威力可比原子弹更加惊悚

Chapter 23 ___ 189

即使有一天人类消亡了,病毒依然喜笑颜开地活着
每平方厘米大约有 97 个汗腺,现时个个泌出冷汗

Chapter 24 ___ 197

每个人,实际上都是泡着钻石和铅笔芯的一桶水
"白娘子"的真名实姓,就是 92 种元素当中的一种

Chapter 25 ___ 210

她看到了一根血红的管子,正从自己胳膊的血管中汲取血液
爱情会发生在人生幽暗之处,萌动于虎狼出没肝胆欲碎之时

Chapter 26 ___ 226

休息不好、生活在空气恶劣、缺氧环境的领导,很可能会出昏招
不能和松鼠、喜鹊、蘑菇、小鱼在一起,孩子也不想活了

Chapter 27 ___ 232

是谁四次半夜三更拨打市长电话
让他孙子患病,就得到了医疗通行证

Chapter 28 ___ 240

将五倍药粉在同一时间服下,我以我身证明它的安全
您可记得白娘子为何被压在雷峰塔下? 起因是盗了仙草

Chapter 29 ___ 247

为什么横刀跃马所向披靡的"白娘子",此时折戟沉沙
和上帝刚打完了一架再打一架,力图修正神的笔误

Chapter 30 ___ 258

好消息是披金戴银的红马,平添助力喜上加喜
藏着风筝的树洞,玻璃上留下了花蕾般的唇印

Chapter 31 ___ 263

魔爪下的逃生者,有多少血液支持奢侈疗法
他记不住她的名字,那不过是一味药材

Chapter 32 ___ 267

炼金术士把乱七八糟的东西混在一起,加上魂魄
中午 12 点你一定要从窗户跳出,我带你逃离此地

Chapter 33 ___ 275

导师充满大胆雄奇的想象,凡享受上无能的人多半也缺乏想象力
像臭鸡蛋一样充满了火药味的硫黄,和红烧肘子涮羊肉是连襟

Chapter 34 ___ 291

化作穿越漫漫时光的宝石,以金刚之身走一遭,光焰灼灼永不破碎
在这个世界上,遇到你,认识你,爱上你,都在宇宙大爆炸时候注定

Chapter 35 ___ 299

中国国家药监局受理了 10009 种新药报批
悄声说我们的媒人是病毒

Chapter 36 ___ 308

英姿勃发杨柳万千,背影上找不出男女年龄差异
变成一粒小小太阳,熔化凝聚的冰晶再享深吻

Chapter 37 ___ 315

99% 的医生都会拒用形迹可疑的"白娘子"
孙悟空开出的药引子：鲤鱼尿炼丹灰五根龙须

Chapter 38 ___ 326

淡漠和寻死倾向，是抑郁症的核心症状之一
多次笑容之后，人就忘了自己先前想拒绝的是什么

Chapter 39 ___ 334

一公斤药物，比十公斤黄金的价格还要贵
把花冠病毒这匹脱缰之马，重新约束入厩

Chapter 40 ___ 341

教授化身病毒，断言和人类必将再次血战
20NN 年 9 月 1 日，燕市彻底战胜了花冠病毒

引 言

燕市花冠病毒死亡人数超过 100，
抗疫指挥部公开发布信息为 25 人

2008 年 9 月 2 日，比利时布鲁塞尔，议员头戴安全帽出席欧洲议会特别会议，原因是害怕天花板坠落，砸到自己头上。因为在这一年的 8 月 13 日，果真发生了这样的事件，天花板从房顶劈头而下。

2009 年 10 月 17 日，印度洋岛国马尔代夫的全体内阁成员——包括总统，都佩戴着潜水设备，潜入印度洋水下，召开"水下内阁会议"，并在水下签署倡议书，以凸显全球变暖对这个岛国的威胁。其中象征性的含义是——如果各国不采取行动应对气候变化，冰川消失，海平面上升，马尔代夫将被淹没，成为水面下的国家。

2009 年 12 月 4 日，24 名尼泊尔内阁成员，出席了在世界最高峰珠穆朗玛峰海拔 5242 米的一处营地上召开的会议。毫无疑问，这是世界上最高的一次内阁会议。内阁成员们搭乘直升机抵达开会地点，身着防风防寒服装，携带氧气面罩开会，旨在呼吁全球关注气候变化对喜马拉雅山脉的影响。

20NN 年 3 月 3 日，中国燕市召开市长紧急办公会议，所有与会者头戴特制防疫头盔，听取抗疫指挥部总指挥袁再春的汇报。可怕的瘟疫已在燕市流行扩散，袁再春来自抗疫第一线，很可能携带一种莫名病毒。为了保证燕市指挥机构的绝对安全，必须严加防范，故与会者必须佩戴头盔。

市长陈宇雄说："今天要讨论的事情，关系重大。强调一下要高度保密，上不告父母,下不传子女。对所有媒体封锁消息,确保万无一失。"

头盔们都点了一下。头盔下的面容掩藏在面罩之后,深不可测。面罩发出橡胶般的浓烈苦味,让人窒息。抗疫指挥部总指挥袁再春,一位医生出身的老专家,本市主管教科文卫的副市长,沙哑着嗓子开始汇报。

一种来历不明的病原体强烈袭击燕市,初步命名为花冠病毒。主要症状是发烧、咳嗽、血痰、腹泻,全身各系统崩溃。罹患人数达数千,死亡病例累计已数百。

作为燕市的领导机构,这些情况大家都了解。今天召开紧急会议,有什么新情况?

"3月2日24小时内的死亡人数突破了三位数,达到101人。现在的问题是,我们如何向人民群众报告?"袁再春问。作为抗疫总指挥,他每天要向媒体通报情况,死亡人数是人们最关心的数字。

在这之前,基本上都是如实报告的。公众要求透明,各种信息都要求在第一时间发布,燕市各方面基本保持稳定。

陈宇雄说:"大家的意见?都表态,不许弃权。"

有一多半的人表示应该如实披露情况。少一半的人表示需要对死亡数字做技术性处理。

陈宇雄说:"讲清楚一点,什么叫技术性处理?"

大家都不吭声。袁再春说:"就是瞒报。缩小死亡数目。"他是这一派的积极倡导者。

陈宇雄说:"讲你的道理。"

身穿白色医生工作服的袁再春说:"我们现在没有针对花冠病毒的特效药物,靠的是意志和信心。以现有的经验,康复比例较高的人,多属于没心没肺的性格,不知道花冠病毒的厉害,一味盲目乐观。那些所知较多,对此症忧心忡忡的人,病死率甚高。所以,在现阶段,老百姓没必要知道所有的事情。不知道病死率,病后生还的可能性还大一些。我不是隐瞒,也无须隐瞒。我行医一生,知道如何对病人和他们的家属讲话是最好的。也许我说过世界上最多的谎话,但问心无愧。在3月1日,死亡人数还只有35人,仅仅一天之中,以几乎三倍的数目飙升,这就到了瘟疫剧烈蔓延的拐点。医院里报病危的重症感染者俯拾皆是,死亡势不可当。今后死于花冠病毒的数字每日必将破百。若如实发布,一定会给普通民众心理造成极大冲击,恐慌悲观情绪蔓延。到那个时候,我们面临的,就不仅仅是自然界的花冠病毒,还有人心的花冠病毒。燕市或许全盘崩溃。"

苍老的声音从防疫面罩里发出来,冷峻古怪。

与会者面面相觑。隔着面罩,看不到彼此的微细表情,但心知肚明。

陈宇雄说:"你的意思是,既然在某些问题上我们无能为力,不如干脆举重若轻地化解掉。让我们把力量放在我们可能有所作为的地方。"

市长没说自己的意见,但人们都明白了市长的用意。

然而还是有人反对隐瞒真相。他是市委书记助理,叫辛稻。书记病了,辛稻就隐约代表了书记的意见。"谎报军情,这是何等误国误民的事情! 这个责任谁来负?"

袁再春站起来。其实他不用站起来,每个人面前都有扩音效果精良的麦克风,站起来反倒让他的声音变得遥远,好像是从一个山洞里发出来的。袁再春说:"公众对风险的知觉,是非常复杂的过程。现在情况在不断恶化当中,我们必须采取非常规措施。正是因为要负责任,我们才要有非同寻常的胆略和策略。"

辛稻也站起来,不知道这是表示和袁再春的势均力敌,还是表示尊敬。他个子很矮,站起来也不像袁再春那样鹤立鸡群。辛稻平静地说:"只怕我们都负不起。我们现在每天面临的是两组数字,负面的消息,它包括患病增加人数,累计发病人数,新增和累计疑似发病人数,新增和累计死亡人数,接受隔离人数,等等。而新增治愈人数和治愈出院总人数等等,属于正性指标。我们现在是正性指标阙如,涂改美化负性指标。一旦泄露真相,将会极大地摧毁政府的公信力。"

袁再春冷冷地说:"你以为我愿意说谎吗? 当真实比谎言更有害的时候,我们只有选择说谎! 如果谁能在说真话的情况下,还能维持民众的必胜心理,我这个总指挥就拱手相送!"

场上气氛立时紧张起来。千钧一发的时刻,倒霉的抗疫总指挥的帽子,谁愿意戴? 为了转移尴尬的气氛,也为了表示对袁再春的支持,民政局局长另开辟一个话题道："火葬场焚化炉超负荷工作，报废了一台。花冠病毒死亡尸体已经开始积压。"

商业局局长紧跟着说："物资供应储备显著不足。如果遇到大规模的抢购风潮，商店可能空无一物。"

医药局局长说："药品紧缺。"他苦笑了一下，说："就是有药，对这种新型病毒也没有多少效果。不过，有药总比没药好，哪怕是安慰剂，也让人存有希望。"

经济负责人说："今年第一季度 GDP 下滑已成事实。"

只有公安部门的报告还不错："也许是怕传染，小偷都回老家了，罪犯们深居简出，犯罪率下降。"

等大家都说完了，袁再春再次发言："如果历史需要由谁来负责的话，那么所有的责任我一人承担。瞒报死亡人数，是我一个人做主的。"

陈宇雄不置可否，只是强调说："我刚才已经讲过了保密的重要性。从现在开始，对外发布有关花冠病毒的信息，由袁总指挥一人负全责。全市一张嘴，其他人不要越俎代庖。"

这一天，燕市抗疫指挥部对外正式发布：本市 3 月 2 日死于花冠病毒感染的人数是 25 人，比前一日减少了 10 人。

百姓们奔走相告，士气大振，终于看到了战胜瘟疫的曙光。

你让我窃取花冠病毒毒株,还说它是莲花

你是谁? 中情局? 克格勃? 抑或摩萨德?

罗纬芝抱着双肘,站在窗前,目光茫然地看着初春的城市。

救护车扯着裂帛般的鸣笛飞驰而过,所向披靡。其实是虚张声势,根本没有必要。街上空无一人,商铺大门紧闭,食坊没有一点热乎气,既没有食客,也没有厨师。只有盛开的花朵和甜美的香气依然开放与游荡,生机盎然地装点着冷寂的城市。在这春光明媚的日子里,所有的人都选择龟缩在家里,此刻封闭自己是最大的安全。

电话铃响了。

罗纬芝吓了一跳。人在漫无边际遐想的时候,好似沉睡。

"你好。"她拿起电话,机械地应答。

"你好。罗纬芝吗? 我是文艺家协会。"对方是个女子,恳切地说。

"哦,你们还在上班?"罗纬芝惊诧。瘟疫期间,除了那些为了维持国计民生必须坚持的部门仍在勉力运转,其他单位都处于半瘫痪状态。艺术家协会似乎不在重要机构之列吧? 看来这个协会要么是极端敬业冒死上班,要么就是另有使命。

"在上班,但不是在班上,而是在家里。我是秘书蓝晚翠,有要事相商,不知道是否打扰?"对方声音甜美。

百无聊赖啊,有人来打扰,也是意外刺激。

"你好蓝秘书。瘟疫这样严重,你们还能做什么事儿呢?"

"听说它叫'花冠病毒'。挺好听的名字,没想到这么残酷!死了这么多人,既没有特效药,也找不到传播途径。这样下去,事态也许会失控的。"蓝秘书回应。

两人议论了一会儿花冠病毒,都知道自己所说的,对方也明白。人们能获得信息的渠道,都来自抗疫发言人的讲话。不过,除此以外,还能谈论什么呢?传播那些似是而非的谣言?比如喝酱油可以防病,街上的酱油早就抢光了。想到这里,罗纬芝苦笑了一下,说:"我们家没抢到酱油,刚好常用的老抽也使光了,现在顿顿吃的菜容颜寡淡,好像久病不愈的结核脸一样毫无颜色。"

蓝晚翠叹道:"罗作家不愧有医学背景,一下子就联想到了肺结核。"

罗纬芝纠正说:"不是肺结核。肺结核因为毒素的影响,脸蛋会有病态的红晕。我说的是其他的结核,比如骨或是子宫什么的。后者就是干血痨。你想啊,血都干了,还能有什么颜色啊。"话说到这里,罗纬芝觉得有点不妥,从酱油说到干血痨,够晦气了。

好在蓝秘书是通达之人,她很关切地说:"我家的酱油还有两瓶,要不然,我送您一瓶吧。吃菜总要有点颜色,不然没有食欲。"

罗纬芝有点感动,她不认识蓝秘书,瘟疫之时人家能出手相助,虽说家里还有足够的咸盐可以应对,总是心中温暖。不过危难时刻,突然打来电话,必有要事相商。闲言碎语铺垫得越长,越说明这事儿不同凡响。如果是熟人,她也许会说:"有什么事情就照直说吧,不用绕这么大的圈子。"因为生疏,没法单刀直入,只能有一句没一句地闲聊着,等待图穷匕首见。

终于,蓝秘书触到她的来意了。"这场瘟疫如此蹊跷,领导指示要组织一个特别采访团,亲临一线部门。这个团已经聚集了各路专家,马上出发。现在需要一名作家参加,有医学背景,还要有不错的文笔。协会的领导刚才通过电话讨论了此事,希望您能参加这个团。"蓝秘书明显心虚,听出来她咽了好几次唾沫。

罗纬芝像被抽了一鞭子,背脊兀地挺直了,手心的话筒变得滑腻,险些掉在地上。大疫之时,生死未卜,立即出发,亲临一线?!

"能不去吗？"她第一个回应来自下意识。

"您不愿意参加，没有任何法子强迫您去。"蓝秘书的声音透出失望。

罗纬芝是吃软不吃硬的人。如果强迫她，她就斩钉截铁地拒绝。你让她自己来决定，她就迟疑了。问："为什么偏偏要让我去？"

蓝秘书敏锐地觉察到了一线缝隙，说："这个任务，很危险。现在参加的都是男人，没有一位女性。领导上研究，觉得还是要有女性参加。人类一场灾难，我们女子也不能袖手旁观……"

罗纬芝讨厌大道理，说："那天下女子多了去了，为什么偏偏让我去呢？"说这话的时候，电话里的音效起了变化，声音好像被塑料薄膜裹了起来，遥远模糊。

"您能听清楚吗？"她问。

"很清楚啊。怎么啦？我这里很好的。"蓝秘书的声音细弱，凑合着能听清。

罗纬芝说："我这里也好些啦。"其实对方的音质依然模糊，不过既然那边可以听清，谈话就能勉强进行下去。瘟疫流行期间，也许电线发生了某种异常。算了，不管它吧。

"我们说到哪儿了？"罗纬芝恍惚。

"说到您可以不去。您问为什么是您。反正您不去，就不必问为什么了。"蓝秘书把刚才罗纬芝因通话质量不佳引发的走题当成了推托，也没兴趣深谈了。

罗纬芝不高兴地说："我想问清楚为什么。人是需要理由的，不管我去不去。"

"好，那么我告诉你。第一，你是医学院毕业的，之后你又修了法学的硕士和心理学的博士，属于内行。第二是你的身体素质好，瘟疫大流行时期，我们不能把一个病人派到第一线去，不要说采访第一线情况了，他泥菩萨过河，自身难保。第三，我就不多说了，大家觉得你文笔还行。就算前两条都具备，若是你写不出来，无论对眼前还是对历史，都是遗憾。怎么样？您是否满意了呢？如果您觉得这个答复可以过关的话，我就放下电话了。"蓝秘书的声音依然悦耳，但交替使用的"您"和"你"，已经透露出倦怠。

"您等等，我可以考虑一下吗？"罗纬芝从电话里听到了风声样的吹拂之音，她突然明白了通话质量不佳的原因。

"可以。不过时间要快，我至多等你一个小时。"蓝秘书不带感情地回答。

"为什么？"瘟疫期间，时间好像停滞了，大家龟缩在家，似乎并没有什么事情那么紧急。

"这次特别采访团的名单已经交付电视台了，你的简介和图片也在其中。如果你拒绝，需要马上通知电视台撤换你的资料。一个小时之内，还来得及。晚了，就会全文播出。那时，你将没有退路。"

罗纬芝有点慌了，兵临城下。

"如果我同意了，会怎样？"罗纬芝问。

"明天早上将有车到您家门口，接上您直奔抗疫总指挥部。之后的事情，我就说不太清楚了。不过有一点我知道，那就是自您明天走出家门，就再也不能回家，将处于持续隔离状态。"蓝秘书说得很严肃、很流畅，像在背一篇事先写好的稿子。

"其他的人都答应了吗？"罗纬芝问。

"所有的人都答应了，没有人问这么多。"

罗纬芝看看表问："可是，我妈妈有病啊，癌……我还有多少时间？"

蓝秘书说："如果你拒绝，在30分钟内，必须给我通电话。超过了这个时间，就默认你已经同意参加特别采访团。电视台一小时后将播出新闻。"

蓝晚翠遵守一切指令。她是那种从一入职就听命于上级的优秀职员，不管领导发布什么指令，她都会在第一时间凭着天生聪颖心领神会，并立刻调动一切行政资源和经验，将领导交办的事务处理得滴水不漏。她侃侃而谈又胸有成竹，这让初次接触她的人，感觉遭遇到一堵硅胶墙壁，柔软但不可穿越。你所有的来言她都有去语，围追堵截，引你入瓮。她擅长以柔克刚，也不乏妥协商量，总之是以上级的旨意为第一要素，她能察觉你的犹豫和迟疑，在第一时间揳入思维的空隙。

花冠病毒一泛滥，机关的事务工作转成了在家办公。蓝晚翠很不习惯，这不仅是因为她对病毒的恐惧，也因为没有了频繁的上级指示，她不知道自己做什么好了。家是人们最后的堡垒，她对家人说，谁也不许离开一步，一切出外的事儿,都由我承担。

瘟疫骤起,如果你一直待在家里,会感觉到并没有那么危险。家还是原来的家,小环境仍保持稳定。走到大街上,会深刻感到瘟疫剿灭了人们所有的娱乐,取消了工作的快感。

听到罗纬芝说母亲的病况,蓝晚翠很想对罗纬芝说,那就别答应!你可以不去!只要你不说去,没有任何人敢逼你去!可是,她不能这样说。她没有权力说违背领导精神的话,不能把自己的好恶掺杂其中。所以,她不但不能劝罗纬芝不去,她还要反过来力劝罗纬芝速去。这是她的敬业。工作地点可以变更,但工作质量必须保持一流。

罗纬芝放下了电话。现在,她要拒绝采访团,只有 28 分钟了。她感觉自己身后有人,转头一看,是母亲。

母亲身材瘦削,面色苍白,穿着家常的暗灰色衣服,悄然走近,像一个影子。她的头发很短,这使得从某个角度看起来,她像一个男孩。

“妈妈,你在听我的电话。”罗纬芝说。这不是一个问句,是陈述,而且不需要确认。她终于明白电话里像中风一样的隔膜声,来自母亲的窃听。家中几间房子的电话彼此串联,只是母亲从来没有听过她的电话,这使得罗纬芝刚才一时没有想到这个原因。

“我想是公事,听听也无妨。如果是你的男朋友,妈是不会听的。”母亲说。

“您还是干涉了我的隐私。”罗纬芝半开玩笑半认真地说。她不想开这个先例。就算母亲说听到了私事,立马放下电话,也还是令人不安。有时候,一句话、一个称呼就泄露天机。

母亲说:“这个我懂。我从来没有听过你的电话,这一次觉得与我有关,才忍不住听听……”

“妈,这和您没关。”罗纬芝很干脆地说。

“你打算回了他们?”母亲刚才路过客厅的时候,听到片言只字,到卧室开始监听。她已然什么都清楚。

“是。”罗纬芝说。

“因为我?”母亲说。

罗纬芝愣了一下。她本不想说正是这个原因,母亲闻之会难过。但如果说不是因为母亲,那又是为什么呢?罗纬芝想不出更好的解释。况且在母亲眼里,孩子的谎话永远是拙劣的。与其让母亲猜测,还不如坦白。于是,罗纬芝点头。

"你不要为了我,就这样推脱责任。"母亲把眼光离开她。

"可是,妈妈,你知道,一进了特别采访团,就要进行持续隔离。我不能回家,直到……"说到这里,罗纬芝突然发现,自己没有问清蓝秘书什么时候可以解除隔离回家。转念一想,蓝秘书一定也不知道。可以想见的答案是:要么燕市取得了抗击瘟疫的胜利,要么就是全军覆没。这两种结局,都是没有时间表的。

母亲说:"我明白。可是,如果你不去,我心里会难过的。当大家需要你的时候,召唤你的时候,你不去,你是为了我。可你想过我心里的滋味吗?我肯定会死,即使不是因为这个癌症,也会因为别的原因而死,我已经七十多岁了。过去说古来稀,现在没有那么稀罕了,但我离死肯定越来越近,不会有错。这次你如果不去,我临死前一定会很内疚。我会想起这个事。所以,孩子,你还是去吧。就算是一种特别的孝心吧。不必顾我……"母亲说这些话的时候,并不看着罗纬芝,她怕女儿看到自己眼眶中的眼泪。

罗纬芝沉默了,依偎着母亲,时间一分一秒地过去。到了放下电话之后的第 30 分钟,她说:"妈妈,那你一定要等着我回来。"

妈妈微笑着说:"我尽量等你,纬芝。可是,你知道,这个病是不由人的。我若是实在等不了你了,你也别怨我。我会记挂你,保佑你。也许我真的死了,到了天堂,保佑你的力量会更大些呢!"

母女二人并排坐在沙发上,看窗外的春花。时间过得很慢,又似乎很快。罗纬芝永远记得这一瞬来自母亲体温的和暖,只有很小的面积,母女肩胛相依的部分,但热力持久且源源不断。

不知过了多长时间,或者说罗纬芝非常清楚过了多长时间。她走过去,打开了电视机。燕市新闻报道,为了留下历史的记录,各方面组成了特别采访团,将深入一线,多角度采访,其后播出了参团人员的名单和简介。罗纬芝知道了将和自己共同奋斗的人员的名单,的确都是男性,包括经济专家、气象专家、药学家,等等。她看到了自己,很年轻的一张图片,好像刚出校门的学生。她排在最后,在七位男士之后。只要有男女一起出现的场合,女子总是排在后面的。她觉得自己在这种危急的时刻,还关注这个排名,有点矫情。也许,是因为她最后才答应加入呢? 她这样宽慰着自己。对于一个有高文化背景的女性来说,要是没有这种尊严敏感,那才不可思议。

明天一大早就出发,有很多事情要安排。特别是妈妈重病在身,此一别,不知何日能见,万千牵挂。罗纬芝把小保姆唐百草叫来,一一交代。

百草家人获知燕市有难,早就密令百草甩了雇主,火速回家。乡下人有什么? 不就是凭着一副好身板挣饭吃嘛! 姑娘家还没出门子,哪儿能就此毁了身子骨! 他们不怕百草把病毒带回家,就是死,一家人也要抱成一团死在一处,死个团团圆圆。百草年龄不大,心却不小。当初就是因为厌烦了山沟里的天地,出来到大城市寻发展,这才初见眉目,期待风生水起,哪里就能让小小的病毒赶回家!

她并不怎么慌张害怕。

一是身在燕市,知道实情并不像老爸老妈想得那样尸横遍野、白骨森森。

二来她天性有点没心没肺,性格乐观,深信领头人能领着大家渡过难关。

再者,像罗纬芝这样的雇主并不多见,自己能碰上是好福气。条件舒适,住有单间,吃饭有荤有素,饭后还有水果,偷吃块点心什么的也没人管……并不是所有的保姆都有这样平等的待遇。

老太太还没到卧床不起的份儿上,活儿也不太多,无非是打扫一下卫生,做简单的饭食,十分轻巧。罗家母女都不是爱挑剔的人,待她不薄。若真是辞了工,将来再回来,没准儿就找不到这样活少钱多的主儿了。人处久了,产生感情。老太太喜欢百草,百草也报以真心。大难当头的时候弃人而去,善良的姑娘于心不忍。当然啦,罗纬芝为了留住百草,主动给她加了工资,也是重要筹码。

综上诸条因素,让小保姆唐百草大义凛然地回复家里人,自己响应政府的号召,留在燕市,与雇主家同生死、共存亡。加上此刻想离开燕市已经非常困难,出城的主要道路已经关闭,没有特殊渠道想走也走不了,也是原因。唐百草的父母家人,只能在远方的乡下,诅咒病毒还有扣住人不让离开的政策,祈求上苍保佑自家孩子平安。

傍晚,家事基本上安顿好了,罗纬芝深深出了一口长气,无限凄凉涌上心头。母亲刚刚做完化疗,身体十分虚弱,女儿这个时刻离开,真是违了"父母在,不远游"的古训。这一次虽说走得并不远,只在本市内,但隔离让这个距离相当于万水千山。不知何时才能返回家园,多么想和母亲再依偎一下,但母亲累了,躺下了。

电话响起。暮色中,铃声的振荡好像有一种金黄的色泽萦绕。

罗纬芝用最快的速度抓起了电话。母亲小睡,罗纬芝特别不希望惊扰到母亲。

她觉得应该是蓝秘书。对方一开口,却是个动听的男声。

"您是罗纬芝小姐吗?"

"是的。您是……"罗纬芝拉长了声音,等待着对方自报家门。

"您不认识我。我的身份三言两语也说不清楚。我们需要面谈。"男子语速适中,话语中有着不可抗拒的磁力。

罗纬芝吃惊,瘟疫流行期间,所有的人都尽量停止外出,不与陌生人说话。此人发了什么毛病,要和一个素昧平生的人交谈,而且在这万物朦胧的傍晚?

她说:"你是谁?"

对方回答:"见了面,我就会告诉你我是谁。"

罗纬芝追问:"我以前认识你吗?"

男子答道:"不认识。但我相信,我们很快就会有共同语言。"

罗纬芝撇了一下嘴,如果对方能看到她的脸,那是一个不屑的表情。她说:"何以见得?"

男子回答:"我了解你。你出身书香门第,父亲早逝。你毕业于中国最著名的医学学府,但你不喜欢医学。后来,你读了法学的硕士和心理学的博士,至今未婚,你母亲患有重病。你明天早上就要参加特别采访团进驻抗疫第一线。你现在正靠在你家的落地窗前,用免提电话和我通话……"

　　寒毛成片地直立起来,好像获得雨露滋润的旱草。好在罗纬芝并非置身旷野,而是站在自己家中,十步之内,有自己的母亲。母亲虽然重病,手无缚鸡之力,但她仍是女儿强大的后盾。罗纬芝稍微停顿了一下,把听筒离身边远一点,竭力让自己镇定下来。她害怕听筒收音太灵,把陡然加速的心跳声也传布出去。

　　"这没什么了不起的。网络时代,要想搜集一个人的资料,并不太难。"罗纬芝绝地反击。

　　"你说得不错。搜集资料并不难,难的是为什么有人要搜集你的资料。"对方不疾不徐地点她的穴道。

　　"这正是我百思不得其解的地方。"罗纬芝的声音里带出恼怒。

　　"我会告诉你。"对方很肯定地回答。

　　"那么,请说。"罗纬芝几乎有一点命令的口吻。

　　"罗小姐不要动气。我既然告知了我对你的了解,我当然要把事情说清楚。咱们见个面吧。"

　　罗纬芝是爱好挑战的人,回应道:"好啊。何时何地见面?"

　　对方答:"此时此地。"

　　罗纬芝笑起来了,虽然这有点不合时宜。她说:"此时,很好理解。此地,恐怕难以做到。你在哪里?"

　　"我就在你家楼下。你可以看到我,我在一辆银灰色汽车旁。"对方好像怕吓着罗纬芝,声音放轻。

　　罗纬芝眺望窗外,她看到了一辆银灰色的高级轿车,在夕阳的照射下,窗玻璃反着光。一个高大俊朗的男子汉,拿着手机,对着她家的方向微笑。

　　罗纬芝惊悚莫名,不过她骨子里不喜欢懦弱退却,咬紧后牙说:"好的,我看见你了。非常时期,我不能邀请您上楼来,谁知你是不是携带花冠病毒呢?我对你一无所知。"

　　"哦,你说得对,我还没有来得及自我介绍。我叫李元。可以负责任地说,自从花冠病毒开始流行之后,我还没出过门呢,所以,我并没有携带病毒。"

　　罗纬芝可不打算插科打诨,她保持着缄默,等待那男子继续说下去。

　　"你不妨相信我。不然的话,自然界的病毒还没有杀死我们,彼此的不信任,已经足够杀死我们一百次了。罗纬芝小姐,我的命也是命,我并没有害怕见你啊。你可以料到,没有极其重要的理由,我不会在这个病毒肆虐的日子贸然上门。如果你真的是一个有胆量,有良知的人,应该接见我。"李元的这番话,说得罗纬芝动了好奇心。仪表堂堂、口若悬河的陌生男人,到底要做什么? 她决定冒着危险,和他一见。

"好吧。我下去。但是,我不会离开家很远。"罗纬芝说。

"当然。谢谢。我们就在你家楼下谈谈。"男子欣然答应。

罗纬芝对百草说:"你穿好衣服,跟我下楼。"

百草道:"奶奶醒来若是叫人,怎么办? "

罗纬芝说:"咱们很快就会回来。最多十分钟。"

两个女子下了楼。出门的时候,罗纬芝还是整理了一下自己的头发,虽然天色渐渐昏暗,估计对方也看不出个所以然来,但待字闺中的女子,在异性面前,仪表已成为身体的第五肢。不是为了悦人,习惯成自然。

罗纬芝走出楼门,李元已经在楼下迎着。"你好。罗博士。"

罗纬芝伸出手来,说:"您好。李侦探。"握手之中,罗纬芝感到他的手指很凉,手掌很大,骨骼坚硬。

李元笑起来,一口洁白的牙齿在暮色中熠熠闪光。他说:"我不是侦探。"他眉目俊雅,皮肤是令人愉悦的麦黄色。

罗纬芝说:"那就是中央情报局。"

李元说:"也不是。"

罗纬芝继续说:"一定是克格勃了。"

李元说:"抱歉。不是。"

罗纬芝还不放过,说:"摩萨德吧。"

李元大笑,说:"罗博士对我了解您的历史,非常不满意。真是对不起,但这是我们工作的需要。不了解您,就无法寻求您的帮助。"

罗纬芝翻翻眼白,说:"我能帮助你或是你们什么呢? "

李元瞥了一眼百草,说:"我们能单独谈谈吗? "

罗纬芝无可奈何道:"还说自己不是什么什么的,这可是越来越像了。"她转身对唐百草说:"你就在这附近走走。要能看得到我们,但听不到我们。"

百草点点头,她年纪还小,成天待在家里,除了矜持的老姑娘罗纬芝,就是奄奄一息的老太太,总觉得压抑。虽说人们都在瘟疫的恐慌中,但少年不知愁滋味,现在能借机溜达一番,正中下怀,蹦蹦跳跳到一边去了。

"现在可以说了吗?"罗纬芝半仰着脸问。李元很高,刚才在楼上俯瞰的时候,尚不大觉得,站在一处,就觉出对方的伟岸来了。

"我们找个地方坐下谈吧。"李元很体谅地低下头,温和地说。

罗纬芝皱起眉头:"还挺长吗?我明天就要出征,电视里已经播出来了,你可能没看到。时间很紧张,有很多要安顿的事情。集合后,就封闭起来,不能自由活动。"

李元说:"我尽量抓紧,简短地说。要是您的问题太多,这话题还真是需要时间。在哪里谈呢?"

罗纬芝说:"小区附近有几家很好的咖啡馆和茶座……"

李元迫不及待打断说:"好啊。请叫上家中的保姆,让她在一旁等着咱们就是。我来埋单。"

罗纬芝说:"我说的是原来,现在没有顾客也没有服务员,都关闭了。没有地方可以闲谈,人们也不再闲谈。像您这样素不相识的来串门,绝无仅有。"

李元说:"我倒忘了。因为自己不怕,以为别人也无所谓。那咱们不能总这样站着,话题沉重,还是找个安静的地方坐下来说,比较好。"

罗纬芝说:"那边有个小花园。小唐,我们到那边去了,你跟着我啊。"说完,两人默默地走过去。

一张汉白玉石桌,桌面上绘有"楚河汉界"的棋盘。以前成天被小区里的棋迷们霸占着,罗纬芝从没机会走近它,更不用说仔细地看过这棋盘。在越来越浓重的暮色中,红漆的棋盘显出深咖啡色,不很清晰了。

四尊呈腰鼓状的石墩子,算是配套的凳子。罗纬芝刚要坐下,李元说:"且慢。"从衣兜里掏出一块手帕,垫在石墩子上,说:"春天石头凉,女生还是要多小心。一块手绢也管不了多少事,聊胜于无吧。"

罗纬芝有了小小的感动,但不愿流露,淡淡地说:"谢谢。"

两人面对面坐好,罗纬芝说:"进入正题吧。是谁指派你来的?有何见教？"

李元说："没有人派。是我自己来的。我是学化学的，希望你帮忙。"

罗纬芝说："风马牛不相及。我能帮上一名化学家什么忙呢？"

李元不慌不忙道："瘟疫大流行，临床使用的药品，基本上都含有化学成分，抗击瘟疫是我的工作。"

罗纬芝知道，瘟疫正呈燎原之势蔓延，但药石罔效。尽管政府一再号召市民们要冷静，基本的生活秩序也还有保障，但如果没有特效药，每一个死去的病人都在削弱人们的信念，大崩溃是迟早的事儿。她说："你在研究一种新的抗瘟疫化学药物吗？"

李元谦逊地说："很多人正在朝这个方向努力，我也算是其中的一员吧。"

罗纬芝说："希望你能早点成功，解救黎民于水火。不过，这和我有什么关系呢？"

李元说："我需要病毒毒株。就是指刚刚从病人体内分离出来的病毒，我们也可以叫它作老病毒。有一点像是发面的酵面，被称为第一代病毒。这种原生体，是做药品试验最宝贵的材料。打个比方：人是论个，熊猫是论只，蚯蚓是论条，白菜是论棵。病毒和细菌则是论株。毒株数量100，也就是说你拿到了100个病毒个体。"

罗纬芝说："这我懂。我曾经系统地学习过医学，你要的是病毒原生个体。"

李元说："对。我知道你懂，我是想把这件事说得更清楚一点。"

天色已经完全黑了，夜灯亮起来了，它们藏在茂密的黄杨丛中，好像金黄色的小狐狸，发出荧荧的光。唐百草走过来，说："姐，我现在是能听到却看不到你了。咱们出来这么长时间，奶奶在家里会着急的。"

罗纬芝说："百草，那你先回去吧，做好了饭，别等我，和奶奶先吃。我一会儿就回去。"

百草走了。李元说："谢谢你。"

罗纬芝说："谢什么？我并没有答应你任何事儿。"

李元说："谢谢你给我的信任。"

罗纬芝说："我已经知道你的目的了。你想得到现在正在流行的这场大瘟疫的毒株。可是,我哪里有这东西? 你找错人了。"

李元说:"罗博士,您说得很对。在今天之前,我找您,就是找错人了。因为您和毒株没有任何关系。但是,从明天开始,您就是可以接触到毒株的人了。拯救黎民于水火,您现在就承担着这个责任。这次流行的花冠病毒,是毒中之王,我们没有关于它的具体材料,这就使得所有的药物研究都是盲人摸象。"

罗纬芝说:"你的意思是,我要为你们窃取毒株? "

李元说:"是的。只是不要用窃取这个词吧。这不是偷盗,而是用于科学研究。"

罗纬芝说:"好。就算我相信你是用于科学研究,但是,你为什么不利用正当的手段得到毒株呢? "

李元一下子激动起来,说:"你以为我不愿意用光明正大的手段得到花冠病毒的毒株吗? 我做梦都想! 如果要用我的一只胳膊来换到早一天得到毒株,我情愿抽刀断臂。但是,一定要是左臂,我的右臂还要用来拿试管,右手还要用来操纵电脑,书写报告。在第一时间拿到毒株,需要很多手续和审批条件的。毒株如果传播到不法之徒手里,那会给人类造成巨大的灾难,所以国家对接触到毒株的范围,控制得极端严格。时间上我们等不起,正确地说,不是我们,是无数病患等不起,是整个人类等不起。每一天都在死人,毒株都在肆无忌惮地繁殖和扩散。有些极少数得到毒株的人,壁垒森严,把它当成一个巨大的名利双收的机会,攫为己有。当然,联合国教科文组织除外。"

罗纬芝额头冷汗涔涔,结巴着说:"这……这个……我却不大明白。封锁病毒,在科研上可能先人一步得天独厚,抢得先机,能够出名是真,但这和财富有什么关系呢? "

李元说:"罗博士这就有点不食人间烟火了。得到了毒株,就可能研制出制伏毒株的药品。从这个意义上来说,毒株就是济世莲花。而这种药品蕴涵的巨大商机,不言而喻。"

罗纬芝用手指轻轻敲了敲汉白玉的桌面,现在它几乎变成了黑色,如同墨玉。远处的一盏孤寂的路灯,把金色的光辉泼洒过来,正好横在"楚河汉界"的位置,让这面桌子显得分外诡异而分明。罗纬芝略为思索,反戈一击道:"且不说我能不能搞到毒株,我又如何能判断你本人,不是你所说的那种以天下灾难为自我暴富机会的人呢?在今天下午五点之前,我与你素不相识。你不觉得你的要求太过分了吗?"

李元张口结舌,想了一会儿才回答:"哦……的确是过分了。"

罗纬芝站起身来,说:"不早了。我要回家了。"

李元垂下英俊的头颅,沮丧地说:"我没有想到你会拒绝。"

罗纬芝干脆地说:"所有的人都会拒绝。"

李元说:"你说所有的人都会拒绝,这不错。但我觉得——你不会。"

罗纬芝本来已经转过身去,她的心思都在马上就要分别的母亲身上,懊悔在出征的前夕搅到这样一件莫名其妙的事情里。不过,因为这个人做出罗纬芝应该与众不同的判断,她愿意听个周详。

"为什么我不会?"罗纬芝目光炯炯地盯着李元。那神情,李元一着不慎,满盘皆输。他就再也没有说话的机会了。

李元拾起垫在石头墩子上的手帕,说:"很多年前,我看到过一首小诗,一个女子写的。那诗句我现在还会背——'从此,素手广种莲花。今生,誓以女身成佛……'我觉得能写下这种文字的女子,心地必是美好的。我把它抄下来了。今天我在电视里听到了她的名字,觉得耳熟,突然想起她的诗句。曾发誓要种莲花立志成佛的女子,是不该拒绝救人一命的。我本不想说起这件事,好像有点煽情。你既然问起,我就给你看。"李元说着,拿出了一个小本子,果然是很多年前的式样,翻到其中一页,虽是灯光幽暗,罗纬芝还是认出了自己多年前的诗作。

罗纬芝心中一颤。年少时,没有力量和耐心,缓缓等待爱与被爱。期待一触即发呼天抢地的邂逅,喜欢山崩地裂九死一生的曲折。一旦失去,捶胸顿足。年龄大了才知道,那种经验多和灾难相连。那时的诗作,也像化石了。浮想联翩万千沟壑,脸上依旧拒人千里的冷淡,说:"不错,那是我写的,谢谢你把它抄下来。年少时看到男友有了新欢,故作大度地呻吟。完全不必当真。抱歉,我并不信佛。"

李元眼看攻心乏术,只得说:"既然这样,我告辞了。分手时,我想送你几样东西。"

罗纬芝拒绝道："无功不受禄。谢谢，我不要你的礼物。"

李元坚持道："你先看看是什么再说。"说着，他掏出了一些物件，叮当作响，间或有星芒般的闪烁。

"水晶吗？"罗纬芝喜欢晶莹剔透的东西，从烧瓶到钻石。女人在珠宝面前不容易把持得住。

"这是保存毒株的装置。"李元摆弄着他的瓶瓶罐罐。

罗纬芝板起脸说："我并没有答应你。"

"我也并没有委托您。如果什么时候，您想起在地狱里种下一朵莲花，我怕您临时找不到花盆。"李元说着，拿着他的家伙，好像有点舍不得。

罗纬芝边站起来边说："我何以判断你真的是一名很有前途的化学家，而不是一个……骗子？"

李元道："这样吧，我给你一种药，请你一定保存好。即使你不去搜集毒株，你们所要进入的工作地点也相当危险，有可能感染病毒。万一你出现了最初的症状，记得在第一时间服下这些药粉。它就是我研究抗疫药物的初步成果。"说着，他拨拉出一个极小的蓝盖小瓶子，说："它可以救你。"

罗纬芝不由得笑起来，说："这也太不可思议了。你刚才还说连毒株都没有，现在居然就能把能抵抗毒株的解药给我了，这不是天方夜谭吗？！若是你的药这么灵，为什么不贡献出来，让那些被瘟疫折磨得危在旦夕的人转危为安呢？你这药，要么是虚晃一枪吹吹牛，要么就是安慰剂。"她说着，不屑地推了一下那只小瓶，差点把它拱到大理石桌子下边。

李元的剑眉拧在一起，好像痉挛的毛虫，沉默半晌，说："不管你怎么认为，请把这只小瓶子收好。需要的时候，只需吃一粒黄米大小就足够了。一天之内，最多只能吃两次。记住了，千万不可多吃。"

罗纬芝看他这样一本正经，不忍再开玩笑，但也实在提不起兴趣，出于礼貌，勉强收起蓝盖小瓶子，说："谢谢了。但愿我这次一帆风顺不被感染，根本用不上你这个解药。"她看看表，时间实在不早了，必须回家。她伸出手，对李元说："希望我的不配合，不会影响你的心情。毕竟，我们是在瘟疫时结识的朋友。"

李元用温和而宽厚的声音说："希望我们能有机会再见。"顺手把装满瓶瓶罐罐的袋子硬塞给罗纬芝。

罗纬芝不好意思完全拒绝，只得接下来，敷衍道："如果我真的栽下莲花，到哪里可以找到你？"

李元看到一丝希望，说："我既然今天能找到您，就能继续联系到您。这一点，我虽然不是中情局、克格勃、摩萨德什么的，也做得到。"两人走到了李元的车子前，李元突然说："我知道你回到家里的第一件事是什么。"

罗纬芝说："是什么？连我自己都不知道呢。"她从窗户已经依稀看到妈妈的身影，心想，一进门妈就要问自己为什么耽搁得这样晚？然后就是吃饭了。

李元说："你会在门口的垃圾箱前，把我给你的这些东西扔了。"

罗纬芝愣了一下，还真让他给说着了。为了不让妈妈担心，她不能带这些东西回家。扔了倒不一定，藏起来是肯定的。被人说中，有点狼狈。罗纬芝只好说："我肯定会带走，你放心了吧。"

李元非常严肃地说："你可以不信我所说的话，但请务必带上这些东西。带上它们并不费事。万一用得着，就有可能造福人类。"

现在他们站的位置已经很靠近罗纬芝的单元门了，有灯光洒出来，罗纬芝看到李元的身体像一株11月的白桦，干净，笔直，孤独。脸上有种庄严的表情，混合着无奈和期盼，这表情打动了她。

罗纬芝无声地点点头，算是一个承诺。然后快步走向自己的家。

"你等一等。"李元又从袋子里掏出一只瓶子。

"你平常爱吃肉吗？"李元突然问出一个完全不搭界的问题。

"爱吃。怎么啦？"罗纬芝煞是好奇。

李元说："你晚上很可能睡不着，明天就要出征，今天又见到我这样的不速之客。和母亲分别，你会想很多事情。"

罗纬芝不置可否。她不愿告诉李元，别说今天这种非常时刻，就是普通日子，自己也是经常失眠，辗转反侧，天快亮了，才蒙蒙眬眬迷糊一小会儿。但这种隐私，有什么必要让萍水相逢的人知晓！"那又怎么样？"她说。

"那请你把这些药粉吃下去。你会睡一个从未有过的好觉。"李元递上瓶子,很肯定地说。

"真的吗?"罗纬芝甚觉蹊跷,不肯接过。

李元说:"90%以上的把握。"

罗纬芝警惕地问:"这不是最新出品的一种安眠药吧?我吃过常用的所有安眠药。"说完后悔,这话泄露了天机。

李元说:"我向你保证,这不是安眠药。"

"那更糟糕。会不会是一种毒品?"罗纬芝脱口而出,多疑已成了社会病。

"这样吧,你看好了啊……"李元说着,从瓶中磕出一些白色粉末,约有半个蚕豆大小,然后一股脑儿倒进嘴巴。没有水漱着下咽,喉结急速上下滚动,呛得直咳嗽,喷出的白色微尘落在他深黑色的西服上,像头皮屑。

罗纬芝没想到事情闹到这个结局,赶忙说:"你这人怎么气性这样大!像一言不合就一头撞墙的烈性女子。"

李元扑打着身上的白粉说:"现在你可放心?如果你再说我这是准备好的苦肉计,那我可太冤枉。"

罗纬芝帮着他拍打,隔着衣服,感觉到了李元紧绷的肌肉。她说:"好啦,我相信你这的确是一种药。不是安眠药,也不是海洛因。行了吧?"

李元从那只瓶子里倒出一些白粉,用一张纸包裹了,递给罗纬芝。这一次,罗纬芝郑重其事地接了过来。"记住,咱们约定把能帮你睡觉的这种药粉叫1号。刚才那只蓝色小瓶里的,就叫2号。"李元叮嘱。

楼下有几家彻底地熄了灯,跑了,而且是全家出逃。按说已经走不出燕市了,但和平时期,城市并没有被围得铁桶一般,加上各自施展神通,有人就能像沙漏里的沙子般渗出燕市。他们赢得了片刻的宁静,但把危险传播到了全国。当然,这是后话了,现在那窗户像被剜去了眼珠的眼眶,黑暗瘆人。

Chapter 2

总指挥的身体语言是"木乃伊型"
请想象肝肠寸断是什么样子

特别采访团集合后,抵达燕市抗疫总指挥部。从这一刻开始,采访团成员就不能自由活动了。手机也被统一保管,房间内的电话无法拨打外线,只能内部通话。当然,更不得上网。每个人签字画押签署了保密协议。从一系列安排来看,他们必将涉及普通人无法接触的秘密。秘密是红艳艳的果子,对所有人产生诱惑,罗纬芝暂且把对母亲的挂念放下,全心全意投入这一奇特的使命中。

指挥部设立在燕市郊区一座阔大的独立庭园中,亭台楼阁古色古香,绿树掩映百花盛开。和想象中的雪白、血污、充满消毒水气味的环境完全不一样。他们被告知要待在这里,直到疫情完全解除。

据说这里原是古代某位王爷的私宅,因为种种原因,没有资格在城市的核心位置建造居所,便偏居一隅。不过这也让他放下争权夺利的心机,专心致志地把园子修得美轮美奂。罗纬芝私下觉得住在这里抗击瘟疫,简直是一场豪华型战争。

特采团当然要与抗疫总指挥袁再春相识。袁再春借口公务繁忙,一拖再拖,直到晚上,才万分冷淡地晤见他们。

人们称袁再春为"袁总",意指"抗疫总指挥",但罗纬芝总想起腰缠万贯的老板。袁再春头发雪白,身材高瘦,穿着浆洗一新的医生工作衣。白衣下摆很短,只到达他笔直长腿膝关节处往下一厘米,而他又特意不扣上最低的一颗纽扣。这使得他快速走来的时候,衣襟翻飞,像一只雪白的大鹏鸟。

不论年轻人在其他岗位取得了怎样的话语权,在医生这个行业里,年龄就是质量保证书。罗纬芝感觉到,袁再春对周围的人有一种强大的威慑力。她快速分析了一下,认定这种威慑力,一半来自他犀利无比的眼神,一半来自他雪白的工作服。按说王府内并不直接诊治病人,其他人也都穿着西服或是中式便装,唯有袁再春特立独行,硬咔叽布的西式大翻领白色医生装,显出孤独的傲然。

见到特采团,袁总淡漠得连手都没有伸出来。"你们到抗疫第一线来,记住,不要和任何人握手。不要握病人的手,也不要握同行的手,我说的是我的同行,就是医生护士们的手。花冠病毒是一种高度接触性传染的疾病,飞沫和水,还有肢体的接触,都会加大传播的机会。从现在开始,戒握手。"

罗纬芝们害臊地把伸出的手缩了回来。这个下马威,果然厉害。从此,特采团孤芳自赏的矜持,让位于第一线医护人员铁的规则。

袁再春对特别采访团的第二句话是:"记住,这里是 C 区。你们不能乱说乱走。"

按照被险恶的花冠病毒污染的程度不同,在袁再春的部署下,燕市的各个区域被划分成了不同的级别。

什么是 A 级区?收留极危重花冠病毒感染者以及死亡病人尸体之地,包括传染病院和殡仪馆火葬场等地。

什么是 B 级区?所有收治病人的医院。

什么是 C 级区?有可能被花冠病毒污染的区域。

王府内并没有病人,但它仍然按照 C 级防疫的安全系数来要求。所有进来的人,不经过长达 15 天的隔离,证明你确实没有感染花冠病毒且无发病,不得离开。

普通人,也就是目前没有得病的人,居住区的级别是 0。

你可以按照英语字母表的序列,从高一级别到低一级别区去,比如从 C 区到 B 区,从 B 区到 A 区,这是一架下滑的楼梯,没有任何障碍。但此过程不可逆,你不能从 A 区到 B 区去,更不能到 C 区,楼梯是单向的。离开是艰难的,你要经过严格隔离期,证明无发病,你才可以走出来。

向危险沦落,从 0 直接升到 A,没有人干涉。但你绝无可能快速从污染区降到没有污染的 0 区域。注意,这个 "0" 不是英文字母的 "O",它是阿拉伯数字的 "0"。其意自明,这表示安全,没有花冠病毒的存在。

罗纬芝们,现在是一个跟头从 0 栽到了 C,重返 0 区的日子遥遥无期。

袁再春的第三句话较长:"这里很忙,非常忙。而且,有很多秘密。我不知道你们为什么到这里来,但因为是更高领导布置下来的任务,我只有服从。从现在开始,你们可以在这个院子里接触到抗击瘟疫的所有秘密。我们会为你们提供尽可能了解事实真相的可能性。你们不能走出这个院子,这是工作的需要,请谅解。你们不能同外面自由联络,也不能上网,这也是工作的需要。你们的手机将被收缴,我相信已经这样做了。你们离开的时候,会原物奉还。当然,我们有专门的人员保管你们的手机,也会正常开机。你们家里有重要的信息传来,工作人员会在第一时间通告。请你们不要觉得委屈,园子里的人都遵守这个原则,包括我,毫无例外。这里风光很好,你们可以到处走走看看。抗击花冠病毒,大家少安毋躁,准备持久战。"

一席话让罗纬芝们明白:自己进入了疾病集中营,虽然他们不是病人,但享受和病人同等的待遇,失去了自由。在这座戒备森严的美丽院落中,你只能前进不得后退。说实话,就是现在开恩让他们之中的某一个人回家,他要不自我隔离 15 天,也不敢见自己的亲人。谁敢保证这个院子里没有潜伏着凶猛的花冠病毒?它若是通过自己带回了家,感染了亲人,岂不是自酿罪恶!

特采团开始阅读有关资料和文献,以期对花冠病毒有初步了解。

花冠病毒是由燕市首席病理解剖学家于增风教授命名的。

罗纬芝阅读了于增风的报告:

电子显微镜下,从死亡病患组织内分离出的病毒,我可以确认,是一种崭新的病毒。它的个体大致呈圆形,直径大约有 400 纳米,在人类感染的病毒当中,要算体积比较大的。形状不像大多数人类和动物病毒,如脊髓灰质炎病毒、疱疹病毒及腺病毒等呈球形,而是略呈扁平,像个宽檐的草帽。

写到这里,这位最先发现病毒的科学家,似乎无法掩饰自己的兴奋,他继续写道:

> 说它是草帽,好像太稀松平常了。它比草帽要华丽得多,有一些镂空状的丝缕花纹装饰在周遭,呈流畅的半月形,好像不可一世的花冠。对了,就把它命名为花冠病毒吧。它是如此光彩夺目,非常精巧,充满了对称和美丽。

罗纬芝综合各种资料,明白花冠病毒是一种发病缓慢但步步为营的侵入者。虽说并没有见过一例病人,但对它的发病规律已经了解很多。别看它在高倍电子显微镜下的样子十分华丽,好像一顶繁杂的花冠,实际上它是非常皮实的病毒,对生存环境的要求很宽容。

这非常可怕。一般来说,细菌或是病毒,要么生活在消化道里,要么生活在呼吸道里,同时侵袭人类两大生存系统的病毒和细菌很少,但也不是绝无仅有。比如结核杆菌,既可以让人得肺病,也可以让人得肠结核、骨结核等。花冠病毒性喜通吃,它是消化道和呼吸道的混合传染病,如果假以时日,也许它会把人的所有组织都收入麾下也说不定。

这就使此病毒格外凶残。

普通民众不了解这个病毒的性格,虽然知道不停地死人,但因发病后送进医院的时候,病人多半还只是发热和血痰,对于后来所发生的一系列病状,大众并不知情。为了不引起民众的恐慌,后续症状的描述也相当阙如。宣传口径上的表述是:一旦出现了不明原因的发热和血痰,一定要尽快到医院就医。其后的情况就缄口不言了。

几日后,特采团获准参加每天早晨的院长联席例会。

院长们坐着全封闭的防疫车来到这里,他们彼此都是熟人了,看到罗纬芝等陌生面孔,十分诧异。

很考究的会议室,中式装修,十字海棠花纹的木格栅,给人一种时光穿梭之感。墨绿色的窗幔紧闭，让人既安宁又神清气爽。坐定后，袁再春站起身来，说："介绍一下新来的几位，他们不是医生。不要这么惊奇地看着我，不是我邀请他们来的。我也不知道为什么在千钧一发的时候，还会请这些无干闲散人等到场。我基本上觉得这是捣乱。不过，他们已经进来了，为了防止感染，也不能出去了。咱们还是该说什么说什么，就当他们不存在。好，开始。"说完坐下，不看众人。

罗纬芝们不能道歉，也不能表白，低眉顺目地呆坐。

"第一项例行工作。昨天的死亡人数报出多少为合适？"袁再春开门见山。

大家面面相觑，静得能听到春风吹窗的声音。毕竟是多了几个外人，人们有些顾忌。

"他们都签了保密协定。"袁总打破大家的疑虑。

继续沉默。"先说实际死亡人数。"袁再春说。

院长们这才确定了如何回答，小心翼翼地一一报出数字。直到这时，罗纬芝才惊悚地明白，疫情发展到了何等严重的地步，死亡人数，远比以往自己在电视里听到的数字要大得多。

第一次参加核心秘密会议，特采团再惊诧莫名，也不能露出慌张之色。罗纬芝屏住气息继续听下去。

"那么，大家认为即将公告的死亡数字以多少为宜？"袁总问。

第一医院的女院长说："民众的恐慌情绪在不断地积聚和蔓延，我的意见是今天公布的死亡数字，要比昨天公布的再少一些。这样有利于鼓舞士气。"

"但是今天这样公布了以后，明天怎么办呢？如果明天更要少一些，那么很快就会出现疑问，救护车天天在街上嘶鸣，很多人住进了医院，并没有出院。那么，他们到哪里去了呢？"一位头发银白的院长颇为忧郁地说。他的头发白得如此富有魅力，且根根呈均匀的半透明状，好像把一大捧最优等的粉丝顶在了头上。

"明天可以适当多公布一些死亡数字，就让你所说的这个矛盾不那么突出。"袁再春沉吟着说。

"如果明天公布的数字太大了，不是又会让民众陷入深度恐慌吗？"中医研究院的院长这样说。他们现正在研究中医抗疫，各种眼看着救治无望的危重病人，都被络绎不绝地送到他那儿，这就使得他刚才报出的本院实际死亡数字最高。

"注意节奏，我说的是死亡的节奏。我觉得这个节奏应该是——说两条好消息，就要说一条坏消息。一条坏消息之后，再连续几条好消息。然后再连着两条坏的……这样民众就会逐渐意识到抗疫是长期斗争，既不会掉以轻心急于求成，也不会麻痹大意放松轻敌。同时也能体会到医务人员正在进行艰苦卓绝的斗争。"袁再春一锤定音。

大家点头赞成。燕市儿童医院的院长比较年轻，是位干练女士。她满怀忧虑地说："死亡两本账，时间长了，可能会穿帮。很简单的算术题，就算我们逐渐增大死亡数字，这生死簿最后还是远远合不拢啊！"

院长们面色凝重。医学是最讲实事求是的，撒这样的弥天大谎，在他们的医学生涯中从未有过，每个人心里都惶恐不安饱受谴责。

袁总说："这不是简单的算术题。没有人会知道这些数字，永远不会知道。同志们，同行们，只有你们知道真实的数字，但这个真实，在花冠病毒的挑战面前，有什么意义吗？什么意义也没有！我们没有特效的药物，现在基本上可说是束手无策。所有没有死亡的病人，靠的都是他们自身的意志和抵抗力。如果人们得知了这种铺天盖地死亡的悲惨情形，有多少人还会斗志昂扬地和疾病作斗争呢？我不敢太乐观，我劝你们也不要太乐观。所以，我们现在这样讲假话，乃是面对生命本质的讲真话。这是灾变面前的智慧，是善意的欺骗，骨子里正是医生的大慈悲。关于死亡的真实数字，请你们忘掉。出了这间屋子，就完全忘掉。谁不忘掉，就是对那些逝去的生命之大不敬！"

全场肃然。

罗纬芝瘫在椅子上，难以置信。当普通老百姓为从电视中得知死亡人数多一个而忧心忡忡、为少一个逝者而欢欣鼓舞的时候，哪里知道这一切不过是数字游戏。

联席会议后来又讨论了什么事情，罗纬芝脑海里基本上空白。她被数字游戏炸得几近昏厥。直到会议散了，人们离去，她还烂泥似的蜷在沙发里，缓不过劲。

袁再春走过来,看着她说:"你,没事吧?"他突然显示出的慈祥,源于一个错误的判断——他以为罗纬芝病了,片刻间回到了临床医生的角色。袁再春对上级和同行可以严厉,但对病人,充满爱意。对某些医生来说,照看病人意味着烦恼操心,还有肮脏和危险,但对袁再春则是欢喜。他喜欢救人于苦海的感受。

罗纬芝有气无力地说:"没事。主要是吓的。"

袁再春说:"吓什么吓?你并没有见到真正的花冠病毒感染者!"

罗纬芝倔强地说:"我并不怕病人,怕的是这种虚伪。"

袁再春眯缝着眼睛说:"小姑娘,真相是残酷的。你既然加入知晓真相的队伍中,必将付出代价。"

罗纬芝依然沉浸在惊惧中,说:"如果数字的差异越来越大,怎么办呢?"

袁再春面无表情地说:"数字的存在,应该代表希望。如果这个数字最后大到包括了我们所有的人,那么这个数字,也就没有任何意义了。"

罗纬芝哆哆嗦嗦地说:"有那么悲观吗?"

这姑娘显然被吓坏了,袁再春作为总指挥,应该给手下的工作人员打打气。

袁再春退后一步,双手抱肩道:"可能比你想得还要悲观。对于把特采团派来的原因,我能想出来的最合理的解释,就是我们有可能全军覆没。到那时候,为了给后代留下关于这场灾难的详尽资料,除了录像录音图片视频等等,还需要文字。北京房山的云居寺,为什么有那么多的佛经呢?就是怕战乱把经卷都烧毁,所以刻在了石头上。古老的文字,比所有现代化的媒体,都更有希望流传下去。如果能借助你们的笔,把这场灾难如实地记载下来,那就是我们最后的贡献。"

天天和近在咫尺的死亡厮磨,袁再春没有时间延宕,铁口直断针针见血。

罗纬芝问:"您害怕吗?"

袁再春凛然说:"不害怕。"

罗纬芝看着近在咫尺的抗疫总指挥,突然间自己反倒不害怕了。她看穿了他,找到了同盟军。

害怕这个东西很奇怪,如果你不说出来,它就在暗地发酵,像赤潮一样疯狂蔓延。一旦你开口了,说出来了,它就成了过去时,你的注意力就转向了增长力量。如果你的同伴也害怕,你就觉得自己并不孤立。惺惺相惜的感觉,让人坚强。

罗纬芝俏皮地一笑,说:"谢谢您的解释,不过,您看起来并不像您所说的那样强大。您也很害怕。"

袁再春讶然,这个一分钟前还噤若寒蝉的姑娘,何以摇身一变,品评起他内心最隐秘的忧愁?

罗纬芝说:"您的姿势出卖了您。"

袁再春下意识地打量了一下自己,白衣粲然,腰杆笔挺,说:"我一直以一个医生的标准姿态在工作。这有什么异常吗?"

罗纬芝说:"您现在的姿势——双手抱肩,身体处于收缩状态,似乎竭力想把躯体缩小,这在心理学里,被称为'木乃伊式'体态。它的潜在含义是——你想回归母体。"

袁再春哈哈大笑,他已经很长时间没有这样放肆地发出笑声了。他说:"有趣,有意思! 这太可笑了! 告诉你,我母亲已经仙逝了整整 50 年。你说我还想回到母腹。对一个 60 岁的老人说这种话,你这个小丫头不但是放肆,简直就是胡说八道! "

罗纬芝从这略带夸张的反应中,看出了袁再春试图以藐视来掩饰不安。她镇定地说:"反正你对我们也没有好印象,我也不在乎你的评价。这个姿势表明您的安全感受到极大威胁,你封锁自己,企图逃避。因为无可逃遁,所以你故作坚强! 你本人并不像电视里出现的那样,看上去那么运筹帷幄和……胜券在握。"

袁再春本来很看不上特采团,不想这个片刻前还吓得哆哆嗦嗦的女成员,居然看透了他的内心,他突然升起和什么人谈谈心的愿望,听听外面的情形,松弛高度紧张的神经。他说:"年轻人,我在电视上真的显得很……胜券在握吗?"

罗纬芝说:"起码在我看起来是这样的。我比一般人眼尖点,要是我都看不出来你的收缩态势,估计一般人也没戏。"

袁再春点点头,似乎很满意这回答。他迟疑了一下,说:"你的这个什么木乃伊理论,知道的人多吗?"

罗纬芝确知自己已经打中了要害,抿嘴一笑道:"知道的人不算少,但能看到您这样双手抱肩眉头紧锁的人,很少。"

袁再春说:"你的意思是,我在公开场合,不要双手抱肩?"

罗纬芝说:"偶尔一下没关系,常常出现这姿势,就是一个负面信息。"

袁再春嘀咕了一声,说:"如果我忘了怎么办?"

罗纬芝觉得这老头挺可爱的,就说:"您不是永远穿着白大褂吗?就把手揣到兜里,那样你就很难双手抱肩了。"

袁再春点头道:"这法子好。"

两人走出会议室,袁再春说:"有时间咱们可以好好聊聊。"

这正合罗纬芝的心意。她赶快落实:"您何时有时间?"

走上一条松林小道。几百年的古松苍老地屹立着,松枝从顶端向下纷披而垂,整株树在春风中摇曳不停。新生的枝芽和经冬的枝叶,绿得分明不同。新的芽叶内藏着娇黄,老的叶子则是饱经沧桑的苦绿。但它们齐心合力地营造着春天的气息,吐放着令人心旷神怡的松之气息。

袁再春深吸一口气道:"我算不上忙。真正忙的是一线的医生护士,还有殡葬工人们。对于这样一种来势汹汹的新型病毒,我们是被动挨打。在敌情不清的时候,一切都是盲人摸象。"

罗纬芝说:"我已经看了有关资料,觉得于增风先生对花冠病毒的描述很珍贵,既理性又感性。我希望能见见他。"罗纬芝准备开始自己的第一份采访,她明白要想见到于增风这样的大忙人,没有总指挥的特批,门儿也没有。

不料,袁再春陡然间变了脸,毫无商榷地回复:"你不能见他。"

罗纬芝好生纳闷:"为什么?"

袁再春似乎觉察到自己的强硬和失态,解释道:"他本人在 A 区,你在 C 区。如何能见?"

罗纬芝噤了声。这的确是目前不可逾越的障碍。于增风作为直接解剖花冠病毒死亡病例的医生,肯定背负着高度危险,哪里能够说见就见呢!

看到罗纬芝灰心丧气的样子,袁再春动了恻隐之心,他叫来自己的秘书朱伦,让他给罗纬芝找出一份资料。这是于增风关于花冠病毒的思考。因为没有正式发表,尚处在内部传阅阶段。

晚上,罗纬芝在自己居住的207房间,打开了资料。封闭的白色纸袋里,原以为是很严谨的资料,不料却很杂乱,一堆草稿,七零八落。罗纬芝刚看了几页,就忙不迭地收了起来。一种冰冷的气息从纸袋中弥漫而出,森严可怖。这种医疗文件,还是大白天艳阳高照时分看吧。不然的话,就算是有李元送给她的白色粉末相助,只怕也睡不着。这些日子,借助李元的1号,她真是夜夜安眠。

第二天上午,果真是阳春三月难得的好天气,太阳明亮得像铜锣,暖风撩得人鼻孔痒痒。罗纬芝开始阅看于增风的医学文件。

花冠病毒有长达一周的潜伏期。起病并不很急骤,甚至可以说有一点温文尔雅。最初对人体的进犯,是轻微与缓和的,像一场风寒引起的感冒。之后逐渐发病,轻微的头痛和浑身酸痛日趋严重,发热伴随着咳嗽,痰中开始出现血丝。直到这时,病人的全身状况也不是很不堪,有些人甚至可以坚持上班。正因为这种欺骗性,才使它后续的杀伤力变得极为凶残。持续不断的头痛和酸痛,加之越来越频烈的咳嗽,终于在某一个时段,引发不可抑制的腹泻。刚开始泻的是粪便,然后就是灰红颜色的液体,之后水中出现米粒样的碎片。病人常常在出现腹泻后的几十个小时内死亡,因为那些排泄物,并不是普通的食物残渣,而是被病毒分解的肠管。那些米粒样的东西,就是脱落的肠黏膜。想象一下,一个人肝肠寸断是什么景象!对于花冠病毒感染来说,这不再是一个形容词,而是血腥现实。

于增风附有多例病理解剖报告。

其中最早的一份:

尸体已经溃烂。我要求自己像炮火下的白求恩一样冷静。病人冰冷潮湿的身体以前是属于他的,现在是属于我的。我先打开病人胸腔,看到的是一个盛满了灰烬的桶。肺和气管的结构和纹理完全被破坏,像被火焰喷射器焚烧过。只不过火焰的废墟是灰色的,而花冠病毒留下的是恐怖的红色。我用解剖剪,打开了病人的腹腔。一股黑色的污浊喷泉飙射而出,溅湿了我的特别防护围裙,因为看到了肺脏的破坏,我已经做好了充分的思想准备,但病人腹内的状况还是让我极为震惊。这一次,我看到的不仅仅是废墟,简直就不能说这是人的躯体。它完全糜烂成粥,可以把它想象成已经死了亿万年的史前遗骸,腐臭冰冷……我的手指和锐利刀剪,在溃烂的脏器中艰难行进。肝脏失去了平素无与伦比的光滑边缘,如同浮肿的救生圈漂浮在腹腔之内。心脏破裂溢出的血一片汪洋,胆和胰脏脓肿叠加,犹如暴雨中被遗弃的糟烂蜂巢。肠道被病毒所荼毒,显出邪恶的青蓝色,还有被病毒吞噬而成的大大小小的窟窿。

　　身体千万种受难的形态,都在这一刻凝固,等待着我逐字逐句的翻译……

　　我无法想象死亡临近时,这具躯体所遭受的苦难,所有的语言在这悲惨的岩石上都撞碎而微不足道。面对生命的废墟,会觉得死亡早点降临,是多么的仁慈!

　　最后,我开始解剖他的大脑,脓浆喷涌……

看到这里,罗纬芝再也忍受不了,手指像被电击一样噼里啪啦地抖动,唯一能做的事,就是砰地把卷宗合上,一个箭步跳出207房间,狠狠摔门,隔绝阴冷,扑进院子。

　　阳光让她打了好几个喷嚏,如同金色的蜜蜂飞到了鼻子里。她在春天渐渐灼热的光芒下,直挺挺地站立着,直到太阳把血脉晒得一滴滴融化,一寸寸爬向僵硬的手指尖。不知过了多久,她听到有人在近旁说:"罗博士,您好像受了惊吓?"

　　她一回头,见到一位路过的中年男子,是袁再春的秘书朱伦。

　　"朱秘书,我想见见他。"罗纬芝抚着胸口,鼓足勇气说。

　　"谁?"朱秘书摸不着头脑。

　　"于增风教授。就是您给我资料的作者。他文笔很好,是一个对花冠病毒了解得非常透彻的科学家。"罗纬芝无法想象这一科学怪人究竟长得是什么样子,他似乎对病毒有奇怪的嗜好,但愿见面的时候,不会太恐怖吧?

朱秘书沉吟了一下,为难地说:"哦,他呀。于教授可不是什么人都能见到的。"

罗纬芝说:"这我理解。他在 A,我在 C,直接见面很困难。我可以给他打个电话吗?花冠病毒总不会顺着电话线爬过来吧?"

朱秘书并不觉得这个幽默有什么好笑的,板着脸:"这个要请示袁总。"

"好。我等你的消息。"罗纬芝说,她总算暖和过来了。

第二天,罗纬芝的要求得到了回复。不过答复不是来自朱秘书,而是防疫总指挥袁再春亲自作答,地点在他的办公室,雪白的沙发,雪白的窗帘,配上袁再春永不离身的白色工作服,简直像在医院的隔离病房。

"听说你非常想见于增风?"袁再春用茶杯盖推着盖碗中尚未沏开的茶叶,缓缓地问。

"是。"罗纬芝郑重地点头。

"不害怕吗?我指的不仅仅是花冠病毒的传染,还有于增风那种风格。他是医生中的另类。"袁再春声调不带任何起伏。你无法判断他是喜欢于增风的风格,还是相反。

"害怕。不过很有吸引力。我觉得我会尊重他的脾气。"罗纬芝据实回答。

"于增风的确是很有魅力的医生。人们常常以为医生都是一样的,其实不然,于增风光芒四射,他为我们击退花冠病毒,交上了第一份情报。"袁再春的话中有了些微感情。

罗纬芝一看有门儿,就在她满怀信心的时候,袁再春断然说:"可是,你见不到他。"

"为什么?我知道他是战斗在第一线的医务人员,如果我要采访他,防疫等级就会从 C 级直接升到了 A 级,危险系数提高。但是我不怕。我既然来了,就会奋勇向前。实在不行,我可以打电话。当然这不如亲见本人取得第一手资料好。"罗纬芝平时看不起表决心喊口号的人,觉得矫情虚假,现在才发觉,有时候,你必须要用俗套的方法,来传递不俗的愿望。

"没那么危险,你不必从 C 升到 A,你还是可以待在 C 区里。你跟我来。

我们一起去见他吧。"袁再春站起身,头也不回地出了办公室。白色工作服的下摆被风吹得裹住了他的双腿,让他走得不很畅快。

罗纬芝很高兴,没想到这么简单,原来于增风就在王府之内。要知道,病理报告是所有医生的终身教授,它是一切谜语的谜底。有条件天天和谜底打交道的人,给花冠病毒命名的人,就要出现在眼前,怎能不叫人激动!

袁再春不说话,越走越快,罗纬芝紧紧跟随。王府不愧是住宅的最高形式,犹如帝国主义是资本主义的最腐朽状态。小桥流水曲径通幽,绿竹掩映花团锦簇。抗疫指挥部的工作人员住得很分散,仿佛星辰点缀在银河之中。他们来到一处有着茂密芭蕉的住所,还有一丛丛刚刚开放的蝴蝶花扮着鬼脸。罗纬芝不由得想起了"怡红快绿",想不到手起刀落的于增风教授,居然安居于这样优雅的所在。看来这抗疫第一线,也并不像人们想象的那样都是血雨腥风,忙里偷闲的也有安适光景。

罗纬芝说:"于老师德高望重,住处也挺别致。"

袁再春闻之回头道:"这是指挥部安排给我的宿舍。只是我很少有机会住,每天不是在医院,就是在科研院所,再不就是向领导汇报疫情。三天里能有一天回来住就算不错的。"

罗纬芝说:"于老师和您住在一起?"

袁再春停下脚步,回过头来一字一句地说:"于增风是我的学生。你再也不会见到他,他已以身殉职。"

罗纬芝扶了一把身边的竹子,竹叶如同遭遇暴风簌簌响个不停。过了半晌,她才有气力颤声问道:"为……为……什么?"

袁再春说:"他在解剖病理标本的时候,感染了花冠病毒,非常凶险地发病了。我们尽了最大的努力,他本人也极为顽强地和病魔做斗争,可惜无力回天……"他扭过头去,不愿让罗纬芝看到自己的眼眶。

罗纬芝不知自己是该走上前去还是停在原地,睖睁许久。最后还是袁再春自己一步步走向前,打开了房门。过了一会儿,老人走出来,拿了一个立方形的纸盒子对罗纬芝说:"这是于增风垂危时托人带给我的,是他在病床上对这个疾病的最后思索。"

罗纬芝伸出双手,像是接过滚烫的骨灰盒。袁再春说:"你不用害怕,已经消过毒了,没有传染性。不过,你一定要保密。"

罗纬芝宣誓般地说:"您放心,这些资料我一定保密。"

袁再春抚胸长叹一口气道:"不仅仅是资料。在我们的花名册上,于增风还在,他在前线。"

罗纬芝明白了,就连于增风医生的死亡,也还没有被统计在死亡数字之内。

理论上,于增风依然生机勃勃地活着。

Chapter 3

24 层厚的消毒口罩,都到哪里去了?

保障供应,就是和人民的一场对赌

回到 207 室。打开盒子,她本来以为于增风的遗言,也像已经看到过的文件袋一样是白色的,没想到它呈牛皮纸色,显出不合时宜的古朴,像一件文物。

打开袋子,里面又是装满了大小不一的纸片,只是更为零碎,看来随手记下一些东西,不拘一格地用纸,是这位杰出医生的癖好。这是罗纬芝第三次看到于增风留下的资料了。第一份是他关于花冠病毒命名的叙述。第二份是解剖报告。这第三份会是什么呢?她用力抖了抖,希望掉下来一块 U 盘,那样储存的信息会更大些。但是,没有。罗纬芝转念一想,是自己想岔了。写下这封绝笔的时候,于增风已病卧在严密消毒的隔离病室里,朝不保夕,哪来的电脑?

色彩不一的纸片上,留下潦草的字迹,所用的签字笔粗细和颜色也不尽相同。刚开始的时候,字体还比较工整,后来就越来越零乱了。到了最后阶段,简直就像是画符。有一些资料,不知道他是带进病房的,还是请人复印的。还有一些写在病历纸上,还有的留在化验单或是处方笺上。可以想见,这是于增风卧床时,向所能接触到的各色人等讨要来的。医院早已实行无纸化办公,残存的公用纸张都是多年前的存货,质量很差。送出时消毒似乎很到位,纸张变黄发脆,一碰即碎,一如古墓中出土的煎饼。说起来,那些字迹留在纸上的时间并没有多久,却像多少世纪前的残骸。

有了先前的经验,罗纬芝决定还是选一个春光明媚的上午,让太阳肆无忌惮地照在自己身上,再来以最大的耐心和勇气,阅读这些文字。如果太阳光移走了,就赶忙把屁股转到长椅的另一侧,总之始终让阳光罩着自己,用光焰无际的灼热,抵御这些黄褐纸张上散发出来的刺骨冰冷。但她实在忍不住好奇,把最后的一张纸片翻出来,上面写着:"唔……还是不要打开……你会后悔的……"

什么意思? 不知道。罗纬芝赶紧把它们收起来了。

又一轮新的会议开始了。这次是讨论如何应对市民的大抢购。

一间新会议室,看到的情形却令人摸不着头脑。袁再春一个人坐在主席的位置上,周围散坐着特采团人员,其他就再没有人了,并不见一个真正的与会者。似乎是袁再春要给他们这几个旁听人员开会似的。罗纬芝直觉到这不可能,依袁再春本意,恨不能一脚把采访团踹出去,根本就不会单独搭理他们。

身披雪白战袍的袁再春,果然看也不看众人,直奔主题:"开会。非常时期,繁文缛节全免。先汇报情况。"

罗纬芝这才反应过来,这是电话会议。想想也就明白,各医院的院长每天从污染区赶来,王府是 C 区警戒。而主管物资供应的人都属于 0 区人士,当然不宜亲临会场。

在审慎控制下,逐天报出的死亡数字,都在市民可以接受的范围之内。即使这样,死亡人数积少成多,加起来也不是一个小数字了。而且人们几乎见不到一个出院的人,虽说抗疫指挥部不断解释——因为对于一种新型传染病的康复标准,宜从严不从宽,就算所有的临床症状痊愈,也还要继续留院观察,以最大限度地预防继发感染,而且截至目前,瞒报也没有丝毫风声走漏,但人们对于战胜花冠病毒的信心,还是一天天消解。

险情终于出现。老百姓不再足不出户,而是开始拥上街头,疯狂抢购食品、水、棉衣棉被、手纸食盐……波及所有的日用品。燕市的超市,在不到半天的时间内被扫荡一空,连积压多少年的陈货,都全部出清。

屏幕上出现商业局局长浮肿的脸,不知道他天生就是个胖子还是让这事急的："我先给大家汇报一下。抢购是从昨天下午三点暴发的,最早从郊区开始。"

有人打断了他的话,插问："前一段不是成功地抑制住了恐慌,让市民的消费保持在正常理性范围之内吗? 到底是由于什么突发事件,才让这股风如此剧烈地席卷全市? "

按说与会者都是相当一级的领导,平常不会这么沉不住气,但非常时期,人们的思维都被迫提速了。

袁再春双手往低处按着说:"先冷静一下。听老王说完。"

王局长说:"更准确地说,是燕市的城乡接合部最先出现抢购风潮。那里管理相对薄弱。城区,多是有单位有工作的人,有恒产有恒心,知识分子多,对战胜花冠病毒也比较乐观。真正的燕市农村,这些年经济发展不错,各家各户都有余粮,住房也宽敞,人心安定。大家都知道,这回流行的花冠病毒,主要经过呼吸道和消化道传染,这两条对于农村优良的生存环境来说,都不构成大的威胁。城乡接合部则不然,大部分是外来人口,居住拥挤,收入不稳定,卫生环境差。瘟疫爆发后,外省市很多地方封锁了燕市的出口,基本上是只能入,不能出。各省市都怕花冠病毒侵入,民间开始严防死守。城乡接合部的状况最为不稳定,人心浮动。所以,昨日有一对吴姓老年夫妇开始抢购,消息立即像野火一样传布开来。现在网络和通信这样发达,没有办法控制。就像动了多米诺骨牌,兵败如山倒。"

袁再春插问:"这对老年夫妇是什么情况? "

商业局长眼袋下垂,答:"他们的儿子在 M 国读医学博士,在那边半夜里打电话回来说,中国燕市谎报死亡数字,花冠病毒的感染没有特效药,疫情在不断扩大之中,几近失控。估计要死几十万甚至上百万人,他说老爸老妈唯一能采取自救的方法,就是尽可能多地储存物资。"

众人听王局长说到这里,面色陡变。最担心的事儿终于引爆,外媒疯传。人们把目光聚集到袁再春脸上,看他作何表情。

袁再春神情淡定,缓缓问:"然后呢? "

王局长说:"然后这对吴姓老夫妇,立刻打车到了郊区一家大型超市。一上车,就嘱咐司机快跑。司机问何事如此着急,他们就如此这般地把儿子的话学说了一遍。司机把老夫妇送到超市之后，就采用群发短信的方式，把这个消息通知自己的亲朋好友。后面一传十，十传百，谣言立马散布出去了。司机也不载客了，自己进超市抢购去了。"

"哦，倒也不能说都是谣言。接着讲。"袁再春依然平静如初。

王局长说："吴姓夫妇到了超市，先找到一排购物车，然后老头在后面推，老太太在前面拉，一下子把几十辆购物车一块儿推走了。因为他们年纪比较大，工作人员赶过来，以为是他们不知道如何把单独的购物车拆开来，想要帮他们推一辆车。没想到老两口说这所有的车，他们都要了。工作人员只好帮着他们推着长龙一样的车队走进商场，再帮助他们从货架子上往车上搬东西。就这样，他们一共装了二十多车货物，结账用去了一万多块钱。"

袁再春说："不多啊。"

商业局局长急了，说："这还不多啊？一家人买二十多车，我们的商场能够几家人买的呀！"

袁再春微笑了一下说："我的意思是二十多车才用了一万多块钱，真是不多。说明我们的物价控制得还不错。"

商业局局长说："价钱是不错，但我们现在没有货了。"

说着，他出示了几张图片。

影像极具杀伤力。光说抢购，还只是一些数字，现在看到了真实的图片，令人惊诧不已。所有的货架子全部被清空，奶粉没有了，茶叶没有了，砂糖没有了，食用油没有了……单是这些还不算，连折叠自行车都没有了，艺术台灯也没有了……罗纬芝觉得这很矛盾。如果你觉得出门危险，就憋在家里看书写字好了，台灯用得着。买自行车，就是表明你愿意出去走走，那不是证明外面没有那么危险吗？难以捉摸。最可笑的是，连避孕工具也抢完了，也许没事待在家里，成天做爱吧。

袁再春对着大屏幕说："情况很清楚了。虽然我们早就对此事有所准备，比如我们对居民的菜、肉、蛋、奶和粮食，一直在有效地组织供应，杜绝了这次抢购风潮引起的对居民基本生活资料的波及。但这毕竟是一个危险的信号，它说明了大规模的不信任情绪，正在酝酿积聚以至逐渐发展当中。现在摆在我们面前的问题是——如何应对？"

参会者一致的意见是保证供给。逻辑是：如果人们看到物资供应十分丰富，抢购的热情自然就会下降，谣言不攻自破，事态恢复平稳，人心重新安定。

袁再春仔细听取着大家的意见，然后说："以往，我们都是这样应对抢购风潮的。这个方法屡试不爽，次次有效。这一回，情况可能没有那么简单。中国是一个大国，燕市是超过1000万人口的大市。说句实在话，如果家家都像那位吴姓老人似的，买上20车的日用品，我想就是倾全国之力，也供应不起。再者，以往那种保障供应的方法，其实是在和老百姓的心理做一个超级对赌。赌的是什么呢？赌的是我储备充足，你买吧，我敞开供应，东西有的是。你看我胸有成竹，你就不买了。但这一次，我们赌不起。"

人们听袁再春这样讲，大惊。从来遇到这样的事情，政府都是把家底亮开，物资满满地给大家看。然后气定神闲地说：买吧，东西多得是，随便买，足够你用的。

袁再春说："以前的类似情况，都是速战速决。这一次，是一场持久战。没有人拿得出时间表，说还有多长时间，就能取得最后胜利。如果我们倾囊而出，老百姓照单全收，我们再放，百姓再收，就进入了一个恶性循环。极端一点说，如果库藏空虚枯竭，如何应对呢？设想一下，假若瘟疫长久盘踞，我们终将无法保障老百姓的最低供应，民怨将沸腾。国际社会能给我们多少援助？杯水车薪！还不要说像吴姓夫妇的外国亲戚，会散布多少似是而非的信息，来毁坏我们的氛围。所以，这一次，要立足长远，不可养虎为患。"

大屏幕上，不少人点头颔首。稍停片刻后，另外一个局长发言："我们能不能争取其他省市的支持？毕竟是一个大国，举全国之力，不信救不了一个燕市。发出请求支援的信号，我们就会源源不断地收到各方物资。我们抗击瘟疫的力量会加强，老百姓也会皆大欢喜。"

是啊，如果拒绝向老百姓提供貌似取之不竭、用之不尽的物资，一定会引起很多猜测，情况也许变得复杂险恶。后一种方法，似乎更稳妥。

袁再春说："我给大家讲个故事。"

众人有点摸不着头脑，危机在前，分分秒秒都金子样宝贵，袁总怎么还有闲情逸致讲故事？

袁再春不理睬大家狐疑的目光，喝了口水，开讲："花冠病毒引发瘟疫中最早的病状，就是发烧。从一个病人发烧到确诊花冠病毒感染，大约要三天至一周的时间，我说的是比较缓慢的病程，特别险恶的先不说它。这几天中，如果病人得不到有效的监控，他就成了一个到处活动的超级大病毒。一个喷嚏，能射出九米远，携带 200 万个花冠病毒微粒。10 个微粒就能感染一个病人。也就是说，一个喷嚏，在理论上，可以感染 20 万人。在第一时间察觉到发烧，是我们控制花冠病毒的一道强有力的门槛。"

话说到这儿，并没有多少悬念。这些信息，已经通过广播和电视传布千家万户，老百姓人人皆知。

袁再春不理睬大家的失望，自顾自地说："所以要准备好体温计。一发觉不舒服，立刻量体温。"

大家目不转睛地看着他，不知道他下面打算说什么。

"尽管现在有多种电子体温计，但是最物美价廉的还是老式的水银柱式体温计。我考考你们——燕市 1000 万人口，我们有多少支水银体温计？"

人们面面相觑，谁知道这个犄角旮旯儿的数字！

"约为 120 万支，除医院外，基本上都沉淀在各个家庭里。很多学校，大学、中学，整个班级没有一支体温表。要是上课的时候，哪位同学不舒服，没法子在第一时间发现他是不是发烧。瘟疫初期时，我向一位兄弟省市的朋友请求支援。请他给我速拨来两万支体温计。我的要求不高，我想一个省给两万支，全国加起来，就会有几十万支，定向发往集体单位，可解燕市燃眉之急。结果怎么样呢？这人是我上大学时的室友，也是医生出身，现在是某省领导。我就不说是哪个省了，大家也不要费心去猜。咱们是对事不对人。我那个室友说，老大哥，恕我不能拨给你。我说，你没有货？我不相信。你那么大一个省，调拨不出两万支体温计。不是无偿的，我可以花钱买啊。室友说，老大哥，这和钱没关系。两万支体温表，能值多少钱？不够一桌饭钱。是我不能在这种时候做这种事儿。我说，这是什么事儿？助人为乐，救人于水火之中，好事嘛！我那室友说，大哥你想啊，燕市瘟疫如此猖狂，万一蔓延开，很难说将来就不波及我们省。到时候，在你那里现在出来的问题，我这里都会出现。体温计也会短缺，供不应求。一查账，说是我把体温计给你了，这让我怎么向我这全省的人民交代？燕市先出了事，还可以请全国支持，我们一个省有了事儿，多个省有了事儿，只能自力更生。所以，老大哥，不要说我驳了你的面子，实在是爱莫能助。现在，我的故事讲完了。"

在这样严肃的会议上，讲故事有点框外。但这个故事，谁都听出了它不是故事。于是，后续的决议很快做出来了。

一、发布《告全市人民书》，表明政府将严厉打击哄抢物资的行为。

二、告知人民我们的物资储备丰富，但是为了保证抗疫斗争的后续工作，将实行供销控制措施。生活必需品凭证供应。

三、吴姓老人抢购的物资，可保留500元价值的物品，其余皆由超市收回。

四、下次再出现吴家此类抢购情况，超出500元部分，停止售卖。

五、打击抢购行为。必要时，将以法律制裁。

这时有人说，那回收的将近上万元的物资，很多是入口吃的东西，别人也不能要啊。好不好这次只是警告，下不为例？

袁再春说："不可。收回后，能用的用，不能用的销毁。此风绝不可长！"

又有人说："当天抢购的人绝不仅仅吴姓老者一家。也许有人抢得更多，只是不好追查了。仅让老者退回，是否有不公之嫌？"

袁再春说："肯定不公。但非常时期，只能用非常的方法。既然他家是我们现在能够确认的抢购风头，一定要处罚。"

有人欲言又止，袁再春敏锐地察觉到，鹰隼似的目光猛地盯着屏幕，说："都什么时候了，还这样瞻前顾后！讲！"医生出身的人，最讨厌拉拉扯扯、啰啰唆唆。

那人迟疑着说："吴姓老人有亲属在国外。如果处罚了他家，信息一定会飞快地传过去，这样国外媒体就会借此攻击我们侵犯人权……所以，是否严惩，请再斟酌。"

袁再春冷笑："正是因为他家有人在国外，我才更要这样办他。让有些人知道，中国人的事儿，中国人自己有能力处理。不过，你这个意见提得好，让他们家把多出来的物品退回，这不是没收，所以商家把钱退还他们，我们就无懈可击、有理有节了。至于退的钱，也不要由超市负担，可从特别防疫费中支出。"

罗纬芝突然说："我有意见。"

袁再春吃惊。有人有意见不足为奇，关键是这个人没有资格发表意见啊。

特采团的人也摸不着头脑。他们是列席者，本无权发表任何意见。现在居然有人敢冒犯抗疫总指挥，这不是自找倒霉吗？

罗纬芝看着袁再春。她也是一时冲动，头脑一热揭竿而起。现在后悔盲动，但决定权已不在她手里。那些话，通过直播出去了。覆水难收。

袁再春领教过罗纬芝的另类，心想，每天沉闷地开千篇一律的会，让这个新鲜血液激荡一下大家的头脑也好。他居然网开一面，说："这是特采团的人员。讲讲你们旁观的意见。"

罗纬芝没有退路，只得英勇向前。

她说："对于吴姓老人家的抢购，我可以理解这是一种自保。大难当头，谁不想自保？一种出于本能的防卫，从单独个体来说，没什么过错。但是，为了保命的一系列举措会传染，比任何一种病菌病毒都快，而且没有潜伏期，即染即发。比如从境外电话到打出租车，从司机的群发短信和民众哄抢，比花冠病毒传得更快。现在，心理瘟疫的多米诺已然倾倒，坍塌迫在眉睫。恐惧的传染将引起巨大的困境，如果得不到根本平息，就会陷入永不停息的恶性循环。"

从屏幕上看到不少人点头，罗纬芝受到鼓舞，继续说："我觉得要严惩吴姓人家。乱世重典，当然要讲清道理，为什么要罚他。惩罚在心理学上有三个原则：一是快。昨天发生的事儿，今天若能发布惩罚原则，这就最好，越快越好。二是要重。要罚得让他们觉得这样自以为是地抢购，是大大蚀本的事儿，以后就不会这样做了。三是要众所周知。这一点我也不担心，咱们的宣传力量很强大，一定要立体轰炸，让大家都知道抢购不对，以后不要这样做。"

袁再春说："讲完了吗？"

罗纬芝说："没完。"

袁再春说："你的意见很有见地。不过，这一次对吴姓老人的处理，还是按我刚才的意见办。理论是一回事,现实是另外一回事。我们要照顾到民众的承受能力,对子女在国外的老夫妇太严重的处罚,不是我们敬老的传统和温和的人民所能接受得了的。务请告诫民众,一定俭省和忍耐。就这样吧,散会。"

连篇累牍的会议之后,罗纬芝觉得脑袋里钻进了一千只马蜂,混乱轰鸣。看来要想参与领导层工作,首先要练就连续开会的功夫。不能烦,不能打哈欠垂头瞌睡,不能坐不如钟,不能目光迷离⋯⋯不能照本宣科。

这个会之后,下面同时还有两个会。一个是统一对外宣传口径,另一个是保证供给的落实会。特采团成员可以按照自己的需求,自选参加。有人说,如果两个都想参加,怎么办呢? 罗纬芝注意看了一下这人,是电视台的评论员郝辙。她认为这人一定是有企图的。这许多的会,不说厌倦,反倒兴致勃勃。特采团团长孟敬廉来自很有背景的高级智囊团,说:"人没有分身术,如何能在同一时间内参加两个会? 显然是不可以的。"

郝辙说:"我可以这个会开一半,然后再去参加另外一个会。提前告知我两个会议的地点就行。我可以跑步前进。"

袁再春正巧路过听到了,说:"你以为这是唱戏赶场? 会议有会议的严肃性,你只能选择一个会。"郝辙最后选了供应保障会。

罗纬芝小声问团长:"两个会都不参加,可否?"

孟敬廉的目光一下一下打过来,不猛烈,但形成稳定的压力,说:"不行。我们是干什么来的!"

比较而言,罗纬芝觉得宣传口还有趣一点,就按照指示,去了樱花深处的一间中型会议室。市委书记助理辛稻主持这个会议,他对罗纬芝说:"你刚才在那个会议上讲的很有见地。我支持你。"

罗纬芝说:"谢谢!"便把此人引为知己。会议还没有开始,略得片刻喘息。辛稻穿一身藏蓝色的西服,打一条黄色条纹领带,搭配恰当,难得地在一片晦暗装束中,让人眼前发亮。因为离得很近,罗纬芝看清楚他领带上的条纹,不是普通的斜道道,而是一条条小动物。

罗纬芝一边喝着座位上配发的矿泉水,一边对他说:"你是有野心的。"辛稻看了一眼四周,说:"初次见面,话不可以乱说。"

罗纬芝说:"那就请你把这条明黄色的爬满了小龙的领带换掉。这个颜色,很容易让人联想到封建王朝这个词。更不要说它的质地还是云锦,在过去的年代里是著名的皇家专供。"

还是远程会议,基本上是把一天的情况汇总,然后决定哪些是可以报道的,哪些是暂时隐秘的,还有一些真相,将永远淹没。当然,他们能知道的是经过抗疫指挥部滤过的消息。

罗纬芝彻底明白了数字和真实并没有太大的关系,只和对民众心理承受力的判断有关。

一番老生常谈后,辛稻说:"通常认为人们在遇到灾难的时候,会经历三个阶段。它们是抑郁、焦虑和愤怒,这是危险三部曲。请大家分析一下,现在的民众情绪是在哪个阶段?"

人们各抒己见,有人说是抑郁阶段,有人说是焦虑,更多的人说已经生发出了潜在的愤怒。持不同意见的人还引起了小小的争论。

辛稻看看罗纬芝,说:"请特采团的罗纬芝博士谈谈看法。"

罗纬芝本不打算再引火烧身了,不想辛稻点了名,自己也不好退却,就说:"我觉得三个阶段兼而有之,处于一锅粥状态。"

辛稻左手握拳,轻击右手掌心道:"我同意。目前这三种情绪并存,哪一种最主要并不是最重要的,三种情绪都是负面的,互为因果。我们的宣传策略,就是要引导民众走出来。人都是爱推卸责任的。老百姓要找替罪羊,最简单和同仇敌忾的方式就是恨政府。我们绝不能让他们把原因推到政府身上。"

与会者一致赞同。但除了常规的已经付诸实施的宣传手段外,还有什么新法子?

有人提议:"要在电视里反复播放有关大自然的美好图像,在广播里不断地重复轻松的音乐。"

罗纬芝说:"反复播放,形同催眠。这法子可行。"

看到辛稻点头,燕市某时尚杂志女主编说:"我提一个补充建议,不要光是轻松,要让人们有力量。比如放贝多芬的《命运》。"

女主编的发型,引起了罗纬芝的注意。她绾了一个少见的民国少妇状发髻,显得很端庄。一般来说,像这等年轻时尚的女子,多留长发,以展示自己的未婚身份和健康状况。就算是已经结婚了,也常常不忍剪去长发,鱼目混珠地保存长发,潜意识中残留着引起更多异性注意力的渴望。

罗纬芝无法判断这个女子的婚姻状态,但她纹丝不乱的发髻,鹤立鸡群。

罗纬芝提出不同意见:"我反对。不要斗志昂扬,不要悲壮,不要不甘屈服。就如同一个人就要死了,奄奄一息,你还要让他如何奋进?安抚他的神经,让他平静和舒缓,这就是能做和要做的事情。我对音乐不在行,但现在应该是以柔克刚。"

看到两个女人吵架,开会的人们很感兴趣。有人喊了一声《梁祝》,算是对罗纬芝的支持。

辛稻插言:"《梁祝》太悲切了。"

女主编面容娟秀,手指纤长,曾是个天才琴童也说不定。她说:"海顿的《惊愕》怎么样?挺符合咱们现在的心境。乐章刚开始时平缓微弱,主题几次反复之后,突然奏出了一个非常有力的和弦,这也是此曲名叫《惊愕》的由来。我看比较像咱们当下的感觉,相信大家一定会有同感。"

辛稻冷笑了一下,说:"现在已经够惊愕的了,就不用再朝这个方向诱导了。"

女主编又开出了一张音乐方子:"《命运》如何?咚、咚、咚、咚……四声一出,天地为之色变。"

辛稻说:"人们已经够惊心动魄的了,不要再刺激大家脆弱的神经了。"

那女子还不甘心,说:"要不老柴的《悲怆》?"

辛稻动怒了,说:"你是真不懂还是假不懂?创作这部作品的时候,柴可夫斯基认为死神在追逐他。作品首演后的第九天,老柴就撒手人寰,你这不是给大家添堵吗?"

那女子受了连续的呵斥,十分委屈。从镜头里看去,美睫低垂,楚楚动人。罗纬芝很想看得再清楚些,镜头摇走了,女主编再没有出现。

今天这个话题显然与往日不同,人们觉得有意思,争论不止。有人提出西贝柳斯。好几个人点头,毕竟《芬兰颂》脍炙人口,阔大的境界,对局限在城市里的人有非同寻常的拓展力量。

辛稻不为所动,摇头说:"西贝柳斯的作品,素净晴朗,不过它太冷清了,总让人想起冰雪。现在的人心需要暖暖和和。我建议放莫扎特的35号交响曲,海顿的90-104号交响曲,巴赫的G弦上的咏叹调。如果一定要听贝多芬,就听他的第六交响曲……当然也要中国民乐,让老百姓觉得亲切。不过,《江河水》不行,《二泉映月》也不行,太悲切。《春江花月夜》《雨打芭蕉》可以。《步步高》《饿马摇铃》,那是万万不能用……理由我就不多说了,按照这个原则选。"

罗纬芝心想,这个辛稻,看来不简单。

思绪又转到女主编身上。发为血之余。头发是女子的健康卷宗,间接代表肾,最终指向该女子的生殖能力。长发不是一日之功可以留续起来的,所以从某种意义上说,头发是性器官能量光明正大的展示橱窗。好多年前,刘德华在广告中说过,他的梦中情人,有一头乌黑靓丽的长发,引得该洗发水大卖。女子一结婚,名花有主,档案就可以入库了。头发贬值,很多人索性剪了短发,精打细算过日子,让洗发水商人少赚钱。

当然,也不尽然。比如中国民航飞机上清丽貌美的空姐们,不论已婚未婚,都绾发髻。两者的区别是:民国媳妇们的发髻绾得低,空姐们的发髻绾得高。民国媳妇们的发髻代表着顺从,空姐们的发髻透着高傲。它很明确地告知那些觊觎空姐美貌的乘客——我的嘘寒问暖、露齿一笑,都是职业行为,你不可想入非非。

这女子是什么人呢?兵荒马乱的时刻,梳理着这样精致又别具一格的发型,留给谁看呢?

如果是留给某个同伴看的,就用不着数次发言。那么,这种色香味俱全的路数,只能有一个解释,就是这发型是留给会议的主持者看的。

那么,他们之间是什么关系呢?

罗纬芝恨死自己了。这种不分场合不分时间随时随地发生分析他人的冲动,让她觉得得了心理学家的职业病。时间久了,也许会演变成强迫症。

她又替自己辩解。主要是太无聊啊,有什么法子呢?你总要在阴霾中给自己找一点乐子吧?分析他人是罗纬芝的智力小游戏,没有恶意,纯粹从技术层面锻炼自己的眼力。可惜只有很小的概率可以求证,大部分无解,猜想无疾而终。

乐曲定下来之后,就是朗诵优美的诗篇。看看时间不早了,辛稻一锤定音:"古诗。要有意境的。比如爱情诗,要'窈窕淑女,君子好逑'那样的,充满美好浪漫情感,不能要《长恨歌》,生死离别的不宜。另外,从即日起,在燕市所有的动态屏幕上,不断出现山川、河流、海洋、天空等辽阔的景象,反复放,昼夜放。电视里千万不能再播叽叽歪歪鸡零狗碎的节目,不要播放凶杀和欺骗,不要回忆仇恨,那会使我们的格局变小。国倾家危,大难当头,让人们相信除了比你更强大的机构和国家的力量,别无选择。"

这时的辛稻变得很有领袖风范,大家都很佩服地看着他。辛稻结尾时说:"一定要把群众的愤怒情绪尽快消弭掉。愤怒通常是消极的,它收集的是敌对和暴力的污泥浊水,一旦汇聚成山洪,必将形成很大的破坏力量。只要你想一想战争是如何爆发的,就会明白愤怒和仇恨是邻居了。把愤怒消解于无形,最好的方式就是让人们不能随意接触,没有联合就没有动乱,这样最安全。告诉人们,待在你的家里,不要走出家门。信任政府,信任医生,信任大自然的规律,我们必将胜利!"

宣传干部们鼓掌。

几个会开下来,罗纬芝累得要散架。

她和辛稻向通信间走过去。

罗纬芝调侃说:"谢谢你对我的信任,突然袭击,给我发言的机会。"

辛稻说:"我不喜欢形式主义,希望会议有成效。"

罗纬芝说:"那位女主编很可爱。"

辛稻说:"你说的是哪位女主编?宣传部门里女主编是很多的。"

罗纬芝莞尔一笑道:"原本我还不能完全断定你们的关系是否非同一般,但你这样假装遗忘,就是欲盖弥彰了。"

辛稻说:"做女人还是糊涂一点好。"

罗纬芝说:"你可以直接告诉她。"

辛稻笑笑说:"我现在就是在直接告诉她。"

暮色苍茫。按规定到了可以和家人通话的时间,每天五分钟,有人监听。

使用一个特定的小房间,电话也是特别定制的。你曾填写过的手机号码,已记录在案,这会儿派上用场。对方电话上显示出来的号码,和你的手机号码相同。工作人员坐在一旁,整个过程面无表情。妈妈一个劲儿地担心罗纬芝的安全,嘘寒问暖的,从吃的什么到住在哪里,无一遗漏。罗纬芝详尽作答,把自己的衣食住行尽可能说得花团锦簇轻松无忧。特别是安全问题,保证自己只是在非常外围的区域活动,健康完全没有危险。虽然离开家才几天,罗纬芝感到自己和平常人的生活,已拉开了十万八千里。

常和母亲一起聊天的一位独居老太太,活活被吓死了。老人家自从知道了瘟疫这事儿,就白天黑夜 24 小时开着电视,连上厕所都不关门,生怕遗漏了重要信息。解大便还好说,只要自己不怕臭气弥漫整个屋子,开着厕所的门也不要紧。解完手,按下抽水马桶的按钮就一个箭步(这对老太太是高难动作,但她终于掌握了)跳出厕所,凑到电视旁,冲水声就不会掩盖播音员的声音了。解小手就有点麻烦,马桶声可以参照上面的处理方式,但自己制造的声响,也会影响清晰的收听。老人家略一思考,发明了一种方法。把一泡尿,分成三段。每次趁着播音员换气的间隙,迅速解决一部分。这样分段耗时比较短,跳将出去,正好赶得上听下一句。如果没有重要信息,就回去继续制造自身的哗哗水声。有重要信息,就先隐忍着后续动作,听完了再说。这个发明,她向母亲大力举荐过。母亲虚弱地说,这也太委屈膀胱了。那老太太说,我不像你,家里有六只耳朵。母亲说,就算你只有两只耳朵,可重要信息是会反复播放的,你也不用这么紧张。老太太说,我就是要在第一时间知道信息,不能落后。母亲知道劝也没用,就不再作声了。

不料防疫这根弦绷得太紧,瘟疫还没要了人的命,老太太原有的心脏病、高血压一并犯了。血压高冲决了血管,心情紧张又堵塞了心脏。两面夹击,老人家就在从厕所到电视机旁的纵身一跃中,猝然倒地身亡。

身处抗疫指挥部,各路信息纷至沓来。

一些癌症患者,因为害怕到医院里会碰上花冠病毒疑似病人就诊,到了该化疗的时间也延宕不去就诊,癌症复发过世。人们也闹不清,这算是死于癌症还是死于恐惧呢?

某日中午 12 时整,有人从 18 楼跳下,血肉模糊。大街上就算少有人经过,待在家里的人可不少。惊天动地的拍击声,让人惊诧不已,纷纷探出头观看。那人还很明智,死前留下遗书,说自己了断生命,和任何人无关,凶手就是花冠病毒。与其这样天天担惊受怕,不知道哪一天会被病毒折磨致死,溃烂成疮不成嘴脸,还不如先下手为强,自己的事情自己做主,不受卑鄙的病毒控制,落个全尸维护尊严。

经查,此人为抑郁症患者,近来断了药,不敢到医院就诊取药,认为反正是慢性病,自己控制得不错,挨几天没关系。不料抑郁症复发,悲观厌世,从几十米高空坠下,血肉迸溅四体不全,和死于花冠病毒的惨象不相上下。

人们奔走相告。自杀是会传染的,几天内又有多起自戕事件发生,都是和对病毒侵袭的极度恐惧有关。死亡方式多选择坠楼或是悬梁。离世的人都很善良,留下遗书说明原因,免得非常时期警察还要为此奔忙。

抑郁蔓延。于是有人提议在燕市全市投放抗抑郁药物,最后被否决了。那些药物的基本原理都是调整人体神经介质的比例,让你进入兴奋状态。试想一下,该药物一旦大规模发放,整个燕市进入亢奋欢愉状态,也甚难应对。后来决定要燕市所有医院,查找抑郁症患者的病历档案。人家不敢来取药,就送药上门,保证不断药。这一举措证明十分有效,自杀的风潮渐渐平歇。

最令人忧虑的是,有人开始用各种毒品抵抗对花冠病毒的恐慌。毒品进入体内,会让人神志恍惚沉迷麻醉。这是个危险的苗头,特别是青少年,正处于心理逆反期。你越不让他做的事儿,他越要尝试。毒品这个妖魔,刚开始进入人体的时候,并不会引起晚期中毒那种噬骨之痛,也没有平常宣传中所说的一系列令人惊悚的上瘾症状。这就让青少年产生了某种错觉,以为自己不会陷落。这可怕的假象,会一步步把年轻的身体和灵魂拖入深渊。政府相关部门立即抽调大量警力,严打贩毒吸毒。幸好非常时期,一般的偷盗和流窜作案,都因畏惧花冠病毒和人人在家,减少了发案,警力集中优势兵力打歼灭战,恶行得以控制。

学校停课,孩子们被关在家里。刚开始觉得像无限延长的法定节日,孩子们可松了一口气。但时间一长,家长们吃不住劲了。没有规矩不成方圆,大好时光不能荒废。中国人素来注重教育,这抗疫斗争,看来不是一时半会儿能取得胜利的,要做好打持久战的准备。有家长联系赋闲在家的老师,开起了类似私塾的学馆。老师们也乐得参加,得到束脩是一方面,最重要的是当老师的都有职业病——好为人师,养成了终日教导他人的职业病。现在待在家里,无处施展才能,只有把家里人当成学生精心培养。于是凡是家里有师资的人,都不惮病毒,英勇地往街上跑,搜集些流言四传,以逃避亲人的语言轰炸。老师们没有学生可教导,万般无聊。现在一看有人送学生上门,正中下怀,一拍即合。这种小班教学,倒让老师们注重因材施教,师生关系十分融洽。孩子们从来没有见过这种教学阵仗,又有小朋友在一起玩,又没有太大压力,觉得快乐。老师们的口舌得以持续工作,训导欲充分满足,两全其美。

除此以外,还有减轻了工作量的行当。比如公交和地铁的司售人员,基本上都不用上班了。因为没有那么多人出门,减少了发车频度。不过,也不能停运。公共交通,是城市生命力的象征。只要公交车还在正常运行,虽然没有几人乘坐,也具有象征的意义,它载的是希望。

很多行业陷入萎靡,唯有电信收入大增。

更多老百姓在最初的惊愕之后,还算安宁。大家把政府当成头羊,一切听政府的。政府的危机应对程序和处理紧急事务的能力,也大幅度提高。发现谣言,立即澄清。人心思定,社会生活保持基本正常。

某天晚上,罗纬芝走出通话间,昏暗中有人招呼她。一看,是郝辙。

"你开完会了?吃完了?说完了?"毕竟是一个小团队的,罗纬芝一连串地问候着。

"都完了。会议不错,知道了很多内幕情况。饭也不错,吃饱喝足。再就是和我儿子聊天。五分钟有点少,还没说尽兴,就被掐断了,眼前还浮现着儿子可爱的样子。"郝辙怅然。

罗纬芝最怕人家滔滔不绝地说孩子的事,有时觉得自己三十多岁了,进入了老姑娘的行列,是不是心态已经不正常。她竭力抑制住自己的情绪,假装很有兴趣地回应说:"是啊,孩子和爸爸正说得欢呢,戛然止住,有点残忍啊。男孩女孩啊?"

郝辙嗔怪地说:"我刚才说过了,儿子。"

罗纬芝自知兴趣是装不出来的,索性换个题目,说:"咱们都知道保密,其实不必弄个大活人,虎视眈眈地坐在那里,让我有犯人的感觉。"她判断郝辙是个有逆反心理的人,这个话题他会有共鸣。

不料,郝辙的反骨首先表现在对罗纬芝议论的驳斥上。郝辙说:"只要有监听,人在哪里并不重要。不在于形式,更在于实质。他若是躲起来,感觉更怪异。不如就这样眼巴巴地看着你,你自觉地就不说什么了。"

紧张转动了一天的王府,现在四处灯火通明。白天人们都隐没在树丛中的建筑中,除了所有的人走起路来都是一溜小跑,似乎还看不出有多忙碌。此刻每一个房间灯光雪亮,绿荫中充满了张力。

两个人站在鹅卵石小道的岔路口,预备往各自宿舍走。罗纬芝抬头看看星空,说:"不知道什么时候才能回家?"

浓郁的花香在空中弥散,却看不到那花的影子。

郝辙不屑道:"刚来几天,就想家了?那你就不要报名嘛!"

罗纬芝辩白道:"我并不是自愿报的名。我母亲癌症晚期,病势十分严重了。她只有我这一个女儿,但工作派到我头上,不得不承担。"

郝辙表示理解,说:"我是自愿的。你可就忠孝不能两全了。"

罗纬芝不解:"你为什么要自愿呢?"

郝辙说:"国家不幸诗家幸。我就是巴望着出事。战争啊、地震啊、海啸啊、海盗啊……什么乱子都行。平淡最没有意思了。当然,很多人觉得我这是唯恐天下不乱,但这些乱子并不是我引来的,有我没我它都照样发生。所以我没责任,但乱子一出,我们就有活干了。你想啊,若是没有战乱,李白、杜甫、陆游什么的,他们的诗名能有那么大吗?绝不可同日而语!所以,有抱负的人,骨子里是喜欢风雨大作、肝脑涂地的。"

罗纬芝说:"看起来,我实在应该被历史淘汰。我喜欢四平八稳。"

郝辙说:"别谦虚,今天你的发言就不善,够毒辣的。差点把外国华侨的老父母罚个倾家荡产。我原以为你是一个贤妻良母的命,看来是有眼无珠了。"

罗纬芝说:"没有人娶我,我是想当贤妻良母而不得。"

郝辙说:"从这里出去之后,赶紧找个人家嫁了吧。生命多么脆弱,这几天越了解真相,越觉得要抓住生活的每一分钟,及时快乐。"

罗纬芝说:"瘟疫会改变很多人对世界的看法。"

郝辙说:"所以我们认识了不过几十个小时,就可以说很多很深的话。要是在外面,这样的交情需要很多年。"

罗纬芝赞同道:"这倒是。此地一天,等于世上若干年。你上次听的那个会如何呢?"

郝辙说:"收获很大。"

罗纬芝说:"说来听听。"

两人就先不回各家了,就近找了一个长木椅坐下来,有一搭没一搭地聊着。平常晚上这会儿在家看电视,关注花冠病毒疫情的每一丝变化。现在战斗在瘟疫心脏里,返璞归真,没有看新闻的热情了。

郝辙说:"没开这个会之前,我基本同意控制抢购物资的诸项决定。开过之后,反倒有了新看法。"

罗纬芝说:"愿闻其详。"

郝辙说:"记得前一阵到处抢口罩的事情吧?"

罗纬芝说:"那时候说花冠病毒主要经过呼吸道传播,口罩就成了第一道防线。药店里的口罩一下子脱销了,好像还没见抢购就没了。很多人自力更生做口罩,有花布的,有针织的,还有卡通图案的,花色各异,争相斗艳。那时情形还没有现在这样紧急,戴出来百花齐放,人们还来得及欣赏,倒成了一景。"

郝辙说:"好,咱就拿这口罩打个比方。请问,那些洁白的正规的厚达 18 至 24 层消毒纱布的口罩,都到哪里去了?"

罗纬芝还真没细想过这个问题,说:"都发给医生了吧?"

郝辙说:"医院里的口罩走的是另外一个渠道,跟老百姓用的这种无关,医生们够用的。我说的是普通人的口罩。"

罗纬芝回忆着说:"当时能戴上你说的这种正规口罩的人不多,十有一成吧。"

郝辙冷笑道:"真正的貌似可以防疫的口罩,当时在市面几乎没有出售,都被各大机构抢先搞走了。那个抢购不是发生在市面上,而是早就私下里分配光了。有身份的单位,它属下的职工就可以得到正规的口罩,这就是瘟疫当头的特权。当然了,后来证明无论是自己家里缝制的,还是正规医用口罩,都拦截不住花冠病毒的传播,这个事情也就不了了之了。反过来想一想,若是这种口罩有效,那么当瘟疫大规模流行之时,一个口罩就决定生命的走向。作为小民百姓,在没人顾及他生命安全的时候,他不抢,又有何法?那个吴姓老人,老两口亲自到超市去抢,说明他再无子女在身边,空巢老人,是当今社会的弱者。发口罩一定没有他们的份儿。国家控制的物资供应中,是分为三六九等的。最下层的老百姓得到的资源肯定是最少的。这样,在有可能抢购生存权的时候,他们焉能不抢呢?!"

阵阵凉意从脚下升起。罗纬芝明白,自己也是在社会的最底层。他们站起来走动。

郝辙的理论似乎很有说服力,但是,等一等。罗纬芝不愿意凡事只从自己的角度来思考问题。她说:"让我们再继续推理一下。假如真是吴姓老人抢到了大批的食品,而别的人没有基本的生活物资,那又会怎样?大家会去抢他们。你刚才说了他是弱者,没有力量。他那远在天边的儿子,除了能继续给他们打电话以外,也是鞭长莫及。他儿子并没有说回国和他父母一起共渡危难,只是遥控抢购。好,咱们继续推理,如果别的人都饿死了,唯有吴姓老人单独活下来了,他又有什么独立劳动的能力呢?他自私护食,不管不顾。如果这个世界上只有自私的人活下来,那人类还有什么希望呢?如果真的供应极端紧张,我觉得还是供给科学家和指挥中枢吧,那样人类才有可能走出瘟疫。"

郝辙说:"把复杂的问题简单化,需要大手笔的智慧。把简单的事情复杂化,只需要一点愚蠢就够了。你可以荣幸地算是后一种。好啦,我们此刻就在指挥中枢,在没有病死之前,估计不会饿死。"

罗纬芝说:"我情愿被饿死,也不愿病死。"她突然想到了于增风笔下废墟样的尸体。

前面就是207。告辞时,郝辙关切地说:"这里的夜晚很寂寞。没有酒吧,没有卡拉OK,没有……很多东西。冷清了,可以找我聊天。"

罗纬芝很想补充一句,这里有死亡。

Chapter 4

火葬场人满为患，三天后死尸会上街

没有特效药，整个城市将沦为 C 区

抗疫指挥部并非每时每刻都箭在弦上，常常是引而不发。早上联席会议未开之前，有片刻的静谧时光。

空气甚好，罗纬芝怀疑这空气中可能潜伏着花冠病毒的微粒，好在只要不是高浓度地吸入，人体或许可以控制它们。证据是这里虽属 C 区，迄今却并无一例感染花冠病毒的人。

别把这四面楚歌、危机四伏的陌生之地，想象得多么艰苦。大谬不然，室内的陈设相当考究，相当于四星级酒店的条件。初来第一天夜里，光怪陆离饱受惊吓，她有一万个理由辗转反侧。但倒头便睡，沉酣无梦。她不知是自己的身体改弦易辙了，还是李元药粉的效果？看来是后者。从此，她每夜服用李元所给的 1 号药粉。早上醒来，鸟语花香。一时间居然忘了自己是在哪儿，心情安稳。梳洗完毕，走出平房，看远山如黛，煞是清新。

人真的很奇怪，这样的景致在燕市晴朗的日子里，一定出现过无数次，但罗纬芝似乎是第一次看到。她在修剪得很整齐的小道上散步，金心黄杨发出的新叶如同翡翠和黄金镶嵌而成的工艺品，洁净地反射着朝霞的光线，柔润滑腻。罗纬芝撕下来小小的一片，含在嘴里，有清凉的苦味在舌尖滚动。花朵似乎也是刚刚醒来，还没来得及吃早饭，没有使出力气盛开。

她看到远处有一个蹒跚的身影，好像是在翻拣垃圾。心想这老头也太大意了,这是什么地方,哪怕垃圾筒里藏着银锭,也不值得来冒险。看起来戒备森严,但一个捡破烂的都能随便出入,C级区域也是徒有虚名。

不过又一想,这么多人密集生活在这里,每天制造的垃圾一定很可观,总要有人拾掇啊。记得白天走动的时候,并没有看到清洁人员,估计都是半夜时分出来打扫。

走得近来,她才看出这个穿着松松垮垮灰色毛外套的老翁,是袁再春。

袁再春一旦剥下了那件白得耀眼的医生工作服,马上被打回成一个普通的市井老人,眼袋松弛,身体佝偻。只有他的目光,依然保持着鹰隼般的犀利。

"袁总好。"罗纬芝打招呼。

"你起得很早。这很好。我喜欢起得早的人。"袁再春说。

"您没穿白大衣,我险些认不出您来。"罗纬芝说。

袁再春说:"那是我的盔甲,相当于我的第二层皮。要不是你起得早,这里一般人看不到我穿便服的样子。"

罗纬芝套近乎说:"我以前也穿过白色的工作服。"

袁再春说:"对不起,我有你们的简历,没时间看。你是售食品还是理发店、美容院的?要不就是卖牛羊肉的?所有这些人都爱穿白色工作服。"

罗纬芝不计较这其中的贬义,说:"我以前也学过一段医学。我一直想问——您为什么要在各种会议上都穿白色工作服?挺不寻常。"

袁再春说:"这很简单,就是给大家一个信号,我们现在很危急。你看,地震核泄漏的时候,一些国家的政府要员都穿劳动布工作服。开某些国际会议的时候,为了强调大家的共同利益,与会各国的领导人都穿该国的民族服装。同理,我穿医生的白色工作服。"

罗纬芝说:"那为什么不号召指挥部都照此办理?"

袁再春说:"不可。那种图片若发表出去,岂不成了医院的会诊,太肃杀。我的工作服是特制的,有很多件换着穿,以保持洁白如雪。"

罗纬芝道:"这就是说,您是在用您的衣着,传达一个信念?"

袁再春摇头说:"不仅仅是这个。我受命于危难之际,套着白色工作服,它就是我的铠甲。你不是说过吗?我需要寻求一种安全感。"袁再春一向口风极严,几乎从不透露心声,此刻却向一个黄毛丫头推心置腹。在一个曾经把你看透了的人面前,没必要徒劳遮掩。赤裸不设防,也是一种放松。人在这个世界上,至少要有一个能袒露心声的人,哪怕这个人和自己素不相识。这就是旅行途中,我们常常会将埋藏很深的秘密告知萍水相逢的人,连自己也觉得不可思议。疫情正如星火燎原,势不可当。他备感压力,但在这座壁垒森严风光秀丽的院子里,找不到任何人可以倾诉。

罗纬芝说:"爱穿白色衣服的人,特别是有很多件白衣的人,通常身体不大好,吃的也很少。"

袁再春的眼珠向左上方旋转,这是在回忆。他像个小孩子一样难得地笑起来说:"我真是吃得不多,身体嘛,还马马虎虎。你好像是个小巫女。"

罗纬芝得意道:"心理学有时候和读心术住楼上楼下。"

袁再春甩甩手说:"反正是从那儿以后,我再也不双臂交叉木乃伊了。"

罗纬芝说:"可是您的安全感并没有增强,只是人为地取消了一种外在的表达形式。"

袁再春不想就这个话题再议论,掉转话锋:"你看完于增风的遗言了吗?"

罗纬芝有点不好意思,说:"还没有。"

袁再春并不意外,说:"没看就不要看了。也许会引起你不必要的好奇。"

罗纬芝吃惊:"您看过了?"

袁再春说:"我看过。于增风给花冠病毒命了名,这是他最重要的贡献。对于花冠病毒的传播途径,他也做出了准确的判断。我们采取了一系列有效措施,封锁相关区域。于增风曾是我最好的学生,顽皮,鬼点子多。"

罗纬芝说:"您说得很对。我已经生出了好奇心。我觉得于增风在殉职前,似乎还有一份资料留在外边。"

袁再春说:"你不是说没有看吗?怎么做出的这个判断?"

罗纬芝说:"直觉。我因为胆小,不敢看。总想选个阳光灿烂的日子,在太阳底下阅读,又忍不住好奇心,先把最后一张纸看了。我在结尾处看到他做了一个暗示。应该还有一份资料。只是不知这份资料在哪里?"

袁再春停顿了半晌,说:"你是个聪明的姑娘。你判断得不错,于增风的确还有遗言在某人手里。"

罗纬芝急切地说:"那人在哪儿?我很想看到。"

袁再春看看手表,岔开话题说:"时间不早了。咱们回去准备开例会吧。"

全副武装的院长们一一莅临。死亡数字在突飞猛进,24小时内的死亡数字已经突破二百,入院病人已经数千。病床不足,医护人员不足,药品不足……只有屋内的冷气开得很足,袁再春头上却汗水涔涔。怎么办?绝望的火焰从这些数字蒸腾而出,炙烤着现场的每一个额头。如果疫情控制不住,大面积的扩散势不可当,整个城市将沦为 C 区。

袁再春的电话响了。按说开会时不能接电话,但他自己例外。他的这部电话,一头连接高层领导,一头接着第一线。

电话很短,袁再春几乎没有回话,只问了一句:"还可以坚持几天?"

室内极为安静,袁再春听完后,说:"请重复一遍。"接着,他打开了自己手提电话的免提扩音键,于是整个会议室的人都听到了对方的陈述:"那要看每天送来多少。照现在的速度,三天,全满。之后,死尸就可能上街。"

袁再春简短回应:"明白。"关闭了电话。

大家本以为会继续刚才的讨论,研究向公众报出死亡多少人为宜。袁再春说:"这件事就按既定方针办。在昨天数字上多加三五个吧。此事暂不再议。现在遇到的是一个新问题,刚才殡仪馆来电话,本市的火化能力已达极限。按照现有速度死下去,每日 24 小时连轴转开足马力焚烧尸体也来不及,所有的冷冻柜都已满员。当务之急是花冠病毒感染的死亡者的尸体,安放在哪里?这不仅是一个民生问题,而且是一个医学问题。每一例死于花冠病毒的尸体,都是瘟疫之源。无法迅速火化,将面临瘟疫进一步扩散的极大风险。"

罗纬芝觉得咽喉似被人扼住,她把下颔尽力抬高,挺直了脖子,才喘过一口气。做个被每天缩小了的死亡数字蒙骗了的庶民好啊!不必受这样的煎熬,最惨不过一死。像现在这样,死之前要受多少惊吓!

有人说,国内的焚尸炉高强度连续燃烧时,质量不过关,要赶紧进口高效焚尸炉。袁再春说:"已经办了。但需要时日,国外厂家先要安排生产,然后再用集装箱运输过来,加上安装调试,最快周期也要 45 天。到那时,我们的尸体将堆积如山。"

有人说,可不可以请求兄弟省市支持?

袁再春说:"这话说起来容易,操作起来困难重重。怎么把冷冻的尸体运送到外省市去呢?什么人什么车运输?送过去安放在哪里?在这个过程中,万一不慎,那简直等于把无以计数的花冠病毒输出给人家。别说人家不答应,就算人家答应了,我们也不能以邻为壑。"

又有人说:"可否让火葬场的工人加班加点,以求提高产量?"

说这话的人吐出"产量"二字后,抱歉地补充:"一时找不到合适的词儿,意思大家明白。"

袁再春说:"炉子烧完一个尸体后要有冷却的间隔,不能不给炉子休养生息的时间。一旦现有的焚化炉罢工了,局面更加不堪设想。"

没人说话了。对于死人的事儿,医生出身的院长们固然不陌生,但对于人死后的处理方法,也是外行。

罗纬芝实在按捺不住,鼓足了勇气说:"我知道在这样的会议上,我没有发言的资格,不过……我有一个方法,不知可不可以说?"

众人愕然,目光又一下子集中到这个年轻女子身上。

袁再春不带任何感情色彩地说:"讲。"若没有和罗纬芝的闲聊,他会不留情面地制止罗纬芝发言。不过,人非草木,孰能无情?看在罗纬芝对于增风手记的执着上,他批准她发言。

"我们是否有大型冷库?可以暂时把花冠病毒尸体冻结在那里。待死亡人数回落,国外火化设备运抵,火葬设备有余力的时候,再一一火化。"罗纬芝尽量让自己把话说得条理分明。

"大型冷库都是储存食品的,现在改为储存尸体,恐不妥。再者,大型冷库的出入库条件,都无法做到完全隔离。报废一座冷库事小,若是在这个尸体迁移过程中,引起病毒扩散,那就得不偿失了。"物资局反驳。

"那么有没有废弃的冷库?或是位于郊野的独立建筑,可以迅速改建为冷库?这要比修建新的火葬场快捷。"罗纬芝继续完善自己的想法。

袁再春说:"关于死亡数字,是高度保密的。如果我们需要其他部门参与冻藏尸体,这就要请示领导,关系到方方面面。这个问题,大家再想一想,我们还有三天时间。下一个议题是特效药。经过这些天临床实践,各医院是否有新头绪?"他的语气透出焦灼。这个问题经常讨论,每次都无功而返。

传染病院院长避开锋芒说:"我们人满为患,再也没能力接受新的患者了。是不是先讨论一下如何收治新病人?刚才说的是死的如何处理,当务之急是活的如何收治。"

袁再春冷冷地说:"没有特效药,几乎所有现在活着的病人,最后都会变成死人。讨论特效药,就是讨论收治。不然的话,我们手里没药,开的就不是病院,而是等死的临终关怀安养院。收进来有什么用呢?不过是让病人换一个地方死罢了。"

袁再春的口气很生硬,传染病院长倒也不生气。袁总说的是实话,一个医生,手里没有特效药,对于治病来说,就是战场上没有武器,甚至比这还惨。没有枪支弹药,你还可以肉搏。可医生有什么法子呢?赤手空拳地和花冠病毒患者密切接触,不单救不了他,反倒把自己的命也搭进去了。

"中医怎么样?"看看久久没有人应答,袁再春只好点名。

中医院院长低头说:"我们已经一味味药试用,没有效果。把祖先们所有治疗瘟疫的验方单方都拿来试,也没有明显效果。花冠病毒的确是完全崭新的病毒,在中医典籍里查不到有关记载。一些感染了病毒而最终没有死亡的病人,似乎是一种不可知的力量在鼓舞着他们。依现有记录来看,和我们应用的药品几乎没有关联。当然了,对于任何疾病来说,扶正祛邪的大方针总是没错的。但平心而论,它们不可以被称作特效药。"说完,他的头低得更甚,好像代祖宗难为情。

袁再春长叹一声。虽然毫无进展的情况在他的意料之中,但被院长们讲出来,还是令人懊丧。他把目光又投向新药研究所。

研究所所长很不情愿地说:"我们拿到了花冠病毒的毒株,但很难解释它为什么在临床上有那么大的杀伤力。我们正在分类和繁衍毒株,只有毒株稳定生长了,我们才能使用各种已知和新研发的药物。这其后还有动物实验、临床实验等过程,最少也需要半年以上的时间。为了保险起见,我们申请获得更多的花冠病毒毒株。虽说远水解不了近渴,但我们将一刻不松懈地全力以赴。不过指望我们很快拿出特效药,不符合客观事物的发展规律。"

袁再春何尝不知道这一套规则,但他仍然悻悻地说:"等你们研究出结果,只怕有十座冷库冻尸体也不够了。"

有人提出是否可以用花冠病毒恢复者的血液,提取抗体和抗病毒血清,这样对于治疗无疑是有帮助的。

袁再春冷笑道:"试问我们现在有几个病人,可以确保是在恢复期呢?他们的身体极端虚弱,又可以抽得出多少抗毒血清呢?用来做研究自然是可以的,但大规模地用来治病,杯水车薪!"

空气凝固,又一次陷入了僵局。有人嗫嚅着说:"我们不是把病毒毒株提供给联合国世界卫生组织了吗?那边消息如何?"

袁再春说:"世卫那边在加紧研制。而且彼此都很清楚,一旦研制出眉目,立即用于临床,并且是免费的。只是,现在还没有成功的信息。"

散会后,罗纬芝一个人回到房间。她不需要等待阳光了,必须尽快阅读于增风留下的资料。这位无与伦比的医生,在生命的最后时刻,一定曾万分努力地思考着如何战胜瘟疫。那么他留下的东西,一定和战胜瘟疫息息相关。

打开牛皮纸袋。罗纬芝正襟危坐,开始阅读。罗纬芝时常偏偏头,让泪水滴到地上,以防打湿了这些珍贵的文件。这是战斗在第一线的医生最后的文字,将来应该保存在博物馆里,纪念人类和花冠病毒的殊死搏斗。

可是,我们一定能有将来吗?

Chapter 5

史前病毒掀开羽绒被，重出江湖
特别危险，杀手藏在无瑕冰川内

一具孩子的尸体。

我如同秃鹫一般嗜好尸体。尸体对别人来说是恐惧和肮脏，对我来说，是盛宴和一页页翻开的教科书。

我向他鞠躬。深深。也许该用"它"，宝盖它，因为生命已然丢失。但我还是一贯用"他"或"她"，在我眼里，它是活的。他会向我述说他曾经遭受的苦难，他会控诉哪些治疗是必需和有效的，哪些只是敷衍和谋财。我知道在生命离开的最后一瞬，杀手的致命一击，落在哪个脏器之上。我知道祸源从哪里来，又到哪里去了。

这具宝盖它，是个小他。只有，十岁。

平常是有助手的，但这一次，无。没有人愿意深入这种令人恐惧的瘟疫深处，如同进入布满怪兽的幽洞，包围着我的是充满了令人窒息的消毒水气味的解剖间，我不责怪他们，连我自己也战战兢兢。我孤独地和死于这种怪异疾病的尸体在一起，和一个小小的他，相依为命。

我做了力所能及的防护，像一个进入核辐射区的防化兵。这使我的手指不能像平日那样灵活，当我俯下身体的时候，沉重的围裙摩擦着尸解台的边缘，沾满了血迹。

关于小他的解剖病理报告，我已经书写了医学文件。我不再复述那些充满医学意味的文字。

我曾多次在电子显微镜下观察这个置人于死地的病毒。它竟是光彩夺目的漂亮,犹如一顶宝石镶嵌的花冠。我把它命名为"花冠病毒",自鸣得意。我不知道这是否能成为它的最终命名,起码这个算是它的乳名。

这几天,我查遍了所有的已知病毒毒谱,没有这个病毒的丝毫信息。狂喜,一个从未被发现的新型病毒,被我寻找并固定下来。你可以把它比拟成一个诡异的间谍,也可以把它想象成崭新的物种。总之,无论这个险恶的病毒给病人造成了多么大的痛苦,科学家的快乐仍是由衷而猛烈的。请不要用世俗的标准来衡量我。

现在,我要找到它是从哪里来的。

在北极的格陵兰岛上,研究冰层物质的科学家们曾从冰川中钻取出了一根冰芯。在对其进行研究的过程中,一种不明微生物突然出现在显微镜下。我能够想象他们当时的骇然,一如我此时的震惊。

科学家最后认定,在冰芯里面发现了已经存活了近14万年的病毒毒株,猜测这类微生物会在适合其生存的冰中蛰伏,等待时机以东山再起。不难想象,这14万年它们是如何度过的。它们开始自我储存,进入类乎冬眠的状态。冰芯的环境对它们相当有利,病毒耐心地等待复苏,希望在某一个清晨,遭遇人类、水生物或其他生物的造访。冰川对绝大多数生物来说,乃死亡禁地。但它是人类已经发现的最好的保存微生物的母体。病毒虽凶恶,也有不堪一击的时刻。比如热、水、酶、化学药剂以及紫外线等,都可置病毒于死地。冰川的寒冷减少了热量对它们的毒杀,冰层里几乎没有流动的水存在,极大地杜绝了化学物质对生物分子的腐蚀。紫外线虽然能够穿过冰层,但那只是表面现象。若冰层达到几米厚时,光能迅速衰减,力量便消失殆尽。冰雪如同羽绒被子,覆盖着这些古老的病毒,让它们在这个安全的黑暗宫殿中,安睡万年,全须全尾延年益寿。科学家已经从800万年前的冰层中分离出了活细菌,这一纪录还在不断刷新中,现在已经飙升到在2500万年前的永久冻层带中,也分离出了活细菌。在极端冰冷的世界里,存在着许多不为人知的微生物。

"病毒"一词源于拉丁文,原指一种动物来源的毒素。病毒能增殖、遗传和演化,因而具有生命最基本的特征,远古病毒再次进入宿主的途径,我设想是这样的——首先是冰川融化,然后随着冰川融水,它们重新回到阳光下,遇到对其缺乏免疫能力的宿主,便会急速扩大种群。并以此侵袭为据点,向整个人类世界传播。它们所具备的毒性无人知晓,大规模暴发后,造成的危害难以估量。

全世界约有 16 万处冰川正在快速消融。欧洲阿尔卑斯山的冰川面积比 19 世纪中叶缩小了 1/3,体积减小了一半。非洲最高山乞力马扎罗山的冰川萎缩了 85%。据测算,2070 年至 2080 年,北冰洋海冰可能消失。

不要以为北极远在天边,阿尔卑斯山也遥不可及。在我国的青藏高原冰川,同样也有病毒样颗粒存在,随着气候变暖,随时有被释放的可能。青藏高原冰川正以年均 131 平方公里的速度缩小,预期到 2050 年左右,有 1/3 左右的冰川会消失。近 30 年来,中国三江源冰川退缩的速度是过去 300 年的 10 倍。长江源头冰川年均退缩 75 米。黄河源区的冰川退缩比例最大达到 77%。半个世纪以来,青藏高原年平均气温以每 10 年 0.37℃的速度升高。21 世纪初,中国冰川总量减少了 1/4。悲剧并不到此止步,到 2050 年还要减少 1/4。到 2070 年,青藏高原海洋性冰川面积将减少 43%;2100 年,将减少 75%。

冰川化了,冰雪融了,冰水横流,病毒探出脑袋,开始新的旅程。哈!吓人吧!

病毒比人类要古老得多,它们是我们的祖先。人们找到了距今9000 万年前的鸟类化石,从中就看到了传染病的证据。所以,传染病是非常古老的,对这样历史悠久的生物,不管你们如何想,反正我要致以深深的尊崇与敬意。

病毒要活下去,就要不断繁衍,这本是天经地义的事情,糟糕的是有一些病毒一定要在活的生物体内复制自己,这种复制过程对人类乃是致命的。我设想:地球或许曾经多次体验过这种病毒的肆意释放,引起毁灭性的流行病,所有的智能生物都会被病毒所灭,就像恐龙的完结一样。人类无法抗击这些已经在表土消亡了亿万年的史前病毒的复出,人类的抵抗力对此种病毒非常脆弱,甚至是零。

设想一下,若有致命的微生物从冰川融化中解冻出来,进入当地环境,会发生什么?

前车之鉴。

黑死病最初出现于1338年中亚的一个小城中,1340年左右向南传到印度,随后沿古代商道传到俄罗斯东部。从1348年到1352年,它把欧洲变成了辉煌的墓穴,断送了当时欧洲1/3的人口,总计约2500万人。

当然了,如果一次摄入一两个病毒,对免疫系统完善的人来说或许问题不大。人体内的白细胞和防疫体系,可以将其消灭。但是如果病毒的侵入量很大,人类个体的免疫系统不完善,就像没有守卫国境线的边防军,敌人就会长驱直入,攻城略地,直到占领所有的领土。

我现在还无从知晓面前这具死于病毒感染的他的具体情况。

地球温室效应导致南极冰川融化,以前人们担心的仅仅是海平面会上升,淹没许多陆地。但美国海洋和气候学家的研究表明:根本不需要等到海平面上升淹没城市,冰川融化释放出的恐怖病毒就会先声夺人,夺去数百万人的生命。

青藏高原特别危险。

多少万年以前,地球上温暖的季风,将热带和温带海水送往地球最高远的山脉,这就是巍峨的喜马拉雅山。无数矿物质、浮游生物及各种动物尸体的尘埃,随季风和降雨、降雪来到这块世界上最高耸的土地。它们被深深冻结在洁白无瑕的冰川里,杀手沉睡。注意,沉睡并不是死亡。在数十万年之后,杀手仍然保持着生龙活虎的生命力。

花冠病毒就是其中的佼佼者,现已大举入侵了我们的生活。

现在,它已经进入了我的身体。

我对此充满了困惑。"才见岭头云似盖,已惊岩下雪如尘。"不知道为什么,这两句古诗涌入脑海。谁写的?它们和我现在的状态似乎没有任何关系，但既然出现了，就把它留在纸上吧。

我的理智并不恐慌。当我面对着小他举起解剖刀的时候，我已经想到了可能有这一天。无论我做了怎样周到的防护，面对一种崭新的侵袭，我的身体全面沦陷。

雪花覆盖。大朵大朵的雪花不徐不疾，稀稀疏疏地东一点西一点，毫无章法，却占据了整个天空，雪花有眼睛，中心黑暗。幽墨眼瞳深如夜海。雪如白菊，翩然而下。天堂正召开盛大的追悼会，所有的嘉宾都摘下胸前的花。

水声在冰下呜咽。那是我的免疫系统吗？

寒冷是发热的请柬。高烧是死亡的前奏。我的免疫系统开动起来，进行无望的挣扎。我在小他那里看到了殊死战场的废墟。每一个战役都是白色的退却逃跑，一败涂地。我的朋友们穿着特制的防护服赶来救我，铠甲似的外套让他们万分笨拙，眼白网满红色丝络。他们很想对我说谎，说我还有救，说他们会尽力。我相信这后半句话，但我不相信前半句。我决定放弃，放弃在此时是无畏的安然。我不愿用最后的力量装出相信他们，鼓励他们继续用我最宝贵的时间和力量，在谎言中周旋。

到别人那里去。我说。

你是最重要的。他们说。他们分为三班巡视病房，但口气都是一样的。我相信，他们在会诊的时候已经统一了认识，确认了我在一天天烂下去。

有人以为这是一个痛苦的过程，其实不然。肌体为什么会预报痛苦呢？是因为它想挽救你，它向你发出警报，希望引起你的高度注意，希望你能采取及时的措施，希望你能垂死挣扎一下，或许就有了生还的希望。如果肌体已经确认抵抗是毫无希望的，拖延是没有任何价值的，它就会聪明知趣地放下武器，偃旗息鼓。它温和地默默忍受，不再向你发布令人难以忍受的疼痛和锥心刺骨的求救信号，而是让你满足和安然，尽可能祥和地度过最后的时光。

我现在就处于这样的状态中。肌肉和关节是如此的不睦，气管和咽喉干脆就成了死敌。发烧更是席卷一切的霸主，人体就像被攻克的城堡，已毫无招架之力。但我没有痛苦，尽管我清楚地知道我的内脏正在一块块地腐烂，我的气道慢慢被血腥的黏液充满。我几乎不能说话了，只能发出模糊的呜呜声，和同行们的交流彻底中断。

一种非常陌生的高毒素病毒。我确信肌体对此毫无抵抗力，我平素身体健康，但它们如入无人之境。我能给后世留下的唯一纪念物，是我对它们的感受和判断。

我上面所留下来的资料，包含着我的猜想。我没有时间去证实它们了，我半途而废了，我很无奈。不过，我并不痛苦，只是遗憾。一个将军死在战场上，他会痛苦吗？不会，我也不会。我喜欢病毒，即使它们此刻要夺去我的生命。就像一个壮士被锋利的宝剑所毁，他在头颅离断的那一刻，也还是要赞叹宝剑的锋芒。

我已经越来越无力。征服花冠病毒，只有一个方法，就是获取它的毒株，然后在实验室条件下，让它一代代地减毒，最后只保留它的抗原性，让毒性对人体的危害变得微弱。制造出针对花冠病毒的疫苗，这是唯一的方法……

无与伦比的疲倦……我就要永远地睡去了。即使在再也不醒来的梦中，我也等待着你们征服花冠病毒的喜讯……家祭无忘告乃翁……那个东西，你不要打开。不到万不得已……唔……还是不要打开……你会后悔的……

Chapter 6

一个盒子里,需要塞进三双鞋

一具死于花冠病毒的尸体,会感染 100 个人

看完于增风的绝笔,罗纬芝万千心事,很想找人聊聊。找谁呢?虽然知道袁再春的住处,但她不敢打扰。唯一能够单独碰到袁再春的时刻,只有晨起散步时分。特地定了闹铃,罗纬芝第二天早早爬起,埋伏在曾经遇到袁再春的小径旁,以期装作不经意的样子,偶然相逢。她的袜子被晨露打湿,冷冷地粘在脚背上。蜘蛛们不辞劳苦地上夜班,织就了产品,在小径上方横着拉起蛛丝,好像它们是草木的警察。罗纬芝走过去,发顶沾染了黏腻而纷扰的细丝,掸也掸不掉。

多么希望能在前方拐弯处,看到披着瓦灰色旧毛衣的老人,因为罗纬芝有一肚子的话想同他说。

等啊等,终是不见。袁再春没有出来散步。罗纬芝突然惊恐地想道:总指挥会不会病了?这里是 C 区,理论上每个人都有感染花冠病毒的可能。总指挥常常深入第一线,和院长们促膝谈话,他感染的概率是所有人里最高的……

好在上午的例会上,罗纬芝看到了身穿白衣、精神矍铄的袁再春。总指挥并没有生病,那时是在向最高领导层电话汇报疫情。

联席会议上的实际数字,令人胆寒。死于花冠病毒的感染者,较之昨天又上升了 50%。人们现在对于死亡数字已呈麻木状态,报给公众的数字也

成了心理游戏。最要命的是这些死去的人安置在哪里？殡葬馆和所有医院的太平间，都已人满为患。冷冻尸体的铁抽屉，平常都是单人间，现在成了集体宿舍。尸身叠加入内，好似一个鞋盒子里挤进三双鞋，交叉摆放。逢到个子高大者，就有可能尸头和尸脚露在铁屉之外，关不上合不拢。为了防止尸体过多导致尸库温度上升解冻，太平间将制冷设备开到最大限度，里面冷得恍若两极。如有长发女尸，发丝垂地，每根头发上都挂满了冰霜，又粗又长，直挺挺戳向地面，恰似诡异树挂。火化炉不堪重负，又损毁一台，正在抢修。到底能不能修好，尚是未知数。国外进口火化设备依然遥遥无期，也不排除他们存心怠工，看这边的笑话。无法进出太平间铁屉的尸体，医院只得先找个僻静所在，摞满了城墙砖一般的大冰块，就地冻藏。天气渐暖，尸体原本被花冠病毒感染，已呈腐败溃烂之态，现在到处溢脓，破碎分解。再说人死了，病毒并没有停止繁衍，它们在尸身中四处游走，越发汹涌澎湃地产生毒素。融化的冰水和死尸的分解物，饱含脓汁遍地横流。存尸房间门口都像抗洪似的堆满了沙袋，以防尸液涌流。这是最后的防线，尸液一旦渗出屋外，后果不堪设想。

整个会议室仿佛被从屋顶往下倒灌了铅，人人抬不起头。

"还是讨论活人的问题吧。抓紧医疗，治好病人，才能减少死人。"一位院长实在忍受不了这个气氛，老话重提，企图掉转方向。

"活人的事儿，我们每天都在讨论。活人和死人，相辅相成。如果死人得不到妥善处理，尸横遍野，花冠病毒到处泛滥，无论怎样殚精竭虑地救治，都是沙上建塔。就算我们最乐观地估计，一具尸体感染 100 个人，100 具尸体也可以感染 10 万个人！大家不要觉得我数学不精，算错了。这不是简单的加法，而是会以几何倍数动态增长。如果我们无法妥善地处理死者，我们就没有办法善待生者。说老实话，我们对于已经发病的花冠病毒感染者，基本上是尽人事听天命。侥幸度过危险期的人，主要是靠自己的综合实力，最主要是抵抗力。要知道，亡灵盼土，祈求速葬。这既是对死者负责，更是对生者负责。"袁再春说。

屋子里的气氛更压抑了。过了不知多久，有人说："'文革'时期遗留的人防工事，是否可以利用？"

有人反驳:"那种地方,设备阙如,如何制冷? 年久失修,万一从哪个缝隙泄漏了,怎么办?"

袁再春启发道:"大家集思广益。中央说了,为了遏制瘟疫流行,燕市有什么需求,尽管提出来,全国来相助。"

有人小声嘟囔:"就算外省愿意帮助燕市火化瘟疫尸体,也不能拉着死人全国跑啊。"

有人说:"我有一个法子,不知当讲不当讲?"

袁再春说:"讲。"

那人说:"在荒郊僻野处,用挖掘机挖出巨大坑穴,然后将瘟疫尸体全部投入,浇上汽油,彻底焚烧后掩埋。这样,就是有再多的尸体,咱们也能应对了。缺点呢,就是各家亲人领不到骨灰。"

刚听到这个方案,众人都觉得过于残忍,不合人伦。后来定神想了想,死人已了无知觉,在焚尸炉里炼烧还是在旷野中化灰,并无本质上的区别。万般无奈之中,这也是个兜底的法子。

袁再春说:"不可。如果这样操作,家属领不到骨灰不算,据我掌握的资料,花冠病毒生命力非常强盛。若坑内温度达不到足够高,焚烧不完全不透彻,再加上受热不均衡,留有死角,那么残存的病毒颗粒依旧具有极强的传染性,也许会污染土壤和水源。我们不但要对自己负责,还要对子孙万代负责。万人坑式的葬埋法,不仅在道义上不能接受,而且在科学层面上,也没有百分百的把握,会遗患无穷。"

又是长时间的沉默。会议室是带卫生间的,有人开始上厕所,于是形成传染,几乎所有的人都感到膀胱充盈,轮流上厕所,一时间哗哗流水声不断,好像附近有一道山泉。

罗纬芝在川流不息的水声中终于忍不住了,插言道:"按理我还是没资格说话,不过,我知道一个地方,稍加改造,即可成为储藏尸体的冷库。估计上万具尸体都可以妥帖安置。"

袁再春说:"说。"

Chapter 7

雕花楼梯出自意大利顶级大师之手
这里不能再藏葡萄酒了,永远永远

推开沉重的酒窖橡木大门,映入眼帘的是古旧红砖墙,慵懒精致的吊灯,雕花的铁门,一派奢靡贵族风气。进得门来,才发现这是一个天然形成的山洞,沁骨的阴凉统辖此地。身穿礼服的酒庄工作人员簇拥过来,向前来视察的副市长谢耕农介绍说,红酒最宜储存在阴暗、凉爽,11℃至15℃温度下。恒温恒湿,避光安静无异味。此窖即是以山为体,凿山而建。山窖合一,四季生凉,为中国最好的葡萄酒窖之一。

秃顶的谢耕农心不在焉地点头道:"好。很好。哪一位是你们这里的主要负责人?"

酒窖副经理说:"市长,您来得匆忙,总经理刚好不在,我是副职。"

谢耕农和气地说:"那就请别的同志们都回去吧。你,加上一名工程师,两个人就行了。"

酒窖副经理受宠若惊,说:"谢谢市长信任。不过,我对品酒不是很在行,是不是让品酒师也留下?"

副市长说:"不必了。今天不喝酒。"

无干人等散去。随着洞子的幽深,灯光渐渐暗下来,一行人似乎走进了欧洲悠长历史中的古老酒庄。

副经理边走边介绍道:"我们这个酒窖,是利用有上亿年龄的石灰熔岩山洞修造的,质地属于最上品。贮酒所用的橡木桶,采用具有百年树龄的法国、美国橡树,都是挑选最好的料质,精心烤制而成。按照国际标准存放红酒,可以灌装 500 万瓶。"

谢耕农谦逊地问:"我对酒窖没有研究。不知道这么大地方,要是放人,能放多少?"

"放人?"酒窖副经理下意识地重复,"放什么人呢?"

谢耕农说:"就是普通人。比如你,比如我。"

副经理还是不很明白,问:"如何放呢?是住人吗?"

谢耕农想了想说:"也可以说是住人。住得挤一点,能住多少人呢?"

副经理心想,这位副市长估计是搞房地产安居工程的,一门心思想着经济适用房呢。他掩藏住心中的窃笑,煞有介事地思索了一下,胡乱算了算,说:"按照每安放 500 瓶酒的空间,能折合成一个人住的地方,我觉得满打满算容纳一万人没有问题。但这并没有计算卫生间、厨房的位置。如果加上这些设施,住的人就要少一些了。"

谢耕农严肃地说:"他们不需要卫生间和厨房。"话到这里,谢耕农突然想起来,问:"你说的这一万人是站着吧?"

酒窖副经理说:"那是。如果把这里当成防空洞,防原子、防化学武器的地方……"

谢耕农和蔼地说:"请试想一下,如果他们躺着呢?"

"躺着?"副经理下意识地重复了一句。他从没思考过这个问题,顿了半晌,尝试着回答:"那可能藏匿的人要少一些,估计最多能容纳 5000 人。躺着比站着要多占地方。"

副市长驳斥道:"不对。你那是按着不重复计算的标准。实际情况不是这样的。"谢耕农说着,抬头看了看山洞。穹隆很高,最低处也有十几米。

这时一干人等走到了旋转向下的楼梯处,下面另有一番天地。楼梯是纯木质雕花的,在柔和的灯光下,木雕上丰美的葡萄珠和盘绕纠缠的蔓藤,反射着点点柔美的光芒。"这些完全是进口的。"酒窖副经理走在楼梯前面,回过头来不无骄傲地说。

"从哪国进口的?"谢耕农随口问。

"您说的是酒还是楼梯?"酒窖副经理问。

"楼梯也是进口的?"副市长意外。

"是的,楼梯出自意大利顶级木雕大师之手,整整五个人,花了两年时间,木材是来自美国加州的红木,它是没有任何气味的木头。雕刻完成之后,分部件海运,再转到燕市,重新组装起来的。您看,多么古朴!多么严丝合缝!多么……这样的工艺,即使在老欧洲,现在也很难找得到。"酒窖副经理带着自豪,赞不绝口。

谢耕农偏头看了看,说:"既然是组装上去的,能拆下来吗?"

酒窖副经理答:"装就整整费工三个月。若要完整地拆下来,大概需要加倍的时间。可能还会有损坏。"

谢耕农拍打着栏杆说:"可惜啦。"

底层酒窖,数百只造价昂贵的老橡木桶倚墙而立。橡木桶组成的甬道,向遥远的尽头延伸,跳动的光影投射到斑驳的岩壁上。副总说:"我们这个酒窖只有一个缺点。"

谢耕农立刻警觉起来,追问:"什么缺点?"

副经理说:"没有天使的份额。"

谢耕农眯缝起眼睛说:"你的意思是指,你们酒窖虽然硬件一流,但是时间尚短,所以墙壁上并没有斑驳的痕迹,酒的分量也没有显著减少,对吧?请放心,对我来说,这不是缺点。"

副经理知道自己碰上了行家里手,连连说:"会有。天使的份额会有的。我们会成为百年老窖。"

巡视完,开始往回走,副经理躬着身体,脊梁显出一个谦卑的弧度。

他已然悄悄地排除万难,将家人送到了海南,那里此刻是中国大陆距离燕市最远的地方。好酒是高级饭店的必备之物,它们是充满醇厚香氛的纽带。在海南找到暂时的避难点,几瓶身世不凡的红酒就能搞定。副经理从自己的经验中明白,要想存酒,温度和湿度那可是要命的东西,一定要保持恰当和稳定。这两条要是出了问题,酒就会被谋杀。同理,海南和燕市在温度和湿度上大相径庭,那么,能在燕市肆意流布的病毒,在海南很可能就一败涂地。

家人一走,后顾之忧彻底消失,副经理决定和他心爱的红酒患难与共。每天巡视酒窖,如同老农在谷仓里捻着谷粒,心满意足,气定神闲。这里远离市区,空气新鲜,人烟稀少,还能抽空品尝红酒,真乃病毒汪洋大海中的一只画舫,其中的快意,常人难以想象。

副经理说:"您不尝尝最好的拉菲吗?"

副市长未置可否。

只要一涉及葡萄酒,副经理就开始喋喋不休:"品尝葡萄酒,就像国学大师王国维评论诗词时所说,要经历三个阶段。品尝葡萄酒是有韵律和节奏的。第一个阶段是——昨夜西风凋碧树……你能体察得到葡萄酒带来的感官享受。气泡破裂之后,带给你甜香或是苦涩。橡木桶是需要年轻的,它像情人一样改变了葡萄酒,给酒浆披上了斑斓外衣。葡萄酒有12种香气,比如椰子和丁香花,比如烤面包和苦杏仁,比如烟熏和甘草……"

谢耕农皱着眉说:"我现在已经到了'众里寻他千百度,蓦然回首,那人却在灯火阑珊处'的境界。很好。这里以后会有第13种气味。请立刻封闭所有的出风口,让酒窖内的任何气体不得散布在外。铺设新的强力制冷管道,在72小时内完成。然后持续制冷,让酒窖温度保持在−18℃以下,正负相差不得超过1℃。工程师,这个在技术上有困难吗?"

工程师听得莫名其妙,看点将到自己头上,嗫嚅着说:"技术上是可以操作的。需要设备和安装人员……还有时间。"

"别的都有,但没有时间。越快越好。"谢耕农铁青着脸说。

"这样的温度,所有的葡萄酒都会冻得炸裂啊……"酒窖副经理大惊失色。

谢耕农说:"对不起,我忘了这些葡萄酒。把它们全部清理出去,在附近山谷掩埋,任何人不得私自处理。所折合的损失费用,统计后直接报给我。此地现被紧急征用。"

酒窖副经理几近崩溃。失声道:"为什么?这些都是价值连城的佳酿啊!再说,哪里有这么多的人手来干活呢?"

谢耕农说:"这你不用担心,我会派人来进行工作。我刚才不是说过了吗?这里被征用了,马上就要安排进驻人群。还忘了告诉你,非常抱歉,你从现在开始，不能回家了。隔离到花冠病毒疫情结束。"

酒窖副经理如同五雷轰顶："为什么？"

谢耕农说："你很快就会知道这是为什么了。你不要把我刚才说的话告诉任何人。你告诉了别人，他也回不了家了。从此，这个酒窖不再藏酒了。"

副经理不甘心地说："以后呢？"

副市长眯缝起眼睛，好像在眺望遥远的将来，摇摇头说："以后也不行。"

副经理固执地说："咱们战胜花冠病毒后，是不是要庆祝啊？要知道，这是数一数二的酒窖啊！"

副市长谢耕农一字一顿地说："这里永远不能再藏酒了。"

副经理绝望地挣扎："陈年的葡萄酒是有灵魂的，它们喜欢清冷安静，不喜欢被打扰。"

谢耕农平静地回答："这里将不缺灵魂。"

Chapter 8

病毒用一万年的时间把恐龙杀死
我们只有等待今夏炙热的阳光

于增风那份文件中的最后一句话："不要打开……你会后悔的……"
什么意思？

罗纬芝总觉得这个袋子里应该还有什么东西才对，她把牛皮纸封口打开，像过去穷人抖面袋子寻求糊口的最后一小撮粮食一样，拍了又拍，晃了又晃……结果徒费心机，什么也没有，只落下一些碎纸屑。

于增风到底留下了什么东西，既期望别人打开，又阻止别人打开呢？

谁知道这东西的下落？它藏在哪里？

无解。每天待在 C 区，出也出不去，总是开会，这就是采访的整个内容吗？如果瘟疫一天不除，他们就要无数次地开会？罗纬芝无奈。

吃过晚饭，又是惯常的和家中通话时间。罗纬芝向母亲报平安，连晚上吃的菜谱都鹦鹉学舌一番，老人这才放下心来。临结束电话的时候，老母亲突然说："芝儿，你有个叫李元的朋友？"

罗纬芝睦睁了一下，她不知道李元算不算是她的朋友，也不知李元是如何向母亲介绍他自己的，含糊应道："啊，是。"

母亲说："他挺关心你的，也知道你到前线去了。你不是说没有人知道吗？看来和这个人关系不错。电话里听声音，还是挺好的。"

罗纬芝哭笑不得。家有大龄姑娘未嫁，家长变得神经兮兮，把所有打来电话的异性,都当成了潜在的发展对象,即使在这举国皆惊的时刻。罗纬芝说:"报上登了我的名字,他就知道了呗。他说什么了?"

母亲说:"也没多说话,就是问候。还说希望你记得吃药。我也不知他说的是什么药。"

"安眠药。妈妈,保重啊,晚安!"罗纬芝放下电话。

不知是有意还是偶然碰上,郝辙也来打电话。他说得很简短,说完后快走几步,赶上了散步的罗纬芝。"你有时在会上突然说话,我都替你捏了一把汗。"郝辙很自然地把手搭在了罗纬芝的肩头。

罗纬芝轻轻甩开。郝辙相貌平平,年轻时生过很严重的痘痘,脸上遗留疮斑。后来做过皮肤磨砂处理,但仍能看出痕迹,脸皮一块块不规则地发亮。身材还不错,人到中年了,保持着青年人的体魄,没有啤酒肚,双腿笔直,走路很有弹性的样子,豹子一样漂亮的身形倒不令人讨厌。不过,这是什么地方,什么时间?生死相搏,如何能勾肩搭背!但不能否认,就在郝辙骨骼坚硬的大手碰撞她肩膀的那一瞬间,一种美妙的感觉激荡全身。她能清楚地感到那男人的手指像弹钢琴似的弹动。

郝辙知趣地收回手,说:"患难时刻,人与人之间的感情很容易拉近。"

罗纬芝没来由地想到了李元。是的,他惦记着她,这令人温暖。

因为有事耽搁,罗纬芝到工作食堂吃午饭的时候,自助餐快收尾了。自助餐这种东西,一过了鼎盛时期,格外凄凉。揭开不锈钢餐盘盖子,一个孤零零的鱼头,大睁着像乒乓球一样瓷白的眼,阴险地看着你,吓得人赶紧盖上,逃之夭夭。下一个餐盘盖子摸上去有点热乎气,苦海余生满怀期待地揭开一看,煮烂了的苦瓜,黄中带绿地摊在盘底,好像某种排泄物。好不容易找到孑存的馒头笼,几个小馒头衣衫褴褛地蜷缩着。罗纬芝在废墟中捡出馒头,预备充饥。袁再春恰好穿行过来,说:"没饭吃了?"

罗纬芝一摇馒头说:"有。"馒头皮像耷拉下来的小白旗。

袁再春很有风度地邀请:"女士可以和我共进午餐吗?"

罗纬芝一吐舌头说:"您是特供吧?不敢叨扰。"

袁再春说:"我也是吃同样的自助餐。只是他们单独留出来了,在里面小餐厅。"

罗纬芝担心："我要是跟您两个人吃一个人的饭，不够吧？"

袁再春说："你不是说过，爱穿白衣的人吃得少吗？"

罗纬芝不好意思，说："我那是瞎说的。心理学里有很多未经证实的说法，仅供参考。"

袁再春说："再没得吃，也不能没有你吃的。下次遇到难题，还等着听你出其不意的发言呢。"说着，他带着罗纬芝快步走到里面素净的单间，内有一张不大的圆桌，果然摆着和外头一样的饭菜，只是盛放的餐具比较精致。

"加一副碗筷。"袁再春吩咐。

袁再春记得罗纬芝几次别出心裁的发言，对她另眼看待。要是别人没饭吃，老头子才不管呢。罗纬芝是真饿了，不客气，风卷残云。袁再春一边喝汤一边说："小罗，你知道吗，我总想着把你们赶走。"

罗纬芝说："知道。不过，我们并没有给你添多少麻烦。我们是名正言顺地派来的，您不能说赶就赶，这是军阀作风。"

袁再春难得地笑起来说："我祖父正是军阀，隔代遗传。我的父亲是个非常温良恭俭让的人，到了我这里，偶尔军阀一下子，也情有可原。"

罗纬芝说："您真把我们赶出去，这些人都不是省油的灯，会把你的内幕泄露出去。那样，你得不偿失。所以，不妨留着我们在这里和你们一起坚守。"

袁再春说："是啊，请神容易送神难。"

罗纬芝说："我们也不是您请来的。"

袁再春说："听口气，你似乎还不愿意走？"

罗纬芝语带双关说："生为中国人，死为中国鬼。没地方可去啊。"

因为疫情渐渐危急，很多境外有亲戚的人，都出去投亲靠友。国外把这些人叫作"瘟疫移民"。多个国家宣布对中国航班采取禁运，封锁边境。

大家对死亡数字变得麻木，或者说越来越有抗体了。多几个甚至几十个也不再大惊小怪，例行会议决定慢慢增加死亡数字，不然将来出现太大的统计误差，没法交代。每天的报纸和新闻中，都说抗疫斗争在有条不紊地进行中，就要取得决定性的胜利了云云，气可鼓不可泄。多数人尽管内心的怀疑越来越强烈,但嘴上不说。不信又能怎样?唯一可庆幸的是将远郊山峦中的超大洞穴酒窖,神不知鬼不觉地改造成了停尸仓库。各个医院的病亡者,每天半夜时分被拉运到那里冻藏,虽然已达数千具,但人摞人的,空间还绰绰有余,再死个万八千人,也还容得下。算是一解燃眉之急。

罗纬芝说:"出去也是担惊受怕,不如在这风暴眼中,死也死个明白。"

袁再春吞着一粒粒米饭说:"我们现在死了,其实并不明白。就像于增风一样。"

罗纬芝说:"我一直想问您,您说知道于医师还有遗物在某人手里,而这个人是谁,您是知道的。那么请问,他是谁?"

袁再春不慌不忙地说:"你这样想知道拿到于医师最后遗物的人,想做什么?"

罗纬芝说:"正如您所说,死个明白。"

袁再春拿起一瓣柑橘说:"你何以知道于医师就明白得更多一点呢?"

罗纬芝说:"于增风是一名非常负责任的医生,自己也得了这个病,并因此而殉职。我相信,他对此病毒朝思暮想,死不瞑目。如果我在家里,靠着听广播看电视来想象和花冠病毒的斗争,一定认为还有很多高明的科学家在夜以继日地研究消灭病毒的方法,认定我们一定还有威力强大的药物,正准备应用。我会相信也许在哪座深山中,还有制伏病毒的秘密武器藏着,马上就要拿出来大展神威……这些想象会支撑着我乐观地活下去。很可惜,我深入了指挥部的核心区域,我才知道,这一切都是幻觉。没有特效药,没有运筹帷幄的科学家,没有深山里的秘密武器,有的只是酒窖改建的尸体库,成千上万的病逝者在那里等待焚化。既然死亡已经不可避免,临死前把事情搞明白点,不做冤鬼,给后人提供希望,这是于增风最后的念头。"

袁再春拿起一块烤得有点煳的饼,咔嚓咬下一块,说:"不要那么悲观。我们还有最后的希望。"

罗纬芝已经吃完了,用胳膊肘托着腮帮子,翻着白眼说:"我不想听虚张声势的鼓舞人心的话。"

袁再春并没有马上回答,而是妥帖地把饼咽下去,正色道:"这并不是虚张声势的话。春天就要过去,夏天就要到来。"

罗纬芝说:"诗人们常说的是——冬天到了,春天还会远吗?您现在改成这样,不知有何深意?"

袁再春说:"没有深意,就是平常的意思。等待。生物都是在春天发芽生长,病毒也可能是这样。当气温进一步上升,也许大自然会伸出手来,拯救人类一把。我们现在只有等待今年夏季的炙热阳光。"

罗纬芝半信半疑地说:"如果夏天花冠病毒依旧肆虐,我们还有什么法子呢?"

袁再春说:"我们将等待秋天……很多小说家把人类和病毒的斗争,描写得如暴风骤雨,好像瘟疫一来所有的人都死光光,然后整个城市化为死城,速战速决。这种描写是不确切的。如果那些小说里有什么更深刻的微言大义,我作为科学家,没时间深究。真正的瘟疫流行,如果刹那间人都死绝了,反倒是一件好事。"

罗纬芝喝了一口水说:"等一等啊,人都死绝了,证明这种病毒太猛烈了,怎么还能说是好事呢?"

袁再春说:"病毒并不是完整的生物体,它必须寄居在活人的体细胞内才能生长繁殖。如果它的毒性太猛烈了,一下子就把它赖以生存的宿主,一股脑儿毒死了,它也就绝了自己的后路。活着的人远走高飞,远离尸体就可以活下去。皮之不存,毛将焉附?从根本上讲,正是每天只让一部分人死去但绵延不止的瘟疫,才是最可怕的。"

罗纬芝明白了,花冠病毒是钝刀子杀人,更为阴险。她问:"那我们怎么才能战胜它呢?"

袁再春不理睬这个问题,按照自己的思路往下说:"有的研究者认为恐龙就是得了这类病,其后在大约一万年的时间里,病毒侵袭绵延不愈,最终以这个物种的完全消亡、同归于尽做了结尾。"

罗纬芝胆战心惊,说:"您的意思是,我们很可能成为恐龙第二?"

袁再春望望窗外,天阴沉着好像要下雨,风中有了潮湿的种子。他长叹一声说:"我尽人事,听天命。"

罗纬芝把筷子一放,说:"你这个抗疫总指挥,怎么能一点斗志都没有!"

她站起身,索性离开。

袁再春略感意外说:"你这小姑娘,火气还挺大!从来没有人这样对我说过话。"

罗纬芝不服气:"马上大家统统都要死了,还有什么长幼尊卑论资排辈?就像这样每天开个会,统计一下数字,然后造个假账,彼此唉声叹气一番,也就散了。不知道的人以为你们能拿出什么抗疫的锦囊妙计,知道的人才明白不过是听天由命地挨日子罢了!"

袁再春又好气又好笑。自打进了这园子,他就没有一分一秒个人的时间。一日危似一日的瘟疫,层出不穷的险情,让他惨淡经营,筋疲力尽。抗疫胜利遥遥无期,真不知要坚守到何年何月。他的苦处又向谁诉说?这半路杀出的小女子,口齿凌厉,倒说他心里去了。袁再春道:"就算你们采访团真撤离了,我也会安排你留下。"

罗纬芝觉得这老头挺有趣,自己冲撞了他,他一点不见怪,反倒邀自己常驻。觉得刚才有点不近情理,毕竟人家是长辈,劳苦功高,忙着往回找补,说:"我很想为抗疫做点实际贡献,心里急,您别介意。世界上都是一物降一物,难道这个花冠病毒就是金刚不坏之体吗?"

袁再春说:"道理大家都懂,全世界的科学家都在找,包括于医师,他临死都在找。"

罗纬芝说:"于医师留下的东西到底在哪里?是不是已经找不到了?"

袁再春也吃完了,站起身说:"那个东西还是找得到。"

两人说着,绕过收拾盘盏的服务人员,走到餐厅门前。天空飘下了浓密的雨丝。预备的公用伞都被人拿走了,餐厅的人忙着去找,要他们等等。两人各拉一把餐椅坐下,说着话,等待伞到或是雨停。

罗纬芝问:"那东西在哪里?"

袁再春看着连绵不断的雨丝说:"它在我手里。"

罗纬芝也不吃惊,她已经想到了这一点。问道:"里面是什么呢?"

袁再春摇摇头说:"我不知道。那是一个密闭的纸袋,层层封裹。于增风说得很明白,不到万不得已的时候,不要打开。"

罗纬芝偏着头说:"真的假的?"

袁再春生气："我有必要骗你吗？"

罗纬芝反驳："这我吃不准。"

袁再春伤心起来，说："看来我一世的英名，要毁在这场瘟疫中了。"

罗纬芝觉出不妥，赶紧解释："我说真的假的，是个口头禅。您千万别在意。我的问题是——现在算不算万不得已？"

袁再春也不再追究，仰天长叹道："应该算了。光是那些存在葡萄酒窖里的尸体，日夜不停地焚烧，也要烧好几个月。再死下去，如果老天不帮忙，瘟疫会把我们慢慢消灭殆尽。"

罗纬芝说："那您为什么不把于医师留下的纸袋打开？毕竟他亲自解剖过尸体，也是死于花冠病毒感染的迄今为止职务最高的医生。他的见解对于一筹莫展的我们来说，应该是非常宝贵的。"

袁再春说："这些我都很明白。但是……"他欲言又止。

"但是什么呢？"罗纬芝想不明白这个霸气十足的抗疫总指挥，何以与平日大不相同，如此婆婆妈妈优柔寡断。

这时伞还没找来，但雨变得小了一点，袁再春说："走吧，我马上还有一个会议。"

罗纬芝说："您不要再搪塞了，我想听到您的明确回答。"

两人冒着点点滴滴的春雨往会议室走，袁再春说："你一定想知道这个答案，我可以告诉你。那就是我害怕。"

于增风医生的最后遗物，被袁再春收藏起来了，这一点，罗纬芝并不意外。原因嘛，她设身处地地想，也找到了貌似成立的理由。比如，袁再春想独享科研成果……比如，袁再春认为时机还不成熟……比如，袁再春希望在某个公开的场合发布这份资料……说一千道一万，她绝没想到袁再春是因为恐惧而秘不示众。

"您怕的是什么？"罗纬芝追问。这时，他们已经走进了会议室。随着这段路途的缩短，袁再春已经褪去了推心置腹谈话的熟悉感，拒人于千里之外的威风陡然回归。

好在这一次，袁再春并不想回避这个问题。"怕死。"他简洁有力地答。罗纬芝原以为人们可以用一千种、一万种音调说到"怕死"这两个字，但像袁再春这样以大义凛然、铿锵有力的气度说出来，着实罕见。

"怕谁死？您会是胆小鬼？"由于袁再春如此理直气壮，罗纬芝不得不追问。她料定袁再春会反驳说："我怕百姓死。"

袁再春很清晰地回答："我怕自己死。"

Chapter 9

生死相交时刻,人的情欲会格外强烈
香草最大的遗憾,是没有和朗姆酒相遇

妈妈的病情恶化了。晚上联络的时候,老人家虚弱的声音通过电话线,将抖动传达到罗纬芝的鼓膜:"芝儿,你什么时候能回来呢?"

罗纬芝忍住泪水,尽量让自己的声音显得柔中带刚,她说:"抗疫取得了突破性的进展,马上就会全面胜利。这样我就可以结束隔离,回家去了。妈妈,您可一定要顶住啊!"

妈妈说:"顶……我使劲顶……万一顶不住了,芝儿,你不要怨妈妈啊……"

罗纬芝不愿让母亲听出自己的哽咽,清了清嗓子说:"您叫百草听电话。"

"姐!奶奶可想您啦!啥时回家来啊?"百草的声音透出渴望。

"很快。奶奶最近身体不好,你一定要找景医生到咱家来看病。多给景医生诊费,千万不要送奶奶到医院去。医院太危险了。"罗纬芝再三叮嘱,景医生是位老中医。

放下电话,罗纬芝走到屋外,想找个地方放声大哭一场。抬眼看到一枝孤樱,艳而凄地怒放着,等待风的摇落。她扶着樱树,站了许久。樱花是很脆弱的花朵,被人一撞,花朵纷纷坠落。她一直站到这一束粉红的光影,被夜浸泡得暗如灰烬。

她咬了咬嘴唇,沿着小径回 207 去。家才是哭泣的地方。

　　路旁有烟火在一明一暗地闪动。公共场所明令禁烟已经多年,一般人都已改了这习惯。抽烟者如果违规,除了高额罚款之外,还要接受强制处罚——到街道上去拾烟蒂,要足足捡够100个,才能解除处罚。也许有人会说,拾100个烟屁股还不容易啊,实在不行,我自个儿找地方猛吸上一通,也就凑够了数。不想魔高一尺道高一丈,执法机关早就算到了这个歪招,见招拆招,规定每个烟头捡之地,必须要拍下来,立此存照。刚开始公布这种处罚条款的时候,众说纷纭。中国人口众多,一件事情只要从前没做过,就有人说三道四。这个政策一直坚持下来,公共场合乱抽烟的人,不得不蹲在大马路上拾烟屁股。罚钱不怕,丢不起这个人。再加上公共场合抽烟的人得知这样的罚则后,都自觉收敛。能在大马路凑到100个烟蒂,不再是一件容易事了。

　　王府是世外桃源,没有禁烟警察监管,成了逍遥法外的地方。谁这么不讲道德啊?罗纬芝走近一看,竟是郝辙,穿一套咔叽布迷彩服,好像是野战军。

　　"真不自觉。"罗纬芝谴责。

　　郝辙说:"很可能下周就横死,抽支烟算什么罪过?抽烟让人少活十年,可有谁能保证我们还能再活十年?"

　　罗纬芝说:"就是死,我也愿意死在一个干净的地方。"

　　郝辙把烟头熄灭,丢在地上,用脚把它碾碎,看着它微弱的红火星一点点沉入青砖铺路石的细小缝隙。然后又俯下身去,把那一撮烟灰带尘土捏起来,放入了垃圾箱。说:"我只是不希望打扫卫生的工人,明天看到这个烟头,大惊小怪。别误会,并不是痛改前非。"

　　罗纬芝说:"咱们也不能老圈在王府中,是不是可以到其他地方去采访?"

　　郝辙说:"嘿!正中下怀。我这两天就会提出要求到第一线去。"

　　罗纬芝说:"从C区到A区?"

　　郝辙说:"对。一步到位。"

　　罗纬芝说:"下去容易上来难。你就不怕感染花冠病毒?"

　　郝辙说:"我也是凡夫俗子肉身一个,焉能不怕?但国家兴亡匹夫有责。我要到真正的前线去,不能龟缩在这里。"

罗纬芝说:"佩服你。"

郝辙一把抓住罗纬芝的手,向往地说:"你愿意和我一起去吗?"

罗纬芝抽出手,她想到了重病在床的妈妈。父母在,不远游。说:"我不能去。我妈妈病重,从 C 区这里回家,还相对容易一点。若是有个三长两短的,我还能见到我妈。要是到了 A 区,侯门一入深似海。你要去,千万保重!"

郝辙说:"我今天晚上可以到你的房间去坐坐吗?"说这话的时候,恰好有一颗流星滑过。他的眼珠反射出一晃而过的流星星芒,好像宝石般灿烂。罗纬芝垂下眼帘说:"你常常这样做吗?"

郝辙说:"单纯坐坐,当然是经常的了。"

罗纬芝说:"不要假装天真。咱们都已不是豆蔻年华。彼此都知道——这坐坐之后,会可能发生什么或者真的发生什么。"

郝辙挥挥手说:"这就要看你希望什么了。死亡就要临头的当儿,别的都退居其次。现在瘟疫是群体生命的集合状态,大家都登上了火车站的垂直扶梯,直抵最后的黑色月台。"

罗纬芝边走边玩弄着树叶说:"我想知道,你指的退居其次的东西是什么?"

郝辙说:"很简单。传统啊,道德啊,名声啊……诸如此类。"

罗纬芝说:"你的意思是一个人或是一伙人就要死了,就可以不必坚守平日的价值观,放任胡来。对吧?"

郝辙没有正面回答,走着走着,突然露齿轻笑道:"我知道你为什么嫁不出去了。"

罗纬芝有一搭没一搭地说:"好啊,愿听其详。"

郝辙停下脚步:"你连这么模糊的事情,都要把它上升到理论高度,多没意思的一个女人。没有人愿意和你同床共枕。"

罗纬芝站下说:"说得好,一针见血。那你否认你刚才的企图了?"

郝辙说:"基本上是这样。你知道离开家很多天了,生死相交的时候,人的情欲反倒更加剧烈,欲帜高扬啊,有点像硫黄岛上的士兵。"他伸了个懒腰,公猫一样拱拱脊梁,头发也抖动起来。

罗纬芝说:"硫黄岛上哪一拨的士兵?"

郝辙说:"就是扶着旗帜的那一拨。"

罗纬芝说:"真卑鄙。看在你就要下 A 区的份上,我就不骂更脏的话了。劝君养精蓄锐,留着精气神等着对付花冠吧。"

说实话,郝辙是个捉摸不透的人,罗纬芝可不想在这病毒麇集之地搞出什么桃色新闻来,空气中的花冠病毒分子,可能刺激男性的荷尔蒙,但对女性来讲,绝对是情欲的抑制剂。

郝辙顾自走了,罗纬芝随意漫步,不想走到了袁再春的房间附近。周遭寂静平稳,头顶上整盘的月华清爽无比,风快乐地戏弄着树叶。她觉得冥冥之中一定有一种牵引她的力量,代她决策。你什么时候在什么地方出现,一定蕴涵着要发生什么的契机。

灯光亮着。罗纬芝敲了敲门。

袁再春此刻没有穿那身锡纸般闪亮的白工作服,着一件灰色衬衣,蓝色裤子,让他同普通的退休老工人没多少区别。

"你来了,欢迎。正好,我要打电话找你。"袁再春指指桌上的内线电话。

罗纬芝说:"我来向您道歉。因为我说您是胆小鬼。"

袁再春说:"哦,你说得没错,我是胆小鬼。不过,胆小也有分类。有些人是为了自己胆小,有些人是为了别人胆小。"

罗纬芝琢磨不透这话,迟疑着坐下来,袁再春说:"你喝点什么?"

罗纬芝说:"请问这里有什么?"说完之后,她不好意思地笑了,觉得像和咖啡店的老服务员交流。

袁再春没理会罗纬芝的笑声,说:"什么都有。从今年的明前龙井,到陈年的普洱。当然一定会有咖啡。"

罗纬芝说:"一过了中午,我就不敢喝茶和咖啡,睡不着觉。"

袁再春说:"那说明你的神经系统对咖啡因和茶碱特别敏感。那就只能喝白开水。对了,我有自己种的新鲜薄荷。"

罗纬芝拍手道:"那我尝尝您的新鲜薄荷,最好加上朗姆酒。"

袁再春说:"好啊,瞧,这是我自己种的。"说着拿了一把锋利的医用剪刀,从落地窗前的花盆里,剪了一株薄荷草,用净水冲了冲,放到透明的玻璃杯里,又打开一个酒瓶,倒了两滴酒进去。屋里顿时弥漫起鲜薄荷与朗姆酒的混合之香。他把滚烫的开水倾倒入杯,浓烈警醒的味道陡地蹿起,如同吹响了一把冲锋号。

"连清茶都不能喝,倒能接受这种刺激性的饮料。"袁再春一边调制这种特制饮品,一边嘀咕着。这时他一点也不像叱咤风云的总指挥,简直就是絮絮叨叨的老爹。

罗纬芝说:"大概我常常嚼薄荷味的口香糖,用薄荷味的牙膏,反倒不会影响睡眠。"

袁再春显摆说:"我的薄荷是绿色的。"

罗纬芝惊诧,说:"薄荷还有红色的吗?"

袁再春很开心罗纬芝的误解,说:"我是指自己种的,保证没有肥料和农药。"

罗纬芝看着被剪取了的最长枝蔓的薄荷丛说:"就这样泡了水,有点可惜。留着看绿多好。"有一些绿,娇嫩细弱,但薄荷的绿,即使是初生的叶子,也辛辣和不可一世。

袁再春说:"世界上有一些香草,就是破碎后挥发出香气,完成自己的使命。你让它善终老死,从来不曾经受沸水冲泡,没有和烈酒相合,那才是香草的悲哀。请吧,嫩绿薄荷和稠美酒浆相激,此乃绝配。"

罗纬芝轻呷一口,果然味道独特,连着喝了几口,头上就冒汗了。两人扯了一会子闲篇,碧绿的薄荷饮对提升人的勇气肯定大有裨益,罗纬芝点明此行目的:"我想得到于增风医生的最后遗物。"

袁再春斟酌道:"这份遗言,我都没有看过。我不敢打开它,因为我太了解于增风了。他是一个淘气鬼。"

罗纬芝说:"淘气和他的遗物有什么关联呢?难道说他临死之前还开了个玩笑?"

袁再春沉吟着说:"我怕比那更危险。你想啊,于增风临死前最痛苦的是什么?"

罗纬芝想想说:"就是自己不但没有把花冠病毒击退,反倒被它剥夺了性命。"

袁再春说:"不错。那么设想他在这种情况下最迫切的愿望是什么?"

罗纬芝思忖着说:"是复仇。消灭花冠病毒。"

袁再春拖长声音说:"对喽。不过,一个明知自己生死大限已到的人,一动都不能动,肉体正在一分一秒一块块溃烂下去的人,他要复仇,有何方法?你试想一下。"

罗纬芝思忖片刻,摇摇头说:"我想象不来。"

袁再春老谋深算地看着她说:"我猜你想到了,但是不愿意说。我也想到了,我可以告诉你。这就是于增风的遗物,必然和病毒有关。在这种情况下,他说出不到万不得已不要打开遗物的话,证明遗物是有危险的。我刚才说过,要是我乃单独的个人,我不怕死。但我现在是抗疫总指挥,如果我万一感染了花冠病毒,就无法继续坐镇指挥这场战役,无法向上级报告疫情,无法把我所积累的抗病毒知识传播开去,拯救他人。所以,我的生命已经不属于我自己。为了大局,我只能选择胆小。胆小比胆大,需要更多的坚忍和毅力。"袁再春说着,端着薄荷饮的手微微颤抖,几滴碧绿的液体滴落在沙发上,与豆沙色的绒布相混,成了淡紫色的痕迹。

罗纬芝说:"您的意思是打开于增风医生的遗物,也许要冒生命危险?"

袁再春说:"正是这样。所以,他的遗物被我封存,没有任何人会拿到手。"

罗纬芝骨子里的执拗和勇敢大发作,说:"如果我自愿打开呢?"

袁再春说:"那也不可。因为如果你被感染,那就不是你一个人的事儿,而会波及很多人,包括整个指挥机构都有可能要从 C 区变成 B 区,甚至 A 区。你不能轻举妄动。"

现在,事情是搞清楚了,但也更绝望了。

这一夜,罗纬芝长久没有入睡,失眠强烈地复发了。这不仅仅是因为袁再春的话惊涛拍岸,而且也因为李元给她的 1 号粉末吃完了。她这才确信,这些天的安眠,与王府的安静和空气质量并无明显联系,一切皆拜李元的白色粉末之功。

因为睡不着,她思前想后。恍惚觉得有一个高高瘦瘦的男子走过来,脸色青黑,但带着温和的微笑。"你是谁?"罗纬芝问道。她觉得自己应该害怕,但是没有,一点都不怕,只是好奇。

"我就是于增风啊。"来人诙谐地说,"这些天,你不是老念叨我吗,怎么见了面反倒不认识了呢?"

"你这么高呀?"罗纬芝发问。她说的是实话,虽然多次阅读于增风的字体,算半个熟人了,但并没见过他的照片,没来由地觉得他应该没有这样高。

"花冠病毒有促进人长个儿的作用。"于增风一本正经地说。

"那你不应该死啊。"罗纬芝无法判断自己是不是在梦中,不过她很清楚于增风应该不在人间了。

于增风说:"是啊。我已经死了。我就是来告诉你,答案就在我留下的遗物中。我不会加害于你们。记住,记住记住……"高个子的于增风,像一缕烟尘飘然而去。

由于这一段记忆,罗纬芝无法判定自己到底睡着了还是处于清醒状态。想来想去,还是解释为睡着了比较好,日有所思,夜有所梦。若是没睡着,那真是闹鬼了。难道花冠病毒会让人灵魂显现吗?

不管怎么说,这个梦境坚定了罗纬芝要打开于增风遗物的信念。她爬起身来,写了一封短笺,表明决心和责任自负的态度。天亮之后,她等在小径上。

黎明的园林,分外静谧。天空如同遭遇了不负责任的炊事员,用刮鱼的利刀,将云打成了满天的鳞,并朝东面一通乱甩,掩盖着鱼血一般鲜红的霞。树影稠密,看不到日出,罗纬芝百无聊赖,打量王府。终于明白,园林这东西,并不在于年代新旧,而在于是否精心保养。王府是古老而生机盎然的,清雅丰美的树,不因人间的灾难而显出丝毫萎靡,它们没心没肺地展现着翠绿、油亮、肥润的叶脉,让人觉得民间的死讯,对自然界来说,微不足道。

多么想做一株生机勃勃的树啊!就在罗纬芝暗发感慨之时,晨练的袁再春走了过来。看到罗纬芝,他并不吃惊,好像早料到她会等在这里。罗纬芝一言不发,把短笺递给了袁再春。袁再春看了好久,翻过来瞧过去,像那是一枚定时炸弹。最后说:"估计我再不批准你,你会弄个血书来送我。好吧。我给你于增风的遗物。千万做好防护。如有任何不相宜之事,立即报告我。"说完,回到自己的房间,打开保险柜,拿出一个白色布包,以医院里常用的纱布包裹着。原来大概是雪白的吧?因为被消毒熏蒸,已经变成了苍凉的棕色。"记住,姑娘,这是你咎由自取。"袁再春面无表情地说。

$\mathcal{C}hapter\ 10$

冰地球上第一个大面积消失的陆地是澳大利亚
胶带缠紧包裹后写上"剧毒！万勿打开！"

　　袁再春太了解爱徒于增风了。这份托人带出并指明面交自己的遗物，必有蹊跷。他不曾告诉任何人，一直绝密封存着。出于谨慎和自己所担当的责任，袁再春不敢轻易打开这份医学遗产。但他心里未尝不希望别人来试试。这不是嫁祸于人，实在是想对花冠病毒有更多的了解，对抗疫有所裨益。

　　迄今为止，于增风是死于花冠病毒感染最高级别的白衣战士，他又是一个极富探险和思索精神的奇人。他对花冠病毒的了解，应该比任何人都更深入。自从术业精湛、老谋深算的病理解剖专家于增风，死于花冠病毒魔爪之后，医务人员人人自危。应付日常抢救已是筋疲力尽，哪里还有精力探索更深奥秘？电视镜头每天都出现身穿铠甲般工作服的医务人员，在病房嘘寒问暖，和奄奄一息的病人们打成一片的镜头。这是不是真的？肯定是真的。不过医务人员在病房逗留的时间极短，恍若过眼云烟。为了将再感染的概率降至最低，医务人员得到的训诫是——尽可能缩短在高危感染状态下的停留时间，59秒能解决的问题，绝不要待到一分钟。凡是能用遥控监控设备处理的情况，一律不必亲临现场。是啊，每个濒死的病人之躯，都是花冠病毒的巨大派对，它们通宵达旦狂欢，肆无忌惮地向四周喷射着毒素。既然局面已不可挽回，让身负重担并且人数不断衰减以至捉襟见肘的医生护士们，继续留在被炸毁的阵地上，除了增加同归于尽的风险外，又有何益？

医护人员们疲于奔命,目睹惨状,心理压力极大。他们能咬紧牙关应对日常工作,让绝望中的病人们知道还有人陪伴,已是此时能做的最大医疗。那位著名的特鲁多医生的名言是——"有时,去治愈。常常,去帮助。总是,去安慰。"现在,医护们的工作可以这样修改——"很少,去治愈。常常,去收尸。总是,去隔离。"

对花冠病毒的深入细致研究,可能要等到瘟疫过去以后,痛定思痛。当然,这个前提是我们有"以后"。尽管现在有一些科研机构,已经着手进行研究,但那功效约等于临上轿才想起扎耳朵眼儿——来不及。这种情况下,死于抗疫第一线的病理学家的遗物,当然具有非同小可的医学价值。

"这份遗物是经过特殊途径转出来的,按说也经过了严格的消毒,是安全的。但你还是要千万小心。"袁再春叮嘱着已经走出房门的罗纬芝。不知为什么,他有挥之不去的隐忧。

"我知道。我会多加小心,您就放心吧。"罗纬芝恨不能举起右手发誓。

于增风的遗物宛若西天经书,费了多少口舌、多少磨难才取到手,罗纬芝以为自己会像唐僧一样高兴,其实大不然。这不是一件扎着缎带的礼物,而是饱含诡谲的密函。回到207,罗纬芝特地用消毒液净了手,将调光台灯拧至最亮,打开了于增风的遗物。

为什么要用消毒液呢,她也说不清。按说这包裹里的物件,应该比外面的世界更危险啊。罗纬芝想了想,明白了净手表达的是一种尊敬。

一层又一层,好像千层饼。每一层都是医院的白纱布,可能这是垂危中的于增风唯一能得到的包装吧。最后一层就要打开了,罗纬芝心跳不由得加快,她已经隔着菲薄的纱布,意识到那是一只小盒子。还有一些稻草样的东西,发出窸窸窣窣的声音。

打开最后一层包裹,一个信封露出来。说它是信封,真有点美化了。它是用病历纸粘连起来的,第一眼看过去,像是随意折叠的。待你要打开它的时候,才发现它被胶水封住了。也许当时是为了让它更严密些,但在复杂的消毒程序下,已经开裂,最初的防范形同虚设。

罗纬芝战战兢兢地打开这些蝉翼般薄的纸片。唔,又看到了于增风的手迹,只是笔画更混乱,颜色更浅淡。纸上和以往一样留有编号,于增风至死都非常严谨。

　　我请临床医生用了强力的激素，他是我哥们儿，知道死亡已不可避免，既然无法挽回死的大纛，就给它缀上一朵蔷薇吧。我很高兴为自己争取到了一抹回光返照的时间，它如此灿烂，光芒四射。我要把最后的秘密告知你。

　　我查了小他的资料。名叫田麒，从他生前的照片来看，苍白细弱，脸上有和他的年龄不相符的忧伤。

　　他是一个慢性淋巴细胞性白血病的患儿。三岁开始发病，后来接受了父亲的骨髓移植。普通人骨髓配型的成功率是万分之一，亲属间要高一些。田麒和他的父亲在配型的十个点中，有五个相同。通常在八个点以下，成功的概率就很低了。但要找到完全匹配的供体，需要很长的时间，田麒等不及。他的父亲大田对医生千恳万求，最后死马当活马医，医生答应一试。田麒度过了危险期，移植居然成功了。出了移植舱之后，田麒接受漫长的抗排异治疗，虽然花费巨大，但看着儿子一天天极缓慢地长大，大田非常高兴。

　　早春时，有一环保组织，名叫"巨伞"，在燕市最大的公园举行环保秀。他们用采自喜马拉雅山的冰川水，制作了一个巨大的冰地球立体模型。当太阳出来之后，把这个冰地球放在广场上。随着阳光渐渐猛烈，冰球开始融化。大约15分钟后，形成了第一滴融水。轮廓最先变模糊的是太平洋诸岛，第一个消失的大面积陆地是澳大利亚。一小时之后，美洲大陆消融。这时冰地球已经不能称为球体了，像一块冻豆腐，千疮百孔。20分钟后，代表中国大陆的部分和南北两极坍塌，整个地球随之崩溃，变成了一大摊四下漫流的清水……当天围观者众多，大家亲眼看到了地球变暖导致冰川融化带来的灾变。

　　父母带着田麒，观看了整个过程。人多加上近中午天热，田麒还摸了一下冰川水，说很凉，很舒服。之后十天，田麒开始发病并迅速恶化，最后导致死亡。

　　我需要解剖田麒。特殊的防护设备披挂起来，我像一株粗壮的植物,双脚打开约 25 度角,稳稳地抓住专用解剖室的地面。很快,我的白色隔离鞋两侧,都被田麒身上滴落的黑褐色汁液污染,黏腻发亮,好像成了一双穿了很久的咖啡色翻毛皮鞋。遗体本来应在静穆中栖息,入土为安,但是为了更多人的福祉,有一些人必定死后还要被打扰。我相信这瘟疫终会退潮,死去的人就是再也回不到大海的贝壳,不过在海洋馆留作标本,是不是也是一种幸运?病理解剖就是收割,收割死亡。我就是最后的农民,我虽然不喜欢这个不带感情色彩的词儿,但我找不到更好的词儿,将就着用吧。

我开始收割。田麒的尸体是一件有尊严的值得尊敬和有秘密的物体,它在和我捉迷藏。我必须用刀固定住它,用刀锋和显微镜谦逊地与之交谈,了解它曾经遭受的苦难,它才会把死亡的奥妙和盘托出。最精细的解剖,要在我的呼吸间进行,要在我的心跳间进行,更要在心跳和呼吸的间歇重叠时进行,这样才能保证最大限度的精巧和细腻。

这生命的废墟初看是乱的,之后显出曾经的过程,最后就是整体的合一。你不能说,病毒就不是一种力量。在这种狂暴的力量击打下复原鲜活之貌,是技术也是想象力,是科学也是艺术。

解剖过后的田麒犹如一件脱下来的小大衣,不再是紧绷绷和污浊的。我把它收拾干净,优雅地摊在那里,好像等待着有人把它折叠收拢,放入柜子。别了,田麒。你将活在我的报告里,这也许就是你的父母含辛茹苦抚养你的最终目的,只是在这之前,我们都不知道。

筋疲力尽。但是,事情仅仅是开始。科学家的直觉告诉我,那个水,可能有问题。

田麒的病理解剖完成后,我和巨伞组织联系,询问此事。他们不知我的用意,以为我怀疑他们弄虚作假,捶胸顿足地保证说,这个冰地球里面,绝对含有冰川水。

我问,这句话具体是什么意思?

他们说,"巨伞"虽不敢说冰地球所有的水都来自冰川,那样耗费太大了,但其中有一部分水,千真万确来自喜马拉雅山冰川。

我说,这水究竟是怎样取来的呢?

他们回答所用之水，来自科学考察时从几百米深处带上来的冰芯。本来我想把这件事搞得更清楚，再来汇报，但我开始发热了。其他的部分，你已经在我公开的遗书上看到了，不再重复。

如果你有幸（也许是你的不幸）看到这封遗书，你要做以下几件事：

第一，请你找到冰川水。我猜测，在那里面，很可能有最初的花冠病毒。

第二，把我的这封信，放在水里浸泡一下。你用一小块纸就可以。

罗纬芝看到这里，好生奇怪，停了下来。第一件事，她可以向袁再春汇报，去找冰川水化验。但是这第二件事，把信放在水里泡，似乎难以完成。这些纸已经朽了，不要说浸泡，就是拿在手里时间长一点，就开始酥脆掉渣。虽然这不是什么文物，但万一毁坏了，难以交代。

不过，若是只在边缘处撕下来一小块纸，应该没多大问题吧？

罗纬芝这样想着，就在没有写字的地方撕下了一小条。拿来一只透明的六棱水杯，倒入矿泉水，然后把那一小片纸放进去，等待着奇迹发生。

大约十分钟，没有任何奇迹出现。那块纸在水中渐渐地酥透了，变成丝丝缕缕的絮状物，整个水杯呈现稀薄的雾状，不再清亮。罗纬芝走近杯子，像一个高中生上化学课，用手扇着闻了闻，没有任何特殊气味。她又使劲上下左右摇晃，好像那是一杯红酒佳酿，看它的汁液是否挂壁。折腾了半天，那水始终如一地混浊，并无异象。罗纬芝气馁，心想这医生虽一生英名，但濒死之时，也方寸大乱。眼看着那水已经发生了沉淀，水杯上层慢慢清晰明朗，底层越显出黏腻了。

罗纬芝终于放弃了努力，心想还是回去看看于增风还有何指教吧。基本上也不抱有重大发现的希望。

在那张纸的背面，还写着一些字。字更加潦草，罗纬芝刚才看到了，但还没有来得及读，就忙着去撕纸做试验。现在，再来读读吧。

我猜你刚才看到了这张纸的背面还有字。如果你先看了这些字，我猜你未必有胆量把一部分纸泡在水里。如果你最终没有这样做，我一点也不责怪你。你有这个权利远离危险。

这件事我要是现在不做,就再也没有力气做了。我要竭尽全力去做,并不在乎世俗道德的评判。生命就是一系列的机会成本,我现在只有最后的机会,它是我所有的资本。我不惜付出自己的生命,现在,对不起,也不惜付出你的生命,只愿求得更多人的长生。这是一种罪恶的崇高感,希望你能理解。

如果你还没有看以下的文字,就已经——

1. 把这张纸的一部分投入水中;

2. 并且近距离地观察了这杯水;

3. 在半尺内的距离闻了这杯水;

4. 震荡后呼吸了这杯水的气味。

如果你对我上面的各个小问题的答案都是"是"的话,那么,你必须把以下的文字读完,然后再来确定你下一步怎么办。

我要非常抱歉地告诉你,你已经近距离地感染了花冠病毒。依我的经验,你99%将会发病。

罗纬芝看到这里,五雷轰顶!她已经感染了花冠病毒?!就在片刻间,花冠病毒已经侵入了自己的身体?!罗纬芝大惊失色,跌跌撞撞地跑进卫生间,拼命用冷水冲浇头部,然后大剂量地使用消毒液涂抹身体的暴露部位,再用更大量的清水漱口,呛得自己直翻白眼,冰冷的液体顺着下巴颏儿一泻千里,流到了肚脐眼。然后高扬起头,把用于含漱的消毒液直灌到鼻子里,又辣又苦,顺着喉咙火烧火燎的,好像把一公斤芥末膏抹了进去……最后跳到浴缸里,用热水激射全身……当她用眼前找得到的所有工具,把自己里里外外彻头彻尾清扫消毒完毕后,这才虚弱地戴上手套,用镊子夹住那肮脏的纸片,继续斗胆阅读。

我猜你累得够呛。因为你马上去消毒自己,这很费工夫和力气。不过,我要告诉你,以一个资深的病理学家和一个就要死于这种疾病的病人的双重身份对你说,这些都是徒劳的。那侵入你身体中的罂粟,开始摇曳。

很遗憾,花冠病毒在刚才那个极短的刹那间,已经进入你体内。现在,它们已经开始生儿育女勤勉繁殖了。今后的事儿,你能依靠的只有自身的抵抗力。所以,你不用着急。如果它是一个悲剧,早在你意识到之前,它就已经提起了闸门,洪峰一泻千里。如果你最终无恙,那你感谢你的基因吧,它们救了你一命。你可能觉得我的遗物到达你手里之前,必然经过了彻底的消毒。这一定是不错的。但以我丰富的经验,我为这些病毒颗粒做了特别的防护,所以它们多半能经受住考验。我自信当你看到它们的时候,它们还有活力。

我猜你一定恨我。不过,在这之前,我再三再四地告诫过你,这是你自愿的选择。请不要埋怨我。就我个人来讲,我更希望你染病。不然的话,我太孤独。如果有了你,虽然我不知道你是男是女是老是少,但这不重要。重要的是我不再孤独。你将经历所有我经历过的痛苦,你将和我一样进行思索和探寻。也许你能战胜病魔,这就给了更多人希望。如果你终于要离开,我会在天堂等你。所以,收起你的愤怒,所有的愤怒都会削弱我们的抵抗力,它是有意志的花冠病毒。

好了,去把那一杯水煮开。残存的病毒就会被杀死。它们来自冰川,对高温没有抵抗力。当然了,如果你想让更多的人染病,就把它从马桶倒下去,花冠病毒就会爆炸样地传布开,没有任何力量可以阻止它。

我保证,你今天晚上不会有事的。睡个好觉吧!

于增风绝笔

天哪!罗纬芝完全丧失了反应能力,凭她怎样冰雪聪明,设想一千种、一万种可能,也没想到于增风的遗物居然是活的花冠病毒。她在完全不设防的情况下,已经有极大可能感染了病毒。

现在,她能做些什么?一切就像于增风的预言,她什么也做不了,什么也不用做。做什么都没有用。

罗纬芝松松垮垮地趴在 207 的沙发上,像一只被风浪打到沙滩上又被烈日晒枯的海星。她现在的唯一期望,是于增风临死前神经错乱,开了一个天大的玩笑。但这显然是不真实的,不知是药物支撑还是回光返照,总之于增风的这封遗书,条理非常清晰。罗纬芝终于明白袁再春严密封锁于增风遗物的苦心了。这个于增风,的确是个疯魔。

罗纬芝唯一的出路,是寄希望于信中的花冠病毒,经过消毒和这一段时间的延宕,它们已经死了。于增风再运筹帷幄,也无法料到身后的一切。他毕竟是人不是神,否则他就不会自己感染了花冠病毒,并不治身亡。只是这一希望,现在没法子做出判断。花冠病毒有几天的潜伏期,一切要到那个时候才能定论。目前只有听天由命。

那么,要不要向袁总指挥报告呢?罗纬芝无法做出决定。报告了,肯定会引起轩然大波。自己马上就要入院隔离。通过这些天的采访,罗纬芝知道现在的策略是"宁可隔离一千,不能放过一个"。就算袁总不相信罗纬芝真的感染了病毒,他也要在第一时间把罗纬芝送进隔离病院。那么,哪怕只是虚惊一场,罗纬芝并未染病,也要在病院里苦苦挨日子,和确诊的花冠病毒感染者亲密接触。很可能原本没吸入花冠病毒,却入院染病上身,成了货真价实的病人。她还有重病在床的老母,如果出也出不来、回也回不去,如何使得!

罗纬芝渐渐理出了头绪。她要镇定自若、一切如常地等待几天。她不相信花冠病毒真有这么厉害,在重重消毒之下,依然固若金汤地活着,并保持旺盛的传染力。她也不相信自己的抵抗力不堪一击,束手就擒。再说了,就算一切要发生,而且也没有什么好法子,就等着瞧吧!

她站起身来,把那杯疑似盛有花冠病毒的水,倒进煮水器中。然后又接了一些水,把杯子内所有的纸屑一丝不留地冲进煮水器。王府客房配的煮水器开口足够大,罗纬芝索性把那只杯子也放进去。之后她狠狠地按下了插销开关。煮水器立时红光闪烁,开始工作。罗纬芝此刻什么也不干了,专注地盯着煮水器发出轰鸣,直到它热气腾腾,白烟袅袅。

罗纬芝把煮水器连续烧开了三次,直到一壶水几乎烧干。她自言自语:"于医生,你的花冠病毒再厉害,现在也化成烟雾了。"这时,突觉头剧烈地疼起来。她想,是不是花冠病毒已经在我的体内兴风作浪了?

　　不敢深想下去。唯一可以放心的是,泡有花冠病毒的水杯,完成了彻底消毒。罗纬芝恨恨地想,花冠病毒你再厉害,总归是蛋白质吧? 在这样的沸水中洗了澡,你就像鸡蛋清一样凝固了,再也无法保持活力了。

　　罗纬芝把于增风的遗物严密地包裹起来,又用宽幅胶带把它缠裹得粽子一般,然后在外包装上用记号笔非常清楚地标明——"剧毒! 万勿打开! "

　　窗外,樱花谢了。花瓣摇落一地,犹如粉红色的暴雪袭来。樱花的坠落,不是风的劫掠,不是枝头的绝杀,而是自己寿数尽了,本怪不得别人的。清香冉飘,王府径幽。

Chapter 11

于增风告自己的女朋友预谋杀人

从 C 区到 0 区,每人要戴脐橙头盔

　　自从把李元交给自己的 1 号白色粉末吃完,罗纬芝跌入失眠深渊。今天饱受惊吓加之夜色暗沉,风声鹤唳,若不采取什么措施的话,一定睁眼到天明。罗纬芝披着睡衣,把那个曾经装过 1 号粉末的纸袋找出来,对着水杯拼命抖搂,总算磕出来一些残渣余孽,她一口吞下。也许是心理作用,也许真是灵丹妙药,饱受惊恐折磨的身心,在短暂的不安之后,逐渐沉入蒙蒙眬眬的睡眠中。

　　她被电话铃声惊醒。

　　内线,是郝辙。"你今天怎么啦? 没吃早饭,例会也没有看到你。是不是病了?"

　　罗纬芝惊出一身冷汗。真是哪壶不开提哪壶,她最害怕的就是说到"病"这件事。或者说,在今天之前,正确地说在昨晚之前,她不怕别人说病。整天都是跟病打交道,一天不说几十上百次的"病",那才是怪事。但此时此地,她对此字极端过敏。

　　"没病。只是犯困。"罗纬芝拢拢头发答道。她不愿说真话,当然也不能说假话。

　　郝辙说:"那就赶紧过来吧。今天上午,要大家报出行动计划。"

　　罗纬芝说:"知道了。"她到洗手间,特别在意镜子中自己的脸色。王府客房里的灯光发暗，这让她看起来无精打采、面有菜色。她努力对着盥洗室的镜子龇牙咧嘴，形势也没有太大改观。罗纬芝索性放弃了努力，心想，就算是感染，一时半会儿也看不出来，别耽误工夫了。

她的化妆品在女生当中，算是简单的。仗着身体素质好，平常脸色不错。朋友送给她的胭脂，从来没用过。今天从化妆盒里扒拉出来，往颧骨最高处扫了一番，立刻有红晕出现，人也变得容光焕发。看来女生还是要粉嫩一点儿才显得水灵。她对着镜子扮了个悲伤的鬼脸，走出宿舍。

迎面碰上已经开完了例会的袁再春。

袁再春注意地观察了一下罗纬芝的神情，说："你看了于增风的遗物？"

罗纬芝不安地回答："是。"奇怪这老头是不是有什么特异功能。

袁再春说："有什么？"

幸好罗纬芝提前做了准备，不然的话，她会憋不住一股脑儿地将实情和盘托出。秘密不但有重量，而且有体积，压得人消耗巨大能量。秘密猛于虎。但她记得昨天（也算是今天凌晨）自己的决定，于是说："有重要发现。"

袁再春非常重视，说："哦，果不其然。请讲。"

罗纬芝说："最初的感染很可能来自冰川水的融化。要追查最先观看过冰雕的人。"

袁再春说："这个于增风写过专题报告，我们已经追踪调查过了，的确是这样，已经在做相应的处理。除此以外，还有什么？"

罗纬芝故作淡然地说："其他就是他原本记录的延续。并无新的东西。"

袁再春半信半疑，沉吟道："这似乎不大符合我对他的了解。于增风应该有惊人之举。"

罗纬芝惊骇于这老头子的先见之明。她不敢大意，按照设想好的应对策略，缓缓应答说："我也是这样想的，但的确没有。"

袁再春说："弥留之际，他也许糊涂了，所为和平日似有所不同。不过，也只能这样解释了。"

罗纬芝下意识地咬住了嘴唇，以便自己不说出真话。于增风糊涂吗？他直到临死，都充满了令人震惊的卓然创造力。

袁再春叮嘱："关于冰川水的问题，不要扩散，国家会专项处理。"

罗纬芝点头。现在不可擅自发表对花冠病毒的报告,怕闹得大家人心惶惶。不然此言一出,也许人们从此不敢喝高山泉瓶装水。

袁再春接着说:"采取自报公议的方式,你们可以到各个职能部门了解情况。这样才能为抗疫留下立体记录。"他又随口嘟囔了一句:"要是整个人类都灭绝了,记录再详细也没什么用。"

罗纬芝说:"我去采访于增风的家人,是否可行?"

袁再春嘴角边的肌肉抽搐了一下,说:"这不可以。起码目前不可以。理由你是知道的,在我们的记录中,于增风还活着。"

罗纬芝想起死亡的两本账,这些天,习惯成自然,一时忘了。

"他家里还有什么人呢?"罗纬芝不甘心地问。她现在对于增风的兴趣,不仅仅来自好奇,还源于对自己性命的忧虑。你只有更多地了解这个人,才能判断他所说的是否真实。

袁再春回忆道:"二十多年前,我在医学院当教授,于增风是我的学生。他学习很好,知识面广泛,身材高大,是校篮球队的中锋。你可以想见,医学院校里,女生占很大比例,像于增风这样一表人才的聪明男生,有多少人追求。后来,他和一个名叫萧霓雪的女生好了,年轻人热情似火,下面的事情你可以想象。这个女生怀孕了。女孩子要打胎,这在医学院并不是很难的事情,但于增风坚决不同意。后来,萧霓雪就把孩子生下来,然后丢弃了……"

罗纬芝大惊,失声问:"天下还有这么狠心的母亲!"

袁再春说:"人年轻时容易犯常识性的错误。她借在外地实习的机会,生了孩子,又抛弃了孩子。萧霓雪人很瘦,怀孕后也不显山不露水的,在外地医院实习,人变丰满了。人家也不知道她原来的体形如何,居然瞒天过海,到了临产的时候都没有人发现。要说这萧霓雪也够有本事的,一个人给自己接生,然后将孩子扔垃圾箱里,居然做得天衣无缝。于萧两人当时不在一个城市实习,等于增风估摸着临产的时间快到了,兴冲冲地跑到萧霓雪所在的城市,一切都已经结束了。于增风问孩子呢?萧霓雪说,我是生下了孩子,可是孩子死了。于增风说,死在哪个医院?萧霓雪说自己生在宿舍里。于增风想明白了是怎么回事,一怒之下,把萧霓雪告上了法庭……"

罗纬芝闻之颜色大变。天哪,于增风竟是这样一个人!那么,他所说的一定是真的了!

"后来呢?"罗纬芝战战兢兢地问。

"于增风告萧霓雪预谋杀人,但没有证据。那个孩子,萧霓雪说是扔到垃圾箱里了,也没有任何人看到过。找也找不到,也没有目击者。萧霓雪一口咬定孩子生下来就死了,所以她才抛弃了孩子。于增风到处走访,也找不到关于那孩子的一丝线索。人们同情萧霓雪,一个美丽的学医女生,如果背上了杀人的罪名,这一生就毁了,因为始终没有证据。后来,案子不了了之。于增风从此独身,性格孤僻。再也没有女生敢和他谈婚论嫁,他也就一门心思扎在医学海洋里,成了颇有建树的病理学家。据我所知,他只有一个老父亲,是否健在不知道,其余就没有任何亲人了。"袁再春惊讶自己为什么一口气说了这么多,像个碎嘴的家庭妇女。

罗纬芝越听越寒凉,天哪,此人说到做到,手毒心狠。她觉得呼吸困难起来,问袁再春:"要是感染了花冠病毒,会怎样?"

袁再春说:"你这么多天在这个圈子里耳濡目染的,应该也算半个专家了。先是乏力低烧,咳嗽、痰中带血,然后是腹泻、高烧,出现各个系统的衰竭腐烂,最后全身崩溃……咦,你问这些干什么?"

罗纬芝极力抑制住上下牙的敲击,深吸一口气,尽量平稳地说:"我想从您这个医学权威这儿,听到对此病最精辟的概括。现在发现,你和别人说得也差不多。"

袁再春又好气又好笑,道:"这就像形容一个人的长相,长脸圆脸瓜子脸,大体上差不多。有没有虎牙,有就是有,没有就是没有。要不然,说得天花乱坠,不是别有用心,就是指另外一个人了。任何人描述的花冠病毒,都差不多。"

罗纬芝的自制力到了极限,无法让她支撑更长的时间了。来不及妥帖地告别,就急匆匆离开了。袁再春稍感纳闷,这姑娘今天好像不够有礼貌呀。

会议上,特采团成员报出了各自欲深入了解的方向。有人要去环卫局,想知道大量的医疗垃圾和生活垃圾如何无害化处理。有人要去医学科学院,想看看电子显微镜下花冠病毒的真面目。还有的准备去大学,因为有些同学发病,整个大学都被封锁,不知道在这种情形下,同学们的日子过得如何?

罗纬芝强打起精神,提出要到外交部去。大家议论纷纷,说想去商业部、交通部等等,都能理解。瘟疫和外交部有何干系?

罗纬芝说:"一个国家遭受严重瘟疫,别的国家如何看待我们? 咱的国际形象会不会受到影响? 这难道不重要吗? 今后如何应对大规模的传染病,应该总结经验。"

郝辙的要求是下到第一线,和医生护士还有花冠病毒重症病人在一起。

孟敬廉团长说:"郝辙同志勇敢献身的精神,值得表扬。到抗疫第一线去,有点像打仗的时候到尖刀连冲锋排,非常值得敬佩。好吧,我们汇总之后和上级联系,尽量满足大家的要求。"

就在孟敬廉说到"尽量"这个词的时候,罗纬芝清楚地感到了来自胸腔的一丝疼痛。它若隐若现似有似无,如果不是在静静地倾听他人发言,身心都处于相对放松的状态下,如果是在走路、说话或是上卫生间,那么罗纬芝一定感觉不到这种极轻微的异常。因为无所事事,这疼痛才被察觉。它来得抽丝般的细腻,但不屈不挠。

罗纬芝想起了于增风的警告。难道,花冠病毒真的开始发作了吗?

她不愿相信,也不肯相信。等着病魔撕咬自己,之后束手被擒,这太悲惨了! 罗纬芝突然有点理解于增风。一个以医疗科学为生命的研究者,在最后的关头当然要想出计谋,延续自己的学术设计。实乃性情中人。

她不能在恐惧中坐以待毙。"如果我现在正处于疾病的潜伏期,出去采访,对其他人是不是构成危险?"罗纬芝要把这个问题搞清楚。

"按照以前的规矩,从 C 区是不能到 0 区的。现在防疫部门设计出了一种特殊头盔,戴在头上,C 区的人就可以和平常人相处了。你们要外出,需要佩戴这种头盔。戴上后有轻微的憋闷感,慢慢可以适应。"孟敬廉说着,拿出一个橙色头盔,鲜艳得如刚刚摘下来的脐橙。

罗纬芝抢先戴在头上,果然有点不习惯,赶紧摘下来,端详着说:"这颜色也太扎眼了。有别的颜色吗?"

孟敬廉答:"这是仿照海上遇难时救生服的颜色,代表紧急和危险。又不是卖时装,防疫盔仅此一色。"

罗纬芝再次戴上,发现听对方讲话声音并不受干扰,勉强可以接受。瘟疫时期办事效率奇快,第二天下午,一行人戴上防疫盔,来到位于首都的外交部。在一般人眼中,外交部是很有几分神秘感的地方。进门时的盘查果然很严,一一留下指纹。顺利通过后,走到大会客厅。这是外交部最高规格的接待场合,平常是部长接见外国使节的地方。人们在电视上无数次地看到过这个房间,咖啡色地毯,四周是富有中国特色的木雕和丝毯等装饰品。米色的沙发上铺有镂空的白色网纱,清冷典雅。此刻自己也成为外交部的座上宾,来访诸人受宠若惊。

环顾四周,人人头戴脐橙橙头盔,好似地震抢险队员,就差没牵一条毛茸茸的搜救犬。在这庄重的氛围里,显得有点怪异,你看看我,我看看你,甚为好笑。这时,走进一位西服笔挺、满面笑容的官员,大家立马从沙发上站了起来,来人正是外交部长。

部长伸出手,说:"大家好。"

大家都把手背到身后,说:"部长好!"外交部长醒过味来,诙谐道:"刚才已经警告我了,不要和你们握手。我忘了,因为在这间房子里,我还真没有和一个来访者不握手的。"

孟敬廉代表大家说:"部长那么忙,百忙之中能和我们座谈,非常感谢。"

外交部长说:"你们能这副打扮到外交部来,让我们开眼界,很感动。说句实在话,现在我们一点儿都不忙。"

大家奇怪,罗纬芝抢先问:"为什么不忙呢?"

部长说:"所有预先约好的外国来访团,全部取消了。所有中国出访的团,也一律被人家婉拒了。该来的来不了,该走的走不了,你说我这个外交部还能忙吗?"

大家听了,神色萎靡,说:"那这不是影响了我国的国际形象吗?"

部长说:"不言而喻。不过,病毒这个东西是没有护照的,也不需要签证。它不会老老实实地按着人类的意志划分局限在某些地方。那些借着病毒泛滥,重弹东亚病夫啊第三世界肮脏啊是劣等人种啊的种种老调,非常荒谬。"

大家愤然道:"这是哪个国家的人说的? 以后等我们恢复正常了,再也不理他们! 断交!"

外交部长说:"世界之大,总是有唯恐天下不乱的人,总是有落井下石的

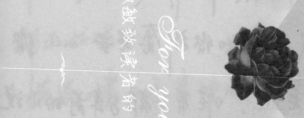

守淑敏致读者的一封信

For you

人,总是有以邻为壑的人。在我的岗位上,知道的稍多一些。每个人都和祖国息息相关。很多年前,郁达夫在日本,找不到女朋友,都说,祖国啊,你为什么不能早日强大起来!现在,我们的建设日新月异,朋友也越来越多,不过,这一闹花冠病毒,不友好的人自然幸灾乐祸,乐观其成。就是友好的朋友,吓得也不敢来了。如不能早日控制花冠病毒,我们在国际上的声誉,将会受到深远影响,危害难以估量。"

部长并没有危言耸听,也没有把真实情况和盘托出。实际上情况要严峻得多。中国货轮被整船遣返,你就是说货轮起航的时候,中国港口并没有暴发疫情,现在是完全安全的,也没有人搭理你,反正是不让你踏上人家的一寸土地。中国航班更是一个人都不能下飞机,加上了油就原路返回。连加油工人都像面临生物武器袭击,全身防护如同应对细菌战。所有的出口都停止了,没有人和你签一个单。吃的不要了,穿的也不要了。手工制品不行,连金属矿石也在禁运之列,好像花冠病毒在石头里不吃不喝也能生存。冷冻的不行,高温消毒过的也不行,现代的不行,古代的也不行。总之,整个国家实际上已成孤岛。

罗纬芝私下里想,病毒啊病毒,你为什么单单和中国人过不去呢?你这么有本事,为什么就不能穿越国界到各地去溜达溜达呢?到那时候,大家就都知道"环球同此凉热"了。全球化时代,地球是扁平的,没有什么东西能真正将人们隔绝。那种"他人就是地狱"的方法,不仅过时,而且根本行不通。

不过,现在是你自己家里起火了,你也不能强求别人担水来救,不火上浇油就是好的了。真希望瘟疫早点扑灭,在国际上也可以扬眉吐气。

部长详尽地问了一下有关治疗花冠病毒方面的进展。大家谈得都很谨慎,除了报纸、电视中公开披露的那些,也不好深谈。部长是何等聪明的人,当然明白这种时刻的分寸,也就不再深问。

部长说:"我有时会想,等咱们基本上控制住疫情之后,第一个接受中国代表团出访的国家,是哪个呢?"

大家说:"估计是第三世界国家吧?"

部长说:"怕未必。他们多数国力比较弱,胆子比较小,不一定有这个打破坚冰的勇气。不过,凡事总有例外,具体会是怎样的发展,要看当时的情况。要看那个国家的领导人和中国的关系。"

大家说："这一次，暴发大规模的疫病，是不是造成了巨大的损失？"

外交部长说："经济上的损失，以后会有专门的统计数据出来。在外交上，现在已经看到的这些，不过是冰山一角。它所造成的破坏，可能会在一个相当长的时期内难以消除。我不能进入抗击花冠病毒的第一线，请你们转告战斗在那里的同志们，他们身上肩负着历史的重托，肩负着祖国的威望，也肩负着我们这个民族是不是能昂然挺立世界民族之林的使命。同志们，拜托了！"

外交部长非常郑重地站起身来，深深地鞠了一个躬。采访团员们也忙不迭地起身，向部长还礼。只有郝辙坐着不动，大家有点嗔怪他失礼，郝辙说："部长，我知道您这个躬不是鞠给我的，所以我没有资格还礼。但是我把您这个礼收了，保存起来。我明天就要到第一线去，您知道，我们现在比一般人距离第一线要近一点，我们是在 C 区，而第一线是 A 区。我要到 A 区去，就相当于抗战的时候，到太行山去，到冀中平原去，到敌后去。我一定把您刚才的话和您的这个礼带到。我要告诉第一线的勇士们，不但祖国人民看着你们，世界人民也看着你们！"

所有的人，包括部长，都被郝辙的话感动。一时间，郝辙成了比外交部长还耀眼的人物。

身体在诱惑下像充满了坑洞的粉色海绵,鲜艳欲滴
罗纬芝好像是集中营中的犹太女,而他是纳粹军官

"我要到前线去了。"返回王府的园子吃了晚饭后,大家各自活动并整理资料,郝辙边走边对罗纬芝说。

罗纬芝一笑,摘下隔离头盔的感觉真好,起码彼此可以看得见笑容。她说:"关于这一点,你今天说得够多了,风头也出足了。咱俩知根知底的,就不用一而再,再而三地表现了。"

郝辙说:"到我房间坐坐吧。给勇士送送行。"罗纬芝说:"你这话对别人说,人家特感动。对我,没效果。"她心想,自己现在何止相当于 A 区,若真的发了病,有可能以身殉职。其壮烈的程度,郝辙可比不上。

郝辙不由分说,轻拉着她就走。罗纬芝虽然甩开了郝辙的手,脚步还是随着郝辙,毕竟人家要上前线了。

进了郝辙的房间。虽说王府内的普通客房都是一样格局:一个单人沙发,一个双人沙发,还有茶几、写字台什么的,但一个男人住了,就显出不一样的邋遢风格,还有显著的烟味。

郝辙说:"我来的时候,家乡的新茶刚刚下来,我带了一点儿入园。你是稀客,喝一点尝尝鲜吧。"说着,到卫生间拿来漱口用的玻璃杯,说:"这茶汤碧绿清澈,一定要放在玻璃杯里,才能看出效果。我在家的时候,用的是法国弓箭的六棱钻石杯,晶莹剔透。可惜这里条件差,只好用漱口杯代替了。

不过你放心,绝对卫生。"

那茶沏出来果然漂亮,整个杯子好像放进了一块巨大的祖母绿,绿得令人心旌摇动。罗纬芝说:"好茶。抱歉,我是过了上午就不敢喝茶,怕晚上睡不好觉。"

郝辙说:"我家乡这茶与众不同,专门安神的。"说着,自己就一口气喝了半杯。

罗纬芝先是呷了一小口,果然味道带着微寒的凉气,让人十分惬意,遂慢慢饮着。

说了一些闲话后,郝辙叹息道:"我就要走了,很可能一去不复返,你就没有一点恋恋不舍的心意吗?"

罗纬芝说:"悲壮的告别词,到外面骗骗涉世未深的女学生挺动听的,别忘了,我是和你一个战壕的战友。战场上,婆婆妈妈的事都是画蛇添足。"

郝辙说:"顽冥不化。给你讲个故事吧。那一年,自卫反击战时候,有一个连长要上前线了,临走前说自己还没有碰过女人呢,挺遗憾的。房东的媳妇听到了,就以身相许。后来这个连长一时没能上得了战场,舆论就变了。有人说房东的媳妇是老牛吃嫩草,因为她比连长的岁数大多了。人们又说连长违反了三大纪律八项注意第七条,调戏了妇女,要求处分他。上级下达了处分令后,这时又需要上前线了。连长奋勇求战,要求戴罪立功。当然,那时候他已经不是连长了,变成了小兵。上头真就把最惨烈的任务交给了他,从前的连长、后来的普通一兵,杀敌非常英勇,大败敌人后壮烈牺牲了,尸身埋在了烈士陵园。房东的媳妇就拼命打工,挣来的钱都买成好酒好烟,洒在土里,插在地上。后来连长的坟,成了陵园里最奢华的墓地。"

罗纬芝说:"挺好的一个故事,让你一讲,有点狎邪。不过,还是让我感动。"

郝辙说:"真的吗?光感动就完了?要有行动啊。"说着,坐在单人沙发上的身体,很自然地挪到罗纬芝坐着的双人沙发上。两个人并排而坐,相互间的呼吸吹拂到对方。

罗纬芝跳起身,坐到了写字台边的转椅上。

郝辙说:"你明白我的意思吗?"

罗纬芝说："哈！太明白了。"

郝辙动情地说："我喜欢你。这一次我出发，明天就走了。说不上山高水远，论距离，不过水平移动几公里。但你知道，很可能壮士一去不复还，这就是生离死别。"

罗纬芝撇嘴道："别那么壮怀激烈、故弄玄虚的。这我都知道，没什么了不起的。"

郝辙激情难抑地说："我们能在一起狂欢，度过这死亡的前夕吗？"

罗纬芝反驳："凭什么你说这是死亡的前夕？也许我们都平安地穿越瘟疫。"

郝辙说："我渴望能尽情地放松一下，忘却这阴霾的压力。我看出来了，你也有这种渴望。孤男寡女的，为什么要压抑自己的本能？在这充满了封建气味的古老王府里，在死亡的翅膀之下，我们纵情欢愉，这本身就是藐视死亡的神话啊！"说着，他又从双人沙发上站起身来，拥住了罗纬芝的双肩。罗纬芝的耳郭正好贴在郝辙的胸膛处，听到了激烈如擂鼓般的心脏跳动，有力而规整。

一股原始的动力从罗纬芝腹部升起，牡丹花似的盛开，蔓延到指端，似乎要将她整个包绕起来，交给那颗蓬勃跳动的心。她是个30出头的成熟女子，汁液饱满还未苍老，青春仍在却已脱了幼稚，此刻正是清甜多汁吹弹得破的好时光。

她鬼使神差地站起身，躲到了床前。平展的大床上雪白的高支纱布单，四角都被紧紧塞压到床垫下，表面绷得像一张白面筝。

罗纬芝这一次的躲避，简直是火上浇油，成了一个暧昧邀约。郝辙本想一个箭步猛虎上前，突然镇定下来，一字一顿地问："我知道你没有结婚。那么请问，你是处女吗？"

罗纬芝瞬间清醒了一半，说："你怎么还有心思问这个问题？"

郝辙不依不饶地说："我需要知道答案。"

罗纬芝悄然退了半步，浅笑道："我并没答应要和你做什么。"

郝辙正色道："我是一个非常理性的人。在做什么事之前，我都希望自己明白将会发生什么，也希望别人明白。我不会强求，也不希望对方觉得这是受骗上当。"

罗纬芝轻浅一笑说："挺有意思。我们要把这一切都事先讨论明白再开始操作吗？"

郝辙郑重其事道："我这是为你着想。你知道，我们都是成年人了，每个人要为自己的行为负责。"

罗纬芝拍手道："好极了。我喜欢你这种在千钧一发时的理智。瘟疫让我们成熟。"

郝辙更正道："在瘟疫之前，我也是这样开诚布公。所以，尽管我和很多女人有过亲密关系，但我从来没有给自己惹过麻烦，当然也没有给她们惹过麻烦。我的家庭依然很和睦，我是一个好父亲、一个好丈夫。"

罗纬芝从来没听过谁这样大言不惭地说到婚外情。甚至严格讲起来，这不是情，只是性。不过，她还是被郝辙吸引，不仅仅是他的理论，还有他这个人。这真的很奇怪，明明自己根本不同意这观点，却飞蛾投火般地被吸引。这个人如此神采奕奕、强词夺理，迸射出邪恶的光线。

罗纬芝有点恨自己，在这种时刻，这种地方，岂能游戏人生！有人在浴血奋战，有人却在这里情欲勃发。理智呼唤她站起身来扬长而去，但她的肉身却春心荡漾，流连忘返。身体在诱惑下像充满了坑洞的粉色海绵，吸收了情欲的红酒，鲜艳欲滴。

且看他还有什么惊人的表演吧。罗纬芝这样说服自己，找一个在是非之地久留的理由。

郝辙精于揣摩女子的心态，知道罗纬芝已经默许了一多半。不过，他一向勇猛中不乏谨慎，还要耐心把细节夯实。他现在反倒不慌不忙了，坐下来说："你还没有回答我的问题呢。"

罗纬芝一时想不起问题是什么，眜睁了一下，说："我们可能是天下最冷静的一对孤男寡女了。对不起，请重复你的问题。"

郝辙说："我的问题就是——您是否是处女？"

罗纬芝就算是再开放，这样的讨论仍然让她难以启齿。她尴尬地笑笑："你有必要知道这个吗？"

郝辙说："当然啦！对象不同，我的策略不同。"

罗纬芝说:"假如我——是呢?"

郝辙打量着她说:"那就需要我把话说在前头。第一次,没什么了不起的,我并没有这样的癖好,觉得处女就是资本。也请你不要觉得自己奇货可居。第一次和第一百次没有很大的区别,我希望第一次的女子也放一颗平常心。不要觉得自己吃了亏,不要寻死觅活的,不要把终生的寄托都放在我身上。毕竟中国最后一个封建王朝已经灭亡了一百多年,大家都是现代人了嘛!"

罗纬芝啧啧称奇,心想欺男霸女也有逻辑。她说:"那么如果我——不是呢?"

郝辙说:"那就稍微简单一点。毕竟是过来人了,程序更清楚一些。你情我愿的事儿,你高兴,我也舒服。咱们谁都不亏欠谁。当然一夜夫妻百日恩,以后能互相帮助提携的时候,多个朋友多条路嘛! 如果从此不相见,也好说好散,让我们都记住这个春风迷醉的晚上。我就要上前线了,你也显得格外清丽动人……"

郝辙说着,在床边做了一个很绅士的邀请动作,请罗纬芝自投罗网。他喜欢这样,先用语言将女子撩拨动兴,在精神上彻底俘获,让她们死心塌地钦佩自己的才华,好奇自己与众不同的勾搭手段。两情相悦后,下面的过程就水到渠成,更流畅,更圆满,更情投意合、高潮迭起。那种类乎强奸、诱奸或是许以种种物质情感承诺的男女性关系,不仅掺杂了太多的功利成分,而且在性爱的欢愉程度上,也大打折扣。人嘛,毕竟是高级动物,要在这种交往中,充分体现出与众不同的质地。时辰到了,箭在弦上,不得不发,烈火干柴情欲喷薄,女子心甘情愿地投怀送抱,那才是最高质量的享受,岂是用各种条件买春能获得的极乐! 只是依他过往的经验,这一条应对女大学生啊,女企业家、女公务员什么的,成功率相当高。不过眼前这个罗纬芝,姿色不错,学历甚好,毕竟见过很多世面,能不能安然入港,郝辙也没有太大的把握。他是一个喜欢挑战的人,加之王府咫尺之内,也没有更多的女性可供挑选。离家日久,需要宣泄。故此,不惜一而再,再而三撩拨试探罗纬芝。现在,眼看就要水到渠成了。

罗纬芝知道各式各样恋爱和私通的故事,但像这样赤裸裸的预演过程,实在是第一次见识。她觉得自己分裂成两部分。作为待嫁女子,她不喜欢这种将人诱骗上床还要强词夺理的霸权逻辑;作为一种人性的私密,她从未见过这样的雄辩和强势。曼妙生机蠢蠢欲动,不由得很想跟着他一步步坠滑下去。

郝辙咄咄逼人地说:"您是还是不是?"

血液激射周身。罗纬芝只有老实承认:"不是。"她有点自惭,毛茸茸的初吻和处女之身,都献给了初恋男友。她以为郝辙会失望,期待自己冰清玉洁闪亮出现。

没想到,郝辙明显地长出了一口气,说:"这样最好。"

罗纬芝不解说:"好在哪里?"

郝辙狎笑道:"你知道开荒是费力气的,我也不想当你的教练。那咱们就开始吧。"

在不可一世、高屋建瓴的指示下,罗纬芝丧失了招架之功。他并没有问你愿意不愿意,跳过这一步,直接下了命令。罗纬芝好像中了蛊,双眼迷离,下意识地问:"要我做什么?"

郝辙打趣道:"傻姑娘,这还要我教你啊?自己把衣服脱掉。"

罗纬芝小女儿心态大发作,撒娇道:"不嘛!我要你关灯。"

郝辙毫无商榷余地地说:"不能关灯。"

罗纬芝又不明白了,懵懂问道:"为什么不能关灯呢?"欲望像墓地磷火,渐飘渐远。

郝辙说:"时间太早。我平日里的熄灯时间是晚上12点左右。我们虽然入住时间不长,但基本的生活作息时间,王府的工作人员已经掌握。刚才一定有人看到你进了我的房屋,现在突然反常地灭了灯,很难保证没有人会好奇。也许认为是灯坏了,要来修理。总之,这个时间,我的房屋不能熄灯。尽管有人看到了,也没什么了不起,两相情愿。但我觉得能简单就简单些,不要给别人添麻烦。你看呢?"

话说到这个份儿上,罗纬芝只有点头。

郝辙又说:"第二,我喜欢在明亮的地方做爱。看得见女人的身体,看得见女人的表情,看得见交合的躯体,那是一种奇特的生物,四手四脚两个头,是色香味的全面享受啊。黑灯瞎火,那是偷情的人干的事儿,太不磊落,我不喜欢。"

如果说什么叫厚颜无耻，罗纬芝算是见识到了。可要命的就是，她对这个男人充满了蠢蠢欲动的热情，不知道他还有多少与众不同的歪理邪说，要一一铺陈。

如果有什么人现在走进来，他看到的是两个衣冠楚楚的女子和男子，正襟危坐地讨论着一件事儿。断乎猜不到他们谈的是情色话题，以为是关乎国家或是历史的庄严。

"把衣服脱掉。"郝辙简洁地命令道。他身上充满了某种能源，散发出逼人的光和热，神情不容一丝抗拒，好像罗纬芝是集中营中的犹太女，而他是纳粹军官。

罗纬芝的自尊心终于受到了挑战，她坚持说："我要你给我脱。"

郝辙振振有词道："我不喜欢别人脱我的衣服，将心比心，我也不喜欢在这个问题上帮助别人。衣服是自己穿上去的，当然应该自己脱下来。我喜欢自由，喜欢没有任何强人所难的开始。"他说的是心里话，同时也是长久以来让自己立于不败之地的撒手锏。他从不用强，凡与之交合之女，都是自己脱的衣服，这样就让他从理论到实践，都立于不败之地。越是有身份、有教养的女子，他越要指令她们在明亮的光线下，一件件自己扒光衣服，看着她们美丽的身体一寸寸像热腾腾的熟鸡蛋一样完美地暴露出来。这个过程就像对方是高级餐厅里的仆人，亲自把美味佳肴毕恭毕敬地端上来，自己安然享受口舌生津的大幕渐次展开。

罗纬芝像着了魔，开始脱衣服了。一件又一件，她脱得很仔细，像第二天早上要上学的小学生，把校服整整齐齐地叠起来。当她只剩贴身的内衣裤，马上就要一丝不挂地站在地中央之时，她突然怪叫了一声，蹲在地上，一伸手捂住了自己的嘴巴。郝辙原以为这是罗纬芝独出心裁增添情绪的小把戏，不料罗纬芝看了一眼自己的手心，神色陡然大变。片刻之后，罗纬芝艰难地立起身，用纸巾擦了擦手，把那块纸巾放进了随身小包。然后把刚才叠得规规整整的衣服，一件件穿在身上，很快完璧归赵齐齐整整地站在了郝辙面前。

见多识广的郝辙，第一次碰到这样不可思议的女子。勃发的情欲被这

115

一兜头冷水泼下来,恼怒袭上心来。"你这是什么意思?"他愤然质问。

罗纬芝已经恢复了清醒的神志,说:"我不干了。你说一千道一万,不就是想不负任何责任地满足自己的欲望吗?我不愿意干这件事。就这么简单。"她的拒绝,谈不上声色俱厉,但其中温和而坚定的语气,就像贴身的钢铁防线。

郝辙明白这一回是撞上南墙了,但他还不死心,说:"不愿意就算了。那咱们还可以好好聊聊天。毕竟,这么好的夜晚,不该虚度啊!"

罗纬芝走到门前,说:"对不起。我走了。这个世界,并不是那样美好。"说罢,扬长而去。

郝辙怔怔。茶几上的残杯,好似一只绿色的怪眼,幽幽地看着他。这茶并不是普通的茶叶,在家乡,人人都知道它可催情。逢到歌会的日子,男男女女的荷包里,都要装上这种叶子,歌舞的时候,就要嚼在嘴里。一是不觉累,一边唱一边跳,可达通宵。嚼了一片又一片,到了半夜时分,对上眼的男子女子,就成双成对到树林里共度良宵了。他从那个偏远的小山村走出来,一路血战,在圈子里混出了名声,如今也进入了上流社会,不容易啊。他觉得父母当初在林子里孕育了自己的生命,一定是得老树之魂魄、天地之精华。所以,无论他走到哪里,都会身带这种家乡的大叶绿茶。有时候,妻子不在身边,也没有相宜的女伴,他也会给自己沏一杯碧绿茶汤。情欲汹涌而起的时候,全身燥热,最后只得手动宣泄压抑。他喜欢这种激情澎湃的感觉,让他清晰地体验到自己身心的能量。

在自己如簧的巧舌和家乡大叶绿茶的催动下,只要是心仪的女人,基本是都可收入麾下。今天这是怎么啦?这罗纬芝难道是个石女不成?刚开始挺有戏的啊,怎么突然间情况逆转?

郝辙百思不得其解,心想也许是罗纬芝呷的茶太少,她平日总是吃安眠药,一定有抵抗力。以后碰上这样的女人,浓度要下得大一些。郝辙是个善于总结经验的人,无论大事小情,总要想个明白。不过,撩拨而起的情欲让他不得安生,困兽犹斗。看到了那由于浸泡过久,颜色已变成浓绿的家乡茶,愤然把玻璃杯摔到地上。"砰"的一声,静夜里分外清晰。

Chapter 13

痰中血丝,像要打出一个漂亮的蝴蝶结
科学家,你临死遗留下的病毒在人间扩散

第二天,郝辙出发时,看到罗纬芝在角落中戴着头盔独坐。他一如既往
地打了个招呼。本想问问为什么在园子内就戴上了头盔,见罗纬芝只是木
然点头,没有任何深谈的意思,郝辙只得走开,公事公办地同大家告了别。他
今天深入 A 区,将不再住回王府。

大家恋恋不舍,风萧萧兮易水寒……但也没有更多的话可讲,这些天,
生离死别见多了,情感上已经麻木。或者说,麻木是此刻最适宜的态度。走
的人不会太伤感,留下的人也不会太忧愁。

剩下的人安排戴上头盔,到新药特药局采访。

新药特药现在是维系希望的金钥匙。没有新药特药,战胜花冠病毒就
是海市蜃楼。罗纬芝慢步走到孟敬廉面前,说:"我请假。"

孟敬廉见罗纬芝早就戴好了头盔,以为她业已准备就绪,不想却是临阵
告假。透过头盔的透明面罩,他打量着面前这女子,面色红涨,未见明显病
态,疑惑道:"哪里不舒服?"

特采团人员斗志很高,巴不得出去采访,像郝辙那样主动请缨还来不
及,不会有人装病啊。留在园子里不能出去,也不能回家,憋屈得还不如到
外面去散散心。这名组员到底出了什么事儿呢?

罗纬芝低着头说:"妇女病。"

凡女同志祭起这块免战牌,旁人就无话可说了。孟敬廉问:"要不要找医生来看看?"

罗纬芝支吾道:"谢谢。不必啦,过几天就好了。"

孟敬廉说:"那么,明后天的采访你也不能去了?"

罗纬芝说:"是的。真抱歉。"

"好好休养。"孟敬廉说完,率领大家走了。

昨晚大叶绿茶的浓度太高了,罗纬芝身心都被它控制。恍惚间,看到郝辙的身体赏心悦目,郝辙神采飞扬雄辩滔滔。就在她准备以身相许的时刻,突然胸口一阵剧痛,一种非常特殊的从未经历过的内在之痛,从椎骨前方深处生发出来,利剑一般刺透了她的肺腑。她痛得说不出话来,只有跪蹲在地上。紧接着,她觉得口中滑腻,用手掌捂住了嘴。这时候,咕噜一下,好像是一条小鱼跳出了喉咙,滑落到了手心。罗纬芝低头一瞥,清晰地看到了自己手掌中的痰。

很小的一团半透明黏液中,像授勋的带子,横亘着一条血丝。明艳纤秀,略有弯曲,好像正走在打出一个蝴蝶结的途中,略有点不自量力。平心而论,它美丽得触目惊心。

就在那一刹那,罗纬芝确定无疑地知道,自己感染了花冠病毒。她立刻斩断了和郝辙进一步亲密接触的打算,以防把花冠病毒传染给郝辙。

能够突然引发血痰的疾病,最常见的只有两种:一种是肺结核,一种是癌症。当然还有支气管扩张之类的疾病,但那多半有长久的病史,和罗纬芝关系不大。罗纬芝没有肺结核,没有发热盗汗咳嗽咳痰。肺结核的发病通常像个绅士,缓缓踱着步子,现在症状以迅雷不及掩耳之势扑面而来,风格迥异。至于肺癌,罗纬芝觉得可能性甚低。她不吸烟,家里也没有人吸烟,家族也无此病史。平日很少外出,基本上也不存在长期被动吸二手烟的可能性。再说肺癌主要见于男性老人,罗纬芝是女性年轻人……

在短短的时间内,罗纬芝的脑子像高速的计算机,把自己可能罹患的疾病做了逐个排查。其实,这个步骤是多余的。从看到血痰的第一秒,她就明白那个可怕的诅咒已经应验——她感染了花冠病毒。

现在,伙伴们都走了。罗纬芝呆坐在阳光下,思考着下一步该怎么办。

先要向袁再春汇报……然后接受检查……住到 A 区医院,和真正的花冠病毒病人在一起……没有任何特效药,只有凭借意志力死死挨着。闹不好,就成了于增风第二,然后尸体就被运到山区的葡萄酒窖改造的停尸库里,尸体压着尸体,好像丰收的麦秸垛……然后……

没有然后了。她再也见不到母亲,再也见不到阳光,再也不能读书和敲击电脑……原以为很漫长很长久的人生戛然而止!

她不甘啊!她要闻到更多的花香,看到今夏的第一片莲叶。她想仰望钻石般细碎微闪的星空,她要有吉祥幸福的一生。她不能让生命轻而易举地被扫灭,如同朝不保夕的蜉蝣。

罗纬芝全身开始哆嗦。她无法判断这是因为惊吓还是真的开始发烧。赶紧挪步回到 207,拿出一支配发的水银体温计夹好。在等待了一百年之后,拔出体温计,忙不迭地去看,她很高兴,那条水银红蛇,刚刚爬到 37℃。这说明自己不烧啊!不幸仅仅高兴了十分之一秒,她紧接着质疑自己——夹住体温计的时间够了吗?感觉上很久,会不会还是太短了?也许因为忍受不了长时间的煎熬,她提前把体温计抽出来了?这样的结果没有参考价值啊。她只好把体温计第二次用腋窝夹住,为了保证足够的时间,她特地看了钟表,并用铅笔记下了时间。继续等待了一千年,她死死盯着表,在过去了十分钟之后——这是一个极为充分的测查时间了。她颤抖着手抽出了体温计,目光灼灼看过去。这一次,红蛇攀上了 38℃。

千真万确发烧了。

胸痛袭来,是那种令人万分恐惧的深处搅痛,仿佛一台马力强大的切割机,以锋利的刃口,螺旋着扫过她的肺叶。

完了!

这一刻,罗纬芝升腾起对于增风的刻骨仇恨。这个披着狼皮的科学家,他自己死了不算,还遗下凶猛的病毒,在人间扩散。她恨不能亲手血刃了于增风。血海深仇浸透了罗纬芝,不知过了多久,她吃力地浮出海面。定神一想,其实,于增风不劳他人费力,就已经肝脑涂地了,这个仇已报了。再接着想下去,如果自己感染的正是置于增风于死地的那种病毒,那么很快,年轻的自己也将肝脑涂地。

怎么办？怎么办！怎么办……

没什么可怀疑的了，咳血、咳嗽、发烧三者合在一起，最合理的解释，就是花冠病毒的感染。

但是，咳血可以因胸部的偶然外伤引起，咳嗽可以因着凉气管受刺激引起，甚至发烧也可以因感冒而起……罗纬芝无力地为自己出现的症状找辩护理由。

她内心极度胆怯，本能地抗拒着最坏的结果。一想到归宿可能是那个葡萄酒酒窖，罗纬芝决定说什么也要再等一等、看一看。她不能给自己判死刑。如果不能确诊就保持现状，为自己赢得时间。她要在阳光下像正常人一样生活，看看是否会有奇迹出现。也许，一切都不过是杞人忧天、庸人自扰。

罗纬芝给自己吃了一颗虚弱的定心丸。待神志稍定，决定先压住不报，静观变化。当然了，为了不传染给别人，从现在开始，持续佩戴头盔。为了给身体增强抵抗力，虽然毫无食欲，罗纬芝还是强迫自己吃了一点东西。味同嚼蜡，还是大口吞咽。午饭时，罗纬芝怕传染别人，也不能戴着头盔吃饭，只得把饭带回宿舍里。一个人的场合，就可以摘下头盔了。饭后，她又吃了一点带进来的退烧药，浑身发汗，感觉稍稍好了一些。

迷糊了一会儿，有人敲门。罗纬芝穿好衣服，戴上头盔，前去开门。原来是袁再春。

"听说你病了，我刚好路过，看看病号。"袁再春问候。

罗纬芝突然有一种见到亲人想放声痛哭的感觉。她强忍住眼泪，说："感冒了。发烧。"

袁再春说："可有其他症状？"

罗纬芝硬着头皮说："除了轻微的咳嗽，别的还没有。"

袁再春说："要小心。我们这里是 C 区，理论上也有感染花冠病毒的可能。"

罗纬芝带着哭音问："如果我感染了，怎么办？"

袁再春看着戴着头盔的罗纬芝说："好姑娘。怕感染别人，你预防性地戴上了头盔。是吧？"

罗纬芝本想独守秘密，到了实在守不住的时候，再昭告天下。袁再春一句"好姑娘",让她感动到崩溃——她不好!她是个坏姑娘!突然决定对袁再春和盘托出。一是忍受不了面对重大压力的负荷,二是若花冠病毒真的感染了,自己的情况很可能直转而下,届时口齿不清意识模糊,连话也说不明白,恐贻误大事,误了自己也误了大家。

罗纬芝清清嗓子,这好像是引信,爆发出了一串真正的咳嗽。袁再春何许人也?花冠病毒疫病的首席专家,他立刻意识到罗纬芝的症候非同小可。他沉默着,不动声色地等着罗纬芝的解释。

罗纬芝凝聚心神,力求清晰地说:"袁总,我可能感染了花冠病毒。"

袁再春并不慌张,问:"有接触史吗?"

罗纬芝说:"我近距离地阅读了于增风医生的遗嘱,他为了让更多的人投身到研究花冠病毒的队伍中,在遗嘱中做了小小的手脚,让花冠病毒可以经受住严格的消毒。我觉得,自己是从这个途径感染了高浓度的花冠病毒。"把这些话说出来,罗纬芝长出了一口气,神经松弛了一点。

袁再春在屋内缓缓踱了两圈,站定下来说:"这个于增风啊,临死还要捣个鬼,进行他的科研。我就猜到,他的遗嘱绝不简单。我不敢打开,实在是担子太重了,我无权使用自己的生命。没想到,他在你这儿显了灵。"

罗纬芝哭丧着说:"他是要成心害人吗?"

袁再春抚胸而长叹,说:"咳……依我对他的了解,他绝不想成心害人,不过,他临死时,想到自己这一去,谁还能像他那样,满怀热爱地把对花冠病毒的研究进行下去呢?他不甘心啊!死不瞑目啊!所以他想尽方法,把病毒保存下来,希望将来能有一个和他一样有好奇心又不怕死的人,来研究这个杀人的病毒。他期望完美,喜欢功德圆满,就在死于自己专注研究的领域之前,做了相应的埋伏。他祈愿有人能前赴后继地研究下去,直到窥见病毒最深奥的秘诀。按说,你不该搅到这个事情里,应该是我这样的人。没想到,你性格中也有这样的因子,阴差阳错的,就撞到他的枪口上了。"

罗纬芝说:"照您这样说来,我感染花冠病毒是百分百的事儿了。那我现在怎么办呢?"

袁再春沉思道:"现在不仅仅是你怎么办,还有大局。指挥部怎么办?"他眉头紧皱,脸色异常严峻,"首先,于增风的遗物,任何人再也不能打开。"

　　罗纬芝这才意识到,自己把天大的责任转嫁到了抗疫第一总指挥身上。她突然想到"临死也要拉上一个垫背的"这句古话,果然,一想到有人能分担自己的绝望,她的心就安稳了一点。不料恰在此时,她又感到了一种类似匕首穿胸的苦楚,所向披靡,毫不留情。她本想呻吟,拼命抑制住了。

　　明察秋毫的袁再春,这一次并没有发现罗纬芝的苦楚。他全神贯注在思考,说:"你现在还不能确诊,不必戴着防疫头盔。这在医学伦理上并没有问题。如果你一直戴头盔,反倒会在王府中引起巨大恐慌。好了,你摘下来吧。"

　　罗纬芝乖乖地把头盔摘下来,一时间觉得无比顺畅。她问:"袁总,你就不怕感染吗?"

　　袁再春说:"我不怕。我觉得自己已经感染过很多次了。你知道,研究报告刚刚出来,有些人是花冠病毒的隐性感染者,他们不发病,已然有了抗体。这可能是今后大规模防疫的方向。"

　　"那这种抗体是如何形成的呢?既然是一种全新的病毒,一般人应该没有抵抗力。比如,我现在就能感觉到病毒在攻伐我的肌体,如入无人之境。"罗纬芝无可奈何地垂下了头。

　　"不要这么悲观。"袁再春伸出手去,轻轻拍了拍罗纬芝的肩膀,罗纬芝万分感动。要知道,袁再春几乎可以断定她就是花冠病毒患者。在别人避之唯恐不及的情况下,他如此温暖的一击,让罗纬芝感到强大的力量。袁再春说:"退一万步讲,这对你个人来说,毫无疑问是一个悲剧,但这里有最好的医疗资源,我们有机会试验各种方法遏制病毒。特采团今天到新药特药局去了,那里的工作状况,我每天都在催问。不过,新药品烦琐的程序和漫长的临床试验结果,远水解不了近渴。最简单的方式,就是临床上亲手治愈了疾病。所以,姑娘,不要悲观。悲观没有任何好处,只会让身体丧失抵抗力。你,记住了吗?"

　　罗纬芝噙着泪水,说:"我记住了。我愿意尝试新药,鼓足勇气抗击病毒。"

　　她的感动,其实并不完全来自袁再春说话的内容,而是因为他说话时的神态。那宁静而安详的面容,还有苍老而温暖的声音,它们合在一起,犹如生命之泉,点点滴滴敲打在心扉上,布下永不磨灭的印痕。

按说,罗纬芝此刻对袁再春充满感激之情,但她突然显出极不耐烦的神情,对袁再春说:"我累了,想休息一下,请您告辞吧。"

袁再春莫名其妙,不过面对一个几乎可以确诊的花冠病毒患者,任何反常表现都可以理解。他走出房门,罗纬芝连站起身来相送都不肯,坐在椅子上低垂着头。

袁再春走后,罗纬芝挣扎着一步步挪到卫生间,刚才一阵刀绞般的腹痛让她完全失控,粪便泄在了裤子里。春夏之交,单薄裤褂,如果她站起身来,一定万分狼狈。所以,她只能极不礼貌地下了逐客令。

腹痛再次光临,这一回,罗纬芝清楚地看到了马桶中的排泄物是像米汤一样混浊的液体,内有极微小的肠腔组织碎片。

罗纬芝脸色煞白,什么解释都没有任何意义了,她确凿无疑是个花冠病毒的感染者了。像滴了油的缝纫机,死亡线轴开始缠绕,病毒发起攻击,飞针走线地绞杀肠道,一厘米一厘米地损毁她的生命。

她只剩下一个选择了——是死在王府的园子里,还是死在传染病院?

Chapter 14

亿万只病毒的嘴巴,噬咬肌体化成脓水
蓝盏小瓶中的白色粉末,恰像一个符咒

　　罗纬芝不愿肮脏透顶不成嘴脸地死去,就是变成鬼,也要做个洁净鬼。
估计死神留给自己的时间不多了,趁现在还有一点点气力,要把最后的事情
安排好。她换下了染脏了的内外裤,用多层塑料袋封死,然后写上了"剧毒!"
单独收起。不能投入垃圾桶,那样会使感染扩散。等到自己死后,请专业人
员一并处理吧。然后自己洗了脸,甚至还化了一点淡妆。她平日不喜欢化妆,
觉得那是一种矫饰。现在可真要借助虚伪的力量,揽镜自看的时候,多一点
希望。

　　拖着病体,好不容易收拾完毕,刚刚在椅子上坐着想喘口气的时门铃
响了。

　　"谁啊?"她想,这个时候,她不愿任何人打扰。虽然袁总批了她可以不
戴头盔,但还是害怕花冠病毒殃及他人。最好的方式是闭门谢客。她不搭
理门铃,希望对方以为房中无人,知难而退。不想对方胸有成竹,按了又按,
不达目的誓不罢休。

　　罗纬芝只好走过去开门,竟是袁再春。

　　"您好。"罗纬芝虚弱无力地问候,算是对刚才失礼的补偿。

　　袁再春手中有一摞纸页。他说:"我给你开好了验血单。这是一种特制
的检查单,姓名是隐去的。你只需要拿着它到特定的机构,就会有人给你抽

血并火速转往相关机构验查。这样,最迟在 48 小时之内,也就是后天中午之前,我们会拿到最终结果,以判断你是否感染了花冠病毒。还有一个是可以随时打电话的批准单。王府实行通信管制,但有了我签署的特别通信单,你可以不在此例。有关的保密原则,你都是知道的,我不再重复。不要告诉外界你得了病,不然对所有的人都没有好处。"说罢,袁再春又拿出一些药品,对罗纬芝说:"这是目前我们掌握的最好的治疗花冠病毒的药物。你先口服。有没有效,我不敢肯定。请你一定相信它是有效的,还有,记得大量补充水分。"说完,充满怜惜地看了看罗纬芝,又和她紧紧握了握手,带上门而去。

自始至终,罗纬芝没说一句话,甚至连一个"谢"字都没有想起来。也许,大恩不言谢是最好的表达。

她先把药物服了下去,之后喝了大量的水。不知是否心理作用,好像有了一点精气神。现在,有几件事,她必须办。

她挣扎着走出房门,从昨天到今天,不过二十几个小时,她的生活发生了翻天覆地的变化。从兴致勃勃地谈天说地,到死亡线上踯躅徘徊。

她按着检疫测血单上的指示,找到了位于王府角落中的一间小屋。之前在王府散步,也曾路过,但从来没有留心这间没有任何标示的小屋,现在才知道,抗疫指挥部早就设下专业机构,检测整个王府内的疫情。

小屋内的人员看了单子,果然一言不发,开始采集相应的血液和大小便标本。之后,面无表情地说:"后面的事情你就不必管了。出了结果,我们会在第一时间通报抗疫总指挥。"

罗纬芝无言,她对这些并不感兴趣。她早就知道那个结果了。

之后,她走向通信室。有了袁总亲笔签发的通信令,她终于可以随时给妈妈打电话了。可她除了安慰母亲,还能说什么呢?如果母亲关切地问自己的情况,她不知道能不能把假话编得完美。一个孩子要想骗过母亲,那真不是件容易的事儿,完全力不从心。

她沉重地抬腕看了看表,时候还早。如果她不像往日那样在规定时间通话,一定会引起母亲的高度怀疑。可是,如果病情迅速进展,到了傍晚,她还能步履从容地走到电话间吗?如果咳嗽更甚,声音会不会变得很嘶哑?与其那样,不如早点打为好。罗纬芝这样想着,到了电话间,出示了袁再春的条子,立刻拨出电话。

电话铃响了许久。当罗纬芝以为家中无人就要放下电话的当儿,听筒里传来母亲颤巍巍苍老的声音:"谁呀?"

"妈妈,是我呀,芝儿。妈妈您好吗?"罗纬芝双泪长流,又不敢让母亲听出端倪,拼命忍着。

"芝儿啊,你怎么啦?出了什么事儿啊?"妈妈的口气中有抑制不住的惊慌。

"妈妈,没什么。我们要到外地去执行任务,马上就要出发,就等不到今天晚上给您打电话了,提前了。这回出去,可能不能每天按时打电话,您别担心。我只要能给您打电话,就一定会打。没打就是不方便。您千万别多想,我都好。您怎么样?"罗纬芝一口气说完。她怕偶一中断,就没法把谎话顺畅地圆下去。

"哦,还要到更危险的地儿去呀?连电话都不能打了啊?妈担心你啊!"老太太十分不安,可能是怕女儿太难过,喘了一口长气,又说:"去就去吧,忠孝不能两全。妈这挺好的,别担心。"

胸中虽有千言万语,罗纬芝不敢多谈,怕母亲听出不祥之音。也舍不得放下,要知道,明天她能不能有力气再来打电话,尚是未知数。如果被送进传染病医院了,这可能就是生离死别之际。她迟迟不知道说什么,也不忍放下电话。母亲听着不对劲,就问:"芝儿,你是不是出了什么事儿?"

罗纬芝不敢再恋战,只得说:"要走了,想妈妈。"

母亲说:"傻孩子,这也不是走多老远,还在一个城市。听电视里说,基本上都控制住了,都在咱的掌控之中。你们大概完成了这次任务,就能得胜回朝了。"

罗纬芝机械地重复:"得胜回朝。是,得胜——回朝。"突然脑海中掠过一个画面,回朝的是一个骨灰盒,上面写着"罗纬芝"几个黑体字。她不能放任自己这样瞎想,赶紧说:"您把百草叫来吧,我还要叮嘱她几句。"

百草过来了,罗纬芝说:"奶奶怎么样?"

百草说:"还是老样子。就是每天特担心你。"

罗纬芝说:"从今以后,我因为工作关系,也许不能天天晚上那个时候打电话了。我不在的时候,你要照顾好奶奶。只要有可能,我就一定会跟你们联系。还有什么事儿吗?"她的肚子又开始刀绞似的疼痛。她可不想当着通信室警卫人员的面,再一泻千里。

"没了。您放心吧,我一定照顾好奶奶。"电话就要放下的那一瞬,百草猛然想起来说,"那个人打过几次电话问您的事儿。我记性不好,每回都忘了跟您说。"

"好,你就跟所有打电话的人说,我好着呢。就这样,再见吧百草。"罗纬芝急着放下电话。

百草这一回倒很执着,说:"那个人一定让我把他的话带到。"

"哪个人啊?"罗纬芝佝偻着身子,捂住了腹部、艰难地问。

"就是你临走前的那个晚上,跟你说了好多话的那个人。高高大大的,叫李元。你还记得他吗?"李元一定在电话里教过百草,百草一口气把时间、地点说得一清二楚,不容罗纬芝想不起来。

"记……得……"罗纬芝咬着牙根说。又一轮猛烈的疼痛袭来,这一次,不是腹部而是胸膛。

"李元让我把一句话一定带到,那句话是——如果你出了什么情况,一定要吃我给你的药。就是他给你的药。好了,我总算说给你了。"唐百草如释重负。

"好……"罗纬芝放下电话,其实是再也无力举起话筒了。就在话筒坠落的那一瞬,一口血痰涌了出来。幸亏通信监察人员看谈话已近尾声,觉得不会有什么异常,就到外面去了,不然他看到充满血液的痰沫,非魂飞魄散不可。

罗纬芝用纸巾擦净了痰,一路上扶着一切可以依傍的对象——墙壁、电线杆、刚刚萌发新叶的竹子、皲裂的柳树皮……一寸寸地挪回了207。她蜷成一团侧卧在床上,冷汗涔涔,气息微弱。想不到花冠病毒竟是如此厉害,横扫千军,以不可思议的速度在人体内泛滥。它称王称霸,在几乎所有的内脏中生根开花,唯有大脑还在清醒地坚守。

这就更悲惨。如果昏迷,在无声无息中走向死亡,那是福气。起码你不会有刻骨铭心的恐惧和徒劳无益的思索。罗纬芝此刻神志如闪亮冰川,清洁透明,外界的任何风吹草动,都会留下清晰无比的痕迹。这让时间更难熬了。你什么都清楚,什么都明白,可你不能阻挡病毒滚滚向前的步伐。你可以明确地感觉到亿万只病毒小小的嘴巴,如同墨黑的蚕,噬咬着你的肌体,惊慌失措、毫无抵抗力的肌体细胞,连举手投降的工夫都没有,就化成了一摊脓水。

罗纬芝空洞的眼光——扫视 207,四壁落净,人生惨淡。

罗纬芝身上的病毒来自于于增风。于增风把他的期望与梦想,以这种诡异而恶毒的方式延续下来。瘟疫之旗吸收死亡之烈,显出不可一世的横行霸道。罗纬芝终于深刻地理解了于增风。在这种孤寂的状态中,人不甘心束手被擒。他明知必死无疑,他要把和病毒斗争的信念传递下去。在极端无助和绝望的状态下,他断然决定把自己身上的病毒,用力所能及的方式扩散。有了新的感染者,就有了克服它杀灭它的可能。否则,自己一死就如同一个泡沫破灭,价值消失。

算盘不错,遗憾的是,这个传递者也要死了。

罗纬芝不会再去感染别人,虽然这对于正处在疾病感染期的她来说,易如反掌。感染了别人,让他人徒增痛苦,就像她此时感受到的一样,对疾病的最终胜利有什么帮助吗?也许,更多的人患病,就意味着更多战胜它的机会?罗纬芝看不到一丝曙光——更多的患病,意味着更多的死亡。

可是,她不想死啊!她有卧病在床的老母,她还没有来得及结婚,还没有成为妈妈,她还想过,以后做外婆和祖母,要有很多的孙子孙女外孙子外孙女……要给妈妈养老送终,要帮助百草找一份好的工作。百草找对象的时候,要给百草把好关,要送给百草一份丰厚的嫁妆,当她的娘家人。要慢慢写出最好的作品,写出母亲那个家族百年的风云变幻。她还要去周游世界,要去那些伟大的博物馆看人类文明的晨曦和废墟……所有这一切,都在这小小的病毒面前,地动山摇,一败涂地。

血痰此刻已经司空见惯了,只用了短短一天的时间,就从若有若无的丝缕,变成了鲜血的盛宴。胸痛持续而令人窒息,再往前一小步,就是濒死的感觉了。腹泻汹涌澎湃,罗纬芝觉得身体一分钟一分钟地被抽空,变成一双穿了一百年的透明丝袜,恶臭并千疮百孔地残败。

她希望在瘟疫的折磨中,自己不要太痛苦,不要太肮脏,当一切无法挽回时,悄然离去。身形渐渐溃散,脑子依然非常清晰。她开始回想自己的一生,从幼时父亲车祸遇难,半生与母亲相依为命,从自己初恋的男友到刚才的那一通电话。迷乱中,她突然想起了百草转述的李元的话。

她想起那个高大俊朗的青年,恍若一梦。她想起他说话时的样子……他的嘴型相当好,不笑自乐。齿齐而亮洁,声音柔和,中气畅旺。眼神清澈,黑白分明,如夜昼相依。当时因为靠得很近,她闻到他身上有一种海洋清晨的味道。罗纬芝其实并没有在清晨的时分,闻到过海洋的味道,但她认为李元发出的味道,只能用这个词形容。

既然他那样说了,既然已是最后一搏,死马当活马医吧。袁再春拿来的所有药,都没有效果。死亡就在不远处狞笑,罗纬芝已无所顾忌。她艰难地爬起来,蹒跚举步,用好像不属于自己的双腿挪了几米,胸膛中喷射样的压力,将她折腾得东倒西歪,肌肉痉挛,呕吐不止。一种想象不到的声音,在呼吸道里上蹿下跳,好像那里住进了一只小鸭嘴兽。她用尽气力,才把自己的行李箱打开。在箱子的夹层里,她找到了李元交给她的有蓝色盖子的小瓶。那个有着橙黄灯光的春天傍晚,多么遥远啊,好像上个轮回的事情。如果不是这只小瓶和那包号称能治失眠的粉末放在一处,她早就把它丢弃了。现在,让人酣睡的粉末已经吃完了,这一小瓶孤零零地摆放在那里,像一个符咒。

罗纬芝打开那只蓝盖子小瓶,粉末是白色或是灰白色,目光恍惚,看不大清楚。似乎没有任何气味。她记得李元说,只要吃一粒小黄米的极少量就行了。罗纬芝苦笑了一下,小黄米,这么一点东西,就是砒霜,也死不了人。花冠病毒如此凌厉,少了不管用。她估摸了一下,所有的粉末,加起来大约有十几粒小黄米吧?她颤抖地敲击着小瓶,把一半粉末掸入杯子,倒进半杯温水,一饮而尽。

没有任何味道。不咸不酸不苦不辣。罗纬芝在脑海中浮现出的最后一个念头是:这可能是面粉做的吧?我就要死了……

Chapter 15

　　袁再春极不放心罗纬芝。以他的经验,虽然血液化验报告还未出来,但罗纬芝感染花冠病毒的概率,几乎达到了 70% 以上。在袁再春的医学词典中,70% 就相当于 100% 了。长期的医学实践中,他从来不说 100%。人是多么精妙的组合,人对于自己的了解,多么浅薄和片面。所以,没有 100%。是的,没有。

　　他认为罗纬芝有 70% 的概率必死无疑。于增风留下的病毒,虽不知是来自他自身,还是他从极危重病房搜集来的,总之非比寻常,毒性一定迅猛,这从罗纬芝如此快的发病就可见端倪。这些病毒经过了常规消毒依然保有极强的传染力,现在是饿虎下山。抗疫治疗方案无非是退热止泻平喘抑咳,加上激素类的支持疗法,并无特效。那么,一面是花冠病毒精锐的攻伐之师,一方面是现代医学疲惫的防御之旅,结果可想而知。

　　袁再春心事重重,在忙完必需的工作之后,特地给罗纬芝打了个内线电话。电话铃响了许久,没有人接。袁再春心头闪过不祥的预感,这姑娘不会已经病入膏肓生命垂危吧? 又一想,应该不会这样快,才仅仅一天的时间,人就没了,这不符合此病的发展规律。他难以安宁,索性穿上白大褂,踏着斑驳树影,到罗纬芝寝室 207 探望。夜风阵阵,风送花香,他跌跌撞撞,高一脚低一脚。无端想起,这脚下的卵石是王爷们踏过的? 还是后来追加的呢?

又瘦又高一身雪白的袁再春,在林木中蜿蜒曲折地穿行,状若幽灵。

到了207,他看到窗帘低垂,遮挡得风雨不透,没有一丝灯光穿透出来。这可以解释为熟睡,也可以推测为濒临死亡。袁再春按响门铃,悄无反应。细一看,门上有"谢绝打扰"的标志。他随身配有电话,于是把罗纬芝的室内电话转通。隔着门,他听到电话铃声在夜色中震耳欲聋,激响不停。他多么希望听到罗纬芝的声音,哪怕再微细,也表明柔弱的生命还在挣扎。但是,没有。

袁再春听到铃声戛然停止,虽然他知道这是由于长时间无人应答,系统自动掐灭了振铃,仍然觉得此乃不祥之兆。

他伶仃一人站在罗纬芝的门前,远看像是白色的大理石柱,笔直坚硬。他见过无数死亡,早已磨炼得风雨不动安如山了,但这一次,备感凄凉。他对战胜花冠病毒已然绝望,白天之所以那样近距离地靠近罗纬芝,轻拍罗纬芝的肩膀,不仅代表着他对罗纬芝的关怀,而且是一个破釜沉舟的决定。他确信罗纬芝感染了花冠病毒,他确信这是毒力极强的毒株,他对罗纬芝说自己少量多次接触过花冠病毒,体内已有了抗体,那是没有经过科学验证的假话。科研机构研究出了如何滴定抗体的技术,袁再春作为抗疫总指挥,首批接受了检验。非常遗憾,除了第一线的极少数医务人员,显示出他们体内有微弱抗体以外,其他的人结果都是零,袁再春也不例外。这就是说,抗疫总指挥和普通人一样,对这个陌生的病毒束手无策。在这种情况下,他靠近罗纬芝且不戴头盔,几乎相当于自杀。

是的,不堪重负之时,袁再春想到过自杀,只是肩头重担使他不能出此下策。成千上万的人死去,尸体已经摆满葡萄酒窖。世界对中国避之唯恐不及,东亚病夫的帽子重新在头顶盘旋。需要向所有民众发放应急包,里面装有水、食物、药物、电池式收音机、手电筒、多用途刀等,让市民把重要证件随身携带,以备更紧急状态下的疏散和解救……一些对我们抱有敌对情绪的国家和势力蠢蠢欲动,想趁乱攫取利益,撼我中华。别的不说,单是如果有人将储有大量花冠病毒病故者遗体的酒窖炸毁的话,那些在冰冻状态下依然存活的花冠病毒四散奔逸,就是全民族的灭顶之灾。

今天领导层开始研究,是否发布中国大陆全境进入传染病紧急状态令。

可是,这和一直以来的乐观宣传背道而驰。每一次,他都是以医学权威的身份出现,信誓旦旦地向民众发布经过美化的罹病和死亡数字,向人民保证事态完全在掌控之中。人民把他的一袭白衣和庄重的面容,当成菩萨一般的救命神灵。以为他袁再春力拔千钧、稳如泰山,以为他说的话句句都是板上钉钉。只有夜深人静的时候,袁再春才能真切地感到自己混乱的思维和孱弱的体力,已是强弩之末不堪重负。自打担任这个职务,他每天的睡眠时间只有三四个小时。强大的精神撕扯和分裂状态,对一名一贯以实事求是为天职的老医生来说,是多么大的戕害!

讨论的结论是:颁发紧急状态令一事暂且搁置,事态还没有到最危急的局面。

他非常想结束这一切。心灵深处,有一种对彻底解脱的渴望。如果人类这个物神,由于贪婪和破坏,对地球肆无忌惮地掠取,应该受到惩罚,那这就是天意,不要去阻止,也不可能阻止。也许花冠病毒这个杀手,真是上帝派来瓦解人类的先头部队,后面还有无数的灾难接踵而来……他不怕死,从身到心,俱已倦怠。他想寻找一个体面的方式,为这一切画上句号。他不想干扰整个抗疫的进程,他也不愿由于自己逝去,给这场看不到曙光的搏斗再添负面筹码。他想把自己离去的阴影缩小到最低限度……正是在这种模糊纷杂情绪的指引下,他才有意在完全没有保护的状态下,接近高度疑似花冠病毒感染的罗纬芝。

但他不能死。

不管怎么说,他现在还是抗疫总指挥。如果罗纬芝确实在王府内发病及死亡,她的检验报告又证明她是确诊的花冠病毒感染者,那么整个王府指挥部的防疫级别,就陡然从 C 区直接飙升到 A 区,他对此负有不可推卸的第一等责任。

必须把情况搞清楚。思考之后,他打电话,叫来了王府的工作人员。

"屋内状况怎样?"他不带任何感情色彩地询问。

王府工作人员都认识袁再春,用钥匙试了一下,说:"门是反锁的。"

"屋里有人,她今天生病了。我需要掌握她的身体状况。"袁再春进一步解释。

"如果不采取破坏性措施,我们就打不开门。"工作人员回答。

袁再春说:"假如她睡着了,把一个病人吵醒,这不太妥当……"还有半句话他没有说出来,那就是:"假如她死了,普通人也不能这样进去,太危险。而我需要在第一时间采取极端措施。"说出来的话则是:"还有什么法子可以知道屋内人员的情况?"

工作人员想了想说:"屋内是有监控的。只是没有特别的允许,我们不能看到。"

袁再春说:"好的,我知道了。那谁可以决定能否查看即时监控?"

工作人员说出了王府领导的名字。

"把他的电话给我。"袁再春迅即布置。

接通电话后,王府领导赶来,带袁再春走到中央监控室。"您要查看哪个房间?"他打开登记手续。

袁再春报出了罗纬芝的房间号。王府领导刚要启动设备,袁再春说:"我们一会儿将看到整个房间的情形吗?"

王府领导说:"是啊。"他心里还挺纳闷的,您要看的不就是整个房间吗?

袁再春说:"你们有女工作人员吗?"

王府领导说:"有。"

袁再春说:"请个女工作人员先查看吧。如果人还活着,我就不看了。如果人已经死了,我再来决定。"其实人死了,也不用看了,直接破门就是,但袁再春不愿说出这话。

王府领导觉得袁总指挥今夜甚是怪诞,似乎想专看死人。不过,自打王府成为抗疫总指挥部的大本营,每天都在各种变数中度过,人们已习以为常。领导叫来了一位上年纪的女工作人员,让她查看 207 客房的情况。

来人四十多岁,方脸短发,面色漠然。袁再春示意王府领导和他一起,走出了监控室。

王府领导觉得这老头挺可笑,挺天真。没有暴发疫情的时候,在这里,他们看各色赤男裸女欢乐嬉戏,真人秀煞是生猛。没想到阅尽无数人体秘密的医学家,倒如此古板。

袁再春恪守严格的医学道德。他不愿窥探一个女子安歇的闺房,即使他有着最光明正大的理由,也要在尽可能的情况下,保留别人的隐私。他要给这个让他心怀怜惜的姑娘,留下最后的体面。

夜风瑟瑟,颇有寒意。袁再春头脑快速运转,一旦确认罗纬芝死亡,他要立即安排对王府整个区域彻底封锁和消毒。例常指挥工作,要以特殊方法毫不间断地继续进行。等待的几分钟很漫长,当袁再春做好了听到肃穆面容的女子惨叫的准备的时候,她走过来悄声说:"207 号房客安然入睡。一动不动。"

袁再春知道,对于一般人来讲,无法分辨死亡和熟睡的区别。特别是在监控器上看画面,准确性不高。袁再春问:"地面上有没有呕吐物?"

肃穆女子想了一下,回答说:"没有。"

袁再春问:"有无翻滚挣扎的痕迹?"他知道花冠病毒感染者临死前,非常痛苦。

肃穆女子答:"没有。被子盖得好好的。"她露出奇怪的神色,本来只是正常的察看,现在这样过细的询问,好像 207 发生过凶杀案。

袁再春继续不放心地问:"你如何能判断 207 的住客,是安睡而不是昏迷抑或死亡呢?"

肃穆女子这一次回答得很快,说:"我看到她的脚轻轻动了一下,就像睡着后脚压麻了,要稍微活动一下那样。所以我能判断她是安睡,而不是您说的那个⋯⋯"她不愿意说出"死"这个词,现在到处都弥漫着死亡的气息,干吗把人家一个好端端的姑娘,往死里咒!

"好吧。到此结束。今天我们察看过录像一事,请对 207 住客和所有的人保密。"袁再春说罢,转身走了。看来,罗纬芝直到现在并没有死,或许三魂已走,七魄还在流连。但是,就算是她年轻的肌体在奋力抵抗,又能怎样呢?袁再春蹒跚而去,满怀心事。夜幕中的天空,呈现暗灰蓝色,如同灰烬燃烧后遗留的松散和柔软,神秘莫测。

Chapter 16

天堂里有卷草云纹的屋顶,窗帘上镶满珠串般的璎珞
请记住我们与千万人的约定,不然你会有生命危险

　　罗纬芝睁开眼睛,一派金光灿烂。她是一个唯物主义者,从不相信鬼魂天堂之类的幻说。此刻她深刻反悔,意识到自己以前是彻底错了,浅薄无知。死后是有天堂的。她在天堂看到的第一件东西,是雪白的屋顶,屋顶上的石膏线是卷草云纹式样。眼帘低垂,看到了天堂也用窗帘,窗帘的下摆镶有珠串般的璎珞。待她侧侧头,看到了红木色的家具。她想,原来天堂不过是人间的翻版,并没有什么太特殊的,连家具的样式也和人间相仿。直到她看见了自己的衣物斜搭在椅背上,这才恍然明白:自己并没有死去,依然还在人间。这里是燕市王府,这里是 207 房间。

　　可是,不对啊!她无比孱弱的状态哪里去了?滚烫的皮肤哪里去了?万箭穿心般的胸痛哪里去了?火烧火燎般的腹痛哪里去了?一口接一口喷涌而出的血痰哪里去了?片刻不能控流的腹泻哪里去了?哪里去了?!

　　都没有了。烟消云散,所有悲惨的症状都像被一只神手凌空攫走,没有留下丝毫痕迹。她像没有经过任何折磨荼毒,全须全尾地回来了,仿佛一切变故从未发生。不,现在的状态简直就是重生,她神清气爽内心平和,目光清澈通体安泰……

　　罗纬芝一点都不糊涂,吊着一口悠悠长气,开始回忆与思索。昨天的事情历历在目,她临睡前做下的最后一件事,就是吞吃了李元赠送的蓝盖子小

瓶中的白色粉末。现在,那只蓝盖子小瓶亭亭玉立地站在床头柜上,一些撒出来的白色粉末,在地毯上留下了若隐若现的痕迹。当时实在手指无力,根本就不能准确地把药粉倒进杯里……

罗纬芝看了表,精确计算了一下。她足足安睡了近20个小时。

胸腹不痛,身体不烧,口中无痰……这一切是怎么逆转的? 是谁在睡梦中拯救了她?

罗纬芝大惑不解。

答案应该是唯一的。袁再春给予的那些常规治疗药物,无效。证据就是她在前几十个小时内,疯狂吞吃下那些药品,花冠病毒的侵犯症状却没有得到丝毫遏制。可怕的症候不断加重,身体一秒比一秒衰颓。那些曾在语言中和文字中了解到的苦难,在别人身上重复过千百次的症候,降落到了自己身上,依然凶猛如火,痛楚不堪。

唯有李元给她的蓝盖小瓶中的白色粉末,才是这一惊天逆转的关键之物。罗纬芝一个箭步跳下床(这个动作在昨天晚上根本无法完成),把那只小瓶子捏在手里,看了又看,嗅了又嗅。大智若愚的白色粉末,没有任何特异的味道。昨日下手太狠,一下子吃了一半,加上有所抛撒,所剩只有当初总量的四成左右。罗纬芝突然惊骇地想到:如果药品接不上茬儿,花冠病毒感染表现,会不会卷土重来呢? 她蹲下身子,赶忙把洒在地毯上的那些粉末都一一收拾起来。

她觉得很饿。这是一个好现象,证明肌体需要能量,并且有能力来消化食物了。她看了看表,已经是傍晚了,早饭早过了,午饭也没指望了,只有等着吃晚饭了。她想起当初进王府时带了一些苏打饼干,以备不时之需。因为这里饭菜很好,就没用上。后来又是拉泻,一点食欲都没有,留到现在正好解难。

吃了饼干,罗纬芝又乘胜追击,把李元给的2号白色药粉又吃了一点,这一次用量比较小。她怕一下子吃完了,赶不上趟了,花冠病毒会复辟。

待这第二次白色粉末下了肚,罗纬芝明显感到全身注入了新的能量,丹田之气充分上涌,用夸张点的话来说,可算枯木逢春。

罗纬芝换上了一条白色裤子,上衣是水红色的短衫,神清气爽地出了门。正好碰上前来探望她的袁再春,差点没把老头吓得摔个跟头。

昨夜,更准确地说是今日凌晨,袁再春得知罗纬芝并没有命丧黄泉之后,还是不放心。布置那位面容肃穆的女工作人员,不断察看207室监控设备,如果有什么异常,就立刻报知他。老头半睡半醒,不敢安歇,结果是一夜无话。早上,他很想马上过来探望,可一系列工作等着他,不容分身。直到这时分,好不容易抽了点空,赶紧过来探视。看到罗纬芝一如往昔地迎过来,他如同见了鬼。

罗纬芝死了,化成一摊腐水,被血腥泡沫痰包围,或者干脆泡在米汤样的排泄物中间,袁再春都能接受,都知道如何应对。唯独罗纬芝像雨后梨花一样虽弱不禁风但清新可人地站在他面前,让抗疫总指挥袁再春如五雷轰顶。

这不可能!不要说是高度疑似花冠病毒感染的病患,就是普通的感冒发烧、肺炎、痢疾……也不能这么快就云淡风轻完璧归赵啊!

一定是什么地方出了问题!袁再春甚至想到罗纬芝是不是一个技艺极端高超的演员?要不她怎么那么惟妙惟肖地扮演了花冠病毒的感染者呢?

罗纬芝不知道袁再春昨晚的担忧和部署,很开心地说:"袁总,你知道我见到你有多开心啊!昨天,我以为我见不到您了。"

袁再春结结巴巴地说:"我……我也是……这样认为的。可你怎么会……这样快……就好起来了呢?"

罗纬芝也疑窦丛生:"我也不知道啊。昨天,我还以为我会死呢。"

袁再春刚想说,我也以为你的生命都有危险呢。话还没有出口,王府医学检验部门的一位男医生飞也似的跑过来,说:"袁总,到处在找您。"

袁再春说:"你可以打我的电话啊。"

男医生说:"事关重大。实在怕在电话里走漏了风声,必须得当面向您汇报。"

袁再春说:"请讲。"

男医生为难地看了罗纬芝一眼。罗纬芝知趣地闪开了。

男医生从卷宗中拿出检测报告单,说:"这是您昨天开出的加急化验单。结果提前出来了。昨天送的那份血样,对花冠病毒呈现出极为强烈的反应。

也就是说,这是一例非常严重的花冠病毒感染者,毒株很可能极特殊,且毒性非同寻常。血样是匿名的,现在必须用最快速度把这个病患隔离起来,以防止扩散。"

袁再春看着远处罗纬芝虽瘦弱但并不佝偻的背影,对男医生说:"我知道了。记住,这个结果对所有人保密,只限我一个人知道。不然,可能会引起大面积的恐慌。"男医生频频点头,表示他深知这其中的利害,绝不会乱说。自打花冠病毒疫情出现之后,到处都需要保密,大家早被训练出来了。

到底是怎么回事?袁再春再度陷入困惑之中。现在把罗纬芝隔离起来,固然是最安全的,但罗纬芝马上会被送进严密封锁的传染病院,所有的信息都将被吞噬。袁再春相信她会同普通病人一样被医治,直到死亡或是极少概率的生存。

眺望远方,平畴绿野,远山如黛。袁再春推断在罗纬芝身上,一定有不同寻常的事情发生过。医学家的钻研心被强烈挑逗起来。他觉得不由分说地把罗纬芝送进医院,也许是最大的不负责任。那样可能会遗失宝贵的信息和救治他人的时机。

在医学的固有逻辑和铁一样的真实面前,袁再春的思维像松鼠一样跳跃,以最快的速度捡拾遗落的松果,挨过滴水成冰的冬天。

不过,他也要做好相应准备,不能让感染扩散。马上要求所有部门再次检疫消毒,以确保万无一失。好在罗纬芝早期就自觉启用了防疫头盔,扩散病毒的可能性微小。

医学诊疗是充满了不确定性的科学。不管检验报告上怎么说,袁再春以高深的临床造诣,判定罗纬芝绝不是垂危的花冠病毒患者。就算有坚不可摧的病毒学检测为铁证,袁再春也不能在事实面前指鹿为马。只能说是罗纬芝曾经感染了花冠病毒,但不可思议地以奇迹般的速度康复了。

他需要冷静下来好好想一想。

罗纬芝实在饿得忍不及,到餐厅强烈要求提前吃饭,大师傅同意了。她惊喜若狂地吞吃谷物,食物就是力量,这力量是铁,这力量是钢!吃饱了饭,觉得生活是多么美好啊!不烧、不痛、不咳、不泻……完美到如此的人生,你还要求什么呀？你！什么是幸福？在瘟疫肆虐的日子里,你是一个正常人,这就是天大的福气！她无比欢欣,一时不知道驱动无灾无痛的身体干什么好。当她发现自己停留在通信室前的时候,才知道潜意识已经替她做出了决定——给妈妈打电话,报平安。

拨通了电话,又是老半天才有人来接？妈妈苍老的声音:"谁啊？"

"我是芝儿。妈！""妈"字刚一出口,罗纬芝就热泪盈眶。这天底下最朴素最温暖的一个词,险些叫不成了。不是年迈的妈妈不在了,而是年轻的自己消失了。

妈妈很高兴,说:"你换的这个新工作好,大白天能打电话了。比从前好,原来管得太死。"

罗纬芝一时没缓过神来,后来才想起自己怕妈妈担心,撒谎说有新任务。她说:"今后,我就能不定期地给您打电话了。"她也不敢把话说得没余地,要是袁再春收回了特别通信单,她就得退回到晚上才能打电话。

妈妈说:"早上晚上打都行。你好着呢,妈就放心了。百草给你带的东西收到了吗？"

罗纬芝奇怪:"什么东西？我还没收到。"

妈妈说:"昨天有个你的朋友来电话,让百草下楼去拿点东西,说是要送给你。百草说你临走前见过他的。百草今天下午给你送到一个什么指挥部去了。刚才打电话回来说人家为了安全,不让当面见你,问我怎么办？我说就放那儿吧。她还没回到家,估摸着还在路上。你赶紧去找找,别丢了。也不知是什么东西,小小的一个包。"

罗纬芝跟妈妈又聊了几句,放下电话。她料到那是李元带来的东西,充满了渴望。

罗纬芝马上到相关部门寻找,果然找到了一个小纸袋,很想马上就打开看看,但心口怦怦跳,充满期待和憧憬。她喜欢这种感觉,明知道一打开就真相大白,李元不会有任何暧昧的表示,但只要不打开纸袋,不水落石出,人就可以想象嘛！

回到207,罗纬芝踏踏实实地坐在沙发上,把自己调整到一个极舒服的姿势,然后慢慢地打开了纸袋。

一个更小的纸包落了下来。罗纬芝用手一捏,就知道了是什么东西。打开来,果不其然,是白色的粉末。

还有一张单独的信笺。

　　罗纬芝小姐您好!近安好?很惦念!听您家的小阿姨讲,您的声音非常虚弱,我猜想您可能已经感染了病毒。因为如果不是这种致命病毒,以您的活力和心态,是不会如此虚弱的。如果您记得我的话,如果您带着我给您的瓶装白色药粉的话,我想,您在百般无奈中,也许会吃下它。如果您真的口服了它,那么您的身体就会给出答案,您也会相信这种白色粉末的强大威力。唯一令我不安的是,当时给您的药品不够多。现在,我再给您一些2号药粉(注:和原来装在蓝色盖子小瓶中的一模一样)。服用的剂量还和以前一样,每次一粒"小黄米"就足够了,每日两次。千万不要过多。瘟疫还在大流行中,我和您一样,对此万分焦灼。不知您还记得我们的约定否?如果您以前还半信半疑的话,通过您亲身口服2号药粉,您可能对我的信任有所增强。请记住我们的约定,那是一个关乎能为千千万万人造福的约定。

　　还有一个小的但非常重要的提示:关于我们的相识,关于1号、2号药粉,关于它们的作用和您曾经服用的过程,请高度保密。这不仅关系到我们的研究成果,而且关乎您的生命安全。切记!看完后请烧掉。

　　即日。

李元敬上

罗纬芝翻过来掉过去看了好多遍,心情复杂。一是喜,自己的药品有了后续储备,病况会不断好转,她对这一点确信不疑。昨日那么凶险都挺过来了,今后应该越来越好。一是思虑,这神奇的2号粉末到底是什么东西呢?李元到底是什么人呢?他还用到了"我们"这个词,显然他是有组织的。这是个什么组织呢?一是恐,她刚刚逃离了花冠病毒的围剿(这一点还有待最后确定),又陷入莫名其妙的迷雾之中,居然有可能生命不保……

罗纬芝摩挲着短笺,把自己的指纹和信上的指纹重合。甚至还闻了一闻,又闻到了那种清晨海洋的气息(也可能是幻觉)。直到把信中的每一个细节都记下了,她才恋恋不舍地烧了信。

她又服了2号药粉,这一次没敢用大剂量,先是乖乖地只吃了一粒"小黄米",又怕花冠病毒复辟,加吃了大半粒"小黄米"。

她正想睡觉,突然有人敲门。开了门,见是袁再春。"袁总好!"罗纬芝朗声问候。

"你现在看起来好多了。"袁再春的白大褂沙沙作响。

"是。好一些了。"罗纬芝谨慎地回答。如果没有刚才李元的那封信,她的回应可能要热烈得多。

"你的检验报告出来了,是花冠病毒最强烈的感染。"袁再春面无表情地宣布。

罗纬芝虽早有准备,还是吓了一大跳。自己估摸是一回事儿,被科学铁面无私地证实,又是另外一回事。她哆哆嗦嗦地说:"这太……太不可思议了。"

袁再春点点头说:"更不可思议的是,你的临床症状迅速减轻,现在似乎已经基本复原了。"

罗纬芝说:"昨天我的确非常难受,以为自己活不到天亮了。没想到,今天下午起身,一切都翻转了过来。"

袁再春说:"我想知道的是——在这期间,你吃了什么?"

如果没有李元的告诫,面对着这如同自己父亲一样的老人,罗纬芝一定和盘托出。现在,只有遵照李元的指示装傻:"没有啊。我除了吃了您给的那些药物,再没吃其他的东西。"

袁再春背着手,满脸狐疑地走来走去说:"我给你的那些药物,虽说都是临床上治疗花冠病毒感染的首选药物,但据我所知,从没有取得过像在你身上这种扭转乾坤的效果。"

罗纬芝只好支吾道:"嗯……也许……每个人的情况……不一样的。"

袁再春点点头,若有所思,道:"个体差异永远是存在的。这样吧,你再到检验室抽个血样,确认一下。"

罗纬芝应允。

告辞时,袁再春说:"我看到你正在康复,真是由衷高兴。不过,万不可麻痹大意,掉以轻心。虽然我们没有见到治愈后的花冠病毒感染者复发的报告,但总是小心谨慎为好。多多休息,有什么突发情况,立即通知我。"

罗纬芝拿了袁再春再次开出的验血单,又去了王府园子角落的化验室,那里 24 小时待命值班。抽完血之后,她问:"多长时间能出结果呢?"

化验员说:"一般要 48 小时。但你这单子属于最紧急级别,是袁总指挥亲自签署的,大约 24 小时以后就会有结果。"

罗纬芝说:"那我明天这个时候就能来拿单子了?"

化验员说:"您不能拿。只有袁总指挥才能看到单子。"

罗纬芝不服,说:"可这血是我的。"

化验员和气地解释:"你的血在你自己身上流淌着,这当然是你的。但是经了我们手,做了非常周密的检查,这个结果就不属于你了,起码是不能仅仅属于你。它是属于抗疫指挥部的。"

罗纬芝只好作罢,安心等着吧。等着明天袁再春向自己揭示检查的结果。

回到 207,随着身体状况的继续好转,罗纬芝很想把自己沧海桑田的变化整出个头绪。花冠病毒袭击了自己,这是没错的。无论是自我的强烈感觉,还是精确的检验结果,都证实了这一点。但是,花冠病毒为什么又悄然无息地消失了呢? 它们是自我毁灭了,还是被药物剿杀了? 既然连袁再春都说他给的那些药物基本上是无效的,那么有效的就只能是李元的 2 号药粉。

罗纬芝拿出蓝盖小瓶(她把两次的药粉会合在一处,都装进了小瓶子),精心研究。说是研究,她也没有任何仪器,只是靠自己肉眼观察,摇一摇,晃一晃,闻一闻,尝一尝。还是没有一点新发现。

罗纬芝现在算是从另外一个角度,明白了化验员的话。的确,你的身体、你的血液都是你自己的,但是没有科学的检验论证和解释,你并不能知道究竟发生了什么。你对此一问三不知,一派茫然! 然而,活着,真好!

　　人在巨大痛苦和喜悦袭来之时,最容易失去判断,罗纬芝在极短的时间内,两者兼而有之,混沌之深,实可原谅。她决定索性放弃思考,稀里糊涂过一段时间吧。医学中充满了黏腻的困惑,通常困惑是通往清晰的必经之路,但有的时候,导向了更稠厚的无序。

Chapter 17

病毒的星星之火，会以燎原之势蔓延
我们定下暗号，"白娘子"和"法海"还有"馒头"

袁再春停止罗纬芝参加任何活动和会议，不管自己对她的病情抱有多么乐观的判断。在正式的检查结果面前，罗纬芝属于重症病人，万不可轻举妄动。

罗纬芝正大光明地游手好闲。躺在床上。她竭力回想，把自己和李元的对话，从头到尾过滤了好多遍，结论是李元和他的团队，正以一种主流以外的方式在研究多种新型药物。起码罗纬芝自己就见识了两种：一种是具有极强催眠效果的白色粉末1号，一种是对花冠病毒有特效的白色粉末2号。目前药物处于高度保密阶段，不得外传。

从来没有这么轻松惬意过，房间有人打扫，被褥有人更换，饭有人做，碗有人刷。可以看电视，可以看书(自己带来的，加上王府内有图书馆)，也可以什么都不想地发呆。外面不断死人，人们消毒防疫开会冥思苦想忙得不可开交，有人却能消消停停躺在防疫总指挥部里，逍遥自在。台风眼中，风平浪静。

局面更加恶化。燕市实行全民配给制，每人每天供应两瓶矿泉水和三包方便面。城市在发臭，发黑，发烂。制造业完全停顿，除了少数政府工作部门坚持工作以外，所有流动作业都已关闭。旅游业干脆一单生意都没有，谁也不敢来疫区送死。外交就不用说了，世界上铺天盖地地丑化中国，甚至说这个民族早该灭绝了,省得现在给全人类带来灾难。

燕市采取的措施实际上是一种单向的地理封锁,里面的人不能出去,外面的人有胆量可以进来,不过进来了也不能再出去。由于初期的封锁并不是密不透风,燕市有些人就以各种手段私自逃离疫区。其中有的人正处在花冠病毒潜伏期,随着时间推移,外省市也出现了散发病例。袁再春很清楚,这种散发实乃星星之火,很快就会以燎原之势蔓延。到那时候,如果还找不到特效药,整个神州大地将面临灭顶之灾。

2012顺利地过去了,人类并没有毁灭,地球并没有爆炸。但这一次的花冠病毒,真的要置古老的文明古国于死地吗?虽然罗纬芝在不断好转中,但她一想到目前的局势,就心急火燎。

她与世隔绝地安歇了72小时。这三天内,没有任何人来打扰她。罗纬芝乐得自在,她以为别人都把她遗忘了,殊不知是袁再春特别指示,没有他的批准,任何人不得进入207,饭食由专人送达。在抗疫指挥部里,每天都会有耸人听闻的事情发生,人们已见怪不怪。死亡迫近,人们丧失了探索小事的意愿。罗纬芝事实上处于被全封闭的状态。袁再春的通信令已失效,她深更半夜的时候,戴上头盔给家人打电话报平安。百草告知李元打来过电话,询问罗纬芝的近况。百草还说已经告诉李元了,东西带到了,罗纬芝一切均好。

罗纬芝还想继续休息下去,但袁再春特别约她到房间一坐。罗纬芝以为这是袁再春对自己的特殊关切,殊不知,袁再春知道罗纬芝房间有监控设备,他马上要进行的谈话,不希望别人知道。

两人坐定,和几天前一样。然而大家心里有数,其实大不一样了,在这中间,横亘着花冠病毒的魔爪,楔入了罗纬芝的九死一生。

"祝贺你,鬼门关前走了一遭。"袁再春万分感慨。

"不管怎么着,病好了太舒服了。"罗纬芝由衷地回答。

袁再春说:"这是你的第二次血单。"说着,他拿出卷宗,翻到一页,递给罗纬芝。早都无纸化办公了,但总指挥袁再春特别要求,所有呈送他的有关花冠病毒的报告,都需要留存纸质记录。人们多以为这是上了年纪的老一辈科学家的个人癖好,殊不知,袁再春忙中偷闲,长久凝视这些报告的时候,就像看最富悬念的推理小说，无数关于医学的想象竞相萌动。他不能丧失这种乐趣，奇妙的科学信息也如最好的童话，引人入胜。

罗纬芝看了一下，却不大明白。化验单的奥妙就在于，它是从你身上取出的组织和血液得出的结论，可你不知道它昭示着什么。

袁再春欣赏地说："这是我自抗击花冠病毒以来，看到的最完美的一组血单。"

罗纬芝不解地反问："完美？"

袁再春说："对。这个病人感染了我们现在已知最凶猛的花冠病毒毒株，但是在极短的时间内，检测全面好转，基本复原。如果我们的每一个病人，都能有这样的机制来复制这个结果，那么，战胜花冠病毒就是指日可待的事情了。"他的目光穿越王府的墙壁，射向旷野广袤的大地，那里有花冠病毒肆意浮动的空气，正准备涂炭无数人的生命。

罗纬芝没多大把握地悄声问："您说的是我吗？"

袁再春说："是的。正是你。也许战胜花冠病毒的历史使命，就落到了你的头上。"

罗纬芝深感意外，说："这……我哪里担当得起？"

袁再春站起身来，在地毯上像猎豹一样转来转去，说："我现在还想不清楚这到底是怎么一回事。你真的没有使用过其他任何药物吗？"

罗纬芝咬紧牙关说："没有。"欺瞒一位她所尊敬的老者，此人还是医学泰斗，这可是极易被道义谴责的事。但是，那一点点白色的药粉，真的可以算作一种药物吗？怕未必啊。罗纬芝为自己开脱。

袁再春派人查看过 207 室的录像，没有发现有价值的信息。罗纬芝吃过几次药，其中包括那只蓝盖小瓶，这没有引起人们的注意。很正常，罗纬芝有很多药品。袁再春相信她的答复，还因为目前临床上至今的确没有任何一种药物，具有这样显著的效果。他顺着自己的思路向下走："不管怎么说，从你的身上，我们看到了一线曙光。只有一个解释，也许和于增风的特别用意有关。他让你感染的就是这样一种来去匆匆，让人有猛烈的症状，却又不至于致命的花冠病毒亚种。利用这个亚种，也许就能够迅速培养出疫苗，让人发病而不要命，从而产生抵抗力，从根本上战胜花冠病毒。"

罗纬芝欢愉道:"如果真是那样,就太好了。"

袁再春强调说:"你确信是从于增风的遗嘱中感染的这一病毒吗?"

罗纬芝斩钉截铁地说:"我确信。"

袁再春说:"这个遗嘱现在哪里?"

罗纬芝说:"在我房间的保险柜中。"

袁再春说:"立刻把它交给我。"

罗纬芝马上回到 207 房间,取出那个封裹得极为严密的纸袋。虽然知道它不能再危害自己,但依然噤若寒蝉。她把包裹交给袁再春,袁再春锁好,然后宣布:"从现在开始,你自由了。"

罗纬芝不明白,说:"什么意思,袁总?"

袁再春说:"你身上,现在有丰富的抗花冠病毒的特异性抗体,正在源源不断地形成。也就是说,肆虐的花冠病毒,在你面前成了手下败将。你已获得充分的活动自由。从此以后,你可以从 C 区到 B 区再到 A 区,不必受任何限制。别人不能到达的现场,你可以抵达。别人不能进入的场合,你可以进入。我不敢确切地说,现在具有这种抵抗能量的人,全中国能有几个人。据我所知,在燕市,你应该是唯一的。"

罗纬芝一时没有明白过来这个巨大的自由所包含的广泛内容,第一个想到的就是:"那我可以回家看我妈妈了?"

袁再春含笑颔首道:"是的。你不会感染她,也不需要进行任何隔离审查。"

罗纬芝说:"那太好了。我马上就走。"

袁再春说:"我要给你开一张特别通行证。因为你没有法子跟所有的人来解释这件事,别人也弄不懂,有了这个证,就方便多了。还要特别提醒你,你要保密。"

罗纬芝不解:"多好的消息! 为什么要保密?"

袁再春说:"这是为了你的安全着想。你想啊,虽然花冠病毒奈何不得你,但其他病毒还有人间的各种阴谋诡计,依然可以毒杀你。你并没有对所有的邪恶都有抗体啊。所以,小心为上。还有一个要求,你必须答应我。"

罗纬芝的心被马上就要见到母亲的快乐充盈,说:"您是我的救命恩人,我当然会答应你。"

袁再春说："正确地讲,是答应国家。当你看完母亲之后,你必须马上回来。我们还要从你这个特殊的病例中,总结宝贵的经验。"

罗纬芝对天盟誓般地说："我一定会回来。"

罗纬芝立马回了家,没几天的工夫,妈妈苍老了很多。老人家看到女儿平安归来,老泪纵横。围着女儿问这些天是怎么度过的,说得越详细越好。罗纬芝看着熟悉的家中摆设,万分亲切,恍若隔世。可她的经历,岂是一两句话可以说完的? 要兜头掉底地告诉老人,还不得把老娘吓得魂飞魄散? 她就大事化小、小事化了地报了一通流水账,主讲王府的饭菜如何可口,服务人员如何周到,让妈妈觉得女儿简直是一脚跌进了福窝。

罗纬芝和妈妈拉着家常,心里一直在惦记着一件事。

抽个空,她问百草:"可有什么人找我?"

百草说："刚开始有些人找的,都是你的朋友。我说你到抗疫前线采访去了,最近这些日子找的人就少了。"

罗纬芝说："也不是很少吧。那天不就有人叫你给我送药吗?"

百草恍然大悟道："你说的是李元啊!"

罗纬芝说："是啊。他为什么不来电话呢?"

百草说："这人神出鬼没的,你根本不知道他什么时候会来电话。我只有守株待兔了,他打过来我就跟他聊聊。他不打过来,我也不能主动给他打电话呀。"

罗纬芝说："那你可有他的电话号码?"

百草说："没有啊。人家从来也没说要告诉我,我也不好意思管他要,再说,也没这个必要吧。咦,你没有他的电话号码吗?"

罗纬芝苦笑,无话可说。李元当然是给过她电话号码的,但她根本没想到以后和这个人有联系,就随手丢掉了。家中是妈妈用了多年的老式电话,也没有来电显示功能和存储功能。看来百草用对了一个词——守株待兔。

"等以后他再来电话的时候,你记得要下他的电话。"罗纬芝吩咐。

百草顾虑道："那我能说是你要的吗? 我一个姑娘家,主动管小伙子要电话,好像不大好。"

罗纬芝答："成,你就说我要。"她想,起码要亲口郑重地向人家的救命之恩表达感激。

李元这只兔子,没有让罗纬芝这棵树等太久。晚上快入睡的时候,电话打来了。

一听百草说罗纬芝在家,李元大喜过望。

"你怎么回家来了?我经常会选择很晚才打来电话,打扰你家人,真是抱歉。因为你是晚上和家中通消息的,所以我打得晚些,就能知道你的新情况。"李元的声音里有抑制不住的快乐,干净而柔软。

"非常感谢你的挂念。你知道,我差点死了。"罗纬芝看别人都不在身边了,把话说得比较直接。由于那个蓝瓶盖的 2 号药粉,她和这个男子已成生死之交。

"这么危险?"李元毫不掩饰自己的惊讶。这让罗纬芝很受用,大难不死,也是令人钦羡的谈话资本。

"我感染了严重的花冠病毒。"罗纬芝很严肃地知会李元。

李元停顿了片刻,好像在思考,之后说:"那您现在可以回家,说明您已经康复了。"他不由自主地使用了"您"这个词,对于一个死里逃生的人,肃然起敬。他的嗓音充满了专注,含着温柔的安慰。

罗纬芝说:"我的化验报告呈现出非常奇特的变化。首先,我是一个货真价实的花冠病毒感染者,然后,我又非常迅速地产生了高强度的抵抗力恢复正常……"

李元突然打断了她的话,说:"您明天在哪里?"

罗纬芝说:"我要回到抗疫指挥部去。袁再春总指挥说,我是一个非常奇特的病例。"

李元说:"他当然会觉得奇特了,因为这在现代医学的框架里,根本无法解释。那么,我明天早上可否见到你?"

罗纬芝说:"我请的假到明天上午十点钟。所以,我们的会面只能在清晨。"

李元说:"好啊。那就这么约定了,明天早上七点,我在您家楼下等您。"说完,匆匆放下电话,好像怕罗纬芝非要再和他攀谈似的。

罗纬芝夜里睡得非常好。也许,是因为在自己家里,在妈妈身旁,安全感极佳。一觉醒来,已是早上6点45分。她对百草说:"你和我妈先吃饭吧。不要等我。"说完一溜烟地下楼了。

李元已经在那里等她。看到一表人才的小伙子迎风伫立,罗纬芝深感自己贪睡的结果很严重,虽说没有迟到,但来不及收拾打扮一下,狼狈不堪。

李元倒是非常高兴,毫不掩饰地上下打量着她,说:"看来您气色不错。"

罗纬芝说:"如果你五天前看到我,我生还的可能性像你出门见到火星人。"

李元饶有兴趣说:"那咱们可要好好地谈一下了。请尽可能详细,我对所有的细节都感兴趣。"

两人在路边的长椅坐下,罗纬芝一五一十地说起来。当听到罗纬芝一下子吃了蓝色小瓶中的五倍药量,李元大惊道:"你没有记错?"

罗纬芝说:"坚决不会错。第二天下午我起来后看到残余的药量,只剩总量的四成左右。就算有一部分我当时迷迷糊糊地撒在外面了,但吃了总量的一半绝对不会搞差。"

李元捶胸顿足道:"吃这么大的剂量,找死啊!你当时是怎么想的?"

罗纬芝纠正道:"当时不吃才是找死!来不及想任何事情,每分每秒症状都在加重,我觉得肯定活不了了。常规的药物我已经都吃遍了,没有任何效果。孤注一掷,横竖都是死。只能不管不顾一口吞下。"

李元小心翼翼地问:"可有什么不良反应?"

罗纬芝认真地想了想,说:"好像没有。就是整整一夜都没有起夜,简直要尿床了。"按说当着一个大小伙子,说有关排泄什么的有点不好意思,但李元的态度非常认真,完全像是在收集医学病历,罗纬芝便如实禀报。

李元说:"这是非常重要的情况,我要向我的导师汇报。"

罗纬芝说:"你的导师是谁?"

李元说:"一位我非常敬重的人,指导着我们的全盘计划。"

罗纬芝说:"那请转告你的导师,这个药真是非常灵。让他赶紧贡献出来,解救黎民百姓于水深火热之中。"

李元说:"你这话我一定会转达到。不过,我布置给你的工作,你可完成了？"

罗纬芝说："什么工作？我怎么不记得？"

李元说："就是搜集最猛烈的花冠病毒的毒株啊！我不是把保存毒株的特制仪器都交给你了吗！"

罗纬芝说："我还以为是什么复杂的事儿呢，原来是这个！这不是太简单了吗，我本人就是货真价实的最毒毒株的携带者啊！"

李元说："那你保留标本了吗？"

罗纬芝说："没有。我不是在这儿吗，我本人就是标本啊！"

李元叫道："罗小姐，毒株最浓缩的存在，是呕吐物、血液、痰液，还有排泄物。"

罗纬芝说："这好办，你抽我的血啊。"

李元说："那好，请不要埋怨我下手毒辣。那我现在就抽您的血，留作标本。"说着，李元从随身携带的旅行包里，取出一应物品，在罗纬芝的手臂上消毒取血，然后把血液存放在特殊的仪器中。

这些天，罗纬芝被多次抽血，对这套程序已经司空见惯。但此刻坐在大马路边的长椅上，就这样被当作医学实验品扎针抽血，多少有点不雅。她低着头，怕被人看见。距离太近了，罗纬芝有一点走神，她闻到李元身上有如麝香般的优雅气味。（这一次不知道为什么不像清晨海洋了，不过麝香味道更迷人。）

好在路上几乎没有行人，大家都躲在家里，把家庭当成防空壕和堡垒，抵御花冠病毒的狂轰滥炸。再者，非常时期，人们对于劈头被拦住，然后被采取各种和医学有关的措施，已见怪不怪。

把这一切有条不紊地做完，李元脸上的严肃神情稍微松弛了一下，说："我和导师何尝不想赶快把研究成果贡献出来，造福人类。只是它没有经过临床验证，就算我们有百分之百的把握，也不能随便应用于人体。培养毒株，正是为了能有更多的例证用于研究。毕竟，目前您是一个孤证。"

罗纬芝点头称是。

李元又给了她一些白色药粉，再三叮嘱："这是 2 号。现在，疾病极期已经过去了，你再也不能任意加大药物剂量。太大量会有危险的。切记切记！"

这时,唐百草找了来,说:"纬芝姐,奶奶等着您吃饭,热了一次又一次。"说完,翻了李元一眼,意思是都因你捣乱,让我们家不得安生。

李元笑笑说:"百草,你叫她姐姐,却叫她妈妈是奶奶,不合辈分啊。"

唐百草看到李元注意到自己,很高兴,说:"奶奶和我奶奶一般大,当然要叫奶奶了。姐姐和我姐姐一般大,当然要叫姐姐了。辈分不辈分的,城里人怎么比我们乡下人还讲究!"

李元说:"往前数几辈子,我也是乡下人啊。你既然这样叫,我以后也随你这样叫好了,只是,我还是要叫罗姐姐的母亲为妈妈。"李元心想,这可不能叫乱了,要为将来埋下正确的伏笔。

罗纬芝说:"叫什么都无所谓。"

李元认真地说:"罗姐姐,鉴于您刚才讲的那些情况,特别是以后的药量,我可能要和你直接通话。我知道你们和外面的联系是有限制的,我会在晚上到你家来,如果你往家里打电话,我就能和你说上话了。给百草小妹和你妈妈可能会带来不便,请跟你妈妈先美言几句,到时候不要烦我。"

罗纬芝想到以后还可以和李元经常通话,抿嘴微笑。不然,就算自己有了李元的电话号码,又有什么理由常常找李元呢? 就算是谈病,自己的病基本上好了,这个借口也用不了多久。这个她心中有数。于是欢快地说:"没问题。我妈妈希望有人来聊天。"

李元说:"太好了,那咱们可能要定几个暗号。"

罗纬芝从小就对秘密感兴趣,兴奋地说:"行啊。不过有这个必要吗? "

李元说:"咱们也不是干什么不法勾当,只是三言两语说不明白。自个儿定个暗号,方便些。"

罗纬芝说:"就定你是'长江'我是'黄河'吧? "

李元说:"长江黄河就算了,咱们也不是打仗。身份上,我是你弟弟。你以五倍量吃的那种粉末,我们叫它'白娘子'好了。关于你吃了之后就大睡特睡的那种粉末,我们称它为'馒头'。关于毒株,我们就管它叫'法海'。你觉得如何? "

罗纬芝说:"我喜欢'白娘子'和'法海',喜欢它们的神话意味。"

李元又拿出了一个小包,见棱见角的。罗纬芝说:"这是 3 号吗? "

李元突然不好意思地说:"这不是某个号的药品,是我送给你的一个小礼物。一个海盗的吊坠,以前留学的时候随手买的,不值什么钱,是我的护身符。希望你能带在身边,危险的时候给你一点点勇气,想起我在你身旁。"

罗纬芝接过来,她喜欢他的腼腆,笑道:"贿赂我为你赴汤蹈火?"

李元忙分辩:"小礼物是鼓舞,大礼物才是贿赂。我从来没有送过女孩子礼物,这一次山高水远,希望我能以某种方式和你在一起。"

百草鼓着嘴说:"还有完没完哪?奶奶都急死了。"

Chapter 18

到哪里去找"法海"？今晚你会不会来？
谁拿到了毒株,谁就占有了一座钻石矿

罗纬芝回到王府抗疫总指挥部,早有人等在 207 室门前,要抽她的血。说是袁总交代了,今后的日子里,会连续抽取罗纬芝的血液,以备科研之用。

罗纬芝毫无怨言,虽然看着一大管子血液被抽走,由于心理作用,头就晕起来,但她很愿意能为战胜花冠病毒贡献绵薄之力。袁再春没有食言,真的为她签发了特别通行证。有这张证件在手,罗纬芝就能在 C、B、A 各区长驱直入。

基本康复后,她走访了很多单位,她了解得越多,内心就越发沉重。人类和病毒必有一战,这一战或迟或早,或深或浅,逃不掉的,最终胜利也是不可能的。我们没来的时候,它们已经在了。我们走了以后,它们肯定还在。人类要么被病毒消灭,就像病毒曾经灭绝了恐龙;人类要么学会和病毒相对和平共处,就像我们没有被感冒和脑炎病毒消灭。它们依然存在,很多人死于感冒和脑炎,但绝大多数人还是可以逃过一劫。

大瘟疫必将夺命无数——这是被科学家们预言的在 70 年内一定会发生的灾难,现在提前完成了它们的时间表,波澜壮阔地呈现在中国面前。

只是这一次,我们能胜出吗？袁再春认定,像罗纬芝这样的案例具有极大的意义。但身为案主的罗纬芝,根本就搞不懂这一切是如何发生的。

每天和家中的通话，由于时不时地有李元在场，变得更加令人期待。

李元来去无踪，有话则来，无话则去。

天渐渐长了。吃罢饭，罗纬芝沿着甬路向通信室走去，计算着落日由西天约 15 度斜角到全然坠入远方山脊，需要多长时间？依她的观察，大约用七八分钟吧。这段时间，刚好够她从餐厅走到通信室，那种弥散天际的猩红，总让罗纬芝抑制不住地心疼。仿若亲见一个病危的花冠病毒患者，走向临终。只是太阳还会升起，但人类之一分子就此灭亡，永不复归。罗纬芝确信，就在这个时间段里，一定会有花冠病毒患者死亡，但愿他们身败于这个美丽的时刻，肉身被病毒戕杀，灵魂却跟随晚霞，渐近永恒。

如何拯救他们呢？罗纬芝此刻都会把万千思绪，凝成一个猜想——今晚，你会不会来？

这个"你"，就是李元。

这一天，和妈妈说完话后，唐百草插言："有人还要和你说话。"

罗纬芝说："喔……"她没有打招呼，监听人员就在身边，由于时日已久，每人家里都有些什么人，听者都有数了。

"姐，你好。"李元悦耳的声音。罗纬芝把听筒更紧地扣在耳壳上，让声音不要透出来更多。其实，她多虑了。监听人员在乎的是此处的人说出去什么，而并不在意外面的人说进来什么。

"哦……"罗纬芝觉得自己像个弱智似的，咿咿呀呀应着，不能说出个完整的句子。

"姐，有一事，'法海'没找到。"李元话语中透出隐隐的焦虑。

"他到哪里去了？"罗纬芝说。这一次，她感觉到了暗语的好处。如果说"毒株到哪里去了"，一旁的监听人员还不得把眼睛瞪得像甲兀？

"不知道。也许是因为血液里的抵抗力量太强大了，'法海'已经完全消失。"李元回答。

罗纬芝思忖着说："看来，我们再也找不到他了。"

李元说："起码用原来的方法，在原来的地方，是找不到了。"这句话翻译过来的意思就是，罗纬芝的血液里没有毒株了，就是抽更多的血，也是白搭。

"那怎么办呢？"罗纬芝愁煞。

"姐,有一个法子。"看来李元已经思考过,并和他的导师商量过这个问题了。

"到哪里找他呢?"

李元说:"只有到'法海'聚集的地方。"

罗纬芝说:"死的还是活的'法海'?"

在一边无所事事的监听人员,注意力集中起来。毕竟,"法海"是令人奇怪的名词。

"都行。就是人死了,'法海'还是会存活一段时间。在特殊环境下,比如低温,也许能生存很久。'法海'爱待着的地方,我原来告诉过你。其他东西你都有。好了,我不多说了,祝福姐姐平安健康。"

"也祝都好。"罗纬芝谨慎地回答,放下了电话。监听人员也放下心来,没有任何关于防疫内部情况的透露,至于"法海"什么的,也许只是家里人的玩笑话。

罗纬芝请战,要求到抗疫第一线去。

袁再春思忖说:"要是别人想去,我是断然不会批准的。不过,你不一样。我看到你体内的抗体滴定度还在飞快地上升,简直成了金刚不坏之体。看来花冠病毒是奈何不了你的。也好,你到第一线看看,回来向我汇报一下。从现在开始,你就是我的特使。所有地方,都向你开放绿灯。"

罗纬芝带上了保存毒株的冷藏试管,进入了一线医院。

病人们挣扎在死亡线上,医务人员已经到了筋疲力尽的状态。新的感染不断扩散,死亡不断增加。现在治疗倒是简单了,成了一种预设好的程序。只要病人被救护车拉来,立即送到病房。医院已经进入了战时紧急状态,不再是一间间的小病房,而是在医院空场上搭起了可供几十人上百人的大型组合病房,打个不恰当的比方,类似乡下红白喜事的宴会大棚。所有人的治疗方案都是一样的,提供支持疗法和一些昂贵却没有多少确切疗效的药物。医生们高度默契,看起来就像完全没有情感和交流。语句极其短暂,声音不带任何倾向性和温度。护士们推着治疗车,一一输液,像打开高压水龙头一样,把大量复合药品压入病人体内。当然,白衣战士们都戴着防疫面具,进行一系列治疗和清理分泌物的工作。

处理病死者的遗体,由一个特殊部门负责。只要有人病故,专业人员就会在第一时间带着超大的透明塑料尸体袋到达现场。病人们现在都住的是集体宿舍,一人死亡,对他人是恶性刺激,要将病逝者用最快速度移出人们的视野。这样做的好处,一是让周围尚活着的人,不要丧失信心;二来也好腾出新的病床,接收更多的病人。

收敛花冠病毒逝者的特制尸袋,和死于交通事故、地震灾害等故去之人的尸袋,样式基本相仿,只是厚度加倍,颜色为全透明。尸身密封在袋子里,毫发毕现,看起来煞是恐怖,但很实用。毕竟以后是否要做科学检查抑或遗体告别,现在还顾不上。车祸或是天灾致死,死因很明确,入土为安为第一要务。瘟疫是一笔糊涂账,若是日后还要对尸体进行研究分门别类,那么一具具开袋验尸甄选,太难为人了。不妨第一手处理时,就采取全透明战术,以备不虞之需。

罗纬芝现在几乎要算花冠病毒方面的专家了。袁再春签发的特别通行证,加上罗纬芝的勇敢无畏,如同两翼,让她得以深入常人难以进入的各个医疗环节。

此刻,她参观专门处理病人分泌物的车间。

叫它车间,实在是再恰当不过。巨大的离心搅拌机轰鸣着,如同一台台水泥搅拌车。只是放入车内的不是水泥和砂石,而是花冠病毒病人的各种排泄物——胸水、腹水、痰液、粪便、呕吐物……当然,更确切地说,是沾染了恶性物质的毛巾、被罩、纱布等医疗用品。污染物被投放到离心搅拌机后,倾倒进各种消毒液,再加以高温蒸汽消毒……最后被烘干打包,压缩成极小的体积,送往尸体火化炉,完全焚化为灰烬。负责此工作的医学工程师窦锦欢说:"我们可以确保病毒已经完全死亡。"

罗纬芝目瞪口呆地看着,脑子中在想——那么于增风的遗嘱,是怎样过五关、斩六将地熬过这种酷刑的?不但保持着纸质的完整,更重要的是保留了花冠病毒的活性!

罗纬芝问窦锦欢:"一直是这样消毒吗?"

窦锦欢回答:"是的。"

罗纬芝说："窦工程师,这毫无疑问是一种非常好的消毒流程。但是在最初阶段,在这一系列的机器没有制造和安装之前,是如何消毒的呢? 正因为机械体积庞大程序正规,才会使人感觉是在花冠病毒大规模暴发流行之后才投入使用的。无法设想在没有疫情之前,有什么单位会储备这种大型器械。"

高瘦得像单支的一次性原木筷子的窦锦欢正色道："我不知道你是站在什么立场上质疑我们的工作。这些器械的确是早有储备,这么大的一个国家,凡事都会有所准备。这些消毒机械早就制造出来了,存放在特定场所。发生了疫情,就会投入使用。一般人似乎觉得,有一种疾病,就会有一种特定的消毒方法。其实不然。无论何种疾病,只要具有传染性,就逃不过病人的体液、血液、分泌物和肌体组织这个范畴,大同小异。就像包子、花卷、馒头是不同的,但都是面做的,蒸的方法是一样的,只是时间稍有长短不同而已。所以,这些器械的确早就备下了。"

回答精准无误,无懈可击。罗纬芝不知道再说什么,却总觉得有什么地方不对劲。她想了想说："但是疫情刚刚开始的时候,就算马上把消毒器械调拨安装起来,也需要有一个时间差。消毒是刻不容缓的,我想知道那个时候,你们是如何处理污染物的。"

窦锦欢感觉到遇上了行家里手。他谨慎地说："是的,您说得不错。在瘟疫流行初期,有一个极为短暂的时期,我们没有应用这组器械。"

罗纬芝穷追不舍："那么,是用什么法子消毒的呢?"

窦锦欢刻板地说："医疗器械先用 75% 酒精棉球擦拭或浸泡污物表面,带有血渍的用有氧氯消毒液浸泡 30 分钟,再放入加有生物酶和盐的锅内清洗,再放入高压高温蒸汽锅内消毒。高温灭菌,最后以真空方式干燥,压缩密封。比你刚才看到的这种连续机械化操作,要原始一些。"

罗纬芝点点头说："我想知道的是更早期。"

窦锦欢不快地反问："你已经看到了完善的消毒过程在运行中,也已经了解了早期的运作。我不知道你如此刨根问底,是何用意?"

罗纬芝回答："很简单。如果我们能够闯过这场灾难,这是一个经验。如果我们失手了,为我们的子孙后代留下可供借鉴的教训。"

窦锦欢想了想,说:"那你跟我来吧。"

罗纬芝跟随窦锦欢进入悠长而昏暗的甬道。由于少有人走,虽无青苔,自生滑腻,像通往地狱的小道。窦锦欢头也不回地走在前头,有一种引君入瓮的风度。在每所医院里,都有这样一些幽暗的所在,让人以为尽头是太平间。其实真正的太平间倒不会太阴暗,那里是人来人往的地方。好不容易来到走廊尽头,如此冷僻的所在,让人心生怯意。

窦锦欢打开了房门,里面有一些白色搪瓷大桶,如同一些学校早年间供学生饮用温开水的晾桶,只是没有下方的水龙头。罗纬芝打开一个搪瓷桶,里面是半桶气味呛鼻的消毒液。旁边还有不锈钢的金属杆,好像高尔夫球杆的上半部。

罗纬芝说:"那时候,就是把病人的排泄物等放在这个桶子里吗?"

窦锦欢面无表情地说:"是。"

罗纬芝追问:"谁来搅拌呢?"

窦锦欢说:"人力。"说着,他拿起一旁的金属杆,在搪瓷桶里搅动了一下,算是做了个示范。存放已久的消毒液,被搅动焕发出了活力,咕嘟嘟地冒着气泡,呛人的味道汹涌而出,罗纬芝连连咳嗽。

罗纬芝说:"这非常危险。"

窦锦欢说:"只要防护得当,也不一定会出事。你看,我不是活得好好的吗?从一开始就参与消毒,从最早的手工操作,到现在的机械电脑操作,我一直在场。"

罗纬芝直视着他的眼睛说:"既然您一直在场,您可认识于增风?"

窦锦欢的目光立刻闪出霹雳样的火花,但随之暗淡了,说:"认识。他大名鼎鼎,又是牺牲在抗疫第一线的英雄。"

罗纬芝说:"他的相关物品,可是你消毒的?"

窦锦欢说:"物品送到我们这里的时候,并不署名。所以,我无法准确地回答你。我可能消毒过,也可能没有消毒过。我们有一个团队在执行消毒工作。"

罗纬芝从他的眼神里,看不到任何色彩。心想,是的,天天消毒病危或是死亡病患的有毒分泌物,只有变成铁石心肠。

罗纬芝继续问:"如果病人的遗物想带出去,怎么办?"

窦锦欢说:"如果经过了严密的消毒,在理论上是没有问题的。毕竟病毒是一种脆弱的低级生物体,是可以被化学药品和物理因素比如高温紫外线等消灭的。"

罗纬芝说:"那你可做过这种事情?"

窦锦欢说:"您指的是什么事情? 消毒遗物还是……"

罗纬芝说:"您知道我指的是什么。关于消毒,您刚才说得已经很清楚了。"

窦锦欢双手插在白色防疫服的衣兜里,问:"您有什么权力来核查这事情呢? 这和您刚才所说的目的并无关联。"

罗纬芝说:"有。"

窦锦欢说:"您问了我那么多问题,我只问您一个问题。"

罗纬芝说:"请讲。"

窦锦欢逼近一步说:"您为什么对于增风教授那么关切?"

罗纬芝说:"他的遗物通过了消毒,送了出去。而我恰巧看过。"

窦锦欢表情很复杂,说:"您这样生龙活虎地活着,证明我的消毒非常到位。"

罗纬芝看出了他眼眸深处稍纵即逝的失望。他一定为自己的消毒分寸不当而懊悔,觉得自己杀灭了所有的病毒,对不起于增风的嘱托。

罗纬芝确定正是这位工程师的协作,于增风才完成了最后的部署工作。然而一切皆有变数,其中原委她无法细说,于是点点头保持了缄默。

他们回到大型消毒器械旁。窦锦欢有礼貌地问:"您还需要了解哪些情况?"话语中已含谢客之意。

这时,正赶上各个科室将病人的污染物品送至消毒处,一个个透明的大塑料袋子,鲜橙黄色的,类似海难的救生衣色。窦锦欢忙着签收清点,把罗纬芝冷落在一旁。这正是罗纬芝巴不得的,她趁人不备,将一个塑料袋中浸满咖啡色血液的纱布,悄悄放入了工作服中的密闭塑胶袋里。这当然是极其危险的,不过罗纬芝相信自己已经有足够的抗体,不会再次感染花冠病毒。虽然这是纪律严令禁止的,但不用这种非常手段,如何得到毒株呢？没有毒株，李元和他的导师所进行的研究，没有法子大规模地展开。

窦锦欢的妻子是一名临床医生，已经阵亡在抗疫第一线。她在世的时候，夫妻俩彼此是同行，都严谨刻板，并没有太多的浪漫和交流。当她死后，窦锦欢才发觉自己是多么爱她。但他没有时间哀伤，也没有掉一滴眼泪。按照规定，如果他提出撤离火线，经过相应的隔离，他就会回到相对安全的地方，从此远离哀痛之地。但他主动表示，绝不离开一步。他不要轻松，不要安全。只有与病毒近在咫尺，他才觉得自己是和妻子在一起。凶手在逃，他怎能退却！和杀害自己妻子的凶手贴身肉搏，为此他将付出所有的力量和手段，在所不惜！他要复仇，复仇可以不择手段。他要用自己的方式，调动一切可能性，与病毒周旋并死战。如果需要的话，就和病毒同归于尽。也许这才是救赎自己无尽悲伤的最好途径。

他原本就不苟言笑，现在简直是疯狂地投入了工作。出入危重病房，如履平地。和濒死的花冠病毒病人交谈，毫无畏惧。他人不敢也不忍过问，任由他自定。

窦锦欢送罗纬芝出门的时候，示意她戴上防紫外线目镜，然后站在强烈的紫外线灯下消毒。罗纬芝将自己的双手叠在工作服口袋旁，尽最大可能保护毒株。

时间是如此漫长，真是度日如年。不知道花冠病毒是否能经受得住紫外线的荼毒？现在她和杀人魔王站到了一条战线上，对病毒关怀备至。此刻，保护就是消灭。

告辞的时候，窦锦欢目光低垂地说："你好像对花冠病毒很有兴趣。"

罗纬芝回答："谈不上兴趣，只是工作。受命于危难之际。"她的苦难就来自这个人，但她不恨他。面对于增风的临死托付，他一定无法拒绝。她此刻干的事儿，不是异曲同工吗！

窦锦欢说："现在对花冠病毒感兴趣的人，大有人在。"

罗纬芝说："还真有不怕死的人啊。为什么这么多人对花冠病毒有兴趣呢？"

窦锦欢说："这是一种新型的病毒，谁拿到了它的毒株，谁就占有了稀缺的资源。根据这个毒株,制造疫苗,研制新药。从某种程度上说,我背后是一座钻石矿。"

窦锦欢背后,是巨大的消毒处,那堆积如山的橙黄色塑料袋,是剧毒的花冠病毒大本营。徐徐暗风,每一块不再洁白的纱布都是缥缈的灵位。

千辛万苦深入虎穴采来毒株,却无一存活
将尸体剐骨扬灰播散世界,惨烈后果如何

罗纬芝殚精竭虑保护着那块浸染着花冠病毒患者分泌物的纱布,出了
消毒处,赶紧把纱布转到随身携带的保存设备中。做这一切的时候,她万分
小心。虽然她自己拥有足够的抵抗力,可以不受花冠病毒祸害,但如果在操
作中,让病毒逸散出去,伤害无辜,必是极大罪过。不过,这一切都是在 A 区
操作的,想来此地也不是什么洁净所在,空气中早已飘散着不计其数的病毒
颗粒,自己这番折腾,与大局无碍。

回了王府,好不容易挨到晚上,和家中联系的时间到了。罗纬芝问百草:
"他在吗?"

唐百草说:"谁呀?"

罗纬芝气不打一处来,这不是明知故问吗?看到一旁履行工作职责的
监听员,只好装出漫不经心的口吻:"小弟呀。"

百草故作恍然大悟状,说:"李哥哥啊,他说今天不来了。有什么事儿你
只管告诉我吧。"俨然成了李元的代理人。罗纬芝不悦,想想李元几乎每天
要到自己家里等电话,和唐百草聊天那是顺理成章的。大疫期间,人们都龟
缩家中,能有谁不怕死地登门拜访,本来就喜出望外。更不消说李元英俊潇
洒、谈吐文雅,百草自是心仪。想到这里,罗纬芝自我解嘲一下,谁让你剩到
如今呢,连小保姆都敢一比高下了。

万千思绪，眨眼间飘过。罗纬芝不禁笑话自己，前几天还在死亡线上挣扎，现在就掉到醋坛子里了，实在不是自己一贯的风格。她收起念头，对唐百草说："我有东西要给弟弟。你不要忘了告诉他。"

罗纬芝把装了毒株的设备夹带在换下的寒衣中，带出了王府，很有成就感，如同当年的地下党员把秘密情报给了交通员。想想也觉可笑，明明是一件好事，却做得这般鬼祟。如果能光明正大地研究，成果不是会出得更快一些吗！

过了几天，在例行通话中，李元终于出现了。"姐姐，您好。"极其温和宽厚的声音，充满了友爱和亲切。罗纬芝的身心和着节奏轻颤。她能想象出，李元如同一脉苇叶，修长柔韧地玉立在自家电话旁，多么美好而又令人依恋的场景。

"带回的衣服收到了吧。"罗纬芝问。

"收到了。不过，都死了。"李元说。

罗纬芝大惊，问："谁死了？"

李元说："就是你给我的东西。"

"为什么？"罗纬芝不解，想自己千辛万苦深入虎穴采来毒株，却落得无一存活，太悲切了。原因何在呢？如果找不到原因，以后也无法得到活的毒株了。她顺势瞟了一眼监听员，本以为听到"谁死了"这样的问话，监听员会很在意，不想对于"谁死了"这样的话题，监听员早就习以为常。大疫之中，死人是最常见的谈资了。认识的人都有可能死，死一个人会被议论一千次。监听员料想随后的话题毫无新意，反倒不再关注。

李元说："我们也在分析原因。这边的操作应该是没有问题的，那么结论只有一个，就是您在携带的过程中，经过严密的检查和消毒。所以，它们都死了。"

"不是说，它的生命力非常顽强吗？怎么又如此不堪一击了？"

罗纬芝愤愤然。可让她愤怒的对象是什么呢？恨病毒还不够穷凶极恶吗？

"生命力是相对的。现在的问题是，我们还需要它。甚至更需要它。"李元不愿在没有答案的问题上继续纠缠，于是把话题向前推进。

"为什么？"

李元说："'白娘子'还吃着吧？"

罗纬芝说："全靠'白娘子'了。"

李元说："需要更多的'法海'，才能确认'白娘子'的剂量。太少了，起不到效果，太多了，怕适得其反。"

罗纬芝彻底明白了毒株的作用，她说："还要找'法海'？"

李元说："是的。甚于任何时候。"

罗纬芝说："我想办法。"

李元说："'法海'有时会很脆弱。"

罗纬芝说："我知道。"

两人于是道别。罗纬芝把自己刚才说过的话捋了一遍。

"带回的衣服收到了吧？"

"谁死了？"

"为什么？"

"不是说，它的生命力非常顽强吗？怎么又如此不堪一击了？"

"为什么？"

"全靠'白娘子'了。"

"还要找'法海'？"

"我想办法。"

"我知道。"

哈！基本上没啥破绽。看看监听员，也是一脸淡然。罗纬芝于是佩服自己挺狡猾。

出了通信室，她信步到了袁再春的房门前。时间还早，防疫总指挥并不在宿舍。罗纬芝坐在他门前的木椅上，静静地等候。郁金香开了，野百合蓄势待发，空气中已弥漫着熏人的夜香。人说夏不坐木、冬不坐石，真是有道理。坐了一会儿，就觉得腰以下寒凉。还没到夏，木头已经有了潜在的潮气，倚靠的时间久了，有一种沁凉隐隐袭入，让人气血凝滞。罗纬芝只好站起来，慢慢踱步。毕竟她曾经大伤元气，刚刚死里逃生，现在不够强壮。

夜幕如同温水般地弥漫过来，在绿叶的间隙中，一颗颗星开始萌发。星是太阳的碎片,在略带绿色的黑暗包绕一切的时候,它们在树干四周装点着生存的秘密。星星越来越多了,好像打翻了上天的梳妆匣,如今尽数倒了出来。有百花和树木的晕染,从园子里仰面看去,天上有钻石、有珍珠,还有祖母绿和蜜蜡,光彩熠熠。罗纬芝无端地想到,这个王府,是现在亮还是古时亮呢?那时会张灯夜游吧?无数明亮的奶黄色的灯笼,像秋天的柿子,在黑暗中游走。她突然想起了萨松的一句诗"心有猛虎,细嗅蔷薇",就轻轻俯下身,去闻花的暗香。闻了又闻,直到她这只虎不耐烦地要走时,袁再春恰好回来了。他刚刚向高层领导汇报完,因为还没找到特效药,受到申斥。

"你在等我?"袁再春无比倦怠地说。

"我想知道我的化验结果。每天都要抽血,加起来的血量,有一大海碗吧?攒在一块儿,能救活一个休克的人了。没人告诉我结果是什么。我对发生在我身上的事情,一无所知。"罗纬芝早就想好了等在这里的借口。其实也不完全是借口,她的确对此充满困惑。

"你应该吃些补血的药品。我这里有别人送来的燕窝,不是血燕,是传统的好燕窝。你拿去吃吧。"袁再春请客人入屋。

"谢谢,我不吃。只要一想起燕窝是小燕子为自己的孩子搭建的家,我就吃不下去。我只是想知道结果。"罗纬芝拒绝。

袁再春说:"这个观点我同意,我也不忍心吃。不过,就算是你不吃,我不吃,可这燕窝也没法子成为小燕子的家了。吃了吧,你补养好了身体,能够帮助人类早点战胜花冠病毒。"

罗纬芝便收下了燕窝,她心里还是决定不吃,只是不愿让这位疲惫的老人,就这个问题再说更多的话。

袁再春坐下说:"你血液内的抗体持续增加,到了令人吃惊的地步。我估计你现在不用任何防护,和花冠病毒近距离接触,也不会有丝毫问题。当然,这只是一个假设。"

罗纬芝说:"您说的假设成立。我最近频繁到 A 区去,有时候会把防护面具摘下来,特意直接呼吸 A 区的空气。到现在为止,没有丝毫不适。"

袁再春意外地说:"你是在用自己的身体做实验?"

罗纬芝说:"是的。于增风不就是用自己的身体做了实验吗?他是我的先驱者。"

袁再春说："今后不许再这样了。你不必做实验，我们通过理论推演就完全可以得出结论。直接呼吸 A 区空气，这毕竟太危险了。有时候，我们的生命并不仅仅属于自己。比如我，我非常想打开于增风的临终遗言，但是我不能，我只能销毁它。如果我也像你那样病倒了，而且没有你这样的好运气，那么，造成的危害就不仅仅是我一个人的死亡，而是整个抗疫事业的某种缺失。"

罗纬芝说："您当然重要啦，我没有那样重要。"

袁再春说："我知道你不喝咖啡，那就喝清水吧。上次来了几个老朋友，都好这一口，薄荷叶被剪完了，很抱歉。说实话，现在你可比我重要得多。"

罗纬芝不解。袁再春说："因为你体内高强度的抗体，是我们战胜花冠病毒的最终途径。只是我们现在无法解释这一切。没有解释，就没有重复。因此，也就不具备普遍意义。发现是由耐心堆积而成的。这就是总是抽取你的血液的原因，它是一个谜。"

罗纬芝说："我有一个想法。不知当讲不当讲？"

袁再春笑着说："凡是这样讲话的人，最后都是讲出来了。因为它勾起了听讲者的好奇心。这一定是不同寻常的话。请讲。"

罗纬芝说："我想到酒窖去。"

袁再春令人难以察觉地点点头，这不是同意，只表示心知肚明酒窖的真实含义。

"为什么？"他问。就算他饱经风霜，也想不出罗纬芝这一提议的动机。

"我想看看我体内的抗体，是否可以抵御所有种类花冠病毒的侵袭。据我所知，酒窖中至今没有人进行过全面的检测。我去了，也是对这一重要地区的实地勘察，并能带回相关第一手资料。"罗纬芝道。这些想法都是真实的，但她最迫切的打算，是顺手牵羊获取第一手的毒株源。

袁再春当然明白，这个提议极有必要，但危险性太大。酒窖被改造成尸库后，基本处于完全封闭状态。新鲜死亡的尸体都消化不完，并无能力将酒窖中的存尸提出来火化。尸体一具具生成，已经超出火化限额的遗体，但还在不断进入酒窖。老的酒窖藏满之后，就开辟新的酒窖来担当此责。酒窖内的具体情况,基本上只能凭工作人员用监控头观察,好在迄今为止一切平安。万般死寂,毫无生命体征,谁有胆量到那里寻衅呢?进入酒窖将冒极大风险,搬动尸体更是险中之险,倘无惊天理由,无人敢出此议。

不过从科学研究和人类安全的角度来说,有人亲自进入酒窖尸库,查看尸体保存的第一手资料,甚为必要。花冠病毒致死宿主后,病毒是否依然存活并保存毒性?这个时间能维持多久?尸体在进入酒窖之前,尸袋进行了消毒药物洒布,这种方式是否有效?凡此种种,都须实地测查。

退一万步讲,如果有什么人劫持了尸体,将尸体剐骨扬灰播散人间,是否会引起惨烈后果?作为抗疫总指挥,袁再春都要有预案。可多少天来,活人的问题都解决不完,哪里顾得上死人?罗纬芝提出这个方案,让他心动。这个环节,疏忽已经太久了。

从这一瞬起,他把罗纬芝引为知己。

"从研究角度来说,的确非常必要。但是……"他的眼泡耷拉下来,如同布满蛛网、年久失修的剧院中的松弛幕布。

罗纬芝说:"我知道您觉得这太危险了。不过,您不是说过,我已经有了超强抗体吗?如果说需要什么人深入虎穴,我是最合适的人选。您要再不放心,我还可以佩戴防化学武器的面具,保证万无一失。"

袁再春说:"孩子,不要保证,不要说什么万无一失,永远不要说这种话。意外总是有的,切不可说满。还有,你完全不必这样做。没有人要求你,甚至没有人想到这一点。你身上的抗体,可以保证你在这次大灾难当中度过生死之劫,但你到酒窖尸库中去,几百上千具尸体聚集在一起后的变异情况,我们无从知晓。人死了之后,通常病毒并不会随之灭亡,它们继续繁衍生息,酒窖中的花冠病毒浓度,肯定异乎寻常的高。且在那样密闭幽暗的场合,病毒会不会彼此融合,产生新的变异,我们现在完全不知道。如果病毒的DNA碎片通过嵌合和嫁接,诞生可怕的新毒株,那么现在你身上所含有的抗体,将基本无用,你也和我们普通人一样,有束手就擒的危险。那样的话,你将万分危险。如果我没能阻拦你,那是我的罪过。"袁再春摇着苍老的头颅,一头白发,犹如寒潮袭来时的冰雪树挂。

罗纬芝对自己的父亲基本上没有印象,但这一刻,她找到了父亲。这个和自己毫无血缘关系的老人，为自己设想得这样周到，罗纬芝在感到巨大恐惧的同时，也觉得分外温馨。

只有那些最烈性的花冠病毒，才能凶猛得置人于死地。不入酒窖，就不能得到最优异的毒株。没有毒株，李元和他导师的实验就无以为继。而找不到对抗花冠病毒的特效药，整个国家就将陷于水深火热之中。想到这一切，罗纬芝说："袁总，我已经想好了。为了拯救百姓，在所不惜。您就给我安排吧。"

袁再春说："你真的做好了承受最严酷后果的准备了？万一死在生机盎然的春天，送给自己一个辛辣的句号，你不后悔？"

罗纬芝其实并没有做好最严酷的准备，她觉得严酷不会出现，自己不会死，她相信自己体内的抗体有足够的力量保佑她过关，那是她的护身符。保持乐观是人生必备之素质。

她说："我准备好了。"

袁再春挥挥手，说："孩子，去休息吧。就算你准备好了，可我还没有准备好。你让我好好想一想。"

Chapter 20

人类和病毒必有一战,现在正以人类的大溃败向前推演
葡萄酒窖改成的尸库可有灵异发生? 比如僵尸和吸血鬼

袁再春思虑再三,终于批准罗纬芝进入酒窖尸库。清晨的袁再春不像
夜晚时分那样苍老和多愁善感,恢复了科学强人的淡定和冷漠。他对罗纬
芝说:"记住,你这是咎由自取。"

罗纬芝说:"您还可以换一个更形象的词儿。"

袁再春说:"什么?"

罗纬芝说:"飞蛾扑火。"

袁再春不喜欢在这种时刻还开玩笑,不接她的话茬,说:"还有一个不幸
的消息要通知你。"

罗纬芝以前最害怕听"不幸"了,经历了生死考验之后,对"不幸"的抵
抗力大为增强。她说:"您请讲。我可以承担。"

袁再春说:"有专车和其他辅助人员,将你送到酒窖尸库。但当你进入
尸库内部的时候,没有助手。你将一个人独自前往。"

"为什么呀? 就我一个女生,四处都是死尸!"罗纬芝惊恐地大叫起来。
她可以不怕花冠病毒毒素,但要一个人面对数不清的暴毙之人,太吓人了。

袁再春说:"所以,你可以后悔。趁现在我还没有把任何实质性的安排
布置下去。你不是斗志昂扬在所不惜吗? 那些人肯定是死了,那里没有任何
生命的迹象。恒温恒湿,没有小偷,没有强盗,没有歹徒,没有任何人间的罪

行。有的只是病毒和死亡。你只要测量温度,观察整体状况和一些数据,然后提交报告就行了,并不复杂。"袁再春用没有丝毫商量的语气布置着工作,他很希望以此吓退罗纬芝,虽然从医学上讲,罗纬芝的工作项目是极其重要和有价值的。

罗纬芝哀求道:"就不能派人和我一道进去吗? 哪怕一个人也行啊!"

袁再春说:"我可以派人。但我怕他们无谓地牺牲。他们体内没有你那种抗体,在高浓度的病毒环境内,一旦感染发病,生还概率极低。你是自我请缨,责任自负。别人并没有提出这种冒死一战的要求,我虽然是总指挥,也不能贸然发出这种指令。"

罗纬芝说不出话来。是的,她可以反悔,可病毒不会反悔。人类和病毒必有一战,这一战目前以人类的大溃败而向前推演。如果整个人类灭绝了,你一个人活着还有什么意思? 过去常常羡慕战争年代,人们奋不顾身视死如归,以为那种机会一去不复返。现在,这种可能性也荣幸地降临在自己身上了。袁总说得很对,尸库中没有人世间的争斗与喧嚣,没有扒手没有流氓没有暴徒没有凶杀,有什么可怕呢? 想到这里,她舔舔干燥的嘴唇,挺起胸膛,说:"我不反悔。"嘴唇干得像一块粗砂纸。人在非常紧张的时候,会停止分泌胃液消化液等所有不甚紧需的液体。罗纬芝知道自己被吓得着实不轻。

袁再春不知道说什么好。从私人角度来说,他不希望罗纬芝冒死进窖。从科研的角度来说,必得有人探得第一手资料。事已至此,能说的都说了,能劝的都劝了,他伸出骨节粗大的手,握着罗纬芝的小手,说:"姑娘,好好地回来。"

弄清真相有时候是必要而又饱含悲壮的事情。

罗纬芝到了酒窖。她以前来这里时,草木葱茏空气新鲜,一派旖旎田园风光。现在,山还是青的,水也依然秀丽。空气怎么样就没法说了,谁知道无所不在的花冠病毒是不是潜伏在看似透明甜美的空气中呢? 实事求是地说,田园风光倒是愈发明艳了。当地政府怕酒窖万一消毒不当病毒有所逸散,给附近农户带来危险,以种种理由将居民迁徙,封锁了道路。因为少了人为的踩踏和袭扰,植被更加原始蓬勃而生机四射。

酒窖的大门紧闭。按了许久的铃,才有工作人员将大门打开。那是一个年轻的工程师,步伐机敏干练,走路很快,仿佛穿着一双无形军靴。他自我介绍姓韩,主要负责酒窖内的制冷和有关仪表的察看。

转为尸库的酒窖白天都很萧索,主要工作量全放在夜间。午夜最黑暗时分,从医院汇聚而来的尸体,像支流入海。因为这个酒窖是最先启用的,早已满载,所以现时无论白天还是晚上,都很寂寥。工作集中在维护仪表和制冷设备的保障。

罗纬芝携带全套防化装备出发,回头对司机说:"你在外面等。"

司机是个中年人,面色苍白地说:"等多久?"

罗纬芝说:"不知道。也许很快,也许很慢。总之等到我出来。"

前来接洽的韩工程师听了很不安,说:"您真的要进去啊?"

罗纬芝感到奇怪,说:"当然是真的。否则我到这里来干什么?没人跟你说吗?"

韩工程师说:"只说可能要来人,没说就是今天,还是个女的啊!说真的,里面什么都没有。"

罗纬芝说:"你这么讲可不对。里面要真是什么都没有,那倒好了。这里面住满了人。"

韩工程师哆嗦了一下说:"它们……不能算是人。"

罗纬芝想起了于增风,强烈纠正道:"怎么能说不是人!他们是人。"又问,"你没有进去过?"

韩工程师说:"我是这里都装满了以后才来的。刚开始住……住人……的时候,工作人员是要进去的。现在我们的主要工作就是监测仪表。只要温度正常,我们用不着进去。当然,若是制冷失常,我们第一时间就要进去。不过这种事情幸好从来没有发生过。"

罗纬芝不放心地追问:"里面发生过别的什么事情没有?"

韩工程师不太明白,问:"您指的是什么?"

罗纬芝一边穿戴着沉重的防化服,一边说:"比如各种灵异事件?还魂显灵什么的?僵尸?吸血鬼?"

韩工程师释然道:"那倒从来没有过。人都冻得硬邦邦的,如同冷库的猪肉。就算是有灵魂,也变成玻璃了。不过,我还是劝您不要进去。"他态度

172

万分恳切。

罗纬芝说："为什么？"

韩工程师说："在监视器里，你可以看到所有的情况。里面的温度在零下30℃左右，人根本受不了。"

罗纬芝摇摇头，说："我不进去，如何能查到第一手资料？这是我的任务啊，我必须进去。"

韩工程师看拦不住，只得作罢，叮嘱说："你最多只能待15分钟，然后必须出来。防化服虽然阻抗病毒有效，但是防寒功能很有限。时间长了，你会冻僵的。还有，你可千万不能在里面迷路，那样的话，就算我们冒死进去救你，若时间长了找不到你，你也会被冻成冰棍，凶多吉少。"说罢，他拿出一个小仪器，略做调整，郑重地交到罗纬芝手里，说："这是报警器。一旦出现了异常情况，你就立刻报警。我们会在第一时间进去帮助你。只是我们穿戴防化服需要时间，你务必要坚持住。但愿这一切不要发生。"

罗纬芝用穿戴了防化服的手掌拍拍他，说："我会活着出来的。你们安心等着吧。"

酒窖尸库的大门打开了，罗纬芝一个人走进去。大门在她的身后无声地掩上了，将温暖的人间隔绝在外。为保持低温，酒窖中光线昏暗，亮度只需让监控设备有所显示就够了。这里面的人，既不需要穿针引线，也不需要挑灯夜读，要那么亮干什么？

罗纬芝稍微停顿了一下，让自己习惯身披防化辐重的分量。然后她深吸一口气，战战兢兢地向前走去。她的眼光还不适应周遭的昏暗，黑乎乎的，觉得到处都是尸身。定睛再看，才发现还要打开若干扇密闭门之后，才能一睹这里常住民的真颜。制冷设备很到位，随着步履深入，温度越来越低，地面上凝结着厚重的冰霜，好像踏进了冰箱的冷冻室。森冷的空气逐渐穿透了防化服的隔层，把刺骨的冰冷钉入罗纬芝的骨头缝。尽管怕得要死，膝盖开始发抖，她还是要鼓起勇气向前。

随着最后一道密闭门的开启，罗纬芝终于站到了尸体窖的核心处。一眼看去，悠长隧道，无边无际。葡萄酒窖原来类似长城砖造型的内砌墙面，现在被一种极为光滑的壁材所替代，雪亮地反着光斑。隔得有点远，罗纬芝不能确定它是一种不锈钢,还是特殊的工程塑料,抑或另外的未知高科技产品。总之,弯曲的弧度和穹隆状起伏的山体紧紧契合,几乎看不到任何缝隙,可能是为了彻底消毒的时候不会留死角,技艺高超。原来一排排摆放橡木桶的架子,则被全部移走了。按说尸体比储满了酒的橡木桶还要轻些,单从承重的角度来看,原有的架子或许也还可用,估计是因为粗糙的架子表面可能藏污纳垢,或是容易损坏尸体袋,故被淘汰。架子现在是用和酒窖天花墙壁同样的材料制作的,雪白坚固,整齐划一,有点像超市的货架,只是每一格要宽大很多。一层又一层,上面整整齐齐摆放的货物,就是死于花冠病毒感染者的尸体。

想当初她来过这里,红酒独有的甜中带酸的风情,衬托在橡木桶古老沉稳的暗香之上,那种浮动的华美,如同丝绸般柔曼飘舞。现在,这里黯哑刚硬,到处闪烁着金属般的冷洁,还有消毒药物的峻烈戾气。

罗纬芝刚开始一直不敢把目光投向林立的尸体架。她在狭长的走廊中蹑手蹑脚缓缓前行,好像怕吵醒了周围熟睡的人。随着时间的推移,寒意越来越浓。她不能分辨是因为尸体窖深处温度更低,还是自己的恐惧越来越甚而致手脚冰凉。她站定,下意识地摸了一下自己的胸前,那里挂着李元所赠的水晶吊坠。两把交叉的海盗剑,上缀有黑色水晶。在利剑的下方,有两滴鲜红钻石般的水晶,摇摇欲坠的水滴形,酷似涌出的鲜血。这件杀气腾腾的礼物,刚开始被打开的时候,吓了罗纬芝一跳。后来想了半天,觉得李元一定是预见到了某种危险,希望以此给她以勇气。但愿这件小饰物可以辟邪。

不能再耽搁下去了。罗纬芝深深呼吸了两下,调匀气息,然后第一次把目光投射向尸体袋。一瞬间,翠绿色的眉毛,螺旋状的牙舌,刀叉样的手臂,骷髅脸上深不见底的隧洞……层叠浮现。她又飞快而充满理智地判断——没有那样快! 他们还没来得及变成骷髅,尚是具有人形的尸骸。

此刻最鲜活的感觉就是逃跑。越快越好,越远越好。快快跑!

但是,她不能跑。于是,她看到眼前出现的最显著的景象,是一团团白色的东西。在目镜后拼命把眼神聚焦,她才发现那一团团白色的东西里面还有一颗颗混浊的褐色荔枝核! 这一褐一白对比强烈万分刺眼,罗纬芝惊诧莫名,完全判断不出这是什么东西,只有仓促合上眼睛。

心脏瞬间宽大了很多。心脏在不堪承受的压力下,无法接受如此强烈的刺激,变得瘫软。她只有等待,泉水般缓慢地积聚起再生的力量。当重新睁开眼睛,窥视这些爆凸而起的褐白相间的物体时,她才发现这是一双双死于花冠病毒感染的尸体的眼珠。

是的。静卧在尸体袋子中的人,都大睁着眼睛,眼白像刚刚煅烧的石灰,瞳孔散大,透出眼底暗褐色的血凝,好似幽深古井。手脚蜷曲,身形溃散,表情恐怖,显示着死亡前所遭受的非凡痛苦。死亡后排泄的体液,在袋子的低洼处,结成黄褐色的秽冰。

对于这种景象,罗纬芝尽管已经想象过多次,仍惊骇莫名。没有任何人告诉过她——花冠病毒感染者,是死不瞑目的! 她颤抖着双腿,深深向四面八方鞠了躬,口中念念有词:"对不起各位病友,我没有资格同情和怜惜,对你们只有敬重。为了更多人的福祉,我可能要打扰你们的安息。我会很轻很轻,马上就会结束。请原谅。"她觉得自己说出了声,真实情况是一点声音都没发出来,只是口唇蠕动。

说完之后,她艰难地向以前的红酒酒窖现在的尸体窖的更深处走去,哆哆嗦嗦下了楼梯。

为什么不在距离出口处较近的地方完成收取毒株的作业呢? 那不是容易一些吗? 道理她也说不出来,只是直觉要到更深处。死亡的尸体,是按照时间顺序摆放的。死得越早的人,安放的位置越靠里。这很容易解释,一是方便将来万一需要查找时,有个次序,方便较快找到。二是存放的时候,总要讲究先来后到。不然把尸体都堆放在门口,后面的人怎么挤入呢?

寂静无比的尸袋夹道里,荡漾着罗纬芝空洞的脚步声。她不知道自己该放轻脚步,还是重重地行走。太轻了,如同灵猫一般无声无息,觉得自己已然变成了死人,成了没有分量的幽灵。把脚步放重,则形成共振。两害相权取其轻,罗纬芝决定还是重重行走,以显得自己强悍。沉重的防化学鞋底,发出史前动物般的踢踏声,在光滑的四壁上形成回声,轰鸣不已。这更可怕,声音重叠,好像有另外的一个人也在不远处行走。罗纬芝吓得全身一激灵,赶快把脚步高高提起,声音便显著地减轻了。幸好这尸体窖内没有另外的耳朵,不然这深一脚浅一脚的动静,吓煞人也。

　　慢慢走到了酒窖深处。灯光一如既往地昏黄,只是罗纬芝的眼睛已经慢慢地适应了这种暗淡,看到了更多的东西。她查看一具又一具尸体的名签,耐心地找着。

　　一个最靠里的尸体袋。罗纬芝木僵状停下了脚步,找到了想要的东西。

　　袋口的标签上,清楚地登记着姓名:于增风。

　　尽管周围非常寒冷,但她感觉到自己在出汗,心跳加快,胃开始痉挛。她努力去想别的事情,但恐惧无法转移。体内某个部位开始往下沉,脉搏越来越快。她终于明白那个往下沉的东西是自己的膀胱,一种要排泄的感觉势不可当,她惊悚地想到自己可能要二便失禁。血液继续快速流过,她似乎看到了它们像潮汐般一股一股地翻腾。

　　于增风死亡的时候,尸体库还没有建立。他的尸体在医院的太平间里保存了很久,按说他是有机会被火化掉的。也许是他的殉职震撼了同道们,人们能做的最后眷顾,就是让他有形的躯体在人间多停留片刻。也许那是一个失误,让他并没有按照死亡的顺序被匆匆火化掉,而是成了酒窖改为尸库之后的第一批居民。

　　罗纬芝的潜意识引导着她走到这里。她其实一直在寻找他。她身上携带着他的病毒,从这个意义上讲,她和他,现在是她和它,有一脉相承的血缘。病毒也有相吸力。

　　罗纬芝打开于增风的尸体袋。袋子的封口处是拉链状的,由于温度甚低,链头非常涩,罗纬芝戴着手套,动作极为笨拙,加之不停颤抖,好不容易才拉出一个人头大的缝隙。她继续艰难努力,不料拉拽不当,袋口直线撕开,于增风的尸体直挺挺地蹿落下来,犹如一条冻硬了的黄河大鲤鱼。罗纬芝吓得一躲闪,于增风就整个俯卧在地面上,随即一声脆响,于增风某一块骨头碰断了。虽然罗纬芝确信于增风此时已经感受不到丝毫的痛苦,仍是万分自责和难过。她顾不上哀伤,先把于增风尸体袋子里的分泌物冰块收入到自己所携带的器皿中,又取下了多块身体组织。李元告诉过她,这些部位的病毒数量密集。她轻声对于增风说:"于老师,对不起。这些都是为了帮助您的理想早日实现。"

　　把这一切都做完了,罗纬芝才有胆量打量于增风。这个在她心目中十分熟悉的人,其实面目完全陌生。于增风比在罗纬芝梦中出现的那个人,更为高大。身体像一株腊月里披垂冰霜的东北老松,苍冷而笔直,饱受折磨已面目全非,眉宇间依然看得出往日的周正。于增风的表情也和死于花冠病毒感染的一般人不同,虽然也是死不瞑目,但他很平静,嘴角上翘,似乎有一丝隐隐的笑容,蕴涵着力量。血泊里的眼眸,依然平静、温和、深邃。他坚信死亡虽将他收入麾下,百转千回的一生就此告结,但他未曾屈服。

罗纬芝凝视着于增风,隔着时间与冰寒,觉得自己是他的知己,也许是因为同样的病毒,这一刻在彼此体内共振。她明白他尚有无尽的心事未曾带走,留在这凄风苦雨的世上。

罗纬芝把于增风蓝白条纹相间的病号服理顺,预备把他重新装入塑料尸体袋。就在这个过程中,她触到于增风的病号服衣袋里好像有东西。她伸手去摸,居然是一叠卷起来的纸。罗纬芝把折叠的纸拿出来,她又看到了熟悉的字迹——字像风暴中的海鸥,起落跄跄——又一份于增风的临终遗言。这个于增风啊,真是个遗嘱控,他在世界上还遗有多少文字?这大概是最后一份了吧?罗纬芝把夹杂着冰碴的纸笺放入贴身的口袋,放的过程中,轻触到了海盗项链,她拨弄了一下它。收好遗言后,她又用尽全力把于增风的尸体安顿回袋子里。

罗纬芝毕竟是个弱女子,于增风的尸身,就算被疾病摧残得体重大减,也让她力所不及。幸好人在非常境况下,会爆发出惊人之力,她跌跌撞撞地总算收拾好了。

罗纬芝恋恋不舍地离开了于增风的尸体。她以前从未见过他,此一离去,估计再也不得相见了。她对他的尊敬,化作了目不转睛的凝视。彻骨的哀痛,沉默的隐忍,旷古的凄凉,无尽的眷恋……最后,混合成平静的别离。

她必须要走了。由于刚才的忙碌,出了一身汗,倒不觉得非常寒冷。罗纬芝趁着手脚还算灵活,赶紧又根据不同的死亡日期,随机抽取了一些尸体标本。她选择了男人女人,老人小孩,还选了最瘦弱的人和最强壮的人。想来一种毒株,可以把一个强壮的人,在瞬间放倒,那么它的毒性一定也出类拔萃。

她从一个小女孩的口腔黏膜处提取导致窒息的样本。痰液导致窒息,这是花冠病毒非常凶险的死因。大人的嘴巴她撬不开,冻得太严实了。小孩稍好一些。由于靠得太近,闻到孩子发丝中的血腥,也不知道这是幻觉还是真实的嗅觉,便把头偏向一侧,躲避。就在那一瞬,罗纬芝听到背后传来了脚步声。踢——踏——踢——踏——

她觉得自己一定出现了错觉。严寒恐惧加上过度劳累。她不回头,她不愿向自己的幻觉低头。如果那声音持续不变,事情就完美了,幻觉就成立了。糟糕的是那声音变了质,从有规则的踢踏声,渐渐远去,变成了无规则的窸窣声,响了一阵之后,突然神秘消失了。

罗纬芝的第一个想法是这些冰冷尸袋中有人复活了。这应该是好事吧?她应该搭救一把吧?但她没那个勇气,只能头也不回地向前走。手脚不听差遣,肚子也不合时宜地痛起来。罗纬芝一手托着肚子,一手随时准备扶着哪里,哪怕是死尸的袋子。她幽幽地往前走,孤影穿梭,行动诡谲。防化服的摩擦,化作似有若无的背景音乐。

公共灯,犹如苍黄之手,在尸道中勉力连接着光芒,依然有很多黑暗断裂,如同撕扯的伤口喷射着恐惧。

这是世界上最荒凉的地方,最安静的地方,最诡谲的地方,最充满遐思的地方。

Chapter 21

酒窖深处的尸体复活后必定羸弱无比

科学、病毒还有钱，都是没有国界的

罗纬芝用手摸了一下胸前的海盗项链，当然不能是亲触皮肤的摸法，隔着厚厚的防化服，只能用力向下按压，感觉到它尖锐的外缘和轻微的凸起。

疼痛提醒她有责任把这件事情搞清楚。必须搞清楚——到底是自己的幻觉，还是在这冰窟深处，真的有人复活。如果是后者，更是极为宝贵的医学资料。至于危险，罗纬芝不相信鬼魂，而且她亲身经历过那种濒死的无力感，就算是有什么病人缓过神来，在这个冰雪世界里，没吃没喝的，绝对不堪一击。也许"它"，现在准确地说是"他"或"她"了，正等待自己的解救呢。这样想着，罗纬芝顺着刚才听到声响的方向，掉头向酒窖的另外一个方向竭尽可能轻捷地走去。

人们通常形容寂静的时刻，会用一个词，叫作——"死一样的寂静"。当你真正进入了毫无生机的尸体库，你才知道，死亡并不寂静。巷道两侧，到处是透明的白色尸袋，它们从不同的角度反射着昏暗的灯光，像是结了冰的嶙峋山岩。制冷设备在看不到的地方，喷吐着冷气，冷气在尸体袋间穿行时，发出尖细的呼啸声，好像罡风经过峡谷。罗纬芝提着气，尽量把脚步放到最轻最缓。花冠病毒的复活者，一定羸弱无比摇摇欲坠，她要最大限度地保护他或她。

很快，她在一处角落里，发现见棱见角的尸体袋的确被翻动过了，而移动这袋子的人肯定不是她。她记得很清楚,根本未曾来过这条尸体甬道。而且被移动的不只是一个尸袋,而是多个袋子。它们潦草地歪斜着,而且并没有封严拉锁,敞着口。难道,有多个死人在这惨淡阴森的地方,集体复活了吗?

寒冰如铁,时间凝固。

这时,她突然看到一具与众不同的尸体。它蜷缩在尸袋的犄角旮旯处,倾斜着,看不清全貌。仅凭露出的一小部分,它身上的颜色和别的尸体明显不同,不是蓝白条纹相间的病号服颜色,而是呈杏黄色。罗纬芝汗毛竖立,不敢惊动,赶快看了一下这个区域的标牌,记下了方位,拔腿就走。她要到外面去,暖一暖缓一缓,然后叫人一同进入尸体库,搞清这具怪异的尸身,到底是怎么回事。

罗纬芝转过身,慢慢向酒窖开口处走去。不是她不想奔跑,而是这身衣服太沉重,完全跑不起来。正当她艰辛无比地将要走出这个区域时,又听到身后有节奏的脚步声。她非常不喜欢在这紧要时刻,自己身体的一部分,比如耳朵,跳出来同整个神经系统捣乱,制造出诡异的声响吓人。她此刻体力和耐力都到了极限,再也经不起些微恐吓。她坚决不回头,绝不向自己的幻听投降。她恨不能劈面给自己一个耳光,让火辣辣的痛,把自己从无事生非中拽回。但隔着厚厚的防化服,估计这一掌的力度只是扑扑作响,并无实际的效能。就在她琢磨着还有什么法子把自己从无穷无尽的幻觉中拯救出来的时候,她感到有一只巨大的手,按到了自己的肩上。

她抽动脸上僵硬的肌肉,想做出嬉皮笑脸的表情,算是给自己一个安慰。不过在这种地方,所有的笑容不论出发点是怎样的,都在一秒钟内迅即冻结为冷笑。她相信这肩上的一掌,是皮肤的幻触觉。在这个寂静冷酷的世界里,什么样的幻觉都有可能发生。然而肩上那一掌的压力在不断增强,居然有些疼痛感了。罗纬芝愤愤然了,为了让自己不要再这样一惊一乍的,她慢慢地回过头去。期待用眼睛的亲见,击碎耳朵的幻觉。待戴着头盔的沉重头颅彻底弯转后,她看到了和自己一模一样的一个人,穿着防化服装,站在身后,如同镜面的反射。她悲哀地想,完了,现在不但是幻听幻触,双眼也背叛了自己,干脆出现了幻视。

也许,这是神经系统即将崩溃的先兆?冷汗如浆。如果真是这样的话,自己会不会在下一分钟轰然倒地?那可就悬了。

罗纬芝下意识地把手指放在了报警器上。

就在她十分合理地解释了这一切,以为天下太平的时候,那个镜面一样反射着她形象的人说:"不要按报警器。罗纬芝!"

一个男人!还知道自己的名字!!

罗纬芝期待这一次是自己的幻听。在这里,任何幻觉都比真实地出现一个活人,要可爱多了。但她必须承认,这一次肯定不是幻听、幻视、幻触觉中的任何一种或是它们叠加的总和,而是一个真实的男人慢慢地从自己肩头,放下了他的手。

一个活着的男人,在这惨绝人寰暗无天日的尸体窖里。

他也身穿防化服,所以在第一时间,罗纬芝以为他和自己是一模一样的。但细看之下可以发现,那人穿的是缀有外文徽标的防化服,颜色略浅。和自己的国产防化服大体相似,细节有所不同。

还没等罗纬芝怀疑对方是一个外国人,那人就用纯粹的中国口音叫出罗纬芝的名字,证明他是个中国人,而且认识罗纬芝。

罗纬芝问:"你是谁?"她的声音在尸体窖光滑已极的穹隆及四壁,发生了多次折返,引起强烈的共鸣:"你你你——是是是——谁谁谁……"她声音的颤抖,也明显地被放大。

"不用害怕。我不会伤害你。"那人说。似乎还送上了一个轻浅的微笑。

罗纬芝牙齿咯咯作响,坚持问:"你是谁?"

那人回答:"你永远不会知道。"

极度的严寒让罗纬芝的脑细胞黏成了坨,此人的声音经过防化设备的过滤和周围的回音震荡,显得很不真实。

罗纬芝说:"你来干什么?"

那人像回音壁:"你来干什么?"

罗纬芝想到自己并不是偷偷摸摸而来,而且她手边就放着取标本的器皿,撒谎没有必要且蒙混不过去,就正面回答:"取样本。"

那人立刻回答:"我也是。"

毒株样本现在是高度机密,这人身穿国外的防化服,可见有备而来且早有预谋。他是为哪些人获取毒株?罗纬芝说:"我为中国而来。你呢?"

那人在面具后面可能笑了,罗纬芝无法确定。他说:"我为了钱。"

罗纬芝说:"你怎么进来的?"这时她想起了韩工程师执拗的劝阻。看来这人在她之前,就通过韩工程师,先期进入了尸体库。

外国防化人好像猜到了罗纬芝的疑问,说:"钱是目的,也是钥匙。我进来的时候,并不知道你会来。你进来之后,还真把我吓得不轻。所以,我佩服你的勇敢。我很想咱们就这样井水不犯河水,没想到狭路相逢,这地方躲也没法躲,藏也没法藏,我刚才闪在了尸体堆中,但你好像发现了我,要找我。逼得我只好现了真身。你的胆量不错,本来我以为你会被吓死。"

罗纬芝说:"我采了毒株,将交给中国的科学家。你呢?"

那人说:"我也会交给科学家,不过是在另外的国家。"

罗纬芝说:"那么,你受雇用而来?"

那人说:"你猜得不错。科学是没有国界的,钱也是没有国界的,病毒也是没有国界的。人民币可以换成欧元,也可以换成英镑。当然,更方便换成美元,还有……黄金。"

罗纬芝说:"有人出钱给你,然后给了你新式的防化服,你就用钱买通了看守尸体库的人员,进入到这里来窃取毒株。没想到碰到了我。对吧?"

那人说:"很正确。你不单胆大,也很聪明。"

罗纬芝说:"你现在阴谋败露了。我猜想你原本打算杀了我,但杀了我,各方面就会追查到底,那样你也很可能露馅。如果让我在无意中发现了你,惊恐之中会引起我非常剧烈的反应,比如按下报警器。你无法预料接下去会发生什么。所以你干脆自动现身,让事情在你可控的范围之内……"

外国防化人打断了她说:"小姐,你的智商估计要在160以上,那在国外是可以竞选议员了。你所说的基本正确,只有一条,我没想杀了你,不要把别人想得那么龌龊,虽然一个人在为金钱而奋斗的时候,通常都会显得比较绝情,但我是一个例外。不过我要提醒你,你不能对外说出这件事。受惊的人,通常会丧失分寸。"

罗纬芝说:"为什么?"

那个人说:"中国人根本就研究不出制伏花冠病毒的有效药。国外机构获得了毒株,会开展更强有力的研究。一旦得到长足进展,人类就可以彻底战胜花冠病毒。从广义上来说,我和你一样高尚,冒着生命危险,在帮助所有的人,这就是我接受这个任务的原因。如果你说出去,追查到底,人们会把我当作败类。这还不算,会延迟全人类抵抗花冠病毒的日程。这对任何人来说,都不是好事。对外国人不是,对中国人也不是。你不可能狭隘地垄断病毒,那样才是对人类最大的不负责任。所以,沉默对你比较好。"

罗纬芝说:"你的意思是我们假装不曾相逢?"

那人说:"对,忘掉我,忘掉我们的相逢。我马上就消失,希望你也赶快回到尸体窖外面去。我的防护服比你的质量要好,你虽然进来得晚,此刻也快冻僵了。再见吧,高智商的侠女子。"说罢,他像幽灵一样,踢踢踏踏地远去了。

罗纬芝把手伸到了胸前,海盗项链吊坠尖锐的刀锋,刺痛了她的肌肤。她没有减弱力度,狠狠地用指肚顶下去。她相信那些棱角已经刺穿胸前的皮肤,有红玛瑙一样的血流出来。她必须凭此再次确信这不是一个梦,而是残酷的现实。她同时触到了于增风的遗物。哦,这个宝贝,是那个人所没有的。

Chapter 22

你所说的位置是国家特殊管辖区,我们无法进入
病毒毒株交给战争狂人,威力可比原子弹更加惊悚

罗纬芝走出红酒酒窖,沉重的雕花橡木大门在她身后关闭。罗纬芝把取得的标本收拾好,在消毒区脱下了防化服,重新站在蓝天白云之下。头顶烈日炙烤,远山眉清目秀。她被冻结的血液重新流动,宛若再生。韩工程师迎接她,说:"您进去了那么久,我们都在担心。"

罗纬芝拿着报警器说:"如果我按响它,会怎么样?"

韩工程师吓得连连摆手,说:"那可不得了,这里会警报大作。"

罗纬芝不给他以反应的机会,迅即按下了报警器。结果——万籁俱寂,任何声音也没有。韩工程师拿过来使劲按了几下,还是毫无动静。他沮丧地说:"怎么搞的,居然坏了?我们试验过很多次,都是好的。也许里面的低温,对电路板有损坏。"

罗纬芝点点头,说:"没关系。我不是好好地出来了吗,幸好没用上。"

韩工程师明显地松了一口气,说:"这就好。用不上最好。"

罗纬芝走到监控室,面向多面监视屏,说:"我刚才在里面的行程,你们都看到了?"

负责监控的小伙子由衷地说:"都看到了,就你一个人,真勇敢。在里面转了那么久取标本,特佩服你,我们通常都不敢进的。"

罗纬芝又点点头,说:"没什么。换了你,也一样行。"她明白那个穿外

184

国防化服的男子,不但自己一直在监控盲区活动,而且把她也引到了监控的死角。

罗纬芝对紧跟在身后的韩工程师说:"对不起,我要上个洗手间。"

韩工程师指点了方位,诺诺而退。

罗纬芝走进酒庄的豪华卫生间。厕所进深很大,在里面讲话可以确保外面的人听不到。她记得当初这个酒窖为了显示与众不同的奢靡,在卫生间里特设了电话。一看,话机果然还在,她立即拨响了110接警席。"我要报警!"她急促地悄声说。

对方询问警情。"事关国家安全,请求立即派人封锁这里的所有出口。"罗纬芝急如星火地说。

"请问您的具体方位?"对方也不敢怠慢。

罗纬芝报出了酒窖的位置。

110顿了一下,好像在查看,然后回答:"对不起。你所说的位置,是国家特殊管辖区。我们无法直接进入。"

罗纬芝万分焦灼地说:"那我可怎么办? 这可是关乎国家的最高利益啊!"

110回答:"请速向有关部门反映。"

罗纬芝失望地放下了电话。当然,她可以向袁再春报告,但是,袁再春本领再大,也只能调遣医生,无法手起刀落地调兵遣将封锁葡萄酒窖附近道路的所有出口。那个诡诈多端的男人,一定会在封锁队伍赶到之前,离开此地。而现在,如果她耽搁的时间太长,引起韩工程师的怀疑,此行最重要的任务就可能无法完成。虽然提取毒株的事还可以重复操作,但于增风的临终遗言只有一份,自己出意外事小,对不起英烈心愿事大。现在,保全自己的生命和大局是一致的。想到这里,罗纬芝洗了洗手,甩着手指的水珠走出来,对焦急等候的韩工程师说:"女人就是事多,麻烦您等了这么久,谢谢!"

韩工程师如释重负,说:"要是您总不出来,我觉得会出事。"

罗纬芝说:"放心吧。一切正常。"

罗纬芝回到了王府。她把毒株分出一部分,留送李元,大部分交给了袁再春。至于取自于增风尸体的那份材料,别人不一定看得懂,加之充满了毒性,对袁再春的健康和其他人的安全,都会构成威胁。她封存好单独留了下来。

尸体窖中的情况,罗纬芝拟写专门的报告上交。关于与奇怪的防化人遭遇之事,她将详情向袁再春单独汇报。袁再春眉头紧皱说:"这一点不要写在报告中。少安毋躁,我先查一查。"

几天后,袁再春说:"调查了存尸酒窖那天的所有监控录像,没有发现任何异常。"

罗纬芝并不感意外。她说:"我想到了会是这样的情况,这一点,我当时就知道了。尸体库的监控头是有限的,毕竟布线的时候很仓促,再说那里也不是大超市,没有人会盗窃东西,探头的死角很多。值班的韩工程师既然能把那人悄无声息地放进去,一定早就做了相应的准备,让那个人来去无踪,最后也能把他安然送走。我相信在他们行动之前,韩工程师一定把摄像头的位置,准确地告知了防化人。"

袁再春斟酌着说:"也查验了警报系统,所有的对讲机和报警器,都非常灵敏,一触即响。"

罗纬芝继续驳斥说:"这也很好理解。把一个按钮的线路破坏掉或是修复好,对一个工程师来说,易如反掌。"

袁再春说:"我们又派人身着防化服进入尸体窖,在你所说的那个方位,没有任何尸体袋安放不妥或是有人曾藏匿的迹象。一切完全正常。"

罗纬芝叹了一口气说:"他还真能干,把一切都收拾妥帖了。"

袁再春迟疑地说:"姑娘,你确保自己在极度恐惧和低温的状态下,没有出现幻觉?"

罗纬芝委屈极了:"我就知道您一定会这样问。没有。我没有幻听,没有幻视,没有幻触觉……我敢保证自己当时无比清醒。"

袁再春说:"我正因为相信你,所以才会下大气力来查证。现在,我仍然相信你,但是别人不相信你。因为你没有任何证据。"

罗纬芝冷笑道:"不用急,怀疑我的人会看到证据的,也许还很快。那就是国外的药厂,利用我们的毒株,号称研制出了有效的抗花冠病毒的药物,然后再以极高的价格卖给我们。"

袁再春说："你说得很对。可是,如果我们研制不出来,为什么不能允许别人来研究呢? 毕竟,病毒会侵袭所有的人。"

罗纬芝情绪激烈,说："我们死了这么多人,我们的体质和外国人是不同的,外国人能用的药,我们就不一定适用。为什么我们的科学家就这么无能呢?"

袁再春说："不要埋怨我们的医生。急则治其标,缓则治其本。现在正处于大规模疫情暴发阶段,只能以治其标来应对危机。"

罗纬芝想想说："让历史来证明吧。不过事到如今,不管怎么说,那个韩工程师一定要调离尸体库。"

袁再春说："我们也调查了尸体库韩工程师的职业生涯。非常清白,尽职尽守,没有任何瑕疵。"

罗纬芝仰天长叹,说："我知道我们为什么会感染花冠病毒了。"

袁再春奇怪,问道："原因是什么?"

罗纬芝说："这种看起来忠厚内心卑劣的人性,真该灭绝了。"

袁再春说："不要一竿子打落一船人嘛! 好,我会尊重你的意见。我相信这是一起里应外合的窃取毒株事件,还有外国势力的卷入。不过有一个细节我始终想不通,你在尸体库中看到的防化男子,是怎么认识你的?"

罗纬芝捶胸顿足说："是啊,我也百思不得其解。当时他本可继续藏匿,但是看到我拿着对讲报警器,他怕一触即发,警铃大作,所以就在第一时间叫出了我的名字,好稳住形势。他不知道那个报警器已经被韩工程师做了手脚,搞坏了。我猜想那人应该早就认识我。"

袁再春思索着说："要从遗体上取得毒株,虽不是非常困难的操作,但也需要有一定的医学知识。这应该是一个内行人。"

罗纬芝点点头说："是。"

袁再春继续推理道："我现在可以做的,是把韩工程师调出尸体库,这就可以预防进一步泄露之虞。关于认识你又有医学背景的人,你要好好地回想一下,尽量缩小查找范围。再一个,我会向燕市安全部门汇报此事。亡羊补牢,犹未晚也。"

罗纬芝稍稍放下心来，说："这才像个总指挥的样子。"

袁再春说："很多人都在怀疑你在葡萄酒窖里时的知觉是否正常，但是，我相信你。刚才只是必要的询问，请不要在意，这是我的工作。"

袁再春没有再说什么。其实，那个潜入尸体库盗走病毒的人，如果只是将之转卖给国外的药厂买家，用作研究药物之用，那还不是最可怕的后果。如果他把病毒株交给战争狂人，制成生物炸弹，那威力可能比原子弹更加惊悚。坏人的本性中，对凶杀、阴谋和战争有着天然的嗜好。

即使有一天人类消亡了,病毒依然喜笑颜开地活着
每平方厘米大约有 97 个汗腺,现时个个泌出冷汗

袁再春病了。变弱的血压不堪一击,每一分钟都可能以危险的方式急降,将游丝扯断。

身体无可比拟的坠重,思维却未有过的轻松。这是不是灵魂出窍前的征兆? 他不知道。

一个好医生,必须要有绝佳的记忆力和超凡的想象力。袁再春的这两项能力都非常杰出。即使在病中,对于病毒的思考,也没有丝毫迟钝。

"病毒"一词源于拉丁文,原指一种动物来源的毒素。病毒能增殖、遗传和演化,因而具有生命最基本的特征。它本身是一种奇怪的东西,自己不需要、也无法从事与生命的相关活动,如新陈代谢等等,却极其擅长破坏他人。

人类无法消灭病毒本身,微生物的出现要比人类早得多。没有人类的时候,它们就是这颗蓝色星球的主人了。即使有一天人类消亡了,病毒依然会喜笑颜开地活着。

从一定程度上来说,在地球上,面对微生物,人类更像是客人。

从艾滋病毒到埃博拉,从 SARS 到禽流感,从 H5N1 到出血性大肠杆菌……随着人类的脚步无所不到,随着风驰电掣的交通速度,病毒病菌插上了现代科技的翅膀。它们可以翻越高山,飞过海洋,潜入地下,飘荡风中。将来终结人类文明的,也许就是这小小的病毒。

由于日照不足,滥用各种化学毒剂,人类健康的自我防御机制,一日比一日衰弱。它们连日常的感冒都应接不暇了,更不会预见到那些在自然界已经消失了几万年的病毒会重出江湖。人类对此类病毒的抵抗能力稀薄到几乎没有,一旦传染发生,就导致大规模的疾病流行。

病毒个体,看起来弱小微渺,弱不禁风,却斗志顽强,毫不怯场。它们如同投向敌后的训练有素的列兵,可以孤军奋战。只要它找到一丝与人体接触的机会,就会毫不客气地侵入人体,在第一个宿主体内,分秒必争地以几何级数全面扩增自己的"家族",一边自我繁殖复制,一边四处打量伺机而动,谋求下一个感染的机会,兢兢业业永不懈怠。

人类将来会煮死自己,病死自己,淹死自己,毒死自己,渴死自己……唉……

袁再春不敢确定自己是不是感染了花冠病毒。如果是,这实在是阴险的笑话。抗疫总指挥,居然被病毒袭击,最后死在了岗位上,是光荣也更是奇耻大辱。当然,也可以反过来说,他是不畏艰险亲临一线,身先士卒,所以才不幸染病。这对医生来说,是顺理成章的事儿。比如白求恩,医术那样高明,最后还是在开刀时染了毒菌,被败血症夺去了生命。医术是一方面,命运是另一方面。医术是门技术,命运得看天意。

袁再春并不害怕,私下里,甚至有一点小小的快意。他实在太疲倦了,抗疫遥遥无期,所有的人都在疲于奔命,且不断有人倒下。病毒当年杀死恐龙,慢条斯理地用了将近一万年的时间。虽然关于恐龙之死,有无数种解释,从小行星撞击到造山运动沼泽退去,从基因衰变到被子显花植物生物碱中毒说等等,袁再春都一一研究过,最后从一个医生的视角,一厢情愿地相信恐龙死于病毒。庞然大物不可一世的恐龙,和小小的病毒抗击了10000年,挣扎了9999年,最后一年轰然倒地,结束了一个时代。所以,他对这次抗疫的结果,不敢有丝毫乐观的估计。对抗疫的时间,不敢设定任何期限。瞻望前景,扑朔迷离。当然,这一切他都不会和别人说,只是自己如牛负重,艰辛跋涉,深深地倦怠了。

对自己的病况,袁再春深思熟虑的结果是,决定什么都不说,坚持到最后一分钟。他也不把自己的血液送去化验,因为一旦结果出来是阳性,就算送检的时候可以匿名,但阳性的血,是要追查到底的,那样,他就无法逃遁了。

不查，就是未知。并不是欺骗，只是疏忽。袁再春想到这里，对自己冷冷一笑。多么狡诘啊，说出来的都是真话。但最真实的现实，却被你嚼碎在齿间。

会不会感染更多的人？袁再春不知道。如果说整个王府之内早有花冠病毒无孔不入地飞翔，那么多自己一个感染源，也没有什么了不起的。况且，万一不是呢？毕竟花冠病毒初期症状千奇百怪，和很多疾病类似，作为总指挥一惊一乍的，岂不动摇军心？

这样想过之后，袁再春就坦然地面对自己身体的变化。他是明知不可为而为之的典范，每日操劳在抗疫第一线，稳定民心，安抚专业人员，制定种种相关政策。只是把每天向更高领导的汇报，改由副手执行。关于原因，他说得很坦率，自己有点不舒服，为预防万一，还是更保险一些。领导表示了慰问之后，也就接受了他不再亲自汇报。

袁再春为自己强力施药，每天尚能虚弱地坚持工作。但是，种种迹象瞒不过十分关切他的罗纬芝。

这几天阴雨绵绵，多雨寡照，让人打不起精神。此刻，丁香花瓣一般的碎雨，又扑面而来。趁晚饭吃完相遇的当儿，罗纬芝关切地说："袁总，您好像不大对劲啊。"

袁再春遮掩着说："在这里工作久了的人，都会有些不大对劲。"

罗纬芝说："会不会是得了那个病？"她一下子就猜到了袁再春秘不发表的心情，用了个指代语。

袁再春说："不知道。"他说的是实话。医生是不能给自己看病的，灯下黑。

罗纬芝说："查一查就知道了。"

袁再春坦白地说："我就是不想查。"

罗纬芝笑起来，没想到这么山高水远的老先生，在花冠病毒面前，也变态了。她说："没什么了不起的，你看，我不就好了嘛！"

由于免去了汇报这项工作，袁再春稍稍空闲了一点，他说："你的康复，的确是一个巨大的疑团。我一直没有时间深入问过你，现在你要老老实实地告诉我。究竟用了什么疗法？"

罗纬芝没想到随手点燃的这把火，绕了一个圈，烧回到了自己脑袋上。想了想说："我不能说。"

袁再春说："你必须说。抗疫到了山穷水尽的地步，加之你亲眼所见到的毒株外泄，我们肩上的担子，真是如泰山一样重。我要真是被花冠病毒感染而亡，新接手的总指挥将会面临更加复杂严峻的局面。所以，你作为确诊无疑的康复病例，你的生命并不属于你自己。天降大任于斯人，你必须负起更大的历史使命。就像我个人的生命，本不足惜，在某种情况下，我甚至希望就此长眠不醒。我已殚精竭虑，但回天无术。我可能看不到抗疫斗争胜利的那一天了，但是，我希望你能为中国的老百姓找到一个活命的突破口。"

他们走到了袁再春宿舍的门口，初夏，各种花朵悄悄地熄灭了，有青涩的纽扣大的小果实，在绿叶间无声无息地长大。王府中有一个不算浅的池塘，岸边的黄菖蒲开出了美人蕉一样的花朵，秀长的叶子扭转着，好像跟随小姐的小厮，不敢走得太远，不甘心地扭着身子，尽量地探向远方。他们坐下。

罗纬芝不能再隐瞒下去，她说："您说得不错，我的确是服用了一种奇怪的药粉，但它大名叫什么，我也不知道。"

袁再春说："那你就说说小名吧。"

罗纬芝说："小名叫'白娘子'。"

袁再春说："是一味中药吗？"

罗纬芝说："不是。"

袁再春追问："西药吗？"

罗纬芝说："也不是。"

袁再春犯了难："中药也不是，西药也不是，那它到底是什么东西？"

罗纬芝说："我就是说不清嘛！"

袁再春的头颅渐渐低下去，说："我头昏，今天看来是没法子听你讲完这个中不中西不西的怪药了。明天吧。我们再找时间聊聊这位神奇的'白娘子'。"

罗纬芝扶着袁再春站起来。如果是平日，他一定是不允许的，但今天，他接受了。他依然穿着下摆很短的雪白工作服，好像他不是行走在绿意泻地的植物之间,而是四壁冰清玉洁的医院。罗纬芝把他扶到了总指挥房间外,又叫来服务人员带他进屋。

"晚安。"老头咕噜了一声,算是告别。

罗纬芝去打电话。李元非常兴奋地告诉他,这一次她取回的病毒株,活力非常旺盛。导师极为高兴,已经在动物身上开始实验了。

这就是说,"白娘子"的大规模使用,有了非常好的进展。也许,破解花冠病毒的钥匙,已经找到了。罗纬芝非常高兴,她决定明天一大早就把有关"白娘子"的故事和盘托出。毕竟,所有的关键步骤,都已经穿越了,袁再春是个有远见且有襟怀的好老头,他一定会支持这项工作。罗纬芝知道,他是多么想让中国人能有自己的战胜花冠病毒的药物啊!

半夜时分,电话突然响了。

罗纬芝吓了一大跳。要知道家里有老人的人,是最怕半夜的电话铃。她嗖地跳起来,抓起电话:"喂喂,我是芝儿啊……"等这一句话说完,才想起妈妈是打不进来这个电话的。

"唔,芝儿……这个名字很好……很好……"一个老年男子嘟嘟囔囔地说。

罗纬芝刚想说:"您是不是打错了啊?也不看看几点了,没这么吓人玩的!"话还没出口,她突然醒悟了——在线那一端打电话的是袁再春。

"哦,袁总……"

"芝儿,我有话对你说。"袁再春在电话里的声音有一点奇怪,鼻子齉齉的,这使得他的音调比平日要温和很多。

罗纬芝说:"您有什么事儿?"

袁再春说:"没有什么特别的事儿。只是想和你聊聊。"

罗纬芝说:"哦,总指挥,我很愿意和您聊聊。本来也打算天亮了,就和您说。"

"天亮了,有点,晚了。"袁再春说。

罗纬芝说:"聊什么呢?我一直很好奇,您好像总是一个人在忙,您没有家吗?没有子女吗?"

袁再春说:"要想了解一个人的本性,其实并不需要真的知晓他的一切,他的过去、他的历史、他的故事。人们往往把'了解'和'理解'混为一谈。前者是皮毛,是表象,你'了解'了一个人的历史,可是你一定能'理解'他吗?这是完全不同的两种认知模式。了解和外在形式有关,理解就是无形的了。我妻子很了解我,我们从大学就在一个班,她也在医学上很有建树,现在是国外一所知名大学的终身教授。可是,她不理解我。我儿子也和他母亲是一派的,我就是家中的少数派。每年见一次面。都是我到国外去找他们,只是今年估计去不成了。"

罗纬芝说:"现在这才几月份啊,离年底还早着呢。您能去得成。"

"去不成了。"袁再春说得很肯定。

罗纬芝也不知道这老头凭什么认定自己一定今年就团圆不成,但半夜三更的,也犯不上为这个和老爷子争执。她说:"好吧好吧。也许您夫人和儿子会回来看您。"

袁再春说:"那除非是我死了。"

罗纬芝觉得不祥,赶紧说:"咱别说这个话题了。说个快乐的。"

袁再春积极响应,说:"你可知道对我来说,最重要的是什么?"

这话题还真让罗纬芝犯了难。总指挥权力很大,最重要的,应该是调兵遣将指挥抗击花冠病毒吧?在电视上一袭白衣出现的袁再春,有一种精神统帅的威严。她把这意思对袁再春讲了。袁再春笑起来,说:"聪明的姑娘,这回你错了。"

"那是什么?"罗纬芝想不出来。

"告诉你,最重要的是处方权。我喜欢拯救的感觉,那类乎上帝。我喜欢在处方笺的末尾处,用花体签上我的名字。那是对死神下的一张宣战书,表明我的意志和智慧。是的,在我漫长的医生生涯中,我常常失败,但我从来没有投降过,放弃过。如果我失去了这种权力,我不知道我将如何继续我的人生。所以,我要在这一切还没有被发现没有被证实的时候,为自己下一张最后的处方。我对我自己行使权力,这很好。如果我今晚将会死去……"袁再春说得很平静。

罗纬芝忙着打断:"不,这绝不可能。好好的,怎么会死?除非您,您自杀。"

袁再春说："我怎么会让人察觉地自杀？那实在有辱一个医生的一世英名。"

罗纬芝放了心，说："那就是说，您不会死。"

"唔，孩子，你虽然年轻，但是记错了。我说的是不会自杀，但我可没有说过死不死的事。"袁再春说。

"您到底是什么意思啊？我不明白。"罗纬芝大叫。一种不可预知的怕，向她逼近。

"算了，不说这个了。我可不愿意咱们的谈话，纠缠在这个不阳光的话题上。你知道，如果我足够长地活下去，我会失去我现在所拥有的一切。"

罗纬芝又不大明白了，问："您说的是地位和权威？"

袁再春说："不是。它们打动不了我。"

罗纬芝说："不懂不懂啦！您好像不爱钱，也不爱官，好像也不爱外国。"

袁再春说："我说了那么多的谎话，每句谎话要是一朵花，已是山花烂漫。"

罗纬芝终于明白，袁再春有大痛，深埋心间。她竭力想开导他，但深知力不从心。从心理学的角度来说，情绪会促成疾病。但这世界上有一些人，他自己就是一个小宇宙，你几乎没有办法用任何方子来增强他，也不能衰减他。

"我是这段历史的罪人。所有的事情，哪怕是最糟糕的事情，都是有逻辑的。只是我已不喜欢。唔，芝儿，谢谢你听我这个老头子半夜三更的呓语。好了，我累了……"电话里出现了忙音。

罗纬芝因为随后吃了1号"馒头"，这一夜睡得极好。早上醒来，她沿着晨练的小径走过去，希望能再遇到穿瓦灰色毛衣的袁再春，突然看到袁再春的卧室处拉起了警用的隔离带。周围有很多人，神情肃穆。

她慌忙跑过去，见到朱秘书。

"怎么啦？"

朱秘书眼睛红红地说："袁总昨天夜间在睡眠中谢世，原因不明。"

罗纬芝几乎晕厥，才知道昨夜那是一个诀别。

她知道自己杏色皮肤上，每平方厘米大约有 97 个汗腺，现时个个泌出冷汗。所有的溢脂毛孔关闭,手指干燥得像粗砂纸。每平方厘米的 11 根竖毛肌高度收缩,这是远古遗留下来的恐惧反射,为的是让自己的毛发蓬勃竖起,使形体显得更魁伟一些,以应对危难。现在这些反射活动,除了悲惨地使罗纬芝摇摇欲坠外,没有任何实际价值。

"朱秘书,你放我进去,让我看看他老人家!"罗纬芝歇斯底里。

朱秘书小声劝慰:"袁总死因还未最后确定,若是花冠病毒感染,就需防扩散。现在任何人不得入内。"

罗纬芝不管不顾,说:"朱秘书你知道我不怕花冠病毒感染的,你让我见见他! 我一定要见他!"说着,不待朱秘书回答,就硬闯进了总指挥宿舍。

袁再春躺在床上,白色长浴袍覆身,面色如银。派来的医生已经初步判断他是心脏破裂,内出血而亡。罗纬芝泪眼婆娑,一个人,所有的血,都弥散到了胸腔中,全身变得像白玛瑙般清爽洁净。这是怎样的造化,怎样的脱逃!

她轻轻地抚摸着袁再春的右手,昨天就是这只手擎着话筒,和她说下了那些最后的话吧? 谢谢他在波澜壮阔的一生结尾时,让自己分享了他的镇定与安详,还有骨髓间的孤傲。

罗纬芝知道有一种病叫作心理衰竭,意味着身体、情绪一应能量消耗殆尽。这样的人,27% 会发生心衰。

罗纬芝被难以言说的悲伤碾压,被朱秘书劝着离开。眼泪扑簌簌地砸下来,将地面一片草地的叶子打歪。罗纬芝抬起头,泪水敷在眼球表面,像一块放大镜。于是罗纬芝看到了一生中最大尺度的朝日,从林木上方升起,晕染了整个天际,辉煌壮丽。

Chapter 24

每个人,实际上都是泡着钻石和铅笔芯的一桶水
"白娘子"的真名实姓,就是 92 种元素当中的一种

罗纬芝跌跌撞撞地往回走,恍然间有个人和自己并排慢走。她用手背擦擦眼睑,看清是辛稻。

辛稻的个子和罗纬芝差不多,这在男人中算矮的了。凡是矮小的男人,能在刀光剑影中升到高职,必有过人之处。辛稻面容沉稳,看不出太多的悲戚。

罗纬芝不说话。这种时刻,她愿以沉默来祭奠。辛稻说:"总指挥其实还可以坚持一段时间。"

罗纬芝注意到他的眉毛挑了一下,是左眉,这让他的脸显出了一种和哀痛不相符的超然。

罗纬芝说:"你好像觉得是他把自己杀死的。"从这一刻,罗纬芝决定把夜晚袁再春的谈话永远保密。

辛稻看出了她的不满,说:"罗博士,你和老人家的关系不一般,但你不应该要求别人和你一样。"

罗纬芝说:"你从哪里看出来的?"

辛稻说:"从你非同寻常的悲痛。"

罗纬芝说:"所有的人都很悲痛。出师未捷身先死,总指挥是一个悲剧性的人物。"

辛稻说:"他现在死了,是最好的。对不起,我该用牺牲这个词,但根本意思是一样的,你明白。"

罗纬芝恼怒:"总指挥殉职,你却说这是最好的?!"

辛稻说:"他保住了英名。这么大的一场灾难,总要有人出来负责。谁来负责,给人民一个交代,这是有讲究的。你和我这样的人,就是想负责,也轮不上,位卑言轻。用什么方式负责,也有讲究。病死了那么多人,怎么平息民怨? 这里面有那么多的秘密,怎么办啊? 一死了之。说多少道歉的话,也比不上死一个人,这个人还鞠躬尽瘁死而后已地死了。本来死就是最大的句号,现在变成了感叹号,这就更圆满了。"

罗纬芝哑口无言。

辛稻意味深长地说:"袁总指挥这一走,抗疫官场的生态地图,会发生很大变化,也许会关乎你我。不信,你等着瞧吧。"

这个看似寻常的小个子,拥有才华和智慧,在官场游刃有余地活着,你除了愤然地钦佩他,别无选择。

罗纬芝走回207,以为一进了屋就会放声痛哭,但是,没有。她的眼泪停了,眼珠异乎寻常地干涩,好像两粒被抽打了很久的乒乓球。她透过窗户,看着林间的小径,这是他们昨天晚上告别的地方。那些话一定凝结在小草上的露珠里,还没有坠地,一个活生生的人就没了。她生出强烈的虚无感。死亡是多么顽强的客人,它就谦虚地坐在每个人近旁,随时等着牵着你的手,领你出门。

几天以后,袁再春的死因被确诊——心脏病突发,和花冠病毒感染没有关联。只有罗纬芝顽强地相信,这是一个自杀。当然了,袁再春没有用枪没有用药更没有用绳索,他是在睡梦中辞世的,甚至没有任何挣扎的痕迹。他至死都是安静冷漠虔诚倨傲的。罗纬芝相信,身穿雪白工作衣的袁再春在死神面前,没有畏怯,是他优雅地邀请了死亡,主动停下了自己的脚步。世界卫生组织曾经说过,这世上有70%以上的人,会以攻击自己身体器官的方式,来消化情绪。袁再春为自己制定了一个主动的死亡,如此天衣无缝地流畅,完满而尊严。

抗疫指挥部的工作不能有片刻停顿,很快委派了新的指挥官——谢耕农。他的指挥风格与袁再春明显不同,也许这正是上面对袁再春的评价。既然袁再春的方式不能有效地制止花冠病毒流行,那么换上不同风格的指挥官,会不会给抗疫带来转机?

花冠病毒已经肆虐几个月了,原以为到了夏天,炙热的阳光会把病毒杀死,或者像以前的埃博拉或 SARS 一样,莫名其妙地轰轰烈烈来,又莫名其妙地偃旗息鼓走。只是在这一来一走之间,顺手猎取了成百上千的性命。在很多文艺创作中,瘟疫都被描写成"斩立决"的样式,陡然发生,充满了紧锣密鼓千奇百怪的特异事件,然后人类就胜利了,完事大吉,一了百了。真实不是这样的,花冠病毒从容不迫,有条不紊。它们安营扎寨,细嚼慢咽地侵蚀着一条又一条的生命,像享受一客慢慢融化的冰激凌。它把人精雕细刻地损坏掉,把城市变成粗粝的礁石。

人们有限度地恢复了生活秩序,再这样下去,不要说被花冠病毒害死,就是孤独和寂寞,加之生活受限,人们也会被忧郁杀死。整个社会开始弥漫起生不如死的颓废意味,既然很可能在某一个瞬间,被不可知的花冠病毒顺手牵羊领走,何不趁着自己还能支配身体的机会,滥情放纵?

杀人放火的治安险情开始不断出现,学校无法复课,制造业停滞。人员不得外出,死水一潭。人们产生了深刻的焦虑,离婚率大幅度上升。本来以为生死之交,应该相濡以沫。却不料很多夫妻因为无班可上,整天待在家里,除了接受配给制的食品之外,就是连篇累牍地做爱,以麻醉自己的神经。这种单调的生活,日久生厌,很快滋生出熟悉的交恶,彼此口角增多,相互逆反,摩擦升级。办理结婚和离婚的比例倒置。大概很多人不愿意万一得了花冠病毒死了,还和自己不喜欢的人拴在一起。如果是得了其他的病,人们在病中很少会想到离婚,这正是需要亲人照料的关键时刻,怎么能自毁长城呢?疾病有的时候是黏合剂,会让一些貌合神离的夫妻,在危难中团结起来。但得了花冠病毒的感染则不同,根本不需要亲人照料,亲人也不可能去照料了。人们被医疗机构隔离开来,一切好像送上了机场的行李传送带。出路只有两个,要么生还,要么死别。人们被虚无统治着,精神垃圾越堆越高。同居乱情的人遍地皆是,在巨大的天灾面前,人们不把法律放在眼里了。再不控制住花冠病毒,精神将会发生全面陷落。花冠病毒在没有杀死人们的肉身之前,就把一些人的内环境摧毁了。

所以,谢耕农不是医疗专家,而是社会学家。社会学和灾难学,在群体层面上和社会层面上深刻交叉。当然,他的副手叶逢驹还是医疗专家。抗疫要通过医学手段,但又不能仅仅是医学手段。

谢耕农在抗疫指挥部发表了施政演说:

"受命于危难之际,诚惶诚恐。希望我不会和前任一样,牺牲在我的岗位上,而是和你们,我的战友们,和全市的所有市民,我的父老兄弟们,一道走出这场灾难。"

"我想问一下,灾害和灾难有什么不同?"谢耕农问道。

会场还是那个会场,在袁再春惯常的位置上,站着另外一个人,再也看不到雪亮如银的白衣,这让大家精神恍惚。况且这样的问题,只能是自问自答。

谢耕农也不难为大家,说下去:"灾害可以是天然的,也可以是人为的。灾难是指灾害发生之后,造成了更多的严重损害,成为苦难。比如天降暴雨,这就是灾害。水灾发生在没有人烟的地方,虽然洪水滔天,可能不称为是一个'难'。但若是在人烟稠密的地方,水漫金山,那就是'难'了。灾害主要说的是规模、灾难注重的是人间的真实后果。各位以为如何?"

"您的意思是灾害比灾难要轻一些? 或者反过来说,就是灾难比灾害更重?"有人答话。袁再春素来开门见山刺刀见红,和现任指挥云山雾罩的风格真是不一样。

"可以这样说吧。"谢耕农很高兴有人回应。

"但这有什么用呢? 花冠病毒,不管说它是灾害也好,说它是灾难也好,总之它杀人无数,我们要抖擞起百倍千倍的精神来应对。这里面既有天灾又有人祸。区分这些,现在并不是最要紧的,最要紧的是救人!"那人突然变得激昂。

谢耕农面不改色,用手一指说:"我看你就是个典型,实在太紧张了。紧张很大程度是通过想象来营造的。你们天天接触死亡,积攒了大量的负面情绪体验,导致焦虑恐慌,每天都在想着又死了多少人,又疑似多少人……焉能不传布给民众? 所以,我们这个办公例会,要一改唯医学至上的氛围。

从今天起,以后每三天报一次死亡数字,用不着一天一报。这么大一个燕市,这么严重的一场瘟疫,就像战火纷飞,不必在多死或是少死几个人上面斤斤计较。我们最需重视的是民众的情绪。要力求让这种情绪转化成正向的想象和体验。政府信息极为重要,比如政府又有了什么新的防范措施,领导人到医院和大学的视察和讲话,治愈病人的新闻发布会,治疗条件改善与环境好转等等。千万不要小看了这些报道和告知,要力图正性。每天都要有新的引导,积聚民众的注意力,不断坚定信心,让人民群众安心。为此,上级批准辛稻同志为抗疫副总指挥兼任抗疫宣传部部长。至于在医疗上,袁再春同志所开创的一系列应对措施,应该说还是成功的,没有大的改变,由叶逢驹同志主抓……"

谢耕农上任后,发现了特采团这个不伦不类的小队伍,实感忙上添乱。他对孟敬廉团长说:"你们前一段做了很好的工作,但也就到此为止吧。如果人们都死了,就没有人再来看你们的报告。如果最后大家都挺过来了,也没有人看你们的作品。咱们是一个健忘的民族,不愿意记住苦难。请劳苦功高的各位打道回府,怎么样?"

孟敬廉也觉得抗疫斗争旷日持久,该记录的都差不多了,团员们思乡心切,情绪日渐波动。毕竟离开家很长时间了,能有一个台阶,妥善收尾,未尝不是好事。就坡下驴,同意撤离。

别人都比较简单,唯有郝辙在A区,撤出后的隔离时间更长。大家也顾不上他了,总结之后,经过相应的消防措施,并被再次要求对所知情况高度保密,写了承诺书之后,终于从王府离开。

尽管罗纬芝曾得到已故指挥袁再春的特别关照,走出王府的机会多一些,但临时外出的感觉,和今日这种彻底离开的轻松,还是大不相同。重新走在城市街道上,呼吸着虽然不清新,但由于非常时期上街的车辆大幅度减少,仍然洁净了不少的空气,百感交集。她回头望了望王府,不知道自己还有没有机会重返这里。今日离开的罗纬芝,和那个当日进来的罗纬芝,已经有了很大不同。她经过了恐惧与重生,把罗纬芝的躯壳留在这里,带走一个新的灵魂。

回到家里,老妈自是万分高兴。唐百草说:"咦,姐,你回来了,他还会来吗?"

这一次轮到罗纬芝装聋作哑,问:"谁呀?"

唐百草一甩头,说:"李元呗。"

罗纬芝呵着嘴问:"他这些日子经常来吗?"

唐百草说:"可不。为了等你的电话,他早早就过来。可只要打完了电话,立马就走。所以,你电话来得越晚,他待的时间就越长。"

罗纬芝看百草发痴的样子,就说:"那你为什么不早点告诉我? 那样我就会夜里子时打电话,让你们也多聊会儿。"

百草忙着撇清,说:"主要是奶奶爱和他聊天。我搭不上多少话。"

罗纬芝说:"他今后来不来,我也不知道。过去是因为工作上的事儿,现在,我离开了抗疫指挥部,工作基本上就结束了。所以啊,以后你若是想见到李元,估计得单独约会了。"

百草说:"恐怕人家看不上咱。约了也不会。"

罗纬芝说:"你可以试一试。不试,如何知道?"

回到家里,按说是熟悉的环境,妈妈又在身边,罗纬芝应该非常安心才对。但是,不。王府的生活已经改变了她的生活节奏,没有了袁再春,没有了每天的死亡数字,没有了内部食堂的食谱,罗纬芝怅然若失。

李元很快打了电话来,请她吃饭,为她接风。

街上有些耐不住寂寞的餐馆,已经悄悄开始了营业。因为全面实行配给,餐馆所用原材料都是通过各种关系,从外地偷运进来的,价格不菲。加之害怕交叉感染,饭店每天接待的客人很有限,常常只配一桌,更显珍贵。罗纬芝赴约走进一家很有特色的小餐厅,基本上没看到其他客人。

李元所订包间,面朝大街,可以看到冷落的街景。

李元举起葡萄酒杯,说:"为姐姐接风。祝贺您九死一生得胜归来。"

罗纬芝说:"这要谢谢'白娘子'! 没有你们所赐的仙药,我就要到酒窖那里去品尝葡萄酒了。"

两人碰杯,铿锵作响,一饮而尽。

李元感叹道:"我们在察看您的血液标本时,能够想象出您所经历的苦难。那是一场多么严重的感染!"

罗纬芝惊奇道："这你们也能看得出来？"

李元说："不要小看我们，积累多年，有很好的设备。"

罗纬芝很想打开心中的疑团，抓住机会追问："你们到底是谁？"

李元不动声色地回答："一批民间的医生。"

罗纬芝说："我单听说有民间工艺美术大师，有民间曲艺大师，还有民间厨师什么的，医生的所谓民间，是否就意味着没有行医执照？"

李元说："很深刻嘛，一语中的。我们的确是没有执照。但这不妨碍我们医好病，比如您自己就是例子。要知道，这世界上的第一个医生，一定是没有执照的。"

罗纬芝说："你这个看法我真是万分赞同。我在吃'白娘子'之前……"说到这里，她忍不住大笑起来，说："多吓人呀，吃白娘子——好像我是妖怪似的。你能告诉我'白娘子'的真实名称吗？"

李元说："当然可以。"

罗纬芝说："请讲。"她直觉到终于触摸到了重大秘密的核心。

李元一板一眼地说："白娘子的真实名称叫白素贞。"

罗纬芝咂巴着嘴说："我明白你的意思了。你要保密。"

李元说："把'白娘子'全面用于临床，我们还有极为漫长的道路。在这之前，我们只能继续称呼它为'白娘子'，恳请原谅。"

罗纬芝说："能理解，我今后不问你了。好吧，接着说。在吃'白娘子'之前，我已经吃了很多西药，但是，药石罔效。我当时以为我就要死了，我收到了身体发出的确定无疑的死亡信号。我相信那些死于花冠病毒的人，都经历过了这个过程。从这种病毒侵入人体，病人就滋生强烈的绝望。这是一种身体从未识别过的东西，非常恐惧，更增添了这种无助感。"

李元说："这是肌体免疫系统的集体失语。它们迷茫混乱了。"

罗纬芝说："但'白娘子'一进去就不一样。马上感觉援军到了，天降奇兵。"

李元含笑不语。

罗纬芝有点奇怪，说："我说得这么热火朝天的，你怎么好像无动于衷？"

李元说："这些感觉对你来讲，肯定很稀奇。但对我们来说，司空见惯了。"

罗纬芝问:"你们是谁?"

李元说:"我和我的导师,还有我的同伴们、师兄弟们。注意啊,没有师姐妹。"

罗纬芝嗔怪道:"谁管你有没有师姐妹!"心里倒很受用。又说:"一群没有执照的医生吗?"

李元说:"可以这么讲。对于治病来说,执照并不是最重要的,最重要的是疗效。如果没有'白娘子',就是把一卡车执照都摆在你面前,还是眼睁睁地看着你死去。当然了,我没有丝毫贬低医疗执照的意思。只不过,凡事皆有例外,我们是另辟蹊径。"

罗纬芝很好奇:"你们蹊径的核心内容是什么呢?"

李元突然把话题岔开说:"如果我看得不错,您的左手中指上戴着的这枚戒指,是一枚钻戒。"

罗纬芝说:"的确是钻石。"

李元说:"这证明您未婚待嫁。"

罗纬芝一箭双雕地反问:"这和您有什么关系呢?"她当然很希望李元说:"这和我有关系,如果您的钻戒戴在无名指上,我不就没有机会了吗?"

没想到李元完全不解风情,回答:"您不是问我核心内容吗?咱们就从钻石讲起好了。"

李元说着,拿起了刚才服务生点菜时遗落的一支铅笔,问:"你当年的化学成绩如何?"

罗纬芝见话题不是自己希望的方向,不觉沮丧,说:"一般般。怎么又扯到化学上了?"

"因为人本身就是一个化学工厂,一根大试管。"李元笑嘻嘻地说。他笑的时候,原本就很俊美的嘴型,格外引人遐想。

服务生前来询问要喝何种饮料。罗纬芝问:"有鲜榨的果汁吗?西柚或是澳洲的奇异果?"

服务生低头顺目回答:"没有。进口早已停了。没有西柚,没有新西兰的猕猴桃。"

罗纬芝说:"我单知道出口停了,怎么进口也停了?"

服务生答："这很简单啊,因为没有船肯到中国来。我们出不去,人家也不敢来。"

罗纬芝睒睁着眼睛,想了一下,主要是周围温雅的环境,让她一时间忘记了瘟疫的酷烈。她感到自己的要求奢侈而不合情理,不好意思地说:"那我要矿泉水。"

"对不起小姐,没有矿泉水。运输很紧张,矿泉水都是配给,早已断货了。"服务生的头垂得更低了,好像那是他的过错。

罗纬芝退而求其次:"那你们有什么水呢? 白开水有吧?"

"蒸馏水。我们有蒸馏水。很纯净,自家利用冷凝设备制作的。"

"好,蒸馏水吧。"罗纬芝答。

还没等服务生询问,李元微笑着回答:"一样。蒸馏水。"

过了一会儿,两杯像水晶一样纯净的蒸馏水,斟在郁金香状的葡萄酒杯中被端了上来。

"对不起,这种杯子原来不是用于盛水的,但本店现在只有这种杯子了。不好意思,请多包涵。"难得有客人来,服务生一边饶舌,一边上菜。

两人又一次以水相碰,互道了平安和感谢。李元摇晃着酒杯中的清水说:"你知道它们是什么?"

罗纬芝说:"刚才不是说得明明白白了? ——水。"

李元说:"你能说出水的化学分子式吗?"

罗纬芝又可气又好笑道:"我虽然谦虚地说过化学一般,但水的分子式总不会忘记,H_2O !"

李元用手指轻敲桌子道:"很好。我再问你,咱们刚才把 H_2O 喝下去,你说这 H_2O 跑到哪里去了?"

罗纬芝说:"这难不住我。不就是水吗? H_2O 就成了身体的一部分。就像《红楼梦》里说的,女人都是水做的,其实男人也是水做的。谁也离不开水。"

李元说:"不错,女人是 H_2O 做的,男人也是 H_2O 做的。"

罗纬芝大笑起来,人们在自己喜爱的人面前,反应总是趋向于过度,不是太拘谨,就是太夸张。罗纬芝力戒自己保持正常,然而有时候还是越界。

她说:"这个说法听起来让人别扭,理论上可以成立。"

李元说:"当然人不仅仅是水。刚才咱们还说到了你的钻戒和服务生留下来的铅笔。你知道它们两个有什么不同吗?"

罗纬芝说:"当然知道,它们之间最大的不同是颜色。好的钻石是高度透明的,好的铅笔有黝黑发亮的芯。最重要的不同呢,是价格。钻石要几万块钱,铅笔只需要几块钱,便宜的只要几毛钱。"

李元开心道:"说得虽然面面俱到,却不是正确答案。起码钻石和铅笔芯之间最重要的不同不是价格。价格是人为定出来的,在没有货币之前,钻石是无价的。而且中国人原来并不怎么欣赏钻石,咱们喜欢的是玉和翡翠。所以,价格并不是它们之间的最大差异。至于你说的颜色嘛,倒是可以算一小条,不过也不是最根本的差异。"

罗纬芝一拍脑门,说:"哦,想起来了。它们之间最大的差异是硬度。钻石的硬度是10,是这个世界上天然物质中最硬的东西了。至于石墨,很软。"罗纬芝说着,把那支笔的芯掐了一下,也许是为了证实自己的说法,下手下得狠了一点,铅笔芯断了,一个小黑疙瘩在洁白的桌布上打了几个滚儿。

"石墨的硬度是1。"李元补充道。

"你看看,这下我说到点子上了吧。一个是10,最硬。一个是1,最软。差异忒大,这下对了吧?"罗纬芝小得意。

李元说:"这一条,沾点边,的确是钻石和石墨的差异,算你说得靠谱。但是,这只是它们外在表现的不同,最重要的差异在于其内部结构。"

罗纬芝笑着说"小弟,你打算把咱们今天的晚餐,改成一堂化学课吗?"

李元并不觉得好笑,严肃地说:"如果我不把这个问题谈明白,你就不知道我们在做什么。"

罗纬芝一看主题宏大,在柔软的椅子上挺了挺腰板,好像小学生上课似的坐直了身体,说:"洗耳恭听。"

李元说:"为了说明它们之间最大的不同是什么,咱们还要先说说它们最大的相同点是什么。"

话说到这份儿上,罗纬芝基本上已经被搞晕了,只得恭恭敬敬地说:"您——请讲。"

讲到了自己的专业,李元拉开了话匣子:"钻石和石墨之间最大的相同点,就是都为晶态单质碳。用通俗点的话来说,它们的基本结构组成都是碳原子,它们是嫡亲的兄弟。"

罗纬芝把自己的钻戒脱了下来,和那个墨色小疙瘩摆放在一起,自言自语地说:"喔,亲兄弟今日得见了,握个手。"

李元不理她的嬉皮笑脸,继续说下去:"组分都是碳原子,这就是最大的相同。而最大的不同,在于结构。钻石是个商品名,是指打磨之后的金刚石。我还是更习惯用金刚石这个本名,有一种力量感。好,咱们继续说下去。碳原子一般是四价的,这就需要四个单电子,但是其基态只有两个单电子,所以成键时要进行杂化。四个电子被充分利用,平均分布在四个轨道里,等性杂化。这种结构完全对称,非常稳定。金刚石中所有碳原子,都是以这种杂化方式成键,晶体结构排列。这种网状结构,最终形成了一种硬度极大的固体。金刚石的熔点超过3500℃,相当于某些恒星的表面温度。"

罗纬芝惊奇地听着,几乎完全不懂。人们对于自己不懂的东西,就怀有了崇高的敬意。她赶紧把郁金香形的水杯,推到李元面前,说:"您先喝点H_2O吧,润润喉咙,请接着说。"

李元没有喝水,继续说下去:"石墨,就是制作铅笔芯的材料,碳原子以平面层状结构键合在一起,每个碳都是三角形配位,可以看成是无限个苯环合起来。当所有的碳原子都处于一个大的共轭体系中,层与层之间的键合就比较脆弱,容易被滑动而分开。所以,钻石和石墨,虽是亲兄弟,又彼此截然不同。它们互为同素异形体。"

罗纬芝充满困惑地看着李元,觉得自己在这样的学问面前,无地自容无比愚蠢。

李元接着说:"除了金刚石和石墨之外,碳原子是占生物体干重比例最多的一种元素。我说的是干重,也就是说,在你刚才所讲的男人女人是水做的命题之外,如果把我们都脱了水,那么构成我们身体最主要的因素,就是碳。"

罗纬芝大惊失色,愕然道:"你的意思——我们都是金刚石和石墨做成的吗?"

看到罗纬芝吓得这个样，李元朗声大笑，说："碳的存在形式是多种多样的，除了咱们刚才说的金刚石、石墨之外，它还构成了复杂的有机化合物，比如咱们现在吃的就是碳水化合物。"李元说着，用筷子夹起一块鱼肉，塞进嘴巴，口齿不清地说："比如动植物有机体，这块鱼肉最主要的成分，就是有机的碳水化合物。"

当出现有机化合物这个名词之后，罗纬芝多少有了一点安全感。毕竟这词是个半熟脸，不像共轭体系什么的，根本不知乃何方神圣。她说："慢着点，小心叫碳原子卡着！"

李元意犹未尽，说："由于碳原子形成的键都比较稳定，于是有机化合物中碳的个数、排列以及取代基的种类、位置都具有高度的随意性，因此造成了地球上有机物数量极其繁多。这就是大千世界的由来。"

到这会子，罗纬芝总算明白了李元一番高论的苦心，做恍然大悟状，说："哦，我明白了。说到底，这世界上的万物，如果是湿的呢，就主要是由氢和氧构成的。如果晒干了呢，主要就是碳构成的。像咱们现在这样不干不湿的呢，就是由氢、氧还有碳共建的。"

李元又抓起一块饼，说："你这个概括虽然很粗糙，大体上还说得过去。生命就是由各式各样的元素构成的。人类是元素的集合物，元素是组成世界和人体的最基本物质。"

罗纬芝觉得这番谈话也忒学术了，这样边谈边吃，胃都得痉挛着下垂。她想调整一下气氛，说笑道："听你这么讲，咱们每个人实际上就是泡着钻石和铅笔芯的一桶水。"

罗纬芝以为李元听到这个比喻会笑，没想到李元很认真地说："并不是这样简单。人体还有六种金属元素。它们是钙、镁、磷、钾、钠、硫，属于宏量元素。"

罗纬芝说："在我的记忆中，这几种元素是白色的居多吧，怎么成了'红亮'？"

李元赶紧说："差了，是宏大的宏，数量的量。是说这几种元素在人体内的含量比较丰富。除此以外，还有微量元素，都要平衡地加入人体这桶水当中。就像碳原子采用了最优化的排列，能成为无坚不摧的钻石，人体各种元素都平衡，这个人就健康，创造力勃发。如果不平衡，一个人就会生病，起码是亚健康，就成了人中的铅笔芯，遇到压力，很容易折断。"李元说着，把那个小黑疙瘩轻轻地弹到地上，省得染脏了桌布。

饭菜都已变冷，李元的脸上却充满了年轻人才有的那种润泽，毛细血管在青春而富有弹性的皮肤之下扩张，温热的血液快速流动，面庞显出网状红晕。

罗纬芝说："谢谢你给我上了一堂人体元素的课，让我茅塞顿开。从此我看人就不是人了，是无数种化学元素的混合之物。"

李元纠正她说："不是无数种。世界万物是由为数不多的物质组合构成的，自然界赏赐给我们的元素一共只有 92 种，它们是构成世界的字母表。你知道 26 个英文字母，既可以生成骂人的脏话和狗屁不通的句子，也能构成莎士比亚伟大的文学作品。为数不多的元素，就像绘画中的三原色，可以组成大西洋的礁石，也可以组成咱们刚才喝下去的那杯水。可以是蟑螂，也可以是原子弹。窗外天空咱们可以看见的这些几万光年之外的星星，是元素，刚才飞驰而过的救护车也是元素。"

罗纬芝说："谢谢你的元素启蒙。可是，你谆谆告诫我的这一切，是为了什么呢？不是为了把我培养成一个中学化学老师吧？"

李元非常郑重地说："你不是一直想知道'白娘子'的真名实姓吗？它就是这 92 种元素当中的一种。"

Chapter 25

她看到了一根血红的管子，正从自己胳膊的血管中汲取血液

爱情会发生在人生幽暗之处，萌动于虎狼出没肝胆欲碎之时

　　罗纬芝没有追问"白娘子"到底是什么，虽然她知道了大体的框架。不过这种知道，和不知道没多少差别。我们都生活在地球上，既然地球就是由这92种元素组成的，那么，谁也逃脱不了这个范畴。罗纬芝从自己的经历中，体验了"白娘子"所具有的重大医疗价值，显然这也具有极大的商业价值。世界上还有什么财富，能比拯救人的生命，更难以估算的呢？

　　不该问的不要问，不该知道的不要知道。罗纬芝明白这是底线。但她还是希望促成"白娘子"在大庭广众之下露出真容，不然的话，她冒死送出致命毒株，就没意义了。

　　李元明白罗纬芝期望的眼神，说："导师已经开始将'白娘子'用于临床实验，取得了很好的效果。也许用不了多长时间，就可以广泛地应用了。到那时，就是中国人战胜花冠病毒的决定性时刻。"

　　罗纬芝很高兴，说："那我还能帮着做点什么？"

　　李元说："就一件事，保护好你自己。"

　　罗纬芝从这里听出了亲情，很开心地说："我已经出了王府，基本上接触不到花冠病毒了。"

　　李元说："如果你一直住在王府里，倒是比较安全的。要知道，花冠病毒现在奈何不了你。我担心的是你在王府外头，倒要千万小心。"

罗纬芝说:"好的。我会注意。"

袁再春之死,在燕市百姓心理上造成了巨大的动荡。虽然官方一再强调袁再春是积劳成疾,突发心脏病牺牲在抗疫总指挥的岗位上,但民众从此在电视屏幕上再也看不到这位风度翩翩永远穿白衣的严谨老专家,感到了强烈的失落。关于袁再春的流言四处传布,人们说他其实是被花冠病毒感染,病危不治去世。还有人说是他见局面一天天烂下去,没法收拾,就化名潜逃,出国找他老婆孩子安度晚年去了,还有人说他被杀人灭口……

这些都是谣言,破起来也不是太难,但老百姓面对抗疫胜利遥遥无期,现在主帅又阵亡,心旌摇动却是大问题。

既然辛稻升任抗疫副总指挥,又主管宣传,就要在最短的时间内拨乱反正,他主持召开一个会议,特邀罗纬芝到会。

这一次,辛稻的穿着有点像五四时期的青年,立领中山装,雪白的衬衣恰到好处地露出了半截袖口,袖口上有一对精致的金属袖扣。

罗纬芝到了会场,打完招呼道:"您这身打扮,利索。"

辛稻一笑说:"谢谢!士气不振,如果再浑身皱皱巴巴的像块抹布,自寻晦气。"

罗纬芝下面的一句话,顿时让辛稻笑不出来了。罗纬芝说:"这一定是梳发髻的女主编的主意了。"

辛稻牙根痒痒,面前这小女子莫非是妖?

罗纬芝看出了他的惊讶,就说:"很简单。因为上次我在电话会议上看到了她的发型,有民国风,想来是喜好这一口的。她一定或多或少地影响了您的穿衣风格。"

辛稻说:"真人面前不说假话。你的意思是我要避嫌?"

罗纬芝:"如果你们是男女朋友,就罢了。如果不是,您可选择。好了,咱们不说这个了。今天又是电话会议吗?"罗纬芝打量着周围,小小的会议室,很有促膝谈心的味道,一时看不到摄像头和屏幕在哪里。

辛稻说:"你是开电话会议开怕了吧。这里是面对面的,小规模,务虚。"

人们来齐了,主要是电视台和广播电台的负责人。

辛稻先发言:"袁再春总指挥逝去,我们要尽快找到足以替代他的人。"

电视台台长说:"不是任命了新的总指挥吗?这也不是咱们能操心的呀!"

辛稻说:"我指的是能在电视台露脸,能像已故的袁总指挥那样,在形象上让人生出无限敬畏感和信任感的人。"

大家你看看我,我看看你,回想了一下说:"在领导层面里,还真没有长成这样的人。"

罗纬芝又一次陷入哀痛。总有一些人,要在他们死去之后,人们才想到以前忽略了的他们的好处,想到要问他们很多重要的东西。天国把这些好处和重要的东西都收缴了去,遗留下无限的遗憾给怀念他们的人,像微光照耀着白雪。

那厢辛稻完全体会不到这些,自顾自地说:"我们可以以数量对质量。"

人们不解,问:"何谓质量?何谓数量?"

辛稻说:"我们可以寻找一个医疗团队,现身说法。现在感染花冠病毒的最高风险群体是医护人员,这就要推出医务人员群体来斩钉截铁地说信心十足的话。这些话不难,我们可以提前拟定,让他们照本宣科就是了。难的是要找到长得像医生的人。"

人们轻声笑起来,问:"什么叫长得像医生?"

辛稻胸有成竹地说:"我考虑了三个方案。第一个人是男性,中年以上。面容瘦削,下巴轮廓分明,戴窄边的金丝眼镜,要显出坚毅果敢,不容置疑的样子。第二个人呢,也是男性,年纪更大一些,圆脸,要有佛相,弥勒佛那种,笑口常开,让人一看就觉得特别踏实可亲。这两个人都要有大医院主任医生的职称,要有国外留学的经历,要有博士学位。第三个人是中医,年纪要更大一些,男性,有白胡子最好,美髯飘飘,穿中式传统服装,面色红润,注意不要搞得像气功师或是打太极拳的。医学世家最好,要祖传的,有御医背景尤佳。但这一点不强求,外在形象更重要。"

广播电台台长是女性,忍不住发言:"大的框架我赞成,但提一条非常重要的补充意见。为什么没有女性?"

辛稻反应很快,立马说:"这是我疏忽了。可以出现一个面容姣好身段灵活的护士,不怕苦不怕累善解人意的样子。"

电台女台长不依不饶,说:"我觉得不仅要出现护士,而且要出现学富五车运筹帷幄的女医生形象。恕我也模仿一下刚才您的格式:女性,中年以上。解释一下,这不是看不起年轻人,是因为医生这个行当,本来学制就长,熬到有丰富的临床经验,人就到了中年以上。面容嘛,我觉得要有慈母的感觉,但又要充满了知性之美,要让人有充分的信任感。不过不要太美,那样容易让人想入非非。"

这一次,大家畅笑起来,笑声有点古怪。大家说:"都什么时候了,哪里还有人想入非非!"

女台长反驳道:"食色,性也,这一点不要小觑。总之我们是要调动一切手段,提升人们的正面能量。"

团市委有人建议:"听起来都是些中老年人,是不是也要出现一些健康年轻的形象?"

辛稻想了一下,说:"这个建议好。要出现治愈了的形象,要小孩子、年轻人、老年人都有,这样就会让任何年龄段的人,都能看到希望。"

罗纬芝慢吞吞地说:"有这样的团队站出来发言,估计会有效提升民众的正面心理能量。请问,燕市现在是什么地方?"

大家一时不知道她葫芦里卖的是什么药,不知道是指地理还是其他坐标,没人愿意作答。罗纬芝只好自问自答:

"燕市是花冠病毒感染的台风眼。这是什么意思呢,说的是台风中心地区,风力很弱,出奇的平静。在心理学上,也有这样一个心理台风眼现象。就是处在危险的核心部分的人,反倒相对安静。为什么呢?严格讲起来,这是一种心理失调。失调来自两个重要的因素。一是明知道此地高度的风险,二是不得不停留在这里。这两个认知和选择,恰好构成了位于两极的尖锐冲突,但是又没有法子解决。作为燕市的市民,你不可能逃出燕市。作为平头百姓,目前也没有法子治愈花冠病毒感染。面对无法调和的严重对立,人类就发展出妥协的方式,想办法来降低这种失调对自己的伤害。住在燕市是事实性行为,你无法改变,能改变的是自己的态度,这就是形成心理台风眼。我们就要抓住这种心理,鼓励这种越是处在风暴中心,越安定平和的妥协。"

辛稻击掌,说:"我明白了。咱们就把这心理台风眼挖得更大更深。"

大家议论:"心理台风眼也不是一口井,你这样一说,反倒像个阴谋。"

辛稻说:"我还有一个法子,就是开始有组织地散布小道消息。"

这下所有的人都大眼瞪小眼,以为辛稻受命于危难之际,急得不择手段。

罗纬芝说:"人们在灾难临头的时候,会特别倾向收集小道消息。据说有62%以上的人,信息的主要来源是小道消息。"

辛稻说:"我刚才这么说是凭直觉,想不到还有理论根据。现在,大道消息我们不能放松,但人们既然有撷取小道消息的癖好,我们就充分提供。在提供大道消息的正餐以外,我们要制造正面的小道消息甜点,色香味俱全。"

大家说好是好,只是这样有蜜糖的小道消息,如何制作出来?

辛稻说:"要学会造谣。你不造谣,有人会造出更具危害性的谣言,我们要先发制人。比如可以散布说已经研制出了特效药,已经开始有人在试吃了。比如对女人们说佩戴紫水晶,无论是手镯项链还是耳钉,都能够杀灭病毒。再比如说每天晒27分钟太阳,可以防治花冠病毒感染。比如说……"

罗纬芝忍不住打断:"为什么不是30分钟,而是端不端正不正的27分钟?"

辛稻说:"罗博士,你平日里不是很通灵的吗,怎么这就想不通了?不就是个小道消息吗?你说得太中规中矩了,人们反倒不容易相信,说得诡秘一点,有号召力啊。反正这紫水晶啊,晒太阳啊,都不会有什么副作用的。"

罗纬芝默不作声了,此人枭雄也!

散会了。两人默默往回走。可能是觉得刚才说得不够细致,辛稻进一步解释:"人只有吃把他养大的东西,才舒服妥帖,才健康。"

"那我们是被什么东西养大的呢?"罗纬芝有一搭没一搭地说。她想起自己以前在幼儿园,吃的最多的是包子。那时候母亲工作很忙,把她送到一家整托的幼儿园,现在想起来,条件不很好,下岗女工充当炊事员,总是给孩子们吃猪大肠油拌的白菜帮子馅的包子,包子很大,罗纬芝每次只能吃半个……

"很多的谎言。"辛稻说,"所以我们听到谎言,才觉得安心。"

罗纬芝不置可否。即使我们被迫吞咽过过多的谎言,就一定要把这传统维持下去吗?

辛稻没有察觉,按照自己的想法说:"刚才我在会议上,因为没有征求你的意见,就不好明说。你知道我们现在最缺的正面典型是什么人吗?"

罗纬芝说:"你不缺吧?男女老少扶老携幼的,你通吃了。每一个年龄段的人,都能在你的宣传攻势里找到自己的榜样。而榜样的力量是无穷的。我估计这一波宣传出去,心理台风眼会覆盖全市的。"

辛稻谦逊地说:"不敢当。位卑不敢忘忧国,尽力而为,惹您见笑。你知道民众最渴望得到的正面信息是什么吗?"

罗纬芝说:"这个难不倒我。你知道诺贝尔经济学奖,两次授予了心理学家。就是因为心理学家的研究证明了,在人们做出判断和重大决策的时候,是情绪和心理在起决定性的作用。"

辛稻说:"您说得不错。可是您还没有回答我的问题。"

罗纬芝说:"那是不言自明的。对瘟疫中的人们,最希望得到的正面信息,是新发病人数的减少,还有治愈人数的增加。"

辛稻说:"对。新发病人数的减少,我们通过数字游戏可以完成,治愈人数的增加,我们也可以通过数字游戏完成。"

罗纬芝无奈地说:"那你岂不是所向披靡了?!"

辛稻说:"刚才我当着不了解内情的人,不好直说。我们并没有拿得出手的治愈病人,可以现身说法。新发病人数,可以不拿出证据。但治愈了的人,是应该体面现身的。而且,现在很多人怕花冠病毒复发,我们也没有确切的证据,认定这病就不复发。要消除大家的恐慌心理,必须要有人站出来亮相。按照你的理论,心理恢复的力量,是个体应对惊天撼地的灾难、在无所依从中唯一的资源。"

罗纬芝隐约感到一种风险渐渐逼近。她警觉地说:"那不是我的理论,是心理学界的通识。不过,你说这些,什么意思?"

辛稻说:"我的意思很简单,请您出山。证明花冠病毒是可以治愈的,治愈之后是不会复发的。最重要的是,依然可以健康美丽。"辛稻上任后,调研了抗疫指挥部的所有工作档案,他了解罗纬芝的情况。

罗纬芝没想到这个精明的小个子,居然把算盘打到了自己身上。她一口拒绝:"不成。"

辛稻不退缩,说:"请问,您是不是被花冠病毒感染过呢?"

罗纬芝只得说:"是。"

辛稻继续追问:"您是不是好了呢?"

罗纬芝也只好继续回答:"是。"

辛稻说:"你愿不愿意更多的人增强对战胜这个疾病的信心?"

罗纬芝道:"当然。我愿意。"

辛稻说:"那这件事就没有什么疑问了。您要站出来,给民众以力量和鼓舞!"

罗纬芝想说,我病了是不错,但这病也不是常规的疗法治好的啊!再说,李元让她一定要保密,虽说不知道这样严格的保密究竟有多大意义,但她不愿违背李元的深意。最重要的是,要是老母亲知道了自己曾患重病,那还了得!可这三项理由里,前两条是无法言说的。她说:"不成的原因是我老母亲不知道我病过。她知道了真相,会是太大的恶性刺激。她是癌症晚期。"

辛稻没想到是这个原因,不过,这难不倒他。他飞快地琢磨了一下,说:"你老母亲身体不好,平时一定基本上总待在家里,不出门,不到街上去。"

罗纬芝点点头说:"是这样啊。"

辛稻说:"你家住在哪里?"

罗纬芝报出了自家的街区门牌号码。

辛稻说:"这很简单。在这档电视节目播出的时候,你们家那一片停电。重播的时候,也停电。播完了,就恢复供电。让你老母亲根本看不到这一段。估计非常时期,互相串门的人也很少,多嘴多舌地传这个信息的人,估计也几乎没有。退一万步讲,就算你老母亲知道你得过这个病,可你现在好了,一点后遗症都没有,她老人家就是受惊吓,看到你活蹦乱跳的,一会儿也就过去了。为了万千黎民百姓,你就答应了吧!"

罗纬芝为难地说:"为了我一家,那一片都要停电,这也太扰民。"

辛稻说:"两害相权取其轻。停电是可以克服的,不过有限的时段。但若百姓们意志涣散,对花冠病毒屈膝投降,那可是赎不回来的损失。"

罗纬芝再也找不到推辞的理由。

到电视台录像那一天,辛稻也跟着去了。罗纬芝说:"不敢劳你大驾。"

辛稻说:"这是我的工作。因为要和电视台定好播出的具体时间,还要和供电局协调停电的起止时间和具体区域,必得一一落实,不能出错。还是我亲力亲为保险。"

罗纬芝知道他是为了工作,也有对自己负责的成分在内,心中掠过一丝感动。

化妆师把一块不知多少人用过的化妆棉,蘸了油漆般的粉底,在罗纬芝脸上涂涂抹抹,她觉得成千上万的螨虫爬上了鼻梁。好不容易化完了,走出化妆室,正好迎面碰上了辛稻。

辛稻好像不认识似的,端详了一番,说:"我以前没有正眼看过你。真漂亮。"

罗纬芝说:"你把这话说给化妆师听吧。这是他的手艺。"

辛稻说:"我以前是不好意思目不转睛地打量你。你原来披头散发的,真是暴殄天物。"

罗纬芝说:"我早就破罐子破摔了。"

罗纬芝原本就是个小脸姑娘,电视屏幕有横向拉宽的效果,这让她比实际上要丰润。加之化妆师一番打磨,虽然让罗纬芝极不舒适,但形象出现在电视上,硬是很出彩。此举的确极大地提升了市民对治愈花冠病毒感染的信心。你看你看,人家姑娘得了病,有一系列的化验单为证,千真万确啊!还不是利利索索地医好了,一点疤痢一点褶都没留下,脑子看起来也好使,嘴巴也能说会道的,照样光鲜亮丽。看来这个病啊,真没什么可怕的!

辛稻的停电战术,效果有限。有一位母亲的老朋友,特地打了电话来,说你们家纬芝不简单啊,死里逃生的,感染了花冠病毒,反倒出落得比以前要好看了。

母亲说:"你胡说什么啊。她啥时候感染了花冠病毒!"

老朋友说:"咦,她自己在电视台说的啊。你不知道?"

母亲心想这可能是宣传需要吧。这孩子每天都给自己打电话,没有一天病过啊。怕给罗纬芝的工作找麻烦,老母亲就支支吾吾地说:"哦,也可能吧。"

总而言之,这事就算糊弄过去了。

只有罗纬芝高兴不起来。是的,这一切都是真的,可这里面藏着怎样惊天的秘密啊。

几天以后,她一个人到街上闲逛,自打出了王府的小圈子,她就爱上了在空无一人的街上漫无目的地走来走去。也许这是对那禁锢的生活的一种补偿,也许她要借此缓解自己对袁再春和于增风的悼念。总之,她需要回到真实的人间,需要累得腰酸背疼脚踝沉重汗水淋淋一路风尘。她要用司空见惯的凡俗景象,切切实实给予自己重回人间的感觉。

在一处拐弯的街口,罗纬芝被斜地里冲出来的一辆小轿车撞上,先是被弹起抛向半空,紧接着面部朝下坠落到地,脸被狠狠挫伤。留在罗纬芝视网膜上的最后一幅画面,是路边橱窗中一位美丽的塑料女模特,它披着一条银光闪闪的毛绒大披肩,珠串的缝隙中已挂满了尘灰。那还是冬天的装束吧……她的疑问还没有落地,眼前一黑,世事便全然不知晓了。

等她醒来的时候,还记着女模特的事儿,只是一片雪白,好像到了北极。

"终于醒过来了!吓死我了!"她听到遥远而模糊又有几分熟悉的男声说。现在跟她最熟悉的男子,就是李元了。但这不是李元的声音。他是谁呢?

"我是郝辙啊!"那声音渐渐从一团充满黏稠消毒气味的雾气中再次浮起,清晰起来。

"哦……你。"罗纬芝想起来了这个特采团的战友,还有那没有完成的一夜情。因嘴唇肿胀,说话十分困难。

"对不起,是我的车不小心把你撞到了。真是万分抱歉!"郝辙充满内疚地说。

"现在……这是哪里?"罗纬芝几乎看不见,脸部伤势严重,被绷带裹得像个粽子。

"在一家我朋友开的美容诊所里。"郝辙说。

"把我送医院吧。"罗纬芝不忍麻烦郝辙的朋友。可以想象郝辙的内心现在有多不安。

"幸好你伤得不重,只是皮肉擦伤。我朋友是很好的整容医生,他刚才已经给你看过了,你这个大美女不会破相的,只是恢复的时间可能要长一点。现在就只有委屈你了,要包扎面部,不然的话,万一感染了,就会影响复原。"郝辙尽量大事化小小事化了,让罗纬芝放心。

罗纬芝本还没来得及想到破相一事,听郝辙这样一说,也担心起来。本来就是大龄剩女,再变成一个丑八怪,那可彻头彻尾地悲剧了。她突然想到李元,这个世界上只要他一个人不嫌弃,也无所谓啦!

这样想着,要是平日里,会脸红的。现在没顾虑了。别人看不到她的脸,脸红也不会渗透到纱布外面。"既然没什么大事,送我回家吧。不然我妈妈见我出来久了不回去,会担心的。"

"我也想到了这一点,只是你的手机刚才摔坏了,也没法给你家打个电话,现在你醒了,正好和家里说个话,省得家里人担心你。"郝辙想得很周到。

郝辙便用自己的手机给罗纬芝家打了电话,说自己是罗纬芝的朋友,她的手机坏了,现在采访团的朋友们聚在一起,又有任务,回家的时间说不定,请家人不必挂念。又让罗纬芝挣扎着坐起来,也跟妈妈说两句话。绑着纱布说话不方便,怕老妈听出破绽,罗纬芝让护士帮着把绷带放松,然后深吸一口气,挣扎着尽量用平日口吻说话。妈妈人老耳聋,也没分辨出和往常有何不同,就放心了。打完电话之后,罗纬芝头脑眩晕,险些支撑不住。"你可能有轻微的脑震荡,要静养一下。"郝辙很体贴地说。

罗纬芝坚持:"还是把我送公立医院吧。一时半会儿也好不了,太给你朋友添麻烦了。"

郝辙说:"我跟他是好哥们儿,他会照料好你的,请放心。现在非常时期,也没人做整容手术了,这里清静,条件也还舒适。我刚才之所以没把你送到公立医院,主要是因为那儿都被花冠病毒的疑似感染病人挤满了。原本咱们还没有多大的事儿,要是感染了花冠病毒,那可真麻烦了。"

罗纬芝摇摇头说:"放心。我不会感染花冠病毒的。"

郝辙说:"那可不一定,别吹牛,你也不是金刚不坏之体,不能心存侥幸。你知道我后来到了 A 区,了解了太多的情况,也算半个专家了,任何时候都不能大意。"

罗纬芝说："我还忘了，你深入到第一线，比我们撤出来得要晚。"

郝辙说："可不是吗，我的隔离检疫期比你们都要长，等我出来的时候，你们早都和家人团聚了。我才说驾车出来兜兜风，没想到以为大家都不敢上街，得意忘形车速太快，居然伤到你，太过意不去。"

罗纬芝暗自活动了手脚，除了面部火辣辣疼痛外，并无更多不便之处，看来的确只是皮肉伤，不曾伤筋动骨，便对郝辙说："送我回家吧。咱这就私了了，我就说自己不小心摔了个大马趴。"

郝辙想了想，设身处地地说："你忙着回家，我也不拦你了。谢谢你不追究我的责任，等你好些了，我去看你，请你吃大餐。要是你脸上留个小疤瘌什么的，我让朋友给彻底收拾一下，保管你比以前还漂亮。放心吧。不过，现在天色还早，刚给家里打了电话，你也不必着急。再输点液，增加抵抗力和营养，你恢复起来也更快一些。"

罗纬芝想想也是，面部受伤，刚才打电话时，说话都不利落，吃饭也会有困难。输点葡萄糖抗生素什么的，对身体有好处。

"我看你累了，别多说话了。这就让护士来给你输液，好好休息。"郝辙说着，蹑手蹑脚地退出去了。罗纬芝疲惫地合上双眼，本想借用郝辙的电话跟李元说一声，但当着人有些话又不好说，心想等输完了液，精神稍好一点，再打不迟。

穿粉红色罩衣的护士轻手轻脚地走进来，调了枕头高度，让罗纬芝躺得更舒服一些，然后把针头刺进了她手臂上的血管，罗纬芝昏昏沉沉睡过去。恍惚中，她觉得自己越来越虚弱，好像有千百把匕首，斜插进了自己的血脉，鲜血喷涌而出，染红了大地。她一面不可抑制地沉沦下去，一边不甘坠下拼命挣扎。终是敌不过，她如同死去的蜥蜴，在干燥的沙漠，渐渐枯萎，留下一张蜷曲的布满花纹的皮。她拼命用意志力与这种极为古怪的感觉对抗，竭尽全力总算打开了一丝眼皮。

一片雪白。罗纬芝记忆起来，这是蒙面的纱布。有依稀光亮，是刚才为了打电话方便，撕扯开的小口。罗纬芝瞄见了自己的臂膀，一根血红的管子，正从自己肘窝的血管中，向外汲取着血液。鲜红的液体带着她的体温，一滴滴流入一旁的储血罐中。这景象匪夷所思,她下意识地"啊"了一声。

"她似乎没有睡着。"好像是刚才那个粉衣护士的声音。

"挺顽强的啊。"郝辙的声音。

护士说:"还是再用一点药吧。刚才太微量了,不然她马上会醒的。"

郝辙说:"多用了药,血液的品质就会受影响。"

护士说:"已经有几百毫升了。够用了。"

郝辙说:"那好,用药。"

之后,罗纬芝再怎样调动自己的意志力,也无济于事。片刻间,铺天盖地的黑暗席卷而来,看不到一丝出口,甚至也不感到丝毫痛楚。她全然陷落在无边而稠密的混沌之中。

罗纬芝再次恢复意识,是被夜雨浇醒的。

脸上的绷带已被打湿脱落,一圈圈耷拉在脖子上,像未抽紧的绞索。她在感到锥心疼痛之外,也万分警觉。她默不作声地看了看四周,咦,并不是荒郊野外,而是就在自己家附近的小花园中。她所在的位置是一棵大树下,一般情形下能遮风避雨。花冠病毒感染的非常时期,很少有人到这里来,也没有人发现被人抛在这里的罗纬芝,到底昏睡了多久。

罗纬芝扶着树干起身,到处都在疼,像是被人暴打了一顿。罗纬芝摸了一下自己的衣服,好在并没有人侵犯过她,是车祸和失血的后遗症。她趔趔着从一棵树干挪到另一棵树干,踉踉跄跄一寸寸移动,不知走了多久。走不动了,就爬。

好不容易回到家里,在按响门铃的那一瞬,罗纬芝如同一床烂棉花套子,颓然倒地。

开门的是李元。他一把抱起面容血肉模糊的罗纬芝,说:"你终于回来了!我们正打算报警呢!"

原来这已经是两天以后了。那天因为百草去领配给的蔬菜,没有接到罗纬芝的电话,妈妈听到了罗纬芝报平安的口信儿,就没把她当天未归当成太大的事儿。但其后再无音信,老母亲发了毛。罗纬芝的习惯是无论到了什么地方,都会和家中联系,这样泥牛入海无消息的事儿,几乎从来没有。百草第二天赶紧给李元打电话,李元也很纳闷,他联系罗纬芝,电话不通。妈妈想起来那个电话是个男人先打过来的,说是罗纬芝在特采团。李元又马上到王府去打听,人家明确告知采访团已经撤离,和王府的抗疫指挥部没有联系。慌乱中,两天已过,大家就怕起来,李元正要报警。

罗纬芝在李元怀中,微闭着双眼,被一种强大的安全感所环绕,如同冬日的暖汤。就算受了再大的折磨,有了这贴心的一抱,也物有所值。

李元轻轻把她放在床上,说:"咱们赶紧去医院。"

罗纬芝本能地拒绝,说:"不!不!让我在家里待着,我哪儿也不想去。"妈妈见罗纬芝回来了,悬起的心总算放下。李元让百草安顿饱受惊吓的老人家休息,一应琐事他来处理。

李元给罗纬芝喂了西洋参泡的水,待她稍稍缓过神来,李元问清她这两天的遭遇。

"你说他们在抽你的血?"李元紧皱眉头,沉思着问。

"我想,至少有……几百毫升。"罗纬芝说着,伸出自己细弱的胳膊。她的肘窝稍下方,有两个粗大的针眼和淤青,证明这不是一般的静脉输液,曾经有很粗的针头刺入并出血,根本就没人压迫过穿刺点,简直草菅人命。李元心痛地看着罗纬芝白如宣纸的面庞,心想血色素急速下降,证明她短期内大量失血。

"你还听到那个郝辙说用多了药,血液的品质会受影响?"李元的眉毛拧成一道连续的黑索。

"是。不知道……血液品质……指的是什么东西。"罗纬芝不解。

"我知道。他们要的是你血液中的抗体。"李元揭开了谜底。

"什么意思?"罗纬芝轻轻敲着自己的头。脑震荡加之失血,她反应迟钝。李元继续向前推进自己的判断:"这就是说,他们知道你的血液里有高滴定度的抗体。这个消息是如何泄露的呢?"

罗纬芝慢慢思考着说:"这对郝辙来说并不困难。他很早就到了传染病院,我们的血液生化标本,都是在传染病院检验完成的。他是当时在医院里,专门采访这个题材的人员,要获得有关材料并不很难。再说……我还上了电视现身说法。"

李元说:"那就是说,他这次把你撞伤,是一个阴谋,蓄谋已久。你还记得那个美容诊所在什么地方吗？"

罗纬芝说："不记得了。当时，我脸上头上都是绷带，根本看不清周围的情况。"

李元说："这是意料之中的事儿。也许那个所谓的诊所根本就是不存在的。他们先把你撞伤，然后把你挟持到自己的据点，又让你先给家中报了平安，这样就赢得了作案的时间。之后他们按照既定计划，开始抽取你的血液。为了保证血液的质量，他们只使用极微量的安眠麻醉类药物，这就是你后来察觉并醒来的原因。这个时候，他们抽取的血量已经够了。为了怕你进一步的反抗，他们给你应用了大量的镇静药物，然后把你扔到小花园里……"

罗纬芝被这个惊险推理所震慑，说不出话来。过了一会儿又生疑问，问："他们为什么不在抽血后干脆弄死我呢？"

李元说："弄死你，并不困难，但是死了一个人，又是曾经的抗疫特采团成员，这个动静就比较大了。还不如让你苟延残喘地活着。第一，你不一定能想明白这其中的起承转合；第二，就算是你想明白了，他也早就跑到国外去了，逃之夭夭。而且，你有什么证据呢？就算你说你被别人抽过血，我当然是相信你，可是你拿得出证据吗？"

罗纬芝说："你的意思是这个人已经跑了？"

李元说："我刚才修复了你的手机，打这个人的电话，都是忙音。我猜他已经离开了中国。"

罗纬芝说："你的意思是这个人把我的血送给外国人，用以研究花冠病毒？"

李元说："正是这样。我要对你的话做一个小小的纠正——不是送给了外国人，是卖给外国人。"

听闻此话，罗纬芝脸色大变，睽睇了片刻，她开始拼命敲击自己的脑袋，好像那是一个练习拳击的沙袋。她脸上的伤痕，因为头部充血，而变得蚯蚓般凸起。

李元心疼地看着她，伸手抚摸她的肩头，柔情地说："你好好的，这就是最值得庆幸的事儿。别的先不管它！"

罗纬芝握着李元的手，安静下来，闭目养神。过了很久，罗纬芝对李元说：

"我想起了那个人。"

李元摸不着头脑,说:"哪个人?"

罗纬芝说:"就是我在尸体库里遇到的那个人。"

李元特地把声音放得很轻,不愿再让罗纬芝紧张。小声问:"他是谁?"

罗纬芝说:"他就是郝辙。"

李元依然用很轻的声音问:"你确认?"

罗纬芝受了感染,也不再激动,缓缓地说:"我一直觉得我认识那个人,可我想不起来。你这样一说,我一下子把他的声音联系起来了,确认就是他。看起来,他早就和国外某股势力有所联系,所以他力排众议到抗疫第一线去,原来是醉翁之意不在酒。之后他买通了看管尸体库的工程师,穿戴着国外最先进的防化服,进到尸体库内收集病毒毒株。不想那一天正好我也去了葡萄酒窖。狭路相逢,他本来是试图躲藏,被我发现之后,怕我按响了警报器,干脆主动现身。他肯定研究过尸体库的地形,把我引到了监控死角,躲过了暴露的风险。我在明处,他在暗处,又获知我的血液中含有大量抗体。他要送给他的主子一份厚礼,就处心积虑地把我撞伤,伪装成一起交通事故,然后把我挟持到他的据点,抽走了我的血液……"

这一番推理和言说,实在太长,耗尽了罗纬芝的精神。她像一缕麻,毫无支撑地垂下头,闭上眼睛,了无生机。

李元揽住罗纬芝,希望用自己的身体温暖她,给她力量,又不敢抱得太紧,怕她千疮百孔的身体疼痛。他凑在她的耳边说:"嗨!推理很不错,像个女版的福尔摩斯!"说完,轻轻放下罗纬芝,再一次拨打郝辙电话的号码,这次的回答是"机主已停机"。

李元说:"他已经出国了。鞭长莫及。"

罗纬芝休息了一会儿,缓过来一点精神,说:"事情是搞清楚了,那咱们怎么办呢?"

这时,百草走进来,说:"警察怎么还没来啊?"

罗纬芝说:"百草你去准备,一会儿帮我洗个头吧,全身都馊了。"

待百草出了门,李元说:"不能报警。这里面太多秘密。警察要是问你认不认识郝辙,你怎么说?你说你被抽了血,有何证据?估计连那个诊所都找不着。说到尸体库,更是高度机密。你离开王府的时候填过保密承诺,不能违背。"

罗纬芝点点头,说:"我明白了。可也不能让郝辙这个败类,轻而易举地逃脱啊!"

李元说:"回击郝辙阴谋的最好办法,就是中国人抢先研制出抗击花冠病毒的特效药物。这样,郝辙对于他主子的价值,就一落千丈了。为了挽救无数人的生命,我们必须抢在前面!"

罗纬芝说:"'白娘子'何时才能普度众生?"

李元小心翼翼道:"快了!"

罗纬芝没有睁开眼睛,但她感受到他青春的气息吹拂。面对他,升起如同泉涌的爱。罗纬芝知道有些爱情会发生在人生的幽暗之处,但萌动于虎狼出没肝胆欲碎之时,实在始料未及。

Chapter 26

休息不好、生活在空气恶劣、缺氧环境的领导,很可能会出昏招

不能和松鼠、喜鹊、蘑菇、小鱼在一起,孩子也不想活了

　　这一年从春到夏,花冠病毒如影随形,众生敛息。城市的草木,由于很少有人把玩和践踏,反倒出奇的蓬勃兴旺。加之多雨水,连叶子的颜色也比往年绿了许多。若植物有知,一定感激花冠病毒,让它们从人类的摧残和骚扰中解脱,享受清凉原始的辰光。

　　五岁的陈天果要到花园里玩,被妈妈苏雅拒绝了很多次。他只能隔着落地窗,看着屋外的花朵和蜜蜂。自打花冠病毒一开始流行,妈妈就再也不让他出去玩了,也不让小朋友到自己家来,实际上他已经类似小犯人。妈妈总说这是让花冠病毒害的,但陈天果只把怨恨集中在妈妈身上。他没见过花冠病毒,即使病毒出没,别的小朋友依然可以到外面去玩。但是,为什么陈天果就不可以呢?

　　陈天果的爸爸陈智因,留学回来的考古学博士,大学教授,现正在国外做访问学者,瘟疫暴发,不得回国。如果单单是这个背景,也许陈天果的自由度还大一些,但是,爷爷陈宇雄,是燕市市长。陈宇雄自然知道花冠病毒爆发以来的每一个细节,所以他指示儿媳苏雅绝不能放陈天果出门,待在家里相对安全。要知道民众所获知的情报是不全面的,空气中到处弥漫着花冠病毒的颗粒,连抗疫总指挥都因病殉职了,病毒的杀伤力实在太可怕。陈市长当然知道袁再春并不是死于花冠病毒的直接感染,但他每天都要听取袁

再春的汇报,他知道是谁杀死了总指挥。在内心深处,他相信这是一次杰出的自杀。当然了,通过尸体解剖,证实袁再春的确死于心脏破裂,这是急性心肌梗死的一种,回天无力。陈宇雄当然知道,无法人为地让自己心脏爆裂,但他早从袁再春那里感受到了明知不可为而为之的绝望。当功勋卓著的老医生面对泛滥的瘟疫无能为力的时候,人们又对他寄予无限期望,你说他除了自戕,还有什么法子?

陈宇雄的宿舍本位于市中心,这当然对工作十分有利,可以在最短的时间内到达市区的各个角落。历任的市长都住在这一带,现任市长陈宇雄却不以为然。市长并不是救火队员,第一时间到达现场,并不是好市长的唯一要素。拿出上乘的治理之策,才是最重要的。于是从陈宇雄七年前到任,就在本市郊区,开始修建市领导专属别墅区。陈宇雄认为领导干部在任上的时候,出于工作的需要,应该休息好。休息不好的领导很可能会出昏招。要住在空气新鲜的地方,空气恶劣、缺氧,也会出昏招。领导干部居所周遭一定要有好的环境,住嘈杂肮脏的地方,是装样子给别人看,很虚伪。陈宇雄的别墅很大,有设备精良的游泳池,有考究的厨房、读书的阳光房、舒适的卧室……最重要的是他有一个美丽的花园,柳绿花红,冬有梅花,夏有荷花,秋有菊和红叶。为什么没提春天,主要是春天花就多得数不过来了,故略去。这里私下被人称为"陈园",其实并不是陈家私宅。陈宇雄说,我卸任之后,会把这座园子留给下任市长。外国的公仆们有官邸,我们为什么不能有?

陈园乃市政府公产。陈宇雄暂时借住在这里,离任之后,一定离开。陈园中的办公区域,维护开支都由政府列支,陈市长只为自己居住的区域,交纳租金。

陈智因有自己的住宅,因为工作很忙,即使他在国内的时候,到陈园的时间也不多。但他的儿子陈天果,自出生以来,就在陈园生活。宽敞安全不说,最吸引陈天果的是花园。现代社会里,什么人能享有这么美丽的私家绿地呢?不用担心孩子被拐骗,不用担心有突然蹿出来的猫狗惊吓撕咬了孩子,不用担心蓄满了泥水的坑洼滋生蚊子,不用担心贸然闯入的外人……正确地说,陈天果从还没出生就生活在这里了。儿媳苏雅一怀孕,就搬到这里住,人都说这里的空气更适宜胎儿生长。陈天果在陈园的土地上学会了走路,健康活泼。虽是地地道道的城里孩子,是含着银汤匙出生的贵裔,但外表看起来,陈天果更像个乡下娃娃。麦色皮肤,没有赘肉,爬高下低十分灵活,认识很多花草树木,这都要拜托陈园的花园。

天堂中的不利之处,是没有玩伴。陈天果是偌大陈园中唯一的孩子,没闹花冠病毒之前,陈天果白天上幼儿园,和小伙伴们在一起,晚上回来就和妈妈在园子里玩,尚不觉得太寂寞。花冠病毒一来,幼儿园就停止入园了。现在家家户户多是一个孩子,出了差池,担待不起。陈天果白天晚上待在园子里,如同小囚徒。他一个劲儿地吵着要找小朋友玩,苏雅也曾建议说请一两个孩子到园中和孩子做个伴,都被陈市长断然拒绝。为什么呢?他没说,只是要求对陈天果的照看更加周密。大概是因为陈市长知道,花冠病毒最初的感染者,正是一个孩子,且不治身亡。小孩子对花冠病毒属特殊敏感体质,一旦发病,生还的可能性极低。陈市长当然不能把实情相告,只能是显得很不近人情地拒绝宝贝孙子的玩耍要求。不仅如此,最近因为死亡人数攀升,加之袁再春的离世,对疫情的判断更不乐观。于是,陈宇雄连陈天果原来每日可以到花园中玩耍两小时的自由,也剥夺了。他对儿媳妇的指示是:只能在屋里玩,不准到外面去。一分钟也不行!

陈天果被关了禁闭,恹恹地圈在房间内,可怜巴巴地看着窗外的景色。

"妈妈,我要到外面玩。"他眨巴着大眼睛,第1000次对苏雅说。

"不成。不成。"苏雅第1001次拒绝。这一回,她连说了两遍。

"为什么呀?"陈天果问。他知道答案,但他希望妈妈的回答会有变化。

"因为花冠病毒。"妈妈说。

"可是我给小朋友打了电话,他们每天也能到外面玩一小会儿啊。花冠病毒是哪儿都有的,别人不怕,天果为什么怕呢?"陈天果想不通。

苏雅无言。想了想,为了不破坏自己和孩子的关系,她索性说:"是爷爷不让妈妈放你出去。"

陈天果说:"可是爷爷并不会整天看着我啊。他工作特别忙。刚才我听周秘书说,他今天要到北京去开会。"

人都说,穷人的孩子早当家,岂不知富人的孩子,在同样的年龄段上,不是当不当家的问题,他们已经涉猎这个年龄段的其他孩子根本不可能了解的事务。

苏雅说:"天果,要听爷爷的话。"

陈天果说:"爷爷说过我要做一个勇敢的人。天天躲在家里,比别的小朋友更胆小,这是个勇敢的人吗?"

苏雅说:"并不是到花园里去,就是勇敢的人。那样,修剪花园的园丁,不就是天下最勇敢的人了吗?"苏雅自觉这个说法很有力量。

陈天果呆坐了一会儿,说:"我的身体是不是比别人差?"

苏雅说:"当然不是。你很健康。"她可不愿让孩子觉得自己是个病秧子,况且,陈天果体质真没问题。

陈天果说:"那人人都能到外面去,为什么我必须待在屋子里?"

苏雅说:"你还太小啊。"

陈天果说:"如果再这样下去,我虽然小,也不想活了。"

苏雅五雷轰顶。她只有这一个孩子,她没有带孩子的经验。尤其这是一个极端聪明而且肩负着爷爷无限期望的孩子,她不知道当这个小小的孩子提出生死问题的时候,她该如何应对。她第一个反应是:"别瞎说!什么死不死的,你是个小孩子,这不是小孩子该想的事儿。"

陈天果说:"电视上天天说咱们这里死了多少人,怎么这不是我该想的事儿呢?我因为这个病毒,已经不能上幼儿园,也不能到花园里去玩了,这怎么不是我该想的事儿呢?如果没有这个事儿,我就会和松鼠、喜鹊、蘑菇、小鱼在一起,现在我只能和桌子、椅子、地板、窗户在一起。如果一直这样下去的话,我真是不想活了……"他并不是一个在地上撒泼打滚要挟人的孩子,但这些话的力量,可比普通孩子的耍小性子厉害多了。

下午,陈宇雄到北京汇报工作。老公公前脚刚走,苏雅就把通往花园的门打开了。她什么也没有对陈天果说,这个孩子太聪明了,如果说了,哪一天陈宇雄怪罪下来,苏雅难逃干系。现在,是陈天果自己跑到园子里去的,和谁都没有关系。骨子里,苏雅也觉得陈宇雄小题大做。花冠病毒离这里远得很,哪儿那么巧就染到陈天果头上了呢?

陈天果马上发现房门没锁。他一溜烟地跑了出去,到了花园里。

我的石头我的花,你们可好?我的小鸟我的蚂蚁,你们可还好?我的松鼠我的蜗牛,你们在哪里?

陈天果四处跑跑跳跳,快乐一场。既然是一不留神让孩子私自跑出来,苏雅也不好马上现身。不然日后万一被陈宇雄发现了,难以自圆其说。装傻是个系统工程,既然开了头,就要装到底,干脆隐身。好在花园里为了儿童安全,处处设计得十分稳妥。就算没有人寸步不离地相跟,孩子也不会发生危险。苏雅隔着窗户,有一搭没一搭地看着儿子,任他享受自由时光。

陈天果抬头看了看天空。他觉得好多天没有到外面来了,天空应该有很大的变化才对。很可惜,天空一如既往,看不出有何不同。唔,仔细说起来,还是有的。有一个小黑点,一动也不动地钉在那里,好像是白天的黑色星星。

陈天果看着那星星,心想可能是一只老鹰。当然,现在老鹰很少了,但也不是一只都没有。也许,老鹰可以制伏花冠病毒,它赶来帮助大家了。陈天果这样想着,就一动不动地盯着老鹰看,直到那只鹰笔直地坠落下来,跌进花园,落在盛开的夹竹桃丛中。

陈天果跑过去,那真的是一只鹰,不过是画在纸上的,一只老鹰风筝。曾经迎风而起的轮廓看起来还算完整,扎身子骨的横竖竹条质量很好,深焦黄色的尼龙绸蒙面,上面以墨笔画着鹰翅图案。一双鹰眼尤其传神,又大又亮,目光炯炯。

不知是谁在放风筝,可惜断了线。陈天果把风筝放在眼前,仔细地观察了一下。他爸爸是考古学家,眼睛非常厉害,能够发现微小的变化。陈天果现在距离考古学家还很远,但是他遗传了父亲敏锐的眼光,于是他发现这个风筝是手工做的。别处都很好,只是线不够结实,所以才掉进了花园。陈天果深入到夹竹桃花丛中,为了捉住鹰,手指都被低矮的月季的刺扎出了血。陈天果很坚强,一声也没吭。他很喜欢自己的这个战利品,用指头摸了半天鹰的眼睛,他甚至感到鹰眼是凸起来的,好像会活动。过了一会儿,他觉得自己应该回屋了,不然被大人们发现,就会更加严格看管。陈天果把老鹰风筝仔细地藏进了一个树洞,打算下次再有机会溜出来玩的时候,把它掏出来。

可惜，陈天果没有这样的机会了。陈宇雄到北京开会，不像往常那样要好几天，而是速去速回。在向中央领导面陈了燕市抗疫情况，请求全国支援之后，第二天就返回了。之后的几天，都在燕市主持工作，苏雅无法神不知鬼不觉地再放陈天果进花园。

$\mathcal{C}hapter\,27$

是谁四次半夜三更拨打市长电话
让他孙子患病,就得到了医疗通行证

陈宇雄从北京回来,收到秘书送来的一份文件。看着周秘书吞吞吐吐的神态,陈市长很奇怪:"什么内容?"

秘书说:"这是从市长专线电话的留言中摘取出来的。内容您看看就知道了。"

燕市开有市长专线电话,市长并不直接接听,相当于一个秀。有人反映问题,工作人员会记录下来,转给相关部门。查证之后,给予答复和处理。

陈宇雄展开文件。只有一句话:"陈市长,您的孙子陈天果病了。"

陈宇雄说:"什么人打来的电话?"

秘书说:"已经查了号码,是街头的公共电话亭。"

陈宇雄又问:"什么时间?"

秘书答道:"凌晨两点。"

陈宇雄不动声色地说:"知道了。"周秘书悄无声息地退出。

陈宇雄当即拨响了陈园的电话,对工作人员说:"请苏雅听电话。"

苏雅叫道:"爸爸。"心中好生奇怪,陈宇雄上班到市府,刚离开家没多久,有什么事情要吩咐呢? 陈宇雄问:"陈天果怎么样?"孙子的名字是他起的,天之果实,多么神圣美妙! 每当他说到"天果"这两个字的时候,就有温情和英武同时在舌边萦绕。家里人刚开始对着小婴儿叫"果果",被他明令制止。

"果果"的格局就小了,"天果"——那是来自上苍的礼物。

苏雅答:"好着呢。刚刚起床,正在吃早饭。"

陈宇雄继续查问:"吃了多少?"婆婆早逝,这个公公什么都管。

苏雅说:"这个……我去看看,回头打电话告诉您。"

"你现在就去看,立即告诉我。"陈宇雄不愿耽搁。

苏雅把听筒放在铺有绣花垫布的电话桌上,赶紧跑到餐厅去看陈天果的进食情况。小家伙正在喝牛奶,嘴唇边一圈白色的小泡沫,看起来像一只小兽。

"还吃什么了?"苏雅悄声问孩子。

"玉米饼、鸡蛋。"陈天果咕噜着咽下了最后一口牛奶,含糊不清地说。

"几个饼?"鸡蛋不用问了,肯定是一个。陈宇雄说过陈天果每天不能超过一个鸡蛋,从童年时代就要谨防胆固醇高。玉米饼是陈宇雄特地指点厨师做的,要孩子从小就吃粗粮。饼很脆,个头很小,只比一元硬币略大些。

"七个。"陈天果说。

苏雅颠颠跑回电话桌,说:"爸,七个玉米饼,一个鸡蛋,一碗牛奶。一会儿还有一个苹果。"

陈宇雄放下了电话。很好,一切正常。但是,这似乎并不像一封恐吓信,也没有勒索的意思。那么,对方为什么要发出这个信息?

也许,捣乱吧。世界上什么稀奇古怪的事情都会发生。陈宇雄放下了这件心事,开始工作。

当天回到家里,他还是对此恐吓念念不忘。特别注意观察了孙子的一言一行,没有发现任何异常。看来,真的是什么人的恶作剧。

第二天上班,刚进办公室他就看到秘书又是欲言又止的样子。他主动说:"有信?"

秘书说:"正是。不知道是不是该打扰您。"

陈宇雄说:"可以打扰。拿来吧。"

电话记录的内容稍有变化:"陈市长,陈天果今天会咳嗽。"

秘书注意陈市长的表情,以判断今后再来了这样的信息如何处理。

陈宇雄说:"还是那个时间,那个电话亭吗?"

秘书答道："已经变换了电话亭。时间也更晚了,大约是三点钟。"

陈宇雄不寒而栗。谁在半夜三更,游荡在空旷街头,念念不忘诅咒自己可爱的小孙孙,发出这种呓语?

他好像对着那个人,特别清晰地说:"今天我临出门的时候,专门去看了看陈天果,一切都很正常。"秘书诺诺而退。

当天晚上陈宇雄因为会议,回到陈园已经很晚。到家的第一件事,进儿童房,去看陈天果。小孩子已经睡了,嘴边有一滴涎水。陈宇雄用手背轻触孩子的额头,湿润温凉,一切正常。事已至此,陈宇雄明确判定这是闲人搞怪。孩子好好的,有人偏要咒他。居心何在!

陈宇雄作息习惯很好,像个老农。黎明即起,洒扫庭除。早上陈宇雄练了一趟太极拳后,路过孙儿房间时,突然听到一声咳嗽。尖细锐利,好似一根深海鱼的巨刺,细而长,无根无缘突然爆发。

陈宇雄一阵心慌。他急忙冲进了陈天果的房间,看到孩子安安静静地躺在那里,睡得正香,和昨天晚上的样子没有区别。

陈宇雄认定刚才那声咳嗽是自己的疑心症。咳嗽这个东西,来无踪去无影,如果没有痰迹留在现场,死无对证。陈宇雄不放心,继续留在孙子的小床边,倾听他柔弱的呼吸。

一切如常。

陈宇雄还舍不得走,万籁俱寂,恍若洪荒。就在此时,陈宇雄清清楚楚地听到了身旁传来咳嗽声,这一次,千真万确铁案如山。

陈宇雄如同被人猛击一掌,踉跄了两步。陈天果真的病了?按说小孩子生病也没有什么了不起的,谁家的小孩子不经过三灾六难,就长大了?陈宇雄明白这个道理,并没有脆弱到那种地步,陈天果也不应如此娇贵。可是,当有一个人提前向你预报症状,当你知道这是一种非常可怕的烈性传染病早期表现的时候,你还能镇定如常吗!

陈宇雄盯着孙儿,愁肠百结。现在,他几乎可以断定这孩子病了,而且是有人蓄意为之。为什么要向一个无辜儿童下手?还事先出安民告示?炫耀威胁,显然是为了向他这个爷爷施加压力。在这个阴谋后面,究竟隐藏着什么?

陈宇雄是相信阴谋无处不在的人。但这一次,就算他拥有再丰富的政治经验,还是百思不得其解。这时门悄悄地推开了,苏雅来看孩子。见公公在这儿,虽意外却也不很吃惊。陈家几代单传,把这个孙子看得无比金贵。从怀孕开始,陈宇雄就命她停止了所有的工作,连微波炉和手机都不让靠近,怕有辐射。好不容易十月怀胎一朝分娩,容颜俊丽的陈天果,成了爷爷的至爱。有一次苏雅半夜里听到育儿室里有动静,不放心,起来一看,竟是陈宇雄守在摇篮边呆坐。苏雅以为出了什么意外,刚要询问,陈宇雄挥挥手让她走开。老人家只是一觉醒来,突然想孙子了,跑过来目不转睛地看,让自己沉浸在幸福中。

陈宇雄问:"天果咳嗽了?"

苏雅说:"没有吧。反正我没听见。"

像是要验证爷爷的话,陈天果作证般地连续咳嗽了两声。

苏雅宽慰公公说:"小孩子咳嗽是常事,也许是呛着了,或受了风寒。过两天就好了。"

陈宇雄没说什么,叮嘱道:"好生看着。如果再咳嗽,就去看医生。也要同时打电话告诉我。"

苏雅答应着,心里却不以为意。一两声的咳嗽,这也太大惊小怪了。

陈宇雄坐在轿车里,表面上看起来闭目养神,实际上在想信的事儿。如果有,他想早点看到。如果没有,也许更让他不放心。进了办公室,秘书果真递上了该留言者的第三次通知。很短,简洁地写着:"陈天果将发烧。"

陈宇雄这一回什么也没问。周秘书走后,陈市长赶紧给家中打电话。苏雅说:"爸爸,什么事?"

陈宇雄说:"天果他怎么样?"

苏雅轻描淡写地说:"有点轻微的咳嗽。吃饭挺好的,六个小饼子,一碗牛奶一个鸡蛋。"

"发烧吗?"陈宇雄急急问道。

"看不出来啊。"苏雅答。

陈宇雄突然动气,烦躁地说:"发烧这件事,是看出来的吗?你就不能拿个体温表给他试试!"

苏雅不知所以然,赶紧答应。公公身兼重担,脾气不好可以理解,毕竟他是为了孩子好。测查体温的结果,让苏雅有点担心。看起来一切如常的陈天果,真的发烧了,低烧,只比正常体温高了半度。她好生奇怪,这根本看不出来的半度,上了班的公公是怎么知道的?

小孩子发烧也是常见事情,还是不要打扰公公了。就说:"我查了天果的体温,正常。"陈宇雄不知就里,放下电话,放下心来。看着那信函,陈宇雄仰天长吐了一口气说:"这一次,你说错了。"

但是到了下午,苏雅慌里慌张地打来电话说陈天果开始高烧,并且出现了腹泻,精神迅速萎靡。

由于常常听汇报,加之广播电视里不断播讲有关花冠病毒的知识,陈宇雄高度怀疑孙子患上疫症。咳嗽、发烧、腹泻……一应俱全啊!他立即叫医生出诊,救治陈天果。心不在焉地处理完公务,陈宇雄急匆匆赶回陈园。这时的爱孙,再也不是红苹果般的脸蛋,面色青灰脸颊凹陷,目光迷离,软软地叫了声"爷爷……"就不肯睁眼了。

医生说:"已经抽血化验去了。是不是那个病,要等到明天早上才能定论。我们已经按照最坏的可能性施治。"

医生接着问:"孩子有没有传染病接触史?"

苏雅早已慌得乱了分寸,说:"没有。他连屋门都不出,哪里有什么接触史啊!"

医生不死心,接着问:"在你们这个环境里,谁有可能接触到花冠病毒?"

人们你看看我,我看看你,心想若是陈园都有了花冠病毒,这世上可真没有一块安全地方了。大家就一起拼命摇头。

陈宇雄说:"我有接触花冠病毒的可能性。防疫指挥部的同志们,每天都要向我汇报工作,他们有可能沾染病毒。"

此话一出,大家不知说什么好了。打破砂锅问到底的医生,也三缄其口。

第二天早晨,在一系列治疗之下,陈天果的病情似乎保持了某种稳定。没见好,也没见显著恶化。陈宇雄简直迫不及待去上班,正如他所料,第四封通知,如候鸟般翩然而至。"陈天果已经感染了花冠病毒。请速拨打电话 ************。"

陈宇雄意味深长地剜了周秘书一眼。秘书连忙说："我保密。没有任何人看到过。"

陈宇雄拨通了那个电话号码。

"您是哪一位？"电话那边答话的是个男子，听起来很年轻，并不像陈宇雄设想的那样邪恶。

"我是陈宇雄。"

"哦。"那男子不惊奇，也不欣喜，平淡应声。

"是你四次在半夜里拨打市长电话吗？"

"是我。我以为你不一定能收到，看来工作人员还是很负责的。"那男子似乎很欣慰。

"你都说对了。"陈宇雄说，"我猜你正等着我的这个电话。你想要什么，说吧。"陈宇雄已经把录音键按下来。所有对话，都有可能成为呈堂证供。

"我的要求很简单，就是见您一面。"对方说。

"就为了见我一面，用得着搭上一个孩子的性命吗？说，这到底是为了什么？"在这之前，陈宇雄一直告诫自己压抑怒火，不能失态。但一想到陈天果辗转病床的惨象，不由得勃然大怒。

对方依然很平静，说："我已经多次到抗疫指挥部去过，希望领导接见我，听听我的想法。但是，没有人理我。我也到市政府的接待办去过，说我有抗疫非常显效的疗法，依然是没人理我。眼看着疫情在不断扩大，至今没有找到特效药，作为一个中国人，我心急如焚。出此下策，只是为了请您听我说说心里话。"

陈宇雄不听还好，听明白了越发震怒："这么说，陈天果是你下的毒？"

对方说："并不是我。我只是相信这件事和人为因素有关。"

陈宇雄也不好一口咬定小伙子就是嫌犯，从他未卜先知的本领看来，必非常人，便说："你既然能推断出陈天果病了，你可知道他能好吗？"

陈宇雄这一问，本是慌不择路，话一出口，自己也觉失态。堂堂一市之长，竟向一个占卜先生般的江湖之人讨教，真是乱了章法。不想小伙子很干脆地说："我能将他治好！"

天哪！居然有人这么肯定地说能治好花冠病毒感染！陈宇雄立刻由自

己的孙子,想到了千百个挣扎在死亡线上的病人,急切说:"那你快快到我这里来!"

对方说:"可以。我这就到你那里。我穿红色夹克衫,请您指示放行。"

陈宇雄立刻照办。这当儿,陈园的医生打来电话,说检验结果已经出来了,陈天果被确诊为花冠病毒感染。医生请示是否立即将他送进传染病院。

"等一下。"陈宇雄说。他知道传染病院内是怎样景色,他无法想象可怜的小孙孙在那里嘶哑哭泣孤独煎熬。既然这个穿红衫的男人说他有法子,就等等看吧。

红夹克来了,陈宇雄本以为会是火焰一样的红颜色,其实称为铁锈红更合适些。陈宇雄将铁诱红待如上宾。两人在私密的小会客室坐下。

陈宇雄说:"你真的能救我孙儿?"

铁锈红说:"我可以一试。有一定把握。"

陈宇雄说:"那就请赶快施治。我知道花冠病毒的繁殖是以几何倍数增长,每一分钟都万分宝贵。"

铁锈红说:"有成千上万的病人这样挣扎过,他们也曾遭受过这种痛苦。"

陈宇雄品出了话外音:"你的意思是我孙子受苦并没有什么了不起的?"

铁锈红镇定地说:"他用他的痛苦换来了我们的交谈。所以,他的痛苦就有意义。我说过,我会救他,我一定要做到。而且这救治的方法,并不在一分一秒的争夺。所以,请市长放心。现在还可以安心进行谈话。"

陈宇雄见铁锈红说得这样肯定,暂时安下心来。他也不敢催,要是把铁锈红惹火了,扬长而去,岂不是连这最后的救命稻草也折断了?只得强压焦躁,耐心和他交谈。

"你是干什么的?"陈宇雄恢复了市长的尊严。他起码要搞清面前和自己促膝而谈的这个男子是谁。

"我是化学博士。"铁诱红回答。

"在哪个单位?"陈宇雄问。

"没有单位。自己在家研究。"铁锈红回答。

陈宇雄本想说:"一个博士找不到工作,是你的问题还是单位的问题?"想了想,这个问号可能会惹铁锈红不快,隐忍下,转问道:"你找抗疫指挥部,想反映什么问题？"

铁锈红说："我和我的团队，研制出了一种控制花冠病毒的特效药。我想用于临床。"

陈宇雄一拍桌子，说："这太好了！我不相信他们会对这样的好消息，无动于衷。"

铁锈红说："他们的确是无动于衷。不相信我，不相信我们。"

陈宇雄再次打量面前这小伙子，品貌端正，并非泼皮无赖之相，谈吐逻辑清晰，精神看起来很正常，心中不解，问："抗疫指挥部拒绝你的理由是什么？"

铁锈红说："我们没有技术职称，没有医学院校毕业的文凭，没有行医执照。"

陈宇雄点头说："明白了。这的确难以逾越。"

铁锈红激动地站了起来，说："就因为没有这些本本，一个非常好的治疗方向就被扼杀。成百上千的人就在痛苦中死去。我一次又一次地到抗疫指挥部，一次又一次被赶了出来。规章制度难道比百姓的性命更重要吗?!"

陈宇雄说："你的意思是要我立即下令开始对这个药品进行临床试验？"

铁锈红说："正是。"

陈宇雄说："你求见我不成，干脆想出了一个损招，让我的孙子患病。这样你就可以有理由见到我，然后在我孙子身上做个试验。如果好了，你们就得到了特殊的通行证，如果我孙子好不了，你们也没招了……对吧？"

铁锈红不得不佩服陈宇雄的老辣，说："基本上是这样吧。只是你孙子的患病，和我无关。"

陈宇雄说："你刚才讲有一个团队。我相信这必和你的团队有关。"

铁锈红不吭声，既不肯定也不否定。陈宇雄说："不管怎么说，我孙子现在染了花冠病毒。把他早点治好，咱们的大方向是一致的。"

铁锈红频频点头。

陈宇雄伸出手说："那好吧。把你的药，拿出来吧。对不起，到现在还没问过您的姓名。"

铁锈红答道："我叫李元。"

Chapter 28

将五倍药粉在同一时间服下，我以我身证明它的安全
您可记得白娘子为何被压在雷峰塔下？起因是盗了仙草

"快说下一步咋办？"陈宇雄缓了口气，为了救孙子，他把官腔收起，露出慈祥爷爷的本相。

"速到你家。我将让陈天果服下一味药，如果不出意外的话，他会很快有所好转。"李元举重若轻地说。

陈宇雄双臂叉腰，僵立着，思忖着，看着窗外。这个姿势，通常意味着拒绝。

陈宇雄固然知道一般的常规药物，对花冠病毒来说，是银样镴枪头，但贸然让自己孙儿服下一个完全没有医学资质的化学博士所举荐的无名物质，这太冒险了。

"我何以相信你？"陈宇雄转过身直视着李元的眼睛问，不怒自威。

李元对此早有准备，回答说："我将把同样的药粉，在同一时间服下。以我自己的身体，证明它是安全的。"

陈宇雄依然保持着双臂叉腰的姿势，并不为李元的"以身试法"所感动，说："小孩子和成人对药物的忍受度是不一样的。也许在你那里，这个分量还可承当，但对小孩子就很危险了。"

李元说："我可以服下五倍的量。"

陈宇雄的肘臂紧张度稍稍放松了一点，说："我想知道你所选用的这种

物质,究竟是什么东西。"

李元稍有一点迟疑,片刻后说:"这个,我的导师还正在研究中。它关系到一项重要的专利,现在还不方便透露。我们通常以'白娘子'代指。"

陈宇雄说:"我明白。但是,如果我搞不清'白娘子'究竟是什么东西,我不会让陈天果服下它。而且,我觉得你此番前来,是醉翁之意不在酒。陈天果事小,你是想通过陈天果这个病例,证明'白娘子'是有效力的,希望能让更广大的人群服用'白娘子'以抗疫。在这种情况下,我作为一市之长,必须知道'白娘子'是什么东西。在你那里是一个专利,在我这里是万千性命。"

陈宇雄说得有理有据,李元无法拒绝。但这个问题,的确超出了自己的权限范围。"白娘子"到底是什么物质,把它大白天下的权利,来自导师。

对答如流的李元,这一次张口结舌。

"陈市长,您说得很有道理。但挑明'白娘子'的化学名,我还要请示一下。"

陈宇雄点点头,说:"好吧。你可以问问你的导师。是一人之专利重要,还是无数人的生命重要。我等着你。"说完,他走出小会客室,留下李元自己斟酌。

李元拨通了导师的电话,但是迟迟没有人接。这是很奇怪的事情。导师精力过人,此刻正为上午,是工作的黄金时段,如何就没有人接听呢?

当他正准备放下电话时,对方接起了电话。

"导师,有这样一个问题。陈市长要确知'白娘子'究竟是何物质。否则,不能应用于临床。"因为事情急迫,李元和盘托出。不料却不见导师答话,传来的是另外一人的声音。

"李元,对不起,我是凌念。"回话的是师弟。

李元吃一惊,导师的电话怎么会在别人手里?忙问:"出了什么事?"

凌念回答:"导师病了。"

李元说:"什么病?"

凌念回答:"导师为了试验'白娘子'的疗效和安全最大值,让自己感染了极大剂量的花冠病毒,你知道这是非常危险的,然后又服用了大剂量的'白娘子'。现在情况很不乐观,导师在昏睡之中,我们一时也分辨不清这是花冠病毒的极危表现,还是'白娘子'的毒性。送医院是完全没有出路的事情,只能是守候着导师,等待时间给我们答案。"

李元叮嘱了几句,放下电话。现在,所有的担子都落在自己身上。

还没等他想出对策,陈宇雄走进屋里,神色严峻。市长说:"对不起,在没有得到你允许的情况下,我监听了你的电话。连发明'白娘子'的你的导师,现在都被病毒加上你们自篡的药物毒倒了,我还怎么能相信你们?!况且,你们手中掌握有花冠病毒的毒株,可以随时感染别人,这在抗疫非常时期,是相当于谋杀的罪行!你可以很神秘地走进这个大楼,但是你不可能神秘地走出去了。"他的手指伸向了一个不显眼的按钮,这是市长在遭受突然攻击或是特殊情况下的紧急呼叫铃,全副武装的警卫人员即刻会冲入。

千钧一发。

李元捋了捋头发,好像他的勇气,来自黝黑而直立的寸发。他说:"市长,您把这个铃按下去很容易,把我拘到某个特殊的地方,也很容易。但这个世界上,就没有人有法子救下你的孙儿陈天果。我的导师,为了民众的安全,亲身试验药物,到了让自己中毒的份儿上,这难道不正证明了襟怀和担当吗?您现在可以打一个电话,问问您可爱的孙儿的情况。我相信那里的医生一定会竭尽全力。如果陈天果的病情果真有所好转,如果传统的正规药物治疗的确有效,只要能拯救无数身患疫症的百姓,我一个人的生死又有何干呢?我的老师已经生命垂危,什么原因并不知道。这个时候,您拘捕我,我的导师也无法出手力挽狂澜,那么,面对不断发展的疫情,能有何补?请您三思。"说完,他索性坐在沙发上,舒服地伸直双腿,把刚才没来得及喝的清茶,呷了一口,赞道,"市长家的东西果然是好。"

陈宇雄说:"真正的明前龙井。很多茶庄卖的都是假的,我这儿的是真的。"他把按在按钮上的手指轻轻地移动了几分。

"我那儿的也是真的。"李元说。

陈宇雄佯作不懂,不接他话茬,拨通了陈园。

苏雅带着哭音的话语传了过来:"爸爸,您总算来了电话啊。我早就想打过去,又怕干扰了您工作。天果的病情一点也不见好,简直一分钟比一分钟恶化。您派来的那些医生,算是什么医生啊,各种药都在用,可孩子就是没有丝毫好转，人都快昏迷了。这样下去……呜呜……"

苏雅的声音很大，即使李元为了礼貌不听，也声声入耳。

"苏雅，不要悲观。听医生的，我也正在想办法。"陈宇雄放下了电话。

"你可以选择。要么说出'白娘子'的实质，要么到你该去的地方。"陈宇雄也小呷了一口茶水，说，"明前龙井产量非常少。其实太嫩的茶，并不是最好。"

李元说："我这就告诉您'白娘子'的真相。不过，这并不是因为害怕您刚才的威胁，而是为了拯救万千黎民百姓，包括您的小孙儿的性命。我没有得到导师的授权，但'将在外，君命有所不受'，所有的后果我来承担。"

陈宇雄的手指离开了按钮，说："请讲。"

李元端起茶杯说："'白娘子'，也和这清茶有关。"

陈宇雄说："白娘子原来就被压在西湖边的雷峰塔下。你是指这个吗？"

李元说："正是。您可记得白娘子为何被压在了雷峰塔下？"

陈宇雄说："那是因为她和法海和尚斗法，水漫了金山。"

李元说："那她为何要与法海斗法？"

陈宇雄压抑着心中焦躁，不动声色地说："这法海老和尚实在是多管闲事，是他告知白娘子的夫君许仙，说他的娘子是个蛇妖。让许仙备下雄黄药酒，在五月端午的时候，让白娘子喝下。白娘子现了原形，是一条白蛇。许仙当场就吓得昏死了过去……"

这时秘书敲门走了进来，说："陈市长，有急件。"

陈宇雄说："好的。我一会儿处理。"示意秘书速速退下。秘书进去时听到了半句话尾，心想这都什么时候了，怎么和一个研究民间神话的人聊个没完。一向睿智果决的市长今天这是怎么了？

李元平静地说："之后呢？"

陈宇雄终于隐忍不住，大发雷霆道："我们就这样一直讲故事吗？"

李元淡定地说："马上就要逼近问题的核心了。请您少安毋躁，继续说下去。"

陈宇雄以最大的修养，抵抗着撕心焦灼，说："许仙昏死过去，白娘子查出了真相，要向法海兴师问罪。许仙生命危险，白娘子不顾怀有身孕，跋涉千万里到昆仑山上去采灵芝仙草。千难万险采得仙草后,救许仙苏醒过来……"一个美妙故事,被讲得咬牙切齿。

李元伸出修长清俊的双手,做了一个篮球赛中"暂停"的手势,说:"陈市长,传说就到这里。您涉猎广泛,小时候一定有个好母亲,给您讲故事。"

陈宇雄不耐烦地说:"不是母亲,是外公。"

李元说:"希望您以后能把这个故事,完完整整讲给陈天果听。"

一提到陈天果的名字,陈宇雄肝胆欲碎。他目光凌厉地对李元说:"你不要绕圈子了,'白娘子'究竟是什么东西?"

李元不为所动,按照自己的节奏缓缓说:"白娘子盗来的仙草,就是灵芝。在我国现存最古老的中医药典籍《神农本草经》里,记载着365种中药,分为上、中、下三品。在上品的120种中药中,灵芝列位高于人参,为上上药。有明目、补气、益志、不忘、保神、利关节、益精气、坚筋骨、好颜色等功效。久食可以终身不老,延年益寿似神仙。现代药理学与临床实践证明,灵芝富含三萜、甾醇、多糖、多肽、核苷酸、生物碱、有机锗等多种活性物质。因此灵芝可以扶正固本、滋补强壮、延年益寿。"

陈宇雄狐疑而敏感地说:"你的'白娘子',就是灵芝?前些年灵芝孢子粉名满天下,虽说对增强体质不无裨益,但如果你靠它来抗击花冠病毒,太天真了。"

李元说:"陈市长果然一语中的。我们所用的'白娘子',就是灵芝中最核心的抗病物质——锗。"

陈宇雄反问:"锗?一种元素?"

李元说:"对。我们每个人都是元素构成的。我们周围的一切,大到整个宇宙,小到我们面前的这杯茶,无一例外。在我们人身上,有几十种元素。"

陈宇雄为了一探究竟,只能强压着性子说:"既然人体内的元素有很多种,锗为什么会特别重要呢?"

李元又呷了一口清茶,说:"锗在元素周期表上的位置,非常特殊。它正好夹在金属与非金属之间,这就决定了它非比寻常的功用。锗虽然有个金字偏旁,却具有许多类似于非金属的性质,于是它在化学上被称为'半金属'。"说到这里,李元从自己随身携带的公文包里,拿出了一个小瓶子。他从桌上抽了一张 A4 白纸,小心地把瓶内的物质倒出一些在白纸上,"锗是浅灰近乎白色的金属。"他充满感情地垂头说,好像锗是他的亲人。

"这就是'白娘子'?"陈宇雄凑近来看。

灰白色粉末,外表极为普通,像是石磨的粗面粉。"它并不很白啊。"陈宇雄自言自语。

李元说:"据 X 射线证明,锗晶体里的原子排列与金刚石差不多。结构决定性能,所以锗与金刚石一样,硬而且脆。锗在地壳中的含量为百万分之七,是地壳中最为分散的元素之一,几乎没有任何集中的锗矿,在某种程度上,锗奇缺。幸好中国是全球第二大锗资源国,保有储量约 3500 金属吨,占全世界的 40%。不过我们却向世界供应 70% 的产量,所以很悲观,再有几十年,估计中国的锗储备就会用完。"

陈宇雄为了显示自己也不是那么孤陋寡闻,耐着性子说:"我记得伟大的化学家门捷列夫曾预言了这一元素的存在,把它命名为'类硅'。"

李元果然露出钦佩之色,说:"陈市长,您的化学知识相当不错,这让咱们后面的交流有了很好的平台。门捷列夫虽然预言了锗的存在,但并没有真正找到它。直到 1886 年,锗被德国夫赖堡矿业学院分析化学教授文克勒发现。锗的命名来源于拉丁语的莱茵河,以纪念发现者文克勒的祖国。"

陈宇雄的耐心消耗殆尽,说:"李元博士,我要提醒您,毕竟不是要上一堂化学课。请您快快讲出锗可以抗疫的理由。陈天果的痛苦和危险每一分钟都在加大,当然,还有无数病人。"

李元道:"让我详细讲,正是您刚才的要求。从头说起,虽然会耽搁一点时间,但对后续的方案有帮助。必须从根上明白了这件事,才能坚持下去。要知道,它肯定会受到无数质疑。"

陈宇雄只好重新定神,说:"请继续讲。"

李元不疾不徐地说:"研究证明:在大脑皮质中,富含丰富的锗。锗可以帮助人体解除疲劳,防治贫血,辅助新陈代谢等。除此以外,锗还具有明显的抗肿瘤与消炎活性作用。"

陈宇雄说:"听起来这东西好像是一种万金油,和花冠病毒并没有直接的关系。"

　　李元说："对，没有直接的关系。锗并不是一种广谱的抗病毒药物，但是它的神奇之处在于——可以极大地强化人体免疫系统，使体内细胞变得强壮。当病毒使细胞电位剧烈上升时，锗会夺取染病细胞的电子，使它电位下降，抑制病症恶化。锗促使体内各系统协同作战，调整肌体在遭受剧烈攻击时的不正常电位，这就极有效地抵抗了细菌及病菌的侵犯。"

　　陈宇雄若有所思道："听起来，似乎还不错。这就是锗抗御花冠病毒的本质？"

　　李元说："是。这就是白娘子救濒死的许仙时，天下那么多种药物，偏偏挑中了灵芝的原因。她是修炼千年的蛇仙，通晓草木。灵芝是大自然中含锗量最多的植物，而锗可以还阳救逆，将生命时钟倒转，让生命重新焕发出生机。花冠病毒侵袭人体，因为它是来自远古的病毒，今天的人对它没有丝毫的抵抗力，故此所有的药物都失灵。药物是针对已有敌人设置的，人们没有和花冠病毒交过手，哪里能预先制造出辖制它的武器！此时只有依靠人的免疫系统，在最短的时间内识别入侵的病毒，制造出抗体。这是唯一的狭窄的生存小道，锗就在这个环节上，发挥了振聋发聩的作用。人体的免疫系统被它紧急唤醒，火速动员，前赴后继开往前线，与花冠病毒展开了殊死搏斗。这就是锗能够成为制伏花冠病毒的原子弹的原因。"

　　陈宇雄迫不及待起身，大步流星出门："走。"

为什么横刀跃马所向披靡的"白娘子",此时折戟沉沙
和上帝刚打完了一架再打一架,力图修正神的笔误

陈宇雄和李元火速赶到陈园。此地一改往日清雅,来来往往人数众多,
步履匆匆脸色暗淡。好端端的幽静院落,平添肃杀之气。

陈宇雄刚要进陈天果的房间,被抗疫副总指挥叶逢驹拦住:"陈市长,您
不能进。"

陈宇雄说:"为什么?我马不停蹄赶回来,就是为了看孙子!"

叶逢驹不通融:"陈天果现在是已经被确诊的花冠病毒感染病人,在您
家中留治,已是破例。现在,这个房间内部,弥散着无数花冠病毒颗粒。您为
一市之长,正领导着全市人民的抗疫斗争。您进去,一旦感染了,不但无法
继续肩负您的责任,我们也无法向全市人民交代。如果连市长都感染了花
冠病毒,那么一直所说的此病可防可治,就完全丧失说服力。"

陈宇雄赌气地说:"那她怎么可以进去?"

这时正好有护士进入陈天果房间进行治疗。

叶逢驹说:"她在执行医嘱,而且穿戴了全套防疫服。"

陈宇雄说:"快给我拿防疫服来,两套,大号的。"

叶逢驹无奈,说:"即使是穿上了防疫服,也不是百分百保险。陈市长,
一旦出了事,我们实在不好向人民交代。"

陈宇雄退了一小步,说:"这样吧,我进去看看就出来。不说话,也不

多待。"

防疫服拿来了,李元和陈宇雄各穿上一套。叶逢驹不知这李元是何许人也,但看陈宇雄脸色铁青,也不再多问。事已至此,陈市长几乎是向他的宝贝孙儿做最后告别了。

两人进入陈天果的房间。一间曾经多么漂亮的儿童室啊!从深蓝渐变到蔚蓝浅蓝的墙壁,好像宁静的热带海洋世界。天花板上绘有日月星辰,孩子躺在床上,看到的是充满想象力的天空。所有的家具都是打磨得非常光滑的原木制作而成,赏心悦目的淡黄色,既环保又充盈大自然的清新。只是在淡黄色小床上躺着的孩子,如同一段枯木,脸色惨白,口唇淡青,双眼紧紧地闭着,浓密的睫毛被泪水和分泌物胶结在一起,如同被乌黑的炭笔潦草地涂抹过。

陈宇雄大张着嘴呼唤着:"天果啊,爷爷看你来了……"却没有丝毫声音传出来。他不能食言,他除了是陈天果的爷爷,还是千百万人的市长。李元悄声对陈宇雄说:"那么,我开始喂药了。"

陈宇雄闭上了眼睛。虽然他并不完全相信李元的科学解释,但看到陈天果这个样子,他知道常规的西医治疗,已回天乏术。这才短短的几个小时啊,陈天果已经三魂走了两魂,再延宕下去,小命肯定不保。他第一次明白了"死马当活马医"的残酷。你不知道这个马,是不是真的要死了。如果死在常规医学的治疗中,大家都无话可说。如果死在这个没有医学文凭近乎江湖术士的人手中,那么,陈宇雄的灵魂将要接受怎样酷烈的鞭笞?!恐怕直到他去了黄泉路,都不得解脱!这孩子的父亲现不在国内,也没个商量,一切都要爷爷来做主。

李元眼巴巴地看着他。这时分,屋内恰好没有别人。如果说要给昏迷中的陈天果灌药,是再好不过的时机。

"开始。"陈宇雄做出了决定。说完他转过身去,挡在门口。这样就是有人想进来,看到陈宇雄在场,也会避让。

李元走过去,从口袋里取出元素锗,让陈宇雄看着,先倒出半个绿豆大的一小撮,自己吞了下去。然后取了极其微小的一撮,拨开了陈天果的嘴唇,塞了进去。然后又倒了一小杯水,沿着陈天果的嘴角,缓缓地送服。陈天果的昏迷还不算很深,有轻微的吞咽反应,喉咙轻轻地动了动,包含药粉的水就咽了下去。李元又撬开陈天果的嘴巴仔细地观察了一下,牙齿上还留有极少量的锗粉,他用水冲了冲,保证绝大多数药粉入了胃。

李元刚把这一切操持完,一阵旋风扑过,他的防疫服的领子猛地被人揪住,差点窒息。紧跟着听到一个人大叫:"你给他灌了什么药?你是谁?要害死他吗?"

李元回头一看,一个疯狂的女人,披头散发两眼血红,口唇周围都是暴起的干皮,好像喝了棒子面粥没洗净。要不是防疫服厚而结实,李元非得衣衫褴褛。

"苏雅!不要胡来!是我让他治的。"陈宇雄一个没拦住,让苏雅闯了进来,急忙喝止。

苏雅不似别人那样穿着防疫服,真丝家居服打扮,横冲直撞不管不顾。从诊断明确之后,医生们就不许穿常服的人进出陈天果卧房,这里是显而易见的传染源,如果控制不力,会引起疫情扩散。苏雅的情绪极不稳定,不断冲进来干扰治疗,叶逢驹叫人控制住她,远离现场。依叶逢驹的判断,陈天果已进入病危阶段,这个时候苏雅在场,只会使情况变得更为复杂。护士一不留神,让苏雅钻了空子,穿着家常服冲进陈天果房间,亲眼看到李元喂药的一幕。

"你说,你给我儿子灌了什么药?"苏雅吐着长满黄苔的舌头,如狰狞母狮。

"抗击花冠病毒的特效药。"李元不想过多解释,简要回答。

苏雅脸上立刻闪电般变换了表情,大喜过望说:"真的?"

陈宇雄说:"试试看。咱们先出去。"

苏雅说:"我不出去!我就在这里盯着看我儿子好起来。"

李元说:"我也不出去。我也要在这里看着你儿子,希望他好起来。"

结果只有陈宇雄一步三回头地离开了陈天果房间。他有公务要处理,实在不能久留。他给叶逢驹留下话:"不要问里面那个小伙子任何问题。他要做什么,就让他做什么。"

叶逢驹点点头。时至如今,常规疗法已是黔驴技穷。他虽然对江湖术士嗤之以鼻,但市长的孙子要是真死了,也够正统医生们喝一壶的。现在有人甘愿来顶雷,就不要再计较什么了。横竖都是悲剧,不必有门户之见。

李元和苏雅目不转睛守着陈天果。李元心里很清楚,就算是仙丹妙药,也没有那么快,不会立竿见影,眼珠不离陈天果,只是想从蛛丝马迹中观察好转端倪,掌握第一手资料。

苏雅佝偻着身体,枯树一样,以一个非常不舒服的姿势俯瞰着陈天果,毫不觉疲累。

李元抽空给师弟凌念打了个电话。"导师怎么样?"他悄声问。

"老样子。既没有清醒,也没有加重,好像是一种僵持状态。我们只能万分小心地看护。"凌念回答。

李元心情沉重地放下了电话。现在,他孤身一人。作为坚强后盾的导师,自身难保。病入膏肓的患儿,丝毫不见起色。

他必须等待,必须忍耐。时间有的时候是杀手,有的时候是帮手,只看你是否知道它的规则。耐心在这种时候,简直就是神。

时间一分一秒地过去。度日如年。苏雅像一只老猫塑像,眼珠子一眨不眨。几个小时过去了,陈天果没有任何清醒的迹象,苏雅烦躁起来,瞪着李元说:"你不是说有办法吗?为什么孩子还这样?"

李元说:"别着急。抵抗力的产生需要时间。"

极度煎熬中,又是一个小时过去了。这其间有医务人员进来做检测和治疗,看不到这一疗法的疗效,检测结果证明陈天果的病情不断恶化。

这到底是怎么回事呢?难道罗纬芝的康复,是一个特例,是一个不可重复的偶然吗?难道导师对锗元素的研究,都是一厢情愿的镜中花水中月吗?为什么神奇的锗变得如此疲软乏力,泥牛入海无消息了?

李元百思不得其解。

现在,不用任何检测,也可以观察到陈天果的病情越发严重,生命已是岌岌可危。他尖峭的小脸上出现了败絮一般的灰白网纹,甚至连咳嗽和腹泻也都没有了,这是肌体极端孱弱的表现,命若游丝。

"向陈市长报病危吧。"叶逢驹进来做了最后的检查,悄悄退出后,指示身旁的工作人员。他料到陈天果的死亡,将引爆苏雅的崩溃,这间屋子马上就会化为活火山。

李元困窘万分。为什么理论上披荆斩棘的锗,在现实面前如此不堪一击?救不活陈天果,不仅仅是一条鲜活生命的遁去,而且让抗疫斗争的前景暗淡无光。在猖獗万分的花冠病毒面前,所有的旧理论都败下阵来,新的元素医学,也丢盔卸甲铩羽而归!

他整理思绪,让自己定下神来思考。事已至今,唯有冷静,才能救人。那么,为什么在罗纬芝身上横刀跃马所向披靡的锗,在导师和陈天果身上,就折戟沉沙了呢?导师和陈天果,同罗纬芝究竟有什么不同呢?

李元猛地悟出:他们之间最大的不同是年纪!罗纬芝虽是女子,但她风华正茂,正在大好年华。这样她的免疫机能,就是一支能征善战的部队。但导师是老人了,陈天果还是个孩子。他们的免疫机能较之罗纬芝,必定是不完善的。导师摄入了大量的病毒,陈天果触摸了凌念所制作的携带毒株的风筝(李元事后才知道,曾怒斥他,可惜已经晚了。他只有力挽危局),可能也摄入了大量的病毒。在不完善的抵抗力和骁勇善战的病毒搏杀中,即使锗是强有力的正面力量,但因原本的防线就有所欠缺,大兵压境之时,败局已定。就算火速派来救兵,也需要长时间的驰援和征战,才能见效。

按说想到了问题的答案,应该轻松一点,但李元反倒惊出一身冷汗。导师和陈天果,也许根本等不到自身的免疫力提振起来,重新发挥完美的防御和反击作用,就已经被花冠病毒攻城略地扫荡一空,土崩瓦解。

天啊,罪过!失去了导师,杀害了陈天果!凌念本以为锗完全可以挽狂澜于既倒,这才在风筝中埋下了花冠病毒,让风筝栽进了安保严密的陈园(他本没想到会让陈天果误拾到,觉得只要是陈园中的人,谁捡到都行)。

凌念希望借着成功治愈陈园中的病患范例,让元素疗法从此光明正大地走到前台,为更多人谋福利。用心可谓良苦,但实在危险鲁莽。导师知道后严厉地批评了凌念,但凌念从望远镜中看到,是陈天果捡到了风筝,已经发出了威吓信。事已至此,只能将错就错。至于进入市府面见陈宇雄,本来应该是凌念去的,谁惹的祸,谁自己承担。但导师考虑到凌念天性急躁办事不周,希望李元能担当协调。李元挺身而出,一切进展顺利,却不料风云突变,"白娘子"出师未捷,毒杀了天真无邪的陈天果!

李元脑海中百念翻滚,怎么办? 怎么办? 怎么办?!

他拨通了罗纬芝的电话。

"你在哪里?"李元问。

"我在家里。脸上破了相,走路脚发软,还能到哪里去!"李元有几天没打来电话,罗纬芝生了气。

"这些以后我会向你解释。现在,此时此刻,我要马上见你。"李元迫不及待地说。

罗纬芝一阵欣喜,可想到自己脸上旧伤未愈,没法以最好的状态示人,有点踌躇。现在这个模样,也许还是通通电话,来个情感交流比较好吧。她说:"哎呀,我这个样子……"

李元简洁地说:"就要你现在的样子,这样再好不过。"

罗纬芝心存感动,说:"到哪里见面啊?"

李元说:"到陈市长家里。"

罗纬芝起了疑,不说谈情说爱,就算是嘘寒问暖,还用到市长家吗?

李元说:"事情复杂,我来不及跟你说明白。请用最快的速度赶到这里来,分秒必争。"他告知了具体地址,快步走到屋外,等候罗纬芝。按说罗纬芝也不能插翅就到,但屋内的气氛让人窒息。好在非常时期,道路畅通,没用多长时间,罗纬芝赶到了。大量失血饱经折磨后,罗纬芝远没有恢复过来,气喘吁吁。她戴着特制的大口罩,将整个脸部遮挡得只剩下眼睛。口罩中心部位已被呼出的热气濡湿,贴在鼻子上。

看到周围人紧绷的面色,闻到滞重的消毒水气味,罗纬芝知道这与想象中的柔情蜜意,完全不搭界,遂知趣地收起了浪漫情愫,但仍不晓得李元把她喊到这里来的真实用意。

陈宇雄已经处理完了公务,回到陈园。他一把抓住门口的李元说:

"你这个骗子! '白娘子'根本就没有任何效用! 陈天果已经报了病危,你还我孙儿!"

叶逢驹赶紧上前拉开陈宇雄的手,说:"陈市长,冷静。事情还没到没救的地步,我们正在努力。"他心想,这小伙子许了愿,用了什么白娘子黑娘子的江湖秘药,该他落得这般下场。不过陈天果病情重笃,恶化迅猛,纵是任何方法,也是回天无力,怪谁都没得用。

陈宇雄也发觉自己失态,鹰爪般的手指一个个极不情愿地松开了。

李元顾不得安抚痛入骨髓的臂膀,问叶逢驹:"陈天果是什么血型?"

叶逢驹说:"B 型。"

李元又问罗纬芝说:"我记得你也是 B 型?"

罗纬芝说:"正是。"

李元说:"这太好了。虽说不同血型之间也可以输入血清,但你们血型相合,这对陈天果甚好。"

罗纬芝下意识地捂住了自己的胳膊,那上面满布的针眼和伤痕,还未平复。"血"这个字眼,让她不堪回首。李元将罗纬芝拖到一边,说:"纬芝,我知道你重伤未愈,又曾大量失血,身体非常虚弱。不过,这边陈宇雄的孙子陈天果,被花冠病毒感染,已是生命垂危……"

罗纬芝心惊肉跳,说:"那快用'白娘子'啊!"

李元说:"用了。"

罗纬芝松了一口气说:"依我的亲身经验,很快就会好转。"

李元说:"我以为也会这样。但是到现在,若干小时过去了,陈天果并无好转迹象,看来还在不断恶化……"

罗纬芝不解,说:"怎么会出现这种情况?那你就赶紧问问你导师,看什么地方出了岔子!"

李元说:"导师那边也不乐观,详情我就不说了。关于'白娘子'失灵,到底是什么原因,这个以后再分析。现在是必须抢救陈天果。不然,不仅是一个活蹦乱跳的孩子就此夭折,而且抗疫的计划也功亏一篑。"

罗纬芝吃力地点点头说:"我明白了。李元,你叫我来想要做什么,就只管说吧。"

李元深情而满怀歉意地看着她说:"纬芝,这种时候,再抽你的血,我于心何忍?可唯有这个法子,或许才能挽救陈天果的性命。你的血液中含有高浓度的抗体,如果持续不断地小剂量地输入陈天果身体,那就能赢得时间,给'白娘子'以缓冲的空隙,起死回生,陈天果他或许还有救。"

罗纬芝说:"我能行。赶紧地,这就抽血吧!我挺得住。"

李元轻轻地揽住她,说:"好姑娘。等出了这个院子,我给你……"

当罗纬芝以为李元会说出"我给你炖老母鸡补养身体"的时候,李元说的是:"……配多种元素,让你快快生出新血。"

那些都是后话了。李元走到叶逢驹面前,说:"请您布置医务人员做抽血和分离血浆的准备。"

叶逢驹上下打量着李元。自这小伙子闯进来到现在,似乎已经很久了。他从没有正眼看过他,觉得此人意乱神迷飞蛾投火。病急乱投医,他可以理解陈宇雄的心情,但从医学角度来看,陈天果确实已然无救。小伙子,你何必自投罗网呢? 任何治疗,现在都已为时过晚。

他对这个不知天多高地多厚的小伙子低声说:"你什么都不做,就没有你的责任。"

李元说:"我知道。但那会是什么结果,您一定也知道。"

叶逢驹仁至义尽地说:"有的时候,我们只能顺势而为。医生并不能扭转乾坤。你可明白,如果你采取的措施无效,将面临非常难堪的局面。"

李元平静地说:"我明白。谢谢您的提醒,不过,请准备吧。"

李元重新穿上防疫服,示意罗纬芝也穿上。

罗纬芝说:"我就不用了。"

李元说:"还是要多加小心。"

罗纬芝道:"如果一个有抗体的人,还里三层外三层地裹着,人们能相信他的抗体吗?"

李元说:"好吧。你摘下口罩,让我看看伤口恢复得如何?"

罗纬芝缓缓摇头,说:"不必了。你看了之后,也许不忍心抽我的血了。"

李元不再说什么了。在治病救人这一点上,他们彼此相知,都义薄云天。

叶逢驹本想向陈宇雄通告,但此刻领导有紧急事务需陈宇雄汇报,只得作罢。这厢差人按照李元的要求火速准备。

罗纬芝和李元进入陈天果的小屋。

罗纬芝刚开始居然没有找到陈天果。病毒把他摧残得缩小了,好像变成了婴儿。陈天果蜷成一片枯树叶的样子,平铺在床单上,覆盖在一床薄被下,好像已经做好了随时随风而去的准备,只在等待死神指令。

苏雅一动不动地坐在小床边。过去,她曾经无数次地坐在这里,痴痴地看着儿子的笑脸。现在,她看到的是一个陌生人。她恍然觉得这个面容惨白的男孩,是另外寄宿在这里的过客。她不认识他,他是个闯人者。他浑身被病毒所充满,是毒素麇集的大本营。她那个可爱天真的小男孩,其实已经走了,到远方去了,留在这里的,只是一具被病毒蹂躏的躯壳。

苏雅已不再反抗命运,呆若木鸡地看着这个长相酷似她儿子的孩子,头脑像北极苔原一般荒凉。

李元极小心地走动,罗纬芝也是轻如鸿毛地飘来飘去。但在苏雅听来,细如发丝的响动都声如雷暴。神经高度脆弱之时,外界的一切都被放大,惊心动魄。

"出去!"苏雅非常清晰但绝不容抗拒地说。

"我们来救你的儿子。"李元说。

"不用了。不必打扰他。"苏雅似梦非梦地说。

李元不放弃,说:"我们有了新的方法。"

苏雅说:"不要再骗我,没有任何方法。"

李元没想到在这最关键的时刻,陈天果的监护人居然放弃治疗,一时间张口结舌说不出话来。

罗纬芝缓缓走过来,说:"你为什么没穿防护服?"

苏雅一动不动地说:"我不用防护。"

罗纬芝说:"这个房间里充满了花冠病毒。你随时都可能感染。"

苏雅说:"那有什么关系?如果我儿子好了,我当然也会好。如果我儿子死了,我活着还有什么意思呢?我和我儿子同在。"

罗纬芝提醒说:"在这间房子里,还有一个人也没有穿防护服。"

苏雅的眼珠子动了一下,睃寻四周。但其实除了陈天果,任谁她也看不到,反问:"谁?"

罗纬芝说:"我。"

苏雅这才艰涩地移动了眼珠,看到了额头苍白萎靡不振的罗纬芝,问:"你?"

罗纬芝说:"是。"

苏雅说："我是他妈妈。你是谁？"

罗纬芝说："我和他素不相识。我希望自己的血能救他。"

苏雅说："你凭什么能救他？"

罗纬芝说："就凭我得过花冠病毒这个病。"

苏雅眼珠的移动终于快速颤动起来，急切地说："你说你得过这病？"

罗纬芝说："是。很严重。"

苏雅不相信地连连问："可是你没死？没死！"

罗纬芝心想，这不是明知故问吗？但她非常严肃地回答："是的。我没死。我的血液里现在饱含抗体，所以我不用穿防护服。等一会儿，会有人把我的血抽出来，分离出血浆之后，输入到陈天果的身体里。这样，陈天果体内的花冠病毒就有可能被杀灭，他就有可能得救。"

罗纬芝说得如此清楚明白，李元以为苏雅听后一定会高兴地蹦起来。没想到，苏雅完全无动于衷，她一时间根本就没听懂这些话。

李元大声地在苏雅耳边说："输入了康复者的抗毒血浆，陈天果就有可能度过这一劫！"

苏雅不相信李元，但她恍惚意识到一个与她儿子生命攸关的变化，有可能出现。她把头偏转过去，对着罗纬芝，说："你把你刚才的话，再说一遍。"

罗纬芝一字一顿地说："会——有——人——把——我——的——血——抽——出——来，分——离——出——血——浆——之——后，输——到——陈——天——果——的——身——体——里。花——冠——病——毒——就——有——可——能——被——杀——灭，陈天果就有可能得救！"

苏雅听懂了这最后一句话，她的双膝一软，跪在了地上，瘦削的骨头和打过蜡的地板相撞，发出天津快板般的击打之声。她眼珠闪亮，瞪着罗纬芝说："你是人还是神？"

这时，医生和护士，带着抽血输血和分离血浆的设备来了。这种一揽子的操作，在平常日子不可想象，现在以救命为第一要务，特事特办。

罗纬芝静卧在一旁临时支起的折叠床上，鲜红的血液被抽了出来。一系列操作之后，分离而出的澄清血浆，缓缓地滴入了陈天果塌陷的脉管。一滴……又一滴……温暖而有活力，携带着丰富的抗体，源源不断地进入陈天果行将崩溃的体内。陈天果本来已经溃不成军的微弱抵抗力,得到如此强大的援兵相助,在短暂的愕然之后,终于开始了绝地反击。

随着血液不断地抽出,罗纬芝快速衰竭。她饱经病毒荼毒的身体,加上天灾人祸的消磨,再也无法支撑这凶猛的索取。如同一枚已经风干的橘子,还要拧出新鲜的果汁。当敲骨吸髓地榨出最后一滴精华后,橘子就成了标本。

人们都在紧张地操作着,观察着陈天果的反应,没有人注意到罗纬芝的状况。苏雅觉得罗纬芝戴着口罩的脸,让她百思不得其解,就轻轻地打开了罗纬芝的口罩。苏雅看到了一张布满伤痕的面孔,依稀看得出从前的俊秀。只是这张脸现在毫无生气,罗纬芝因为体质太弱,加之快速失血,已然昏厥。

人们又赶紧过来抢救罗纬芝,小小的儿童卧室里鸡飞狗跳。不可思议的是,每当抢救病人的时候,空气中就会弥漫着一种兴奋感。这是医护们直接和上帝对打的艺术。刚打完了一架又再打一架,穿白衣的人,力图修正神的笔误。

Chapter 30

好消息是披金戴银的红马,平添助力喜上加喜
藏着风筝的树洞,玻璃上留下了花蕾般的唇印

罗纬芝终于醒了过来。毕竟她只是失血过多虚弱透支,补充营养液之后,渐渐平稳。那厢陈天果的状况,初起看不出好转,但终于停止恶化。险情过去后,叶逢驹让其他人退下,保持儿童卧室内的安静。

"您也走吧,休息一下。这里有我们,请放心。"叶逢驹对苏雅说。

苏雅执拗地回答:"不。"

李元说:"请不要让陈天果的妈妈离开这里。陈天果一定能感受得到妈妈的存在。妈妈不在身边,孩子会非常敏感。"

叶逢驹对这个不知哪里闯来的局外人,居然越俎代庖挑战自己的权威,心生不满。"他在深度昏迷中,知道什么!"

不等李元反驳,苏雅歇斯底里地叫道:"他什么都知道! 你不能赶我走! 你再说,我让爸爸把你赶走! 你们那一套有什么用? 我孩子在你们手里,越来越重,现在总算缓过来一点了。我不走!"

苏醒过来的罗纬芝看到小小房间内硝烟四起,虚弱地打个圆场:"叶老师你就让天果妈妈留下吧。像她这样没穿隔离服,出去就是新的污染源。留在这屋里,对大家都好些。"

罗纬芝的理由说服了叶逢驹,他说:"好吧。你留在这里。不过我要更正你,让你孩子越来越重的原因,不是我们的医术,而是花冠病毒的毒性。你

就算是再着急,也不能不负责任地乱说。"

苏雅木然听着。只要让她留下看着自己的孩子,乾坤倒置都无所谓。

罗纬芝的抗体顺着输液管,一滴滴流入陈天果瘦瘦的小血管中,如同干旱沙漠中的滴灌技术,滋润着陈天果已经萎缩的生命。不知道过了多久,叶逢驹又躬下身,仔细观察着陈天果的情况,陈天果的眼睛突然睁开了,嘟囔了一句什么话。

叶逢驹以为自己一定是劳累过度耳聋眼花了。进入到这种昏迷状态中的花冠病毒感染者,绝没有再苏醒过来的例子。他们都是在无声无息的苦难中,离开了人间。好像是要加强他的错觉,陈天果又嘟囔了一句。叶逢驹不得不对李元说:"你过来看一看,这孩子怎么了?"

他没有直接说这孩子是不是睁眼了,万一自己看得不准,那还不闹个大笑话。护士正好出去了,他需要另外一双眼睛来帮助他判断,只有屈尊。他当然不能叫苏雅,当妈的容易走火入魔看出幻象。他其实比较想叫罗纬芝前来,毕竟她在抗疫指挥部那么长时间,见过真正的疫情。但罗纬芝十分虚弱,出现幻觉的可能性也高度存在。于是,尽管他对李元没有好感,但医生的职责要求他尽释前嫌,以病人和病情为重。

李元俯下身。这时的陈天果一如既往,没有丝毫变化之征象。苏雅听到了叶逢驹的话,母豹般扑了过来。她原本一直守候在孩子身边,但护士不停地操作,让她没法占据到最有利的位置。加之叶逢驹曾反对她在现场,她也不敢太靠近了添麻烦。现在听到"怎么了"这样的说法,以为孩子出了噩兆,心急如焚。

唯有半合着眼的罗纬芝比较镇定。她知道自己很衰弱,但她相信自己血液中的抗体,丰沛顽强。希望一切不要太晚,让她的健康因子能有机会完成使命,拯救陈天果于危亡之时。

苏雅扑过来之后,一迭声地叫着:"天果!天果!"这是她和陈天果的一个秘密。只有他们两人在的时候,她才能叫他的名字,而不是像爷爷规定的那样,必须连名带姓一起叫。也就是说当"天果"二字可以出现在这个院子的上空时,只有一种可能,那就是妈妈和陈天果单独在一起。

奇迹出现。陈天果无比缓慢但万分确凿地睁开了眼睛,他第一眼果然看到了妈妈。不过此时的妈妈和以往整洁端庄的样子大不同。陈天果很想问问妈妈这是怎么了？可一个更重要的事情，让他忍无可忍。他说："我想吃油条……"

天啊！

陈天果活过来了！陈天果想吃油条了！陈天果有救了！陈天果从花冠病毒的魔爪中死里逃生！

在场的人无不喜极而泣。这不是陈天果一个人一条命的胜利，这说明抗毒血清的确能治病救人，这说明人们在花冠病毒面前，并非毫无招架之功地俯首就擒！

叶逢驹一个箭步跳出儿童室，他要在第一时间把这个好消息告诉陈宇雄。人们为什么争着报喜不报忧呢？因为谁报告了好消息，那好消息引起的快乐，就和你这个人联系在了一起。好消息是一匹披金戴银的红马，以后每当看到你的时候，这匹红马就会跑出来给你助威，你就平添了助力，诱发好感，喜上加喜。

陈宇雄刚好急如星火地赶回陈园，听到这个好消息，紧紧握住叶逢驹双手说："谢谢你谢谢你们！老叶啊，陈家的救命恩人！"

唯有李元比较冷静，坚守在儿童室内，静观变化。

"白娘子"真的没有效用了吗？

正在这时，师弟凌念打来电话，说导师醒了！

在连篇累牍的坏消息之后，好消息总算接连现身了。李元忙问："导师现在具体情况怎样？"

师弟是个急脾气，难得地放慢了语速，说："很虚弱。但是依然认为'白娘子'卓有成效。关键是必须准确掌握剂量。每一个人感染病毒的量是不同的，使用的时机也是不同的。必须根据病人的情况，精确地调整'白娘子'的剂量。量太小不行，起不到作用。量太大，过犹不及，会形成免疫系统的暂时休克，那也是非常危险的……"

李元连连点头，心想导师毕竟高屋建瓴，他苦思不得其解的答案，水落石出。

李元说："明白了。请转告导师好好休息，尽早恢复。"

他这才顾得上去看罗纬芝。罗纬芝虚弱地躺在床上,给人的感觉是无能为力的慵懒。李元说:"怎么样啊,你?"

罗纬芝从没有在卧床的情况下,这么近距离地遇到李元。这让她有一点害羞,把被角往上拉了拉,说:"没事。忙你的吧。你设计把我的血都抽光了,现在来装好人!"

李元再来看陈天果。小家伙好起来的速度惊人,好像吃了人参果,一时间脸上居然有了笑容。他问:"油条怎么还没好啊?我都快饿死了。"

苏雅转过头怯生生地问李元:"能吃东西了吗?"

李元只好回过头问罗纬芝:"你好了以后多长时间就可以吃东西了?"罗纬芝说:"只要想吃,就可以吃了。这和伤寒不一样。"

苏雅马上就要跑出去准备,李元说:"您在这屋里待了这么久,没穿防疫服,还真不能就这样跑出去。打个电话,让别人准备好了端进来吧。"

苏雅照办,然后继续盯着儿子,生怕陈天果的病情一个跟头又反复回去。罗纬芝说:"您放心吧。只要不断地服用'白娘子',您孩子会痊愈的。就像我一样。"

苏雅说:"求求您,还要不断地给天果多输您的血,您要什么东西,我都可以答应您。天果人不大,不会需要您太多的血,您可不能见死不救啊!"罗纬芝筋疲力尽地说:"我不会吝惜自己的血。如果是那样,我就不会来了。只是光靠别人输血,如果陈天果自己没有抵抗力,那也不能彻底恢复。还是需要'白娘子'。"

苏雅说:"'白娘子'是谁?"

罗纬芝指指李元说:"就是这位先生喂给陈天果吃的灰白色粉末。"

苏雅说:"难道不是你的血起了作用吗?"

罗纬芝说:"我的血是起了点作用,但我当时就是靠'白娘子'才救过来的。血只能救一时,'白娘子'才能救彻底。"

苏雅说:"哦,那就赶快给陈天果再吃'白娘子'啊!"

这时,油条送进来了。陈天果索性坐了起来,大口吞咽。李元看在眼里,喜在心头。当陈天果吃饱喝足之后,赶紧又喂了一些"白娘子"。只是这一次,他极为小心,掌握着"宁缺毋滥"的原则,准备少量多次地使用,再不敢急于求成。

陈天果突然说："把窗帘打开。"

苏雅赶紧把画有米老鼠的窗帘打开，于是人们看到了满面沧桑的陈宇雄，正趴在窗户外面，向里窥探。小孩的第六感就是灵，他们是神的耳朵。陈天果立即爬下床，也把脸紧紧地贴在窗户上，在爷爷的脸颊上，"啵"地亲了一口，说："爷爷，你为什么不进来看看我？"透过爷爷的肩膀，他看到了那个藏着风筝的树洞。玻璃上留下了一个花蕾般的唇印。

陈宇雄老泪纵横，说："陈天果，你总算闯过了鬼门关。"

因为隔着窗户，窗户的隔音质量极好，人们都没有听见这句话。李元根据陈宇雄的口形，大致判断出了这句话。陈天果因为根本就不知道鬼门关这个词，就搞不清爷爷在说什么，只是大叫道："爷爷，你快来吧！"

陈宇雄却不能进来。根据工作需要，他不得进入花冠病毒重度污染的区域。就是穿上防疫服也不可。毕竟他是一市之长，肩负着庄严使命，不能让亲情耽误了正事。

魔爪下的逃生者,有多少血液支持奢侈疗法

他记不住她的名字,那不过是一味药材

　　在大家以为总算可以缓一口气之时,苏雅出现了典型的花冠病毒感染征象——咳嗽、发烧,紧接着腹泻……这并不奇怪,她和爱子相依相傍,特别是在陈天果疾病早期,具有强烈传播力度的时候,是她一个人紧伺四周,自然吸入和吃下的花冠病毒数量巨多。之后又一直毫无保护地暴露于充斥花冠病毒的小屋内,任谁劝也不听。

　　苏雅若不感染,简直天理不容。

　　问题是怎么办?

　　第一步是赶紧将日趋好转的陈天果转移出儿童室。第二步是把这个房间,就地改成苏雅的特护病房。第三步是研究确定治疗方案。除了常规的支持疗法外,是否应用"白娘子"?

　　陈宇雄下达指令——罗纬芝不能走。美其名曰和苏雅做个伴儿。

　　这个安排的用心,谁都能看出来。既然罗纬芝的血液救了陈天果,那么毫无疑问地,她的血液也可以救苏雅。

　　罗纬芝困乏不堪,依稀知道自己不得离开陈园的原因,但完全没有办法自救。索性什么也不想,一直在昏睡中休息。

　　李元闻讯,对此秉持异议,找到陈宇雄位于陈园的办公室。工作人员拦住他,说市长正在休息。李元说:"那就请告诉市长,花冠病毒来了。"工作人员闻之不敢怠慢,赶紧颠颠儿跑着通报。陈宇雄问了来人的相貌,知道是谁了,就请李元进来。李元站在陈宇雄阔大的写字台对面说:"你不能限制罗纬芝的行动自由。如果没有她的大力相助,你的孙子陈天果很可能此刻已不在人间。你不能恩将仇报。"

陈宇雄端坐在椅子上,说:"你们救了陈天果,我当然非常感激。不过,如果陈天果没有了妈妈,那这个孩子就成了孤儿。这样的后果,我不愿看见。"

李元说:"这样的结果,当然谁也不愿看见。所以,我们会全力以赴地救治陈天果的母亲。"

陈宇雄哼了一声,说:"还是'白娘子'吗? 没有用的。"

李元说:"任何药物的临床试用,都有一个不断完善的过程。我现在已经明白了这其中的奥妙,继续施治,在剂量上会精心把控,效果会比以前好。"

陈宇雄不由自主站起来,在地上转着圈子,沉重的脚步在松软的地毯上留下深深印痕。他说:"我就想不通,为什么有这么现成的好方法,而且证明非常成效的方法不用,偏要用什么白娘子黑娘子!"

李元说:"尊敬的市长,康复病人饱含抗体的血清,当然可以救治病毒感染的患者、这是一个古老的疗法了。罗纬芝感染过最猛烈的花冠病毒,死里逃生之后,她的血就是针对此病的灵丹妙药。只要不是为时太晚,受血者都会有效果。问题是,这种以人治人的方法,如果大规模地应用,根本不可行。陈天果是个小孩子,体重很轻,所以罗纬芝一个人的血就可以让他苏醒。如果竭泽而渔使用抗毒血清,那些在花冠病毒的蹂躏下刚刚捡回一条小命的人,有多少血液可支持如此奢侈的疗法? 所以,我们一定要寻找能够大规模应用于临床,可以拯救黎民于水火的广谱药物,'白娘子'恰好具有这种特性。"

陈宇雄捺着性子听完了李元的宏论,说:"怎么救老百姓,用不着你来指教我,我比你还急。现在摆在面前的是怎么救苏雅!"说到这个儿媳妇,陈宇雄还是很中意的。她原本是一家外资企业的副总,工作干练十分泼辣。怀孕后陈宇雄要儿子转达他的意见:就此辞职,安心在家休养。于是苏雅为了"造人"工程,成了一名家庭妇女。她本来打算孩子一降生,自己就返回工作岗位,但不料又因为对牛奶质量不放心,陈宇雄希望母乳喂养。她就毫无怨言地继续做贤妻兼"奶牛"。孩子三岁以后,她想再次工作,却发现已经远离了社会,再也无法适应紧张的节奏,只好当了全职太太。她聪明得体,在孩子的教育上投入全部心血,让陈天果除了天生丽质以外,还知书达理人见人爱。设想一下,如果陈天果没有了母亲,孙儿的童年将何等暗淡,性格将遭受怎样重大的扭曲!所以,保护苏雅,就是保护陈天果。

李元强压住自己的愤懑,说:"您知不知道罗纬芝的状况?"

陈宇雄说:"什么状况?我看她挺好的,连进病房都敢不穿隔离衣,对自己的健康很有把握嘛!"

李元掰开揉碎了解释:"罗纬芝曾经感染过花冠病毒,和病毒殊死搏斗。有道是杀敌一千,自损八百,她的体力也严重消耗。然后她又被大量抽取血液,用于医学研究。我相信,在花冠病毒幸存者的血液库里,她一定是非常重要的样本。之后,她又被境外的不明势力所劫持,再次被狂抽血液。在这种极端虚弱的情况下,为了抢救陈天果,又一次献血。现在,她已是伤痕累累脆弱不堪,再不能用她的性命做药品了!"

李元一番话慷慨激昂字字泣血,陈宇雄陷入了沉思。他还真不知道在抗击花冠病毒的斗争中,有这样的无名英雄。思来想去,他还是不能放罗纬芝走,这是苏雅最后的救命稻草,也是陈天果幸福的无敌屏障。

陈宇雄说:"你说的意思我明白了。我会保护好罗纬芝,不到万不得已,我不会使用她的血液。现在,你可以走了。"

这简直是逐客令,不但驱逐了李元,也驱除了"白娘子"。况且李元一走,罗纬芝岂不成了俎上肉任人宰割!李元说:"不成!我不能走。我要和罗纬芝在一起。"

陈宇雄冷笑道:"这是什么地方,岂能容你放肆!"

李元锲而不舍地坚持:"'白娘子'到底有没有效果,您可以看一下陈天果。"

陈宇雄心想也对,有半天没有见到陈天果了,赶紧打电话给叶逢驹。叶逢驹说:"陈市长,正要向你报告好消息呢。陈天果康复的速度非常之快,花冠病毒感染者,从来没有见过这样良好的预后。这在我们的治疗史上,是个

265

奇迹。"

陈宇雄非常高兴,这说明陈天果已经彻底脱离了生命危险。他说:"这是不是意味着抗病毒的血清,有非常强大的效力呢?"

叶逢驹说:"用血清,是一个救急的古老疗法。疫情暴发后,我们在临床上也有过类似试验,但效果从来没有这么明显过。这证明,除了血清的效果之外,一定还有我们尚未掌握的特殊因子,在治疗中发挥了异乎寻常的效力。"

陈宇雄放下电话,回过身来,对李元说:"小伙子,你的猜想得到了证实,也许'白娘子'确有奇效。好吧,现在,我可以修改决定……"

李元兴奋起来,心想罗纬芝可以出陈园了。马上能和心爱的姑娘冲出壁垒森严阴霾四伏的官邸,可以见到久违的老师,心中升起期盼。当然,他会回来继续以"白娘子"救治苏雅。

陈宇雄说:"我修改决定,是你继续留在陈园,以观察苏雅的病情变化。至于那个身上流淌着抗病毒血液的女子,她不能走出苏雅病房一步。"他连罗纬芝的名字都没有记住,那不过是一味药。

Chapter 32

炼金术士把乱七八糟的东西混在一起,加上魂魄

中午 12 点你一定要从窗户跳出,我带你逃离此地

实际上是软禁,只不过地区略有不同。李元还可以在陈园内自由活动,罗纬芝的范围只有陈天果的卧室。两人的手机都被没收,无法和外界取得联系,彼此也再无交流。苏雅的病情进一步加重,叶逢驹明白常规治疗又陷入了绝境。花冠病毒病情的发展趋势,他已了如指掌。到了这一步,病人好比登上了死亡商场的自动传送带,按部就班滚滚向前,终极柜台很快就将到达。

他把李元叫到陈园的小池塘边上,这里可以看见陈天果的卧房。虽然那里挂着窗帘,阻挡了视线,不过彼此都对里面的情形十分清楚。一个垂死挣扎的病人,一味虚弱无比的“药材”。当然,还有无孔不入的充斥着花冠病毒颗粒的污浊空气。

月亮干净而柔软地挂在天上。叶逢驹说:“小伙子,你是误入歧途,搅到这场危局之中。”

李元不动声色地回应:“大疫袭来,任何人都无法逃脱,我们都身在其中。就像美国作家海明威所说,不要问丧钟为谁而鸣,丧钟为你而鸣。”

叶逢驹不耐烦说:“这都什么时候了,你还有心思说什么海什么威的。现在的情况危险迫在眉睫,下一步你打算怎么办?”

李元说:“叶老师您知道,我是不能离开的。而且,她在这里走不了,我

也不会离开。"

叶逢驹说："你认为我们该怎么办？"

李元说："您是指您和我吗？"

叶逢驹说："还有那里面的人。"他指了指挂着窗帘的小屋。

李元说："我已经同陈市长讲了我所使用的灰白色粉末的作用。只可惜上一次我的剂量掌握得不好，加之陈天果病情危笃，又是小孩子，有特殊性。所以没能在第一时间收到预期的效果。如果您允许，我们可以再试。"

叶逢驹说："咱们虽说已经打了很多次照面，可我还不知道是在同一个什么样的人交谈。非常时期，也没有人给咱们做个介绍。"

李元说："我是化学博士李元。"

叶逢驹说："就是天天和烧杯、曲颈瓶、试管、夹子、小抹刀、蒸发皿、结晶杯、研钵、乳钵杵打交道的人吗？"

李元说："这只是我工作的一部分。我主要是在研究元素。"

叶逢驹说："哦，讲来我听。"

李元说："大约在公元前600年，古老的人们开始探索世界万物究竟是由什么东西组成的。最后判断，宇宙上到星辰，下到土地，包括水和生命，都是由许多细小的基本物质构成的。公元前400年，古希腊哲学家德谟克里特，提出了物质构造的最小单位是'原子'的概念。这些原子有的光华润洁，有的粗糙多瘤，有的生有荆棘般的倒刺，有的则如珍珠般可爱……当然他那时的原子概念和今天有所不同，但'不可分割'之意很明确了。元素的意思，指的就是自然界中存在的100多种基本的金属和非金属物质。到目前为止，人们在自然中发现的物质共有3000多万种，但组成它们的元素，只有118种。从这一点上来说，我们每个人都是由元素组成的，无论您叶老师同意也罢，不同意也罢，我们均无法逃脱这个规律。"

叶逢驹对真正有学问的年轻人，还是抱有好感的，态度稍稍柔和了，说："这个说法我可以赞同。你我都是元素，彼此彼此。"

李元又把元素锗的来龙去脉讲了一遍。这一回叶逢驹听得很认真，但心中不时涌起反驳的念头，这和他数十年所接受的正统医疗理念反差太大了。不过他的涵养和一种医生的直觉，指示他必须听下去。

李元讲完了,安静地看着叶逢驹。天晚了,池塘里的莲花收敛了花盘,渐渐睡去。对叶逢驹的反应,李元既不抱过高的期望,也没有完全丧失信心。多年以来,他和导师潜心研究元素,对周围人等的各色反应早已习惯了。被冷落和被质疑是家常便饭,多一个人反对,也并不觉意外。

叶逢驹说:"我只能说匪夷所思。你们居然从神话传说中找到灵感,这样说来,唐僧肉是不是也可以研究一下了?"

李元心平气和地反击道:"我们并不是从故事中找到的元素,而是从宇宙发展的规律中找到的根据。我们是宇宙之子,宇宙是怎样构成的,人就是怎样构成的。人不过是浩渺宇宙中的微尘。比如地球的核心是铁,人的血细胞中最重要的成分也是铁,此一脉相承。所以,元素这种物质对于人类来说,具有无限的可开发性。这一点任何人不容置疑。"

叶逢驹说:"你说得太神奇了。我骨子里是个临床大夫,对我来说,你那些理论都是虚幻的,唯有治病才是硬道理。你的学说类似炼丹。炼金术士就是把硫黄和水银等等乱七八糟的东西混合在一起,以为世界上所有的物质就是它们和某种魂魄相合而成。你和他们有某种神似。"

李元不气也不恼,说:"现代西医使用的化学药品,本质也是在炼丹。只不过用生产线代替了炼丹炉,药片就相当以往的丹丸。这二者并无原则性的区别,您不用充满不屑。"

叶逢驹被击中了要害,有点不好意思,只得换了一种口吻说:"其实在我的位置,已经习惯于在没有充分准备好的情况下立即做出判断,因为时间不等人,病人的情况不允许拖延和迟疑。这是医学这门艺术独到的要求。"

李元说:"您这种务实的态度我很赞同。说破大天,如果不能治好病人,什么药,都是画饼充饥。"

叶逢驹说:"那咱们不务虚了,务实。如果能在苏雅身上再次试验出锗的功能……请原谅,我不能使用'白娘子'这个名称,太戏剧化了。如果用了锗,临床上出现了效能,这就不仅仅是治好了一个病人,而且为整个抗疫行动开辟了光明之路。但是,这不是一味法定的药,甚至连民间单方验方都谈不上。作为一名执掌医疗处方权的医生,我不能同意开具此药。"

李元纳闷:"那您打算如何治疗苏雅呢?"

叶逢驹说:"如果苏雅的病情进一步发展,这几乎是必然的。我们就要启用抗病毒血清的采集和治疗。"

李元掩饰不住紧张,失声问:"从哪里采集血清?"

叶逢驹生硬地说:"我知道你很难过,但是,别无他法。陈市长已经下了指令,你的女朋友不能走。这就再清楚不过了。"

李元痛心疾首,说:"她身体非常虚弱,已经在短时间内多次失血,这样会要了她的命!"

叶逢驹说:"我们只抽取她的血清,会把血球返还给她。这样虽然在短期内会加重她的痛苦和虚弱,但不会取了她的性命,你尽可以放心。毕竟我是医生,不至于卑鄙到用一条命去换另外一条命。在我这里,所有的生命都是宝贵的。"话虽这样说,但叶逢驹不是没有想到最后一招。如果在罗纬芝和苏雅当中,只能保全一条性命的时候,他不能违背市长的意愿。

李元无法判断叶逢驹话中真实和伪善的比例,只得说:"期望您能从人道主义出发,尊重所有人的生命。"帮助罗纬芝,需另辟蹊径。李元想。

苏雅昏昏然中,听到了天籁般的声音。"妈妈……妈妈……"

苏雅残存的神志辨认出这是陈天果的声音。她恍恍惚惚地想:难道我已经死了?已经到了天堂?儿子的声音里没有虚弱,没有恐惧,有的只是一如既往的轻快。

苏雅觉得自己的手指被捏住了。儿子的手很小,平常和妈妈握手的时候,只能捏住妈妈的手指。当他更小的时候,捏住的是妈妈的小手指。后来渐渐地长大了,就能捏住妈妈的中指。这一次,天果握住的是妈妈的三个手指,在天堂里,母子终于相会。儿子长大了。

苏雅流下了眼泪。

"妈妈,你哭了。"陈天果说。

苏雅困难地睁开了眼睛,她看到陈天果站在自己的面前,像一株单薄的竹。这时那滴蜿蜒的泪,漫到了嘴里,她苦涩干燥的舌头尝到了依稀的咸,才明白自己仍在苦难人间。

"天果,这是哪里啊?"苏雅滚热的手掌握住孩子的小手,生怕一撒手,就永不相见。

"妈妈,这是我的海底世界啊。你怎么不认得了?"陈天果不明白。

记忆艰难爬回苏雅的脑屏幕上,她想起了昏睡前的一切。"天果,你的病好了吗?"她迫不及待地问。

陈天果说:"我病了吗?我好像只是睡了长长的一觉。睡着的时候是在我的房子里,醒来的时候也在我的房子里,后来才把我搬到另外的地方了。妈妈你怎么住到我屋里了?"

苏雅积聚力气再核实:"天果你真的好了吗?"

陈天果说:"我坏了吗?"

苏雅无比困难地微笑了一下,说:"你没坏,没坏就好。妈妈放心了。天果,出去吧,妈妈想睡一会儿,就像你睡着了那样。也许妈妈醒来也像你一样全好了呢!"

陈天果说:"那有叔叔给你喂白药粉吗?"

苏雅吃惊:"你还记得有人给你喂过白药粉啊?"

陈天果说:"记得。就是我那时没法说话,可我记得那个叔叔的声音。我刚才醒来的时候,有个叔叔说,你想不想见见妈妈?我立刻就听出是那个叔叔在说话了。我知道他是个好人,他救过我。叔叔说你回到自己的房间去,就能见到妈妈了。我就来了。"

李元知道寄希望于叶逢驹,沙上建塔,他决定从侧面迂回。他给陈天果继续服用"白娘子"时,就发动陈天果回到自己卧室去。陈天果已处于康复期,对他的隔离已经放松,再说这是他自己的家,谁能看得住他?护士一不留神,他抽空跑出来见妈妈。

苏雅说:"天果,回去吧……等妈妈好了……看你。"虽然自己的病是从天果这儿传染来的,按说天果已经有了抵抗力,但苏雅还是担心倘若这病毒吃回头草,孩子又要受苦,赶紧撵陈天果快走。她的体力衰减到了极限,说不出完整的话来。

陈天果见妈妈闭上了眼睛,就懂事地退出去。临走的时候,他把一个小纸条塞给了罗纬芝,并且机灵地竖起一个手指,横在嘴唇中间,示意罗纬芝别吱声。

罗纬芝已经醒了,刚才躺在那里,注视着母子相会。现在接到了陈天果的纸条,趁护士不在,悄悄展开。那一刻她觉得自己仿佛江姐,陈天果是传递狱中情报的小萝卜头。

纸条上写着:"他们要抽你的血救治苏雅。中午12点你迅速从窗户跳出,我带你出陈园。"

纸条没有署名,罗纬芝知道这是李元的安排。她把纸条毁了,看了看表,现在是11点零一分,还有59分钟的准备时间。12点的确是个好辰光,那是个节点,护士们换班,别的人也都在饭点当中,如果要逃走,是最好的时机。

她正想着,苏雅在一阵撕心裂肺的咳嗽之后,再次睁开了眼睛。当她看到儿子的身影已然消失,心里既安慰又失望。此地充斥着花冠病毒,儿子多待一分钟,就增添一分危险,当然是早早走脱了好。但她多么想再看儿子一眼啊!

"你刚才看到他来了吗?"苏雅问。

"看到了。多可爱的孩子!"罗纬芝躺在一边的床上回答。

"你也看到他了,真好。我总怕自己刚才是做梦。谢谢你,是你的血救了他。"苏雅由衷地说。

"不仅仅是我的血,还有那些白色的粉末,它叫'白娘子'。"罗纬芝说,她要为李元作证。

"可天果吃了白色粉末,就是你说的那个什么'白娘子',并没有效果啊。"苏雅轻声反驳。

罗纬芝说:"陈天果第一次吃了'白娘子'没有效果,到底是什么原因,我不知道。可我自己的的确确是吃了'白娘子'好的啊。如果说我的血能救陈天果,那也是'白娘子'给了我抗体。"罗纬芝对"白娘子"的医理作用并不完全知晓,但能现身说法。

"这么说,你现在完全好了?"苏雅很感兴趣。

"算是吧。起码我现在没有任何感染的症状了。"罗纬芝回答。

"那你干吗还不走?这里多危险啊!"苏雅设身处地为罗纬芝着想。

罗纬芝说:"并不是我不想走,而是他们把我扣留下来,不让我走。"

苏雅疑惑,困难地思索着说:"他们……是谁?"

罗纬芝迟疑了一下,说还是不说?一个纠结的现实。一方什么都清楚,另外一方什么都不知道,但她们彼此密切相关。罗纬芝将心比心,觉得被蒙在鼓里的滋味不好受,决定把真相说出来:"医生们。还有,你公公。"

苏雅还是弄不明白,说:"因为什么扣留?"

罗纬芝直言相告:"他们想用我的血,救你。"

苏雅因为病毒侵袭而变得不连贯的思维,终于明白了这其中森冷的逻辑。她一时语塞了。她多么想活下去,重新享受生活,等待着和在国外的丈夫相聚,等待着一家人的团圆。可是,这一切要以罗纬芝的巨大牺牲为前提,甚至让这个女人有生命危险。罗纬芝是救助儿子的恩人,自己无法感激不算,还要变本加厉地榨取她的血液,这让苏雅万分羞惭。

她吃力地说:"我不知道你的名字。我只知道你是陈家的恩人。"

罗纬芝侧着头说:"你知不知道我的名字,这并不重要。为了战胜花冠病毒,已经有很多人牺牲了,现在仍然没有找到根治花冠病毒的特效药。"

苏雅说:"不是康复者的血液可以治好病人吗?"

罗纬芝说:"这只是非常小众的一种治疗方法,杯水车薪。100个染病的人,可能只有一个病人能享用这种治疗。毕竟,人血不是水,它无法敞开供应。"

"我知道了。"苏雅又开始了新的一轮咳嗽,发出金属一样的爆裂声。这表明她的病情向更深的胸腔渗透了。她只得紧闭双眼,暂时无法关切周围的任何事情,昏睡过去。

死一样的寂静。时间一分钟一分钟过去,11点55分了。

护士们换班,开始轮流吃饭。毕竟这不是正规的传染病院,况且临时病房中躺着的是两个气息奄奄的女子,人们放松了警惕,在外面各自忙着。

罗纬芝扶着床栏杆站起身来,窗户就在她手边。推窗外出,并不是一件很难的事情。虽然看不见李元究竟在哪里躲藏,但罗纬芝相信,他一定就在附近,只要她钻窗而出,在落地的那一瞬间,就会有一双大手祥云般地托住她,带她走出桎梏重返自由。

窗外,绿草香花,清风荡涤。窗外,有她的恋人她的妈。窗外,有自由和安宁。只要走出这间房屋,外面的警卫人员不明就里,并不会阻拦。用不了几分钟,她和李元就能在燕市空寂的街道上畅快地行走了。

他们随便躲到某个地方,便可抛开一切,安心地喝茶聊天,相亲相爱。非常时期,查找一个人,并不容易。

窗内,是黑色的空气,这不仅是因为空气中溶解了太多病毒颗粒,还因为无望和哀伤。她的血,能填充无穷尽的劫掠和欲望壑谷吗?谁知道还有多少阴谋和陷阱在等待着她?而且,她不走,李元就不会走。李元的生命比她自己的生命,此刻更让她梦牵魂系。在李元身上,不仅维系着她罗纬芝一人的感情,还维系着无数人的安危。

罗纬芝又看了看身边命悬一线的苏雅。这是一个和她完全不同命运的女人。养尊处优矜贵美丽,她有威权有背景,她有英婿有骄子,一旦走出瘟疫,她将重新回到万人艳羡的高位,睥睨众人。

懂得一个和你的生活底色完全不同的人,非常艰难。罗纬芝不能理解一个女人,放弃自己的事业从此母凭子贵养尊处优。救这样的一个女人,冒着牺牲自己性命的危险,值得吗?

时间一分一秒地过去了,罗纬芝却像石雕一样,纹丝不动。她看到一旁昏睡的苏雅,看到她垩白面庞上渐渐消散的血色,看到她唇边凝固的泡沫状痰迹,她知道这个女子已经接到了死亡的请柬。如果自己离开,这个年轻的妈妈,必将化为泡沫。

Chapter 33

导师充满大胆雄奇的想象,凡享受上无能的人多半也缺乏想象力
像臭鸡蛋一样充满了火药味的硫黄,和红烧肘子涮羊肉是连襟

罗纬芝麋鹿般落下。这不单是她身手灵巧,而且因为太过纤瘦。李元并没有如同她所设想的那样,在第一时间像托住一片云霞那样,把她捧在手里。罗纬芝虽然病弱,依然保持着训练有素的敏捷,从窗棂一跃而出。李元潜藏在周围的树丛里,当他看出罗纬芝的用意,一个箭步跳出来,迎接他的已经是罗纬芝脚尖挑起的树叶。

看到李元,罗纬芝的眼泪就往下落。李元用手指竖在唇间,示意她万不可出声。

两个人踩着厚厚的林间草皮,走到一处僻静所在。

"快跟我走。"李元急不可待。

罗纬芝打量着自己的恋人,他们分开没有多长时间,但站在树木林叶之间的李元,和在充满病毒的斗室中,有很多不同。他独有的调皮样子是做给自己看的,而不是众人面前的矜持。

罗纬芝说:"到哪里去?"

李元说:"我现在也说不准具体去哪里。反正是离开陈园,这样他们就不会再抽你的血了。"

罗纬芝替他拍打去身上的一片有虫眼的落叶,说:"之后会怎么样,你想过吗?"

李元憨憨一笑，说："还没想，来不及。你知道中午的时间很有限。咱们逃出去是第一位的。"李元冷静睿智，很少有憨憨的样子，这让罗纬芝更觉他可爱。

罗纬芝说："咱们一跑了之，我也不知道到底跑得出去还是半路被人抓回，那时候怎么办呢？你忙，我躺在床上，倒是把这件事思前想后琢磨了个透。"

李元嗔怪她说："你既然都想过了，还来考我干什么！说实话，我看到他们抽你血，比我自己出血难受多了。心惊肉跳，方寸大乱，只想带着你一逃了之！"

罗纬芝感到一阵天旋地转，知道自己贫血，大脑供血不足，体力不支，说："咱们找个地方坐下来说好吗？"

陈园这一点设计得好，当初就想到有人在林间漫步，布下了一系列休憩场所。有些地点因为草木茂盛，藏在幽静处，从外面根本就看不见。李元找到一处古朴木椅，把自己的外套脱下来，铺在木头上，柔软得像一个鸟窝。

罗纬芝坐下的时候，看到了西服领子上的商标，是一个大大的名牌。挣扎着又站起来，说："这一坐，这件衣服就毁了。再也恢复不到原来的笔挺。"

李元说："衣服乃身外之物，有什么比让你舒服点更重要的呢！"说罢拉着罗纬芝坐下。茂盛的花木像帷幔一样遮住了他们的身影。四周鸟语花香。

罗纬芝取笑道："想不到你还挺花花公子的。"

李元说："这是导师从国外带回来送我的。导师一贯要求我们仪容整肃，要有科学家的风范。"

罗纬芝说："你导师是只对你一个人这样好，还是对所有的人都这样好？"

李元想了想回答说："对所有的学生都好。"

罗纬芝说："你导师够有钱的。我一直挺奇怪他是一个怎么样的人。"

李元说："导师是个真正的科学家。严厉细致，充满了大胆雄奇的想象，而且，爱兵如子。导师总爱说，凡享受上无能的人，多半也缺乏想象力。"

罗纬芝惊叹："真是一个奢华型的科学家。好的统帅都爱兵如子。这样才能激励手下奋勇向前奋勇杀敌。"

李元抓耳挠腮说："这都什么时候了，你怎么对我导师的兴趣比对咱们逃跑的机会还要大？"

罗纬芝说："咱们这一跑，我的命运就彻底和你拴在一起了。我当然要对你多一些了解。人们都说恋爱中的女人，智商等于零。我要破一破这个魔咒。"

李元只好抓耳挠腮地坐着，苦笑说："我现在才是确确实实智商等于零呢。好吧，你还有什么想知道的？"

罗纬芝说："咱们若真跑出去，陈家必然要查。为了他们家人的安全，一定会千方百计找我。"

李元说："这是一定的。人性自私，灾难会让之放大发酵。他们会不遗余力。"

罗纬芝说："咱俩这相当于私奔了。你说我们能去哪儿？"

李元说："你家是不能待的。那里是他们第一要搜寻的地方。"

罗纬芝说："对啊！我老母亲非得被这件事吓死，而且那是最不安全的地方。"

李元说："那就只有到我导师那里去。导师一定会收留我们。"

罗纬芝说："我相信你导师的为人。但是，他那里也不是人迹罕至的穷乡僻壤，也没有提前挖好地道，哪里能藏得住我们？到那时候，不仅我们能不能逃脱是个未知数，还得给你导师添多少麻烦！即使你为了我，愿意这样做，我也不愿意。"

眼看着一计不成，李元又生一计，说："那咱们就谁也不依靠，自己浪迹天涯！"说完之后，他竟然开始微笑，想到能和自己心爱的姑娘漂泊四海，他像孩子一样充满了憧憬。

罗纬芝现在算是相信了恋爱会让人智商倒退的英明论断。眼看着这个在科学领域纵横驰骋的青年才俊，变得如同武侠小说中的痴情小厮，罗纬芝自鸣得意。看来自己还是蛮有魅力的嘛！

她忍住笑意，说："燕市的出口早已被封锁，你也不是不知道。我们能跑到哪里呢？以后怎么办呢？你的科学研究事业呢？"

李元说："管不了那么长久。咱们先跑了再说嘛！"

这时,从陈天果卧房方向,传来了轻微的嘈杂声。

李元说:"他们发现你不在了。"

罗纬芝说:"估计是。"

他们能够逃出陈园的时机迅速渺茫,但两人不似刚刚坐下时那样紧张了。草木间有一种奇怪的力量,让你不由自主地放松。植物天生是散淡的,即使面临杀戮,也依然风姿绰约。

罗纬芝说:"我决定留下。"她的双眸有如冰河时代的湖泊,幽远安静洁净。

李元撕心裂肺地说:"你就这样为了我和我的事业,把自己的生命置于如此危险的境地?"

一只喜鹊被惊得飞了起来,扑扑棱棱的,搅得树影婆娑。

罗纬芝轻轻握住他的手说:"也不尽然都是为了你。我走了,苏雅就真的没救了,留下也为了帮她。而且,我相信他们也不能真的要了我的命,不会竭泽而渔。我如果走了,这边误了他们母子,那边给你带来无尽的烦难。何苦呢?所以,我决定放弃私奔。"

此刻,陈园内已经开始了大规模的寻觅,眼看着要走也走不成了。罗纬芝恶作剧道:"咱们拖他们一会儿,让他们也担惊受怕,着着急,受受气!"

李元说:"好啊。能跟你这样无忧无虑地坐着,真是幸福。"

他俩在草木的吹拂中,四目对视,两手相握,像一对绵软天鹅相依相挽。不由得口舌生津,唇齿甘甜,眼眸也如夏星般清凉。

罗纬芝说:"问你个物质问题。"

李元说:"好啊。你不会是问我有没有房子吧?"

罗纬芝说:"比这个可厉害多了。标的大多了。"

李元说:"这你吓不住我。我们研究的动辄是几千万光年或是纳米级的物质,大小通吃,胆子很大的。要是说精神,我可能说不过你。要是说物质,尽管问好了。"

罗纬芝说:"我没有那么虚幻。只是好奇你导师和你们这些徒儿,光靠研究虚无缥缈的元素,恐怕没什么看得见的经济效益。这项研究又很花钱,你们何以谋生呢?"

李元说:"原来是这个题目。这很简单,我们也生产世俗的保健品啊。有国家批号的,很正规。"

罗纬芝说:"你们的产品叫什么名字?或许我也吃过。以后再买的时候,可以走你的后门。"

李元说:"我们生产的保健品,名叫'取消'。"

罗纬芝捂着嘴笑起来。她不是那种崇尚笑不露齿的女生,只是搜索的人已经走近,她不想早早地就被押回去做输血机器。好不容易止住了笑,她悄声说:"一个保健品叫'取消'这样古怪的名字,明摆着是不让人买嘛!你们的生意一准做砸。"

李元附在她耳边小声说:"你终于说错了一回。我们的生意可好了。"

这时一只麻雀在他们头上鸣叫,搜寻的人听到了,判断这一片草木肯定无人藏匿,就走开了。一对璧人得以继续聊天。

李元说:"你知道有一种病叫作消渴症吗?"

罗纬芝说:"当然知道。不就是糖尿病吗!现在咱们中国成了糖尿病大国,真是现代化的副作用。以前忍饥挨饿的,没有这么多富贵病,现在铺天盖地。记得有一次我陪几位先生吃饭,一桌八个人,饭菜端上来,有七个人要打胰岛素才敢动筷子。"

李元说:"我们的这个保健品叫'取消',意思就是要把消渴症'取掉',这名字还是我起的呢,一炮而红。'取消'卖得好极了,是真正能治疗糖尿病的一味奇药。"

罗纬芝惊讶,说:"谁都知道糖尿病至今没有被彻底攻克,你们怎么会取得这样好的效果呢?"

李元见搜寻的人走远了,音量大起来:"在元素面前,很多疑难杂症,都变得简单了。你知道贫血症,如果不补充铁,任你填进去再多的营养,也无济于事。糖尿病是一种胰岛素缺乏引起的综合征,要增加胰岛素的产量,就一定要有原料。我们在食品中提供这种制造胰岛素的原料,说到底,是一种稀有元素。"一谈到元素,李元立即回到了青年科学家的身份,高谈阔论。

罗纬芝说:"天啊!如果得到了其他方的验证,'取消'真有这般奇效,你们这个团队,是要得诺贝尔医学奖的!"

李元说："奖不奖的,我们还真不在乎。诺贝尔这个炸药商,不过是有点闲钱。那个奖反映的是一个盛产海盗的国家对世界的看法,仅此而已。它对和自己一伙儿的人,格外青睐。比如日本的科学家,已经有二十多人次得过诺贝尔奖了。这并不能说明太多的东西。"

罗纬芝说："我特同意你的看法。这么说,'取消'就成了你们的科研经费钱柜。"

李元说："凡用过'取消'的,只要不是他的胰岛功能完全丧失,都有成效。所以我们的经费不成问题。"

罗纬芝说："你是个孝子吗?"

李元说："你这个思维跳跃性也太大了。刚才还胰岛,一下子就到了孝道。"

罗纬芝说："我这是在全面考查你。我对你的了解真的太少。比如你的家庭出身什么的。"

李元说："我父母都过世了,真正是子欲养而亲不待。那时我在国外读书,等我赶回来,看到的是因为车祸而双双谢世的父母的尸体。"

罗纬芝是："他们一定都是知识分子。"

李元说："是。"

罗纬芝说："你很爱他们。"

李元说："是。"不禁奇怪,问："这些你从哪里看出来的?"

罗纬芝说："那些有幸福的童年,没有受过拮据经济和残酷磨难的孩子,长大成人后,有一种内在的安宁和稳定。你身上就有这种东西,而且不着痕迹,这不是训练出来的。像1+1都写出来了,把2说出来,并不是很难。"

李元说："哦,原来是挂了相的。还有什么要问的?"

罗纬芝装模作样地掐算了一下,煞有介事地说："你应该是老大。"

李元笑起来,说："嘿! 魔女,你终于说错了一回。我偏偏不是老大。"

罗纬芝困惑起来,说："你的所作所为,都证明了你具有排行老大的特征啊。"

李元继续自己的快意,说："不过我千真万确不是老大。"

罗纬芝略一思索,说："我刚才疏忽了,说得不完全。我所说的老大,也包括独子。按排行次序来说,独子也是老大。"

李元一下子萎靡,叹息道:"你对了。我是独子。"

罗纬芝突然想起,说:"我一直想问你,但每次见到你都忘了。你给我吃的那种有催眠作用的白色粉末,到底是什么啊?"

李元说:"就是我第一次给你的1号,对吧?"

罗纬芝说:"对啊。我猜它也是一种元素。"

李元说:"错。它并不是一种元素。"

罗纬芝说:"你们团队这个店里,不是专营元素的吗?还兼营其他?"

李元眼珠一转,鼓起勇气把藏在心里的愿望,来了个学术性的表达道:"想知道这个秘密,要用一个吻来交换。你要让我亲你一下,我才告诉你。"

罗纬芝暗自好笑,在这暗无天日的绿荫里,想亲就亲就是了,一把搂过来,吻得透不过气来,那才叫酣畅淋漓。眼下情况紧急,自是不敢喊的。这样多么顺理成章!呆子啊!还要先发个告示,这告示还如此地科学化。你让我如何回答?只好说:"不平等条约啊。一个吻,何等珍贵,你这个1号连个正牌的元素都不是,拿来换,我亏大了,太不值了!"话虽这样说,还是噘着嘴,把双唇递了过去。于是一个动人心魄的吻,就在前有包围后有追兵凭空还有附加条件的情形下,完成。

李元还想继续吻下去,罗纬芝缩头不干了,说:"这个吻,受不了!有太多的消毒液味道。"

李元认真地想了想,说:"估计是你嘴巴里发出来的。你这几天被人反复消毒。"

罗纬芝说:"呸!我素来是吹气如兰的,肯定是你沾染的药气,你刚才还吃了'白娘子'。"

总之这个吻,充满医疗气息,两人一致决定,回了家,漱了口,再好好吻,硝烟弥漫的这个吻,不算。

回到刚才的话题。罗纬芝说:"讲吧,它到底是什么?"

李元说:"还记得我递给你1号的时候,问了什么先决条件?"

罗纬芝想了想,说:"你当时问我爱不爱吃肉?我说特爱吃。"

李元说:"这就对了。如果你不爱吃肉,这个1号,就没有那么好的催眠效用。"

罗纬芝说:"太奇怪了。药粉还和吃肉有关系?全世界的催眠药,服用时也没一个有这种注意事项啊。"

李元说:"这个1号,说起来简单,其实讲清楚还挺麻烦的。你真要听?"

罗纬芝说:"元素救了我的命,我当然对它有兴趣。我原本觉得这是非常时期的非常措施,后来一想例如失眠这种情形,到处皆是,元素也有奇效,所以很想多知道一点。我们认识这么长时间,总是鸡飞狗跳的,都没个时间好好说个话。"

李元叹息道:"现在最是鸡飞狗跳之时。"

罗纬芝说:"咱们忙里偷闲。"

李元说:"你说人为什么爱吃肉?"

罗纬芝说:"这还不简单,馋!好吃呗!"

李元说:"你说肚子聪明还是脑子聪明?"

罗纬芝说:"你也太欺负我智商了。当然是脑子。"

李元说:"可是,脑子会决定人把毒蘑菇吃下去,但肚子会吐出来。这说明在什么东西当吃,什么东西不当吃上,肚子比脑子聪明。"

罗纬芝似乎明白了什么,说:"你的意思是人们爱吃肉,并不是因为馋,而是身体需要?"

李元说:"人类进化了多少万年,你要相信身体是非常聪明的。如果单是因为馋,人们就酷爱吃某种东西,人类早就灭在嘴巴上了。必须要尊重身体的发言。"

罗纬芝笑起来,说:"那么身体渴望吃肉,这个发言的潜台词是什么呢?"

李元刚想鼓掌,突然意识到此地此举不相宜,改为用两只手握着罗纬芝的手,使劲晃了晃,说:"我回去就跟导师要求,吸收你加入我们的团队吧,你真是冰雪聪明。'潜台词'这个词儿,用得格外有水平。身体正是凭借着它对事物的选择,在同我们的理智说话。"

罗纬芝提醒他:"轻点。"

李元赶紧把声音放小。

罗纬芝说:"我指的是你的手劲。我的手指头都被你捏麻了。"

李元这才恋恋不舍地松了手。

罗纬芝说："承蒙你夸奖，可我这个大奖得主，还是不明白这无肉不欢，和失眠有什么关系？"

李元说："现在人们吃肉上瘾，别说是白领们每天吆三喝四地聚会点餐大啖其肉，就是小孩子，也有很多是肉不离口，体重超重的人越来越多。这都是因为人们缺乏一种元素，只有靠摄取大量肉食来补充。而这和人类进化的规律不符。要知道，人是猴子变来的，当然更准确地讲，是类人猿变来的。咱们就大而化之了。我问你——猴子主要吃什么？"

罗纬芝想起了西游记花果山，说："桃子、葡萄、西瓜……估计还有甜点。"

李元说："甜点是后来人类的发明，猴子也就找到点白薯和蜂蜜。猴子们也爱吃坚果、核桃瓜子什么的。这些都是素食，虽然猴子偶尔也吃一点动物性的食品，但那绝不是主流。"

把这些话分开来每一句并不难懂，但掺和在一起是什么用意，罗纬芝尚不得要领。她试着理解："你的意思是，强调人是素食动物演化来的，而不是老虎或是狮子变来的，真不应这般嗜荤腥，对吧？"

李元又想击掌，考虑到形势不宜，改为虚空中拍了两下，说："导师一定会喜欢你！对！"

罗纬芝摸索着往下推理："你是说肉里含有一种元素，是人类所必需的？"

李元说："正是。"

罗纬芝不解，说："既然人是猴子的时候，并不这样嗜肉如命，那为什么当猴子的时候没这毛病、安心茹素，变成人以后就成了肉食动物？也就是说，人同猴子相比，有什么最大的不同？"

李元说："这个问题也很好。你既然提出了问题，自己试着回答一下看看。"

罗纬芝心想，这真是烧香引了鬼来，自己给自己找麻烦。试着听听周围，远处还在犄角旮旯地找寻他们，出去也不是时候，就说："人是越来越笨了。"

李元说："此话怎讲？"

罗纬芝说："猴子能上树，人能吗？"

李元反驳道："我也能上树。我师弟凌念,上树那叫一个灵!嗖地一下就不见影了。我俩安静的时候,看起来有点像。要是一活动,我可就不是他对手了。"

罗纬芝不屑地说:"那你们可有猴子爬树快吗?能从一棵树跳到另外一棵树上,自己毫发不伤?能背着小猴子飞快地从树上出溜下来吗?"

李元败下阵来,说:"那不能。再说也没背过小猴子,以后有没有小猴子可背,还要看你的啦!"

罗纬芝佯作生气,嗔怪道:"别打岔!"

李元说:"好,咱言归正传。我不能同意人是愈来愈笨的推理。比如猴子就不知道元素。"

罗纬芝说:"你这个人真是死脑筋,还当真了。人同猴子相比,具体地说是和类人猿相比,脑容量越来越大了,会使用工具,会用火等,当然是越来越聪明了。"

李元说:"现在我们已经逼近了问题的核心。由于脑容量的增大,脑活动的加强,对这种元素的要求就比猴子要大得多。越是脑力活动频繁的人,比如学生,还有公司白领,领袖人物也包括在内,都爱吃肉。著名的毛氏红烧肉,不就是证明吗!"

罗纬芝想想也是,就说:"那这种元素是什么呢?"

李元说:"咱们再从'白娘子'说起。"

罗纬芝问:"你这个'白娘子',是元素锗还是那个呼风唤雨推波助澜的美人?"

李元说:"是真实的白娘子,那个蛇精化成的女子。"

罗纬芝不悦,说:"你怎么老跟白娘子拉拉扯扯的!"

李元忍不住大笑道:"哈,你吃白娘子的醋了!"

罗纬芝发觉自己失态,忙着说:"好吧,我不跟神话中的人置气了。你说吧,白娘子这会儿又给了你什么灵感?"

李元说:"请问是什么东西让白娘子露出了本相?"

这个题目罗纬芝喜欢。热恋中的女子,排斥同性,即使是学贯中西的女博士,也一样酸溜溜。说到白娘子败走麦城变成狰狞蛇这一段,罗纬芝有兴趣,说:"谁不知道,雄黄酒啊!"

李元说:"你可知道雄黄酒的化学成分是什么?"

罗纬芝说:"化学上我说不清楚。顾名思义,把雄黄泡到酒里就是了。"

李元今天是存心让罗纬芝转移注意力多待一会儿。和自己心爱的姑娘,谈论自己矢志终生献身的事业,这是何等欢愉之事!他追问说:"冷酒还是热酒?"

这可真把罗纬芝难住了。她想到讲究的人们常常温酒而饮,就说:"是热酒。酒一热,想那雄黄也会融化得快一些,饮用时味道也更好吧!"

李元又一次鼓掌大笑,当然这掌声是无声的,笑也是无声的,只是夸张地张牙舞爪龇牙咧嘴。李元说:"妙极了!"

罗纬芝真没想到自己蒙对了,故作谦逊地说:"这很简单。"

李元用手抹了一下自己的脸,类似川剧中的变脸。待手掌移开,面色紧张,说:"雄黄的主要化学成分是硫化砷。雄黄加热经过化学反应会转变为三氧化二砷,也就是剧毒品砒霜。喝雄黄酒等于吃砒霜,会对肝脏造成严重伤害。轻者出现恶心、呕吐、腹泻等症状,甚至中枢神经系统麻痹,意识模糊、昏迷等等,重者则会致人死亡。如果把雄黄酒加热后饮服,则危险性更大。故此,中药学上有雄黄忌火煅之说。"

罗纬芝大吃一惊,说:"那咱们的老祖宗糊涂了,每年都用雄黄泡酒喝,这不是自取灭亡吗?咱们的老祖宗何时会做这么自掘坟墓的蠢事!"

李元说:"雄黄有好多别名,比如雄精、石黄、熏黄、黄金石等等。我最喜欢它在乡间的一个小名,叫鸡冠石。因为好的雄黄是不导电的,硬度为1.5～2,比重为3.6,晶面有漂亮的光泽,上等品的颜色像大公鸡的鸡冠,是橘红色半透明的结晶体。如果是白色结晶或碾碎时外红中白者,均为富含砒霜之象。"

罗纬芝听到此,抚摸着胸口说:"按说咱们的老祖宗,对于养生和药品,素有心得,吃的东西也特别讲究,怎么能留有这么大的一个黑洞,专门给自己喂毒药呢!"

李元说:"别着急,听我慢慢讲。雄黄酒的具体做法是每年快到五月端午时,民间将蒲根切细、晒干,拌上少许雄黄,浸白酒,注意啊,只有这种严格遵古法泡制的雄黄酒才能喝。雄黄性温、微辛、有毒,归心、肝、脾、胃、大肠经。古时有水井人家,还以雄黄一块,裹以丝绵,投入井中,以祛水中之毒。古代人认为雄黄可以克制百虫,辟百邪、制蛊毒,人佩之,入山林而虎狼伏,入川水而百毒避。人们还把雄黄酒涂在各家小孩的耳、鼻、额头、手、足等处,用酒和好的雄黄在孩子的额头上画一个王字,以避百邪。所以变成人形的白娘子,就抵不住雄黄酒的辟邪之力,失去控制现出原形。"

罗纬芝说:"你看这不是自相矛盾吗!先是说了雄黄那么多的不是,但古代连小孩子都可用雄黄,如何解释?每个民族都会格外看顾自己的孩子,以求兴盛,会把最好的东西给孩子。古人不会傻到那种地步,毒杀自己的后代吧!"

李元继续说:"饮用雄黄酒,在中国流传了几千年以上。为什么要在阴历的五月饮用呢?因为端午及节后,大地还阳,气候炎热,蝇虫飞动,毒气上升,疫病萌发,邪杂之气,口鼻吸入,也就相当于咱们今天所说的经呼吸道和消化道传染。饮了雄黄酒就能驱邪解毒。可惜的是,现在人们只注意到了喝雄黄酒等于吃砒霜,就彻底破了这规矩,完全停止了饮用雄黄酒这一古老习俗。"

罗纬芝是越听越糊涂,从吃肉这个香喷喷的题目开始,飞流直下三千尺,径直与毒药挂上钩。天理何在啊?她始终解不开的疙瘩是:中国的古人就这样昏聩,吃了几千年毒药,还奉若至宝吗?她把这天大的疑问托出。

李元说:"这其中自有它的医理。你还记得刚才我说过雄黄的主要成分是什么吗?"

罗纬芝说:"是硫化砷。"

李元略显沉痛地说:"人们只注意了雄黄中'砷'的那一部分,却忘了还有'硫'。"

罗纬芝说:"哦,我明白了。真正让雄黄具有药效的是硫。为了得到硫,人们只有利用毒性很大的雄黄。现在人们为了避免砷的损害,停用了雄黄,是因噎废食。"

李元紧紧抱住罗纬芝,这不仅是青年男女的情欲,更有找到同道的欣喜。

李元说："硫是一种元素,在元素周期表中它的化学符号是 S,原子序数是 16。对所有的生物来说,硫都是一种重要的必不可少的元素,它是多种氨基酸的组成部分,可以说,没有硫,就没有蛋白质的组成。李时珍编著的《本草纲目》中,说硫可治腰肾久冷,除冷风顽痹寒热,生用治疥癣。在西方,古代人认为硫燃烧时所形成的浓烟和强烈的气味能驱除魔鬼……"

听到这里,罗纬芝突然说："若是我记得不错,东西方炼金术士都很倚重硫的,他们所炼的仙丹,很大一部分组成都是硫。不过,似乎毒性很大,在中国历史上,服食长生不老仙丹而死的皇帝超过了十人,东晋的哀帝是第一位。"

只要说到历史,就成了罗纬芝的长项,一反刚才的尾随其后,兴致勃勃。

李元说："今天的人们把炼丹说得那么无聊,其实也不尽然。皇帝当时掌握着最大的资源,他们也并不个个都是弱智或一开始就走火入魔。最高统治者为什么把丹药看得那么金贵? 主要是在服用的早期,丹丸是有效用的。根据化验,最主要的炼丹材料是丹砂。丹砂是什么呢? 它的化学成分是硫化汞,在我国药用历史十分悠久。《神农本草经》将丹砂列为上品中的第一位,认为它可治百病、养精神、安魂魄,久服使人通神明,不衰老。"

罗纬芝说："丹砂有此妙用,何不广泛应用?"

李元说："你若生在 1000 年前,肯定是个偏听术士谗言的女道姑。"

罗纬芝说："不一定是道人,也许是个早夭的皇帝。"

李元说："实际上,丹砂那些令人神往的功效,都是来自硫。所谓长生不老的仙丹,因为其中含有硫,早期会给服用者一种生机勃勃、充满能量的感觉,而汞和砷,毫无疑问是有剧毒的。限于当时的水平,不能分辨得这样清楚。术士和皇帝们,为了能够获取硫的超常能量,就把含硫的化合物,比如雄黄和丹砂,拿来使用。在摄入硫的过程中,也摄入了巨量的汞和砷。泥沙俱下,有很大的毒性,很容易因为有毒成分的积累而丧命。中毒常常发生,服丹人就一头倒下撒手人寰,那时就说此人是白日升天了。用这种方法摄取硫,肯定不是持久而安全的方式。"

罗纬芝吐吐舌头说："幸好我生在新中国,长在红旗下。"

李元说："1789 年,法国化学家拉瓦锡发表了近代第一张元素表,把硫列入表中,确定硫的不可分割性。植物从土壤中吸收硫酸根离子,大部分被还原成硫,进一步被同化为半胱氨酸、胱氨酸和甲硫氨酸等。硫也是硫辛酸、辅酶 A、硫胺素焦磷酸、谷胱甘肽、生物素、腺苷酰硫酸和腺苷三磷酸等的组成。"

罗纬芝说:"乖乖,这个和火柴是近邻的家伙,还这么见缝插针处处留痕啊。"

李元不喜欢在严肃的科学论述中插科打诨,说:"人的肝脏、肾脏、心脏等的硫蛋白中,含硫量高达 16.3%。在皮肤、骨骼、肌肉等结缔组织和毛发中,含量也可高达 5% 左右。总数约占人体重的 0.25%。大约小四两吧。"

罗纬芝惊奇地说:"那我会不会一点就着了? 口干舌燥的,肯定是和硫有关了。"

李元从衣兜里掏出一个橘子,说:"这是我临出来的时候,凌念愣塞给我的。娄子是他惹出来的,堵枪眼的是我,他这个粗心人,也想起物质鼓励我了。"

一个看起来非常美丽的橘子,表皮金黄,毛孔细腻。

李元把橘子递给罗纬芝,说:"慰劳一下你这个病号。"

罗纬芝接过橘子,说:"现在是什么时候? 初夏。这一定是去年的橘子。不喜欢什么时候都可以吃到任何水果的日子。苹果就只应该秋天和冬天吃,樱桃就只应该五月享用。像现在这样全年供应,会让人忘记时间,不懂得珍惜。"话虽这样说,心里还是欣喜,心生一计,说:"我要你喂我吃。"

李元说:"好啊。我本以为你不会这种小女生的把戏,不想也驾轻就熟。"

罗纬芝说:"我就是小女生嘛!"

李元乖乖地把橘子剥开,就在手指头要触到橘子瓣的那一刹,他猛地停了手,说:"我不能喂你!"

罗纬芝大惑不解:"为什么呀? 不行,偏要你喂!"

李元说:"只为我的手太脏了。你想啊,我从病人那儿出来,根本没来得及洗手,刚才又扒拉树叶扶着树干什么的,这手上不知沾了多少细菌。你现在抵抗力正弱,要是把脏东西染到橘子瓣上,不就害了你!"

罗纬芝想想也是,感动于他的细心,说:"不过我的手,也不干净。"

李元说:"橘子是可以不用手接触就吃到嘴里的少数水果之一。你快吃吧。"

罗纬芝把橘子一掰两瓣,递给李元说:"我本来也想喂给你吃,手也不干净,你就自己动手丰衣足食吧。"

李元顺从地接过了半个显得大些的橘子,并没有马上吃。

罗纬芝却没管那么多,隔着金灿灿的橘子皮,把一个橘子瓣送到了嘴中。"好吃吗?"李元眼巴巴地问罗纬芝。

罗纬芝费力地把橘子咽下喉咙,说:"这让我想起了一个成语——金玉其外,败絮其中。"

李元低头看看自己手里的橘子,果然是瓣小肉瘦,形容枯槁,僵硬惨白。橘络倒很发达,如一团乱麻,裹着淡黄色的果肉。

罗纬芝说:"我从小就有个问题搞不清楚。那个卖'金玉其外,败絮其中'柑橘的人,是怎么把橘子整成了这副模样?故意的吗?还是用了一种特殊的技术,让橘子皮不脱水,但内里却干了?他这是图的什么呀?"

李元原本留着半个橘子不吃,是打算罗纬芝吃完了之后,自己再把这半个给她吃,现在注意力转移到橘子的保鲜质量上面了。

他略一思索,说:"我能回答你这个从少年时代就百思不得其解的问题了。"

罗纬芝说:"吹牛吧?你在化学上是把好手我相信,莫非在植物学上也是行家?"

李元说:"古时的人们不明白,那并不是卖橘子的人使了什么奸诈诡计,而是那橘子瓣天生就僵硬了,没有水分。"

罗纬芝说:"成了橘子僵尸?"

李元说:"原因其实很简单,就是橘子树缺了硫。植物缺了硫,会缺绿、矮小、果实皱缩无味,这种干柴般的橘子,就是标本。"

罗纬芝说:"千古奇冤得以昭雪,卖柑者要感谢你啊。"她突然想起什么,说:"那么我们平常多补些硫,是不是会让自己变得更好呢?"

李元说:"平衡最好。不过由于硫在植物中含量比较低,加工的过程中又特别容易被破坏,人整体上就处于缺硫的状态。古人发现了这一点,所以会在入夏之前,以饮雄黄酒这种方式集中补硫。虽说有砷的危害,但两害相权取其轻,硫对防止夏天的传染病有显著效果,也就一代代地用下来。我们知道了砷有危害这个其一,停用了雄黄。但我们不知其二,没有想法子用别的替代方式补硫。所以,整个国民身体素质中,缺硫的比例相当大。怎么办呢?因为肉类中硫的含量高,肌体就指令嘴巴拼命吃肉。这样,硫是得到了补充,但整个热量就太高了,就变得肥胖。可明知肥胖,但因为硫的缺乏,还是需要不断地吃肉……"

罗纬芝茅塞顿开,说:"原来元素这样精细。"

李元说:"对喽,元素和人一样,是有生命的。如果把锗比作回阳救逆大慈大悲的观世音,那么,硫,就是一头猪、一只羊、一道让人馋涎欲滴的荤菜。"

罗纬芝甚为好笑,说:"那个像臭鸡蛋一样并且充满了火药味的硫黄,和红烧肘子涮羊肉是连襟吗?"

李元说:"你可不要看不起硫,如果没有硫,你的生命素质就会大打折扣,变成僵尸!"

两人嬉闹着,突然意识到陈园已经恢复了安静。罗纬芝说:"哎哟,时间不早了,咱们应该现身了。"

李元很想继续这种欢愉,说:"反正你回去救苏雅就是了,让他们再辛苦一会儿。"

罗纬芝说:"不成啊。他们已经放弃了在陈园内的寻找,肯定马上移师陈园以外。以外是哪儿?不就是我家和你的居所吗?那样就惊扰了咱们的亲人。所以,到此为止吧。"

李元一想也是,两人拍打着身上的草叶,走出树丛。

化作穿越漫漫时光的宝石,以金刚之身走一遭,光焰灼灼永不破碎

在这个世界上,遇到你,认识你,爱上你,都在宇宙大爆炸时候注定

　　工作人员发现了李元和罗纬芝,大喜过望,像抓住了畏罪潜逃的越狱犯,马上带他们回到了陈天果房间。一路上也不敢推搡,因为这两个人镇定自若,应该算是自首吧。大家都搞不清要找这两个人的真实目的是什么,只有好生看管。

　　叶逢驹看到李元,点点头说:"你还算识大局。在外面等一下。"

　　罗纬芝回到临时加载的小床上,安静地躺了下来。她决定待下去,在这个像水蛭一样时刻准备吮吸她鲜血的小屋内继续安卧,等待命运的裁决。

　　护士默不作声地把苏雅最新的检测结果递过去,叶逢驹脸色骤变。再不实施抢救,苏雅就命若游丝了。他走到了罗纬芝面前,温和地说:"你回来就好,伸出你的胳膊。"

　　罗纬芝顺从地把自己纤细的手臂颤巍巍地伸了过来。针孔叠着针孔,要不是知道底细,或许以为罗纬芝是一个不断静脉注射毒品的瘾君子。树丛中的交谈,耗费了她大量体力,此刻面色萎黄,形容枯槁,活像一块在沙尘暴后刚刚擦过车的旧麂皮。

　　叶逢驹迟疑矛盾,左手边一个,右手边一个,里里外外都是命啊!但是,他绝不能放弃苏雅。不给苏雅输入抗毒血清,苏雅必死无疑。罗纬芝虽然极端虚弱,抽血会遭受重创,但八成不会死亡。更不消说在苏雅这一侧的天

平上,还有"陈"这个巨重砝码。

就在叶逢驹布置护士抽取罗纬芝血液的那一刻,苏雅突然醒了。她意识恍惚,但并不糊涂。明白了大家在忙什么,她说:"叶医生,你住手。"发声艰难但很清晰。

叶逢驹回过身来,和蔼地说:"这是在救你。"

苏雅说:"我不要……"

叶逢驹慢声应着:"哦……不要什么……"他并不把一个濒死病人的话当真,这只是一个出于礼节的重复句,不是一个问句,不需要答复。

"不要她的血……"苏雅拼尽全力,让自己的声音显出力度。

叶逢驹不得不认真对待,说:"为什么? 她的血,可以帮助你战胜花冠病毒,让你和儿子都康复。"

苏雅说:"我就要死了,我知道。我不能再让恩人付出了……如果你真想救我,就给我吃'白娘子'吧……能用自己的身体证明'白娘子'是有效的,就是我对恩人们最后的回报了……如果我终于是死了……不要怪任何人……我不怨……请善待我的儿子……"这一番话,几乎耗竭她所有的残存之力,说完之后,再无声息,漆黑的头发被冷汗粘在额头和耳鬓,像悲苦的青衣。

叶逢驹不知如何处理此事,只有郑重核对:"苏雅,你……你现在是完全清醒吗?"

苏雅已经无力睁开眼睛了,闭着眼说:"我清醒……从来……没有像现在……清醒。"

叶逢驹说:"那我要请示一下陈市长。"

苏雅说:"就不要麻烦市长了……这件事,我做主……"

叶逢驹想想也是,真把事情捅到市长那里,你让领导怎么说? 他想,反正罗纬芝也还在一旁,实在不行时再上血清,就不知那时还来不来得及。走着看吧,破釜沉舟,让李元试一试。

进得临时病房,李元别有深意地看了看罗纬芝。罗纬芝先是摇摇头,又点点头。李元也搞不清具体的意思,但知道这是罗纬芝明朗而完整的决定,就按着叶逢驹的指令,着手为苏雅配服"白娘子"。

陈天果的卧室本不算小，但挤进诸多治疗设备和另外一张床，也变得十分逼仄。静卧在床的罗纬芝听得到这一切，倘若睁眼，也完全看得到这一切，但她示意李元之后，就双目微合安然静卧。也许"白娘子"进入她的肌体后，改变了她的情绪和思维，让她豁达与怡宁。几经生死，万千红尘，全部已化作悄然的顺应。

人的个体，不过是微不足道的一缕轻烟。组成她生命的所有成分，都是早已存在于太空中的粉粒，不过在这个时间这个地方，以这样一种特定的形式结合在一起，于是乎有了她渺小的生命。无论她何时消散化灰，都不是真正的消失，只是一种回归。重又峰回路转，融入无边无沿的宇宙，自由飘荡。她体内的氢和氧，会化成水。继续在云中浮动，在地上流淌，在牛马的口中咀嚼。她身上的碳，会变成谷物的长穗和树木的呼吸还有焦黑的炉渣。当然她很想化作穿越漫漫时光的宝石，以金刚之身走一遭，光焰灼灼永不破碎，佩戴在恋人的无名指上。但这似乎是一个痴梦。形成金刚石的年代已经随着地球年龄的增长，一去不复返了，那她身上的碳，至多只能变成黑不溜秋的石墨，帮助小学生写下人生最初学会的字。还有全身的铁，虽然它在人体内那么金贵，携带着氧气走南闯北，是生命的运载火箭。但若苦心将它提炼出来，全部加在一起，也只够打一枚小小的铁钉。

人是元素，这个大前提前世就定了下来，后天或许能改变一些轻微的组分，但不能改变根本的性质。

当罗纬芝知道那个拯救了自己的"白娘子"，学名是"锗"以后，就开始对元素产生了浓厚的兴趣。前一段时间检索了大量资料。她原本聪颖，加之李元的循循善诱，奇妙的科学信息汇拢在一起，犹如世间童话，让她如醉如痴。

阳光透过没有关闭好的窗帘，映射到罗纬芝的身上，这让她残旧白绸一样光滑而暗淡的脸庞，泛出似有似无的红色。她感觉到了微微的热。啊，连这号称太阳的伟大天体，也不过主要是由氢和氦构成的炙热火团，当然，它不会单纯到只有这两种元素，还有氧、碳、硅、铁、硫等成分。它亿万年地向四周喷射着光焰和热力，从来没有要求过任何感谢，人和它相比，是何等的功利和琐碎啊。恒星的运转,主要靠氢的燃烧。似乎无穷无尽的氢,也终有燃烧耗尽之时。那时候,星体就无可挽救地开始熄火,逐渐停止运转。在这个悲惨而壮丽的过程中,星体会发生很矛盾的两极变化。它的内部持续收缩,而星体外侧的物质,则放任不羁地开始扩张。没落的恒星像气球一样膨胀,进入了红巨星状态。星体内核这一收缩不要紧,马上造成星体内温度的急剧上升,居然可以从 1000 万℃嗖嗖地蹿到 1 亿℃。如此不可想象的高温,就引起星体内部的氦元素燃烧,聚变产生铍,铍再生成碳,再生成氧……在内部翻天覆地倒海翻江的同时,外部也没闲着,继续锲而不舍地膨胀,直到达到可怕的极限。这时会发生什么事儿呢? 恒星的外层物质众叛亲离,向宇宙深处漂流而去。而内在的核聚变生成了铁。

上述过程并不是一次到位,而是不厌其烦地反复进行,且越来越快,疯狂循环。

哈! 这星球老来得子的铁,是星体生命完结的最后一杯猩红的葡萄酒。星体终于迎来了自身辉煌绚烂的死亡之光。猛烈的爆发把各种元素礼花般抛向太空,遇冷凝结,这就形成了行星。原来,我们赖以生存的地球就是这么诞生的,而作为地球的无心插柳的附属物——人类,那更是下游末端的产品,本不在计划之内。地球原本是枯寂世界,经过长期演变,出现了水,出现了蛋白质,出现了五彩缤纷的生命。它们从植物到动物,再到人类。种种元素的流浪和拼盘盛宴,千变万化镶嵌搭配,最终构成了精细的人体。每个人都是巨大宇宙空间的宁馨产儿,是星云的小小尾货单品,都是一堆元素的组合。所以每一个人,也可以说是缩小版的地球,超微结构的宇宙。

星云中的元素构成了地球,然后转移到植物,然后再次转移到动物,之后才是人类。人类死亡,自身的元素又还给地球,多么完美的循环啊。元素是自然界的精灵。在永恒的宇宙和稍纵即逝的自然界之间,循环往复,既是信使,又是终极。

把这一切都想通之后,罗纬芝心如止水柔和淡定了。她不怕死了,她知道自己永不会完结。那些构成她血液成分的元素,现在已经借着郝辙之手,周游世界去了。那不是她的本意,却也无法控制。即使她在为苏雅输血的过程中,终结了自我生命,但她的元素,依然会在苏雅体内开始新的旅途。

在遥远的将来,这些曾经属于她的元素,都会和她的灵魂异地汇合。在更遥远的将来,也许又如七巧板一样拼凑起来,变成一个新的罗纬芝,穿行于世。那么反过来推测,今世的罗纬芝一定也曾以元素的形式,在太空遨游。在某一个特定的框架中,父精母血(本质也是元素啦)凝聚成了今日之人形。当然,还有无数的谷物豆类精肉鸡蛋(本质也是元素啦)填充其中,这才有了今日之她。

罗纬芝不相信轮回,不相信任何宗教。但她笃信元素的周而复始生生不息。相信所有的开端都必有结尾,所有的结尾又是写下新一轮诗篇的破题。相信无法逃脱大智若愚的宇宙的安排,相信洪荒静寂大风飞扬,唯有元素长存。

美国的物理学家理查德·费曼说过:"如果把科学史压缩成一句话,它会是:一切东西都是由原子构成的。"

是的,罗纬芝是原子构成的,李元也是原子构成的。所有的人和物,包括奄奄一息的苏雅和横行猖獗的病毒,都是元素构成的。

既然我们的基本组成都是一样的,那我们还有什么可以惧怕和畏缩的呢?原子是不灭的。科学家们已然确知原子长寿到了不可思议的地步。到底有多长寿呢?大约为10的35万次方年!这是一个不可想象的数字,科学家为了一劳永逸,干脆偷懒,简言之"物质不灭"。在这个无比漫长的时空里,不安分的原子到底是怎么度过的呢?它们无拘无束,四处漫游。罗纬芝自信自己身上的某个原子,已然轻车熟路地穿越过若干恒星和卫星,曾化身过百万种生物的组成部分,然后才屈尊成了自己的肉身。

当自己的这百十斤溃灭之后,那些原子(当然也包括病毒的原子)就会袅袅飘然而去,开始了新的一轮轮回。如果说是废物利用,就有点狂妄,把自己这一世的过程夸大了,更准确地说是改头换面柳暗花明又一村。原子飘呀飘的,也许会成为伟人或是凡人的组成部分,不过这个概率应该是很低的,最大的可能是一头栽进了大海。因为海洋占据了地球上70%的份额,所以我们每个人成为海水的可能性也就占了2/3。剩下那1/3的可能性,喜欢轻盈的,你可以变作风;喜欢沉重的,你可以化作铅;喜欢洁净的,你可以凝成一滴露珠;喜欢美味的,你可以变成红烧肉……凡此种种,皆有可能。

　　有好事的科学家计算过，每个人身上多达十亿个原子，就像十亿个螺丝钉，不过通通是生命的配件。记住，它们还是标准配件，很多人都使用过的。比如这些螺丝钉可能分别来自北京猿人、屈原、释迦牟尼、贝多芬或是强盗娼妓杀人犯……他们的原子在世界游荡，被你所俘获，再次组配。我们可能都是别人转世化身而来，而且时时刻刻准备着再次摇身一变，幻化为万象。虽然人的这一世非常短暂，但构成我们身体的这些物质，具体说来就是原子，千秋万代永恒存在。甚至比地球更加古老，因为地球的生成才几十亿年，早在宇宙大爆炸之前，我们就已经优哉游哉地荡漾了。这不是宗教，不是迷信，而是科学。物质不灭、能量守恒，化学中的分子量平衡，说穿了不就是这么回事吗？就连爱因斯坦的能量公式，其本质也是平衡和不灭。

　　这就是科学界的原子轮回观。困惑是通往清晰的必由之路。明白了这一点，罗纬芝勇气倍增。每个人都要有自己灵魂的解药。多少年来，害怕死亡，经受恐惧死亡的煎熬，曾是罗纬芝生命中最大的黑洞。现在，它已被精确地填满，从此平复如荒漠之沙。这并不导向虚无，而是高贵的人性在顿悟中蒸馏而出。元素的循环往复以至无穷，让世间之人放下斤斤计较自私利己的心魔。当罗纬芝距离死亡最近的时刻，她嫣然一笑，不再害怕死亡了。这一个变化，让她欣喜莫名，安然地享受到了生命纯粹的快乐。原来这万物的真实性，就是不生、不灭、无来也无去，好像光的无数次轮回，永不熄灭。

　　罗纬芝认真斟酌了自己这一生。本是中等姿色的寻常女人，好像一只半熟的木瓜，尽了自己最大的努力，也不过是一颗没有多少特殊滋味的寻常果子。但这沉浸于花冠病毒的一系列苦难折磨，是上帝送来的化了妆的礼物，绑扎的缎带就是重重非凡的蹂躏。这个过程，就像木瓜经过雪蛤、燕窝、鱼翅等等山珍海味慢火久久煨过了，从此变得五味杂陈大不相同。与花冠病毒携手而来的最隆重的恩赐，就是李元。她和他，相逢在如此意料不到的险恶之处，令人惊悚的相识之后是喜不胜收的相知。她虽然从戏剧和小说中，知道爱情可能以迅雷不及掩耳之势扑面而来，但他们不是这样一见钟情。他们走了一条崎岖小道，深入浅出步步为营，在世间低迷阴冷的时刻，碰触出温婉浓艳的鲜花。

　　这厢罗纬芝天马行空地畅想，那边李元喂苏雅服下元素锗。现在，他比较有经验了,剂量拿捏得很准。再加上知道锗的作用规律,也就不急于求成,告知大家不必寝食不安地守候,只要没有特殊情况,现在能做的只有一件事——等待。

屋子还是那间屋子,病床还是那两张小小的床,屋内的氛围变了,不再慌里慌张若惊弓之鸟,沉静而有条不紊。

苏雅这一次是真正入睡了。李元坐在房间正中的一把小椅子上,两个病人都能兼顾。

在李元眼中,苍白的罗纬芝此刻无比端庄。她身上,似有一种光晕笼罩,严丝合缝地包绕着,祥和安宁。端庄也是一种性感,撩人心弦。李元悄声问罗纬芝:"你不走,可知危险?"

罗纬芝小声回答说:"我若走了,她必死无疑。"

李元说:"你有可能被害死,知道不?"

罗纬芝回答:"知道。如果让母子平安,一个换两个,也值了。"

李元正色道:"你算错了。不是一个换两个,是两个换两个。"

罗纬芝不解,说:"此话怎讲?"

李元说:"你死了,我也死了。"

世界上的情话有万万千,表达爱情的场合也五花八门。在这间充满了病毒的小小病室里,这完全没有诗意的表达,饱含了雷霆万钧的情愫。

罗纬芝听懂了,却没有回答,反倒闭上了眼睛。正当李元认为自己阐释得不够明确,想进一步加强说明的时候,他看到罗纬芝的睫毛上开始挂上水珠。眼泪的分泌有的时候铺天盖地,有的时候像几近干涸的泉眼一般静谧,无声无息地渗出来,节制而有分寸。

李元看了一眼苏雅,见她呼吸渐渐平稳,咳嗽也不再那样频繁,明白"白娘子"已经发力,进入深眠。他轻轻地俯下身,用嘴唇拭干了罗纬芝的眼泪。没想到这一招不但没能止住泪水,反倒迎来了更猛烈的涌流。李元轻声说:"不要悲伤。"

罗纬芝突然睁开了眼睛,娇嗔说:"这是欢乐啊!在这个世界上,遇到你,认识你,爱上你,都是在宇宙大爆炸的时候就注定了的。从那时,我们就各自开始以原子的形态飞扬,在亿万次的转换当中,寻觅着对方,直到这一刻的相逢。只是,你的吻,还是有消毒液的气味。"

李元轻轻地用唇吻干她的泪珠,温暖而有力地握着她的手。他感觉到她皮肤之下的血液,流动着蓬勃的气息,散发着干草样的和煦。罗纬芝则如同秋蚕一样卷起,泪如雨下。

正在这时,陈天果冲了进来,说:"李叔叔,你在干什么?"

李元慌忙抬起头,掩饰说:"看病人的瞳孔。"

陈天果说:"我知道,瞳孔散大就是人已经死了。"

李元好笑道:"谁跟你说的呀?"

陈天果说:"我快死的那会儿,就听到医生说,看他的瞳孔是不是散大了?我什么都知道,就是说不出话来。我很想把自己的瞳孔变小,可是我做不到⋯⋯"

李元抚摸着他的头说:"你的瞳孔现在很小,因为光线很强烈。"

陈天果说:"像一只黑猫在太阳下一样吗?"

李元说:"还是有所不同。黑猫的瞳孔是竖起来的一条线,而你的瞳孔就算再小,也是圆的啊。"

陈天果轻轻走到苏雅面前,叫道:"妈妈⋯⋯妈妈⋯⋯妈妈⋯⋯妈妈⋯⋯妈妈⋯⋯妈妈!"他清脆的童音,好像玉石风铃在空中激荡,响彻小屋。

李元怜爱地说:"谁让你这样叫的?"

陈天果说:"我爸爸。他在国外,一时赶不回来。他让我不停地叫妈妈,说只要我叫下去,妈妈就不会离开⋯⋯"

李元说:"你爸爸说得对极了。你呼唤妈妈,妈妈什么都能听见,她一定不会走⋯⋯"

陈天果非常肯定地点点头,说:"这我知道。你们那时说的所有话,我都能听到⋯⋯"

李元点点头,然后用力握了一下罗纬芝的手,传达一种力量,然后走出了简易病房。在他背后,是陈天果的吟唱:"妈妈⋯⋯妈妈⋯⋯妈妈⋯⋯妈妈⋯⋯妈妈⋯⋯妈妈!"

Chapter 35

中国国家药监局受理了 10009 种新药报批

悄声说我们的媒人是病毒

　　苏雅渐渐好转,所有的人都喜出望外,唯有李元保持着波澜不惊的宁静。不知道火柴能点燃的人,看到轻轻的摩擦就火光闪烁,当然会欣喜若狂,但在谙熟这一规则的人面前,火柴燃了,这不是新闻。火柴点不燃,才会吃惊。

　　对这一切陷入极大迷茫的,是市长陈宇雄。不用任何人向他解释了,亲眼看见陈天果和苏雅披荆斩棘死里逃生,让他不得不叹服"白娘子"的功效。他之所以激动,也不仅仅是因为自己的孙子和儿媳妇得救了,更因为他看到了这一药物的巨大潜力。推而广之,就有可能挽救千千万万的生命,包括他自己的政治生命。

　　瞒报死亡人数,这是一个极大的罪过。当初做出这一决定,实在是万不得已。如果如实报告,在没有特效药物的前提下,必定会引起极大的恐慌。抢购风潮、逃跑混乱、外交困境……接连降临,也有可能引起恐怖和骚乱。所以,这是不得已而为之的险棋。当说真话的风险如此巨大时,他决定说假话。说假话的人是要负责任的,他明白这个轻重。这个责任有多么重大,惩罚有多么严厉,陈宇雄也十分清楚。他是学者出身的官员,他明白这无异于政治自杀。虽然袁再春说自己承担,但他已牺牲在第一线。再说自己是当时的最高首长,你不下地狱,谁下地狱!

他没有权利像袁再春那样,戕杀自己的生命,不管是主观故意还是恰到好处的意外,袁再春的死,是一种解脱,自己却不能比照办理。中央对抗疫不力早有批责,但也没有临阵换将,局面仍由他鼎力支撑。他已经准备好了,当瘟疫控制之时,他就引咎辞职,以一身将一切担当。他对自己的亲人们万分珍惜,这也是原因之一。现在,突然柳暗花明,另外一种可能性豁然出现。

不过"白娘子"的临床应用,困难重重。

他急调叶逢驹前来商量此事,就在他办公室隔壁的小会客厅,连秘书都屏退了。

两人落座。陈宇雄自己动手沏茶。叶逢驹说:"谢谢市长,不用为我忙活。我喝自己带来的水。"说着,拿出一个玻璃罐头瓶,里面泡着浑黄的茶水。让人一眼看去,很易生出和某种排泄物有关的联想。

陈宇雄说:"这么简朴?"

叶逢驹说:"各种不锈钢啊塑料制品啊,都有不明添加剂。我还是用古老的东西,毕竟经过了无数人的检验,安全系数比较高。"

"闲话少叙,你觉得'白娘子'是否可以大面积地应用?"陈宇雄开门见山。

叶逢驹哑着嘴说:"关于这个锗,我们亲见的只有两例,就算加上罗纬芝,还是太少啊。"

"新药可否网开一面?"陈宇雄焦灼道。

"严格说起来,锗不能算作一种药。充其量,也就是个偏方。"叶逢驹字斟句酌地说。

"别咬文嚼字。什么是药?能治病的就是药嘛!"陈宇雄有些急躁。

在专业问题上,叶逢驹保有气节,说:"毕竟不是农耕社会了,不能揪一把草就当药。现在临床上大规模地应用某种药物,有严格的审批制度。按照药典规定,《新药审批办法》要求临床试验必须按规定一步步地去做。请问,这锗的成分究竟是什么?它的毒性有多大?它的剂量如何掌握?别的不说,我亲眼看见李元喂给陈天果吃,只有半个草籽不到的一点点,这样的剂量,你让临床的医生护士如何掌握?要把原料赋形,就是把它变得像一个药片或是一个胶囊,形式有时候非常重要。好比说是药片吧,要把原料药研磨和筛分,当然,李元的这个锗粉够细的了,但那也要和辅料,比如赋形剂、崩解剂等等在混合机上调均匀,还要加入适量润湿剂与黏合剂,在造粒机上制成颗粒,干燥后加润滑剂,在压片机上冲压成型……"

陈宇雄听得几乎暴跳起来,说:"我的叶指挥啊,你这是带一个制药厂的学徒工吧?我哪里能听明白!"

叶逢驹说:"实际情况就是这样复杂。如果制成胶囊,比这还复杂。人命关天,不能马虎。"

陈宇雄说:"难道就没有快速简易的方法了吗?"

叶逢驹说:"快不了。美国食品与药品管理局批一个新药,通常需要六到八年的时间。"

陈宇雄几乎昏过去,说:"那美国人还吃什么药?还不光喝西北风!"

叶逢驹说:"世界卫生组织向成员国推荐的基本药物目录,只包含300种药。美国一年审批通过的新药也不过100多种。这说明什么?"顿了一下,见陈宇雄目瞪口呆,只好自问自答:"说明一个药物的审批和临床应用,是万分谨慎的事情。"

陈宇雄不耐烦地说:"别老说美国和联合国的事了,说说咱们的。"

叶逢驹说:"举个例子,中国2004年国家药监局受理了10009种新药报批。"

陈宇雄吓了一大跳,说:"多少?"

叶逢驹冷冷重复:"一万多种。"

"这么多!"陈宇雄咋舌。

叶逢驹说:"中国的新药特别多,审批起来也特别费时间。在人体试验开始之前,要有药理以及动物模型数据,这主要是一种理论上的推演。先要表明该药物有望弥补目前无法满足的医疗需要,然后再根据临床试验数据,对申报药物和已有药物的治疗效果加以直接比较。这一套程序走下来,需要十年左右的时间。"

陈宇雄痛不欲生道:"十年?死于花冠病毒的病人坟头上长的树,都可以盖房子了。"他焦躁地在地上跺了一脚后,说:"难道就没有任何法子了吗?"

叶逢驹安慰道:"现在快一些了,只需一年半左右。"

陈宇雄说:"那也来不及! 还有没有更快的?"

叶逢驹说:"再就是极为特殊的情况了。比如中华人民共和国主席宣布进入紧急状态或者国务院决定省、自治区、直辖市的范围内部分地区进入紧急状态时,就会依法启动突发公共卫生事件应急处理程序,国家食品药品监督管理局就会统一指挥,早期介入,快速高效地审批新药。"

陈宇雄说:"对对,咱们走这条路!"

叶逢驹说:"即使是这样,也需要最少三个月的时间。"

陈宇雄彻底绝望。他挥挥手说:"叶教授,请把谢耕农总指挥叫来。"叶逢驹知道陈市长对自己的回答不满意,但这有什么法子? 医学就是医学,不是经济,更不是军事,没法子在一个早上决出胜负。

谢耕农来了。自他执掌抗疫指挥部以来,基本按照原有部署进行,说不上功,也没有大过,宣传方面由于辛稻的努力,已大见成效,民心思定。这倒让当初反对启用非医学专家的人,跌了眼镜,他们以为外行领导内行,事情会大乱。其实问题很简单。既然一切已知的医学手段,对这种新型病毒都没有对策,那么是不是内行,也并不是决定性的因素。

谢耕农和陈宇雄是大学时的室友。按说只有同班同学才住在一起,但他们并不在一个班。每个班的人数并不是一定能被宿舍人数除尽,也就是说,每个班都会有那么几个余数,游离在外,和外班的同学混合着住。同学们都不喜欢落到这步境地,会和本班人生分隔膜,有什么小道消息也听不到,当班干部的概率也比较少。不过陈宇雄不这样认为。他觉得能和不同班级不同学科的人为伍,朝夕相处,对开阔自己的眼界,大有裨益。陈宇雄学的是古典文学,谢耕农学的是社会学,高他一级。还有两个同学,是学畜牧和物理的。让这间宿舍变得像东北"乱炖",风味独特。

陈宇雄把公事私事都说了一遍。倒不是公私不分,实在是叫花冠病毒搅和的,公私掺在了一起。

谢耕农听罢,久久没有作声。陈宇雄说:"我找你讨个主意。"

谢耕农说:"好事啊。"

陈宇雄说:"好在哪里?"

谢耕农讲："这还用说？你小孙子重又活蹦乱跳了，儿子也不用当鳏夫了。这还不是天大的好事！"

陈宇雄说："那是。要不然基本家破人亡。"

谢耕农说："我这说的是于私。于公，也是天大的喜讯！"

陈宇雄点点头说："理论上是这样的。"

谢耕农说："理论管个屁用！关于治疗花冠病毒，有无数理论上的讨论，都是隔靴搔痒，没有一个见真招的。只有你们家这两个病例，算是我见过最干脆利落见好的病人。"

陈宇雄说："不过正因为是我家的病例，也许说服性就不那么强。况且这里面有关部分，也不能和盘托出。"

谢耕农说："内举不避亲嘛！"

陈宇雄苦笑道："就算我不避亲，可还有不可逾越的障碍。"

谢耕农说："不就是那炼丹人没有执照吗？这有什么了不起的，特殊时期，不拘一格降人才！"

陈宇雄说："我喜欢你这个说法，炼丹人。不过，不这样说还好，这样一说，传出去就更邪乎了。"

谢耕农说："中国古时就有炼丹的传统，孙悟空为什么那么大的本事，在太上老君的炼丹炉里走过一遭，是非常重要的原因。要不然，哪里能完成取经伟业！"

陈宇雄说："话虽这样讲，但时至现在，你如何让没有医务执照的人和没有药品审批手续的药物，进入临床使用？正路子我们刚才探讨过了，根本就没希望，临渴掘井，赶不上趟。现在是民主社会，如果我们强行利用职权，让这种不符合规章制度和法律规定的事情出现，那么你我都会成罪人。"

谢耕农说："这其中的利害，我如何不晓得？像现在这样，不管死了多少人，都可以赖给病毒，就连医疗事故贻误而死的人，现在也都一股脑儿地装到病毒的大筐里去了。从这一点来说，我真是替花冠病毒喊冤。在病毒上，死多少人都没问题，要是你启用了没有医学执照的江湖郎中，那可和术士骗子相隔不远了，你要不要乌纱帽了？吃不了兜着走吧，你！"

陈宇雄搔搔纹丝不乱的发型（早上用了大量发胶），说："是啊，非常时期，稳定万分重要。但只有战胜了花冠病毒,才能为民众谋求真正福祉。现在明明有了这样好的方法,却没法大规模地普及,如何是好? 我是当过病人家属的,知道这其中的煎熬。将心比心,急死人!"

谢耕农说:"如果这个药是从外国进口的,大家就会趋之若鹜。"

陈宇雄思谋着说:"那这个谎言就属于硬谎言了。不能犯原则性的错误。"在政坛上,他一贯有自己的标准,把谎言通常分为硬的和软的两种。硬谎言,是彻头彻尾的谎言,不可原谅。软的谎言,其本身已经部分地揭开了事实,只是在程度上有所欠缺。那通常是为了一个善良的目标,比如每天缩小死亡数字。

"那我们撒一个不太硬也不太软的谎言。"谢耕农折中道。

陈宇雄一时不理解这种谎言是什么货色。他无声地盯着当年的室友,等待下文。

"我可以下令在病区内小规模地应用,就说它是安慰剂。你知道,现在我们的医院,简直成了各国药物的跑马场,经常为进口药物做实验。有些外国药物,号称在本国通过了医学审批,但究竟对中国人的体质有没有疗效,都需要重新实验,这样就滋生出了一些职业的试药人。我们拐一个小弯,或许能让锗进入临床应用。"谢耕农经过这一阶段的医学熏陶,也成了半个医疗专家,居然想到了这个点子。

"什么叫安慰剂?"陈宇雄小心翼翼地问,他约略知道,但求精准。

"安慰剂就是没有任何药效的东西,但是把它做得和真药一样。大概就是些淀粉啊面粉类的东西,或者是葡萄糖啊生理盐水,凡此种种,不一而足。然后告诉病人是有效的。本质上,这安慰剂,和馒头火烧什么的差不多。"叶逢驹说。其实这个办法他早就知道,不过对锗没有好印象,刚才没想起来。现在让非医疗专业的谢耕农抢了先,他也急忙表现。

陈宇雄摇摇头说:"这要算是硬谎言了。"

谢耕农说:"嗨,大难当头的,你就别惦记软硬这回事了,总之安慰剂能对大约 1/3 的病人产生作用。对患有抑郁症的病人来说,安慰剂的有效率甚至高达 80%。不过,也有不灵的时候,比如对糖尿病来说,基本上效果为零。"

陈宇雄大失所望,说:"你这个安慰剂,连糖尿病的疗效都为零了,何谈花冠病毒！病毒比糖尿病可厉害多了！糖尿病只要打上胰岛素,少吃多活动,基本上寿命和正常人差不多。要是得上了花冠病毒,午时三刻就能要了你的命！还安慰剂呢,简直是草菅人命。"

谢耕农不阴不阳地说:"我的室友我的市长啊,咱们这不说的是单纯的安慰剂吗? 我的意思是把'白娘子'当成安慰剂,给患上花冠病毒的人服下。这样呢,治得好,算他们捡到了一条命。治不好,因为常用的这些药品也没啥把握,山穷水尽时求个柳暗花明的运气。"

陈宇雄想来想去,也没有更好的方法,就说:"要不,你们抗疫指挥部就试一试?"

谢耕农说:"那你就要把这个李元派给我。他那个'白娘子'的剂量,必得十分精准。还有用药的时机非常重要。估计别的人也掌握不了。"

陈宇雄对叶逢驹说:"这样吧,你先给他吹个风,然后再正式谈。如果他不答应,后面就比较被动。"

谢耕农说:"我估计他会答应的。一个化学家努力了这么久,不就是等着这一天吗? 养兵千日用兵一时。"

两人看着叶逢驹,叶逢驹说:"我试试吧。"

这一次,谢耕农料事如神。李元听到他可以将"白娘子"乔装打扮成安慰剂,试用于传染病院花冠病毒感染者,痛快地答应了。

临出征的前一天,他来和罗纬芝告别。

"上一次,是我到虎穴中去。这一次,是你去了。为什么我们总是聚少离多?"罗纬芝非常伤感。她已经从陈园返回家中,体力尚未完全恢复,但竭力显示出有活力的样子,希望李元此一去,不必为她担忧。

李元说:"使命。当初你走上第一线的时候,我也很担心。"

罗纬芝扑哧一笑道:"算了吧,那时和这时不一样,怎可同日而语!"

李元说:"差不多。世上其实真有一见钟情这种事。只是那时我还不知道这叫爱情,没谈过嘛,别见笑。那一次是我送你,你一走,我的心就透了个窟窿。这一次,是你送我。不过调换了个位置而已。"

"胡说啊！那一次,我们几乎是陌路旁人,这一次,我们是亲人啊。"罗纬芝心里发酸。毕竟李元没有真正染过花冠病毒,体内没有充足的抵抗力。此一行,吉凶未卜。

李元说:"导师已经再三研究了我的情况,认为没有问题。'白娘子'也经过了几次考验,积累了经验。可以说基本上是万无一失。你就等着我胜利的好消息吧!"

罗纬芝总听李元导师长导师短的,不免好奇,问道:"你导师究竟是个什么样的人?"

李元说:"导师为人非常低调,学术精湛。为了救病人,奋不顾身。一辈子没有结过婚,六十多岁了,还是单身。我们都非常尊敬导师。"

罗纬芝说:"哪天你能介绍我见见他吗?"

李元说:"好啊。等我得胜回朝的那一天。"

分手的时候,罗纬芝递给李元一个封闭得很严的小包,说:"带到里面去看。"

李元狐疑地摆弄着,说:"什么东西? 你不会是这几天抓紧写出了很多封情书,让我在医院里每天拆开一封吧?"

罗纬芝面色忧郁地说:"不是。家国危急,我没那样浪漫。这是于增风医生最后留下来的遗言,是我在他遗体口袋中找到的。我从未打开,倒不是怕死,主要是找不到完全封闭的地方,很怕看的时候导致病毒扩散,万一引起别人的感染,就麻烦了。你这次进到传染病院,那里不怕传染,你可以好好研究一下,也许对战胜花冠病毒有帮助。"

李元说:"好的。"

罗纬芝无声地流下泪来。她不想这样悲伤,转移话题:"话说上次咱们就要讲到 1 号是什么了,你却用别的打岔。这一次,你一定要告诉我,1 号到底是什么? 你这一走,我大概又要连续失眠了。"

李元说:"你的意思是我再给你一些这种白色粉末?"

罗纬芝说:"如果不是特别贵重,你是否愿意给我?"

李元说:"你要我的心,我都愿意给你,岂止是一味粉末。只是你现在的情况,不能再吃这种物质了。"

罗纬芝惊奇,说:"难道这味物质的作用,还此一时彼一时?"

李元说:"完全正确。人体是恒定的海洋,生命就是不断调适。那时的你,可以用。现在的你，就不能用了。"

罗纬芝说："它到底叫什么名字？不会叫'小青'吧？"

李元笑笑说："等我回来告诉你。"

罗纬芝的眼泪又一次不争气地掉下来，谁知道这一次恋人何时回还？死亡轻叩自己的门扉，她已经可以大致温婉从容，但对这个男子，却放不下万千忧戚。坠入情网会使人的智商落后一万年。一万年之前，罗纬芝是什么？可能只是一只心上插满针的海胆。

李元轻轻揽着罗纬芝，用亲吻吸干她脸上的泪水，在她耳边悄声说："我们的媒人是病毒。"这一次，他的吻火热醇厚，再没有消毒水的味了。临来之前他特地漱了口，香草的气息和这句话，一同印在罗纬芝的嗅觉和听觉中。

Chapter 36

英姿勃发杨柳万千,背影上找不出男女年龄差异
变成一粒小小太阳,熔化凝聚的冰晶再享深吻

　　他走了。一个人,向着生死未卜的战场。没有人知晓,一切都在隐秘中。

　　李元的背影渐渐远去。他的背影比他的正面,更让罗纬芝留恋。也许这是因为罗纬芝毕竟比李元年纪要长,属于"姐弟恋"。在面容上,罗纬芝有压力。背影就看不出细微的年龄差别,30岁的男子正是腰杆笔挺双肩展阔步履生风的年华,30岁出头的罗纬芝,依旧风姿绰约杨柳依依。背影上找不到具体的年龄差异,打个平手不分伯仲。

　　按照规定,李元也被停止了通话自由。罗纬芝每天惴惴不安,胆怯之意,比自己当初亲自下到葡萄酒尸体窖还有过之而无不及。女人真是不能谈恋爱,勇气也严重缩水,几近白痴。

　　罗纬芝在家里煎熬着,只要电话一响,不管是手提电话还是固定电话,就饿虎扑食般地飞奔过去。她断定李元一旦恢复了通话权利,会马上和她联系。不过,她不敢断定自己是不是第一个,很可能是他的导师更重要。但第二个电话一定是会打给自己的。妈妈看她奋不顾身的样子,说:"慢着点,闺女。留神磕着碰了!"好像在叮嘱一个三岁的孩子。百草在一旁酸不溜秋地说:"不会那么快就挂了的,人家杂志上都说过了,就算是办公室礼节,起码也要让电话铃响上四声才能挂断。他多有礼貌啊……"

　　罗纬芝不和她斗嘴,只是以后接电话的时候,步伐稍微慢了一点,省得

让老母亲担忧。

对恋人的思念如同系得过紧的丝巾，紧紧锁住了罗纬芝的咽喉。想象在近乎窒息的困厄中延伸。罗纬芝明了那里的一切——

颜色：雪白和血污。

气味：难以形容的死亡气息和消毒液的呛人肃杀气。

声音：寂静或是垂死挣扎时的号叫抽泣。时而会有金属与玻璃的撞击声，然后是车轮载着某种沉重的物体艰涩滚动，渐渐远去的刺耳响动。

光线：失却了昼夜星辰月相的变化，永远是明察秋毫的雪亮和渗入骨髓的黑暗。

……

你知道这一切，可你不知道你的爱人一丝一毫的消息。你知道他在虎穴，你知道虎啸狼嚎，可你不知道他何时睡，何时醒；吃饭了没有，吃的是什么；他在面罩里是否觉得憋屈；他的汗水是否湿透了衣衫。

他穿着白衣吧？她还没有见过他身穿一身雪白工作服的样子，一定很帅的。他手执元素包吧？他一定苦口婆心地给病人讲"白娘子"的故事，讲得口干舌燥吧？那么，他喝什么水呢？生理盐水还是蒸馏水？还是自己掺配了某种元素的水？他睡在哪里呢？应该是医生值班室吧？那里的床通常不大，褥子很薄，硬邦邦的，不舒服。放得下他颀长的双腿吗？他一定是和衣而睡，像时刻等待出发的警犬……

想到这里，罗纬芝不由自主地朝着虚空，微笑了一下，因为她想到了一只周身雪白的藏獒卧在雪地之上。片刻之后，她又继续遐想。有病人垂危，他肯定会一跃而起，像一柄寒光闪闪的白剑。有病人过世，他可会哭泣？有病人转危为安，他一定会露出雪白的牙，在面罩之后展露笑颜。在繁忙的工作之后，他能到一个比较舒适的地方多睡一会儿吗？他在极其短暂的睡梦中，是否思念过你？

这些缠绵想象如同慢火煲汤，表面上不见波澜，但内里的温度越来越高，将李元的音容笑貌煲得滚瓜烂熟，呼之欲出。

记得李元曾经说过，罗纬芝上了前线，他的心穿透了一个窟窿。罗纬芝觉得这个形容很准确。这一切想象像一柄精细小锤，一下又一下地敲击着罗纬芝的心扉,打穿一个又一个透明的洞穴,千疮百孔。

到第18天的早晨,罗纬芝的手机响了,一个陌生的号码。一个极为温柔的女声,问道:"您好!是罗纬芝小姐吗?"

不是李元。罗纬芝有点心灰意懒,淡淡地说:"我是。您是哪位?"

对方依然细声细气地回答:"我是李元家的人。"

罗纬芝嗖地就坐直了。家人?谁?听这女子的声音好像不年轻了,那么她是李元的妈妈?不像啊!李元说自己父母双亡了啊。那么是干妈?干妈一定会直接报出名分啊,犯不上绕弯子。那么,她是谁呢?姑妈?姨妈?大姐姐?罗纬芝这才深切地感到,自己对于李元身世的了解,还是太少了,好像他是从石头缝里蹦出来的。

她脑子里转着问号,舌头立刻变甜了:"啊……是。您好!怎么称呼您?"她怕失礼,给李家的人留下一个不好的印象,尽量让自己礼貌周全。

"您就叫我阿姨好了。"对方回答,居然连自己的姓都没说,难道是李家的保姆吗?不管怎么着,她既然是李家的人,一定知道李元的近况了,这个电话一定是李元让她打来的。这样想着,罗纬芝不敢怠慢,赶忙说:"阿姨好!有什么事情吗?"

对方温婉淡定地说:"通过电话和你谈这样的事情,是不相宜的。不过,因为时间紧急,只能先这样沟通一下。非常难过,李元已于昨天晚上11时病逝。"

什么?!病逝?!那个高大英俊的青年!那个她朝思暮想的恋人!这些词,怎么能连在一起说出!手机砸在地上,几乎散架。

这个女人是谁?她受谁的指使打来这个电话?她是何居心?她为什么要造这样的谣言?罗纬芝在最初的惊愕之后,迅速整理自己的思维,她绝不相信这是真的,这只能是一个恶毒的谣言!李元会死?这太不可思议,他的体质是如此之好,再加上还有"白娘子"的全程保护,死亡?完全不可能!

罗纬芝捡起滑落在地的手机,高声说:"这根本不可能!你瞎说!你到底是谁?"

那女人不疾不徐地说:"我是詹婉英。我知道你们是朋友,好朋友,但是在理论上,医院方面并没有通知你的必要。可能是怕给你添麻烦,李元在生死文书上留的是我的电话。我想,你一定想见他最后一面。李元说过,你们分手时的最后一句话是——病毒是我们的媒人。"

五雷轰顶!这的确是她送别时,李元说过的最后一句话。天知地知你知我知啊!如果不是李元亲口所述,这个世界上没有任何人会知道这句话。罗纬芝大脑一片空白,停顿了很久,陷入了木僵状态。电话那一方的女子,等待了漫长时间,也没有听到罗纬芝回复,不得已打破沉默说:"李元的遗体已经安放在一号葡萄酒窖。院方认为我们都没有抗体,不允许亲朋前去告别。我向他们特别提到了你,希望能让你最后见他一面。院方的记录显示你是有抗体的,也曾进入过葡萄酒窖,他们同意了。如果你想去,我通知他们去接你,代表我们看李元最后一眼。"

"我——去。"罗纬芝不能说更多的字,怕自己控制不住失声恸哭。

"那好。你先休息一下。"詹婉英温和地说。

"他,怎么会?"罗纬芝仍是不相信,她要知道更多的细节。

"他在临床上冒死救治病人。一个服用'白娘子'的小姑娘,病情正在好转中,但痰液一下子大量涌出,出现了窒息。李元为了挽救小姑娘的性命,立刻俯下身口对口地为她吸痰。小姑娘得救了,但李元一次性摄入了太多的花冠病毒,加之多日操劳抵抗力下降,病毒快速繁殖,短时间释放出庞大的毒素,突然爆发感染,连'白娘子'也无法保护他的生命了。发病非常突然,骤然昏迷,很快就过世了。他连一句遗言都没有留下……"詹婉英的口气依然是柔和的,但抑制不住的哀伤在话语中流淌。

罗纬芝再一次把电话跌落在地上,这一次不是因为惊恐,而是每一根指头都酥脆了,擎不住手机的分量。她的心紧缩如陨铁,天旋地转。电话零件趴在地板上,像一只大裂八块的黑寡妇蜘蛛。她再也不能自欺欺人说李元之死是谎言,詹婉英所谈细节,只有医院的人才能知道。她木然地坐着,也许很久很久,也许只是电光石火一瞬。妈妈走过来说:"怎么啦?孩子?"

罗纬芝竭力掩饰道:"没什么。一个朋友不在了。我要去看看他。"

妈妈说:"是因为花冠病毒吗?"

罗纬芝迟疑了一下,不愿让妈妈担心,说:"是为了救人。"

妈妈说:"见义勇为啊,那是要送送。送送啊!"

接人的汽车来了。罗纬芝穿了一件长风衣出门,妈妈说:"天热了啊,用不着吧。"

罗纬芝说:"冷。"

汽车高速行驶。一方面是因为葡萄酒窖本来就地处荒郊,少有人迹。二是因为花冠病毒的持续肆虐,人们都躲在家中,大路空旷。酒窖附近早成了特殊管制区,渺无人烟。

一切依旧,唯有荒草不知人间的劫难,长得分外茂盛。遍地蒲公英已经熄灭了金币似的花朵,结出绒毛球的种子,等待着一股清风,将它们送往远方。

酒窖管理者,当然现在更准确的说法是一号尸体窖的负责人,已接到了相关指示,一言不发地让罗纬芝穿上防疫服,进入尸体窖。"在 A0020 号。不送。"他不带任何感情地说。

看起来一切都没有变,一些老尸体火化了,新的运进来,氛围和外形完全相似,变化的唯有心境。瘟疫之前进入这里的时候,罗纬芝是一个小资情调的享乐者,无忧无虑附庸风雅,和朋友谈天的时候,以精辟地说出对方心里想的是什么为乐趣。疫情展开之后进入的时候,罗纬芝胆战心惊,充满了探险的好奇和抑制不住的恐惧。这一次,是来向她的爱人永诀。她以为自己经历了倒海翻江的劫难,早已将世事看淡,她以为自己深谙元素之道,对生离死别已了然于胸,再也不会捶胸顿足地痛楚。她高估了自己,理论是镜花水月,现实是黑暗嶙峋的暗河。

照明的微光如同凋败花蕾,幽暗使得尸窖更显出深广不测。罗纬芝走下台阶,一步一滑。有几步非常快,急如星火。她多么想早一点看到自己的恋人啊,心中还存有最后的幻想。他们搞错了吧? 一定是错了啊! 有几步又非常慢,几乎跪坐在地上。她真的怕亲眼看见他,那就证明千真万确,万劫不复了,罗纬芝快几步慢几步一路跌跌撞撞地摸索着走到了 A 座。先是找到了 A300,然后是 A200……A099……她一个又一个地数过去,好像进入一座巨大的停车场,在寻找自己的停车位。转到新的一通甬道,她居然走过了,是 A0021。定睛一看,标牌上的注明居然是于增风。她顾不上致敬,马上寻找到了 A0020。

她看到了他。毫无疑问是他。因为冷冻的时间短,他身上并没有太多的冰霜。因为他来不及成为病人入院,所以他还穿着雪白的工作服。罗纬芝还从没有看到过李元身穿通体洁白衣服的样子,第一个感觉是那么的不合时宜——他好俊美啊!美得如同白梅花树间的晚雾。

白色的衬衣,白色的隔离鞋,白色的工作服。脸色也是汉白玉样的苍白,除了一头漆黑的短发。这一天的早晨,他刚刚刮过胡子吧,整个人冰清玉洁,睡在无声的冰冷世界里,像水晶在莲花中安息。

由于没有经过长期病痛的折磨,李元容貌宛若生前,只是比分手的时候略瘦了一点,脸上的轮廓更加棱角分明,显出刚毅和果断。他的眼睛并不是完全闭合的,但也不像通常的感染花冠病毒的死者那样双目圆睁。他的双睑有微微的缝隙,长长的睫毛挡住了他的视线,好像马上要忽地睁开眼,再看一眼他的恋人。

罗纬芝目不转睛地看着李元,希望他能在下一个瞬间翻个身坐起来,捋捋头发微笑着对她说:"嗨!吓你玩呢!病毒是我们的媒人,连约会的地方,也这样不同寻常吧!"

他一跃而起,踏着如同青藏高原上的藏羚羊一样轻灵的步子,快步走来。

……

没有。什么都没有。她不能相信,那暖暖的曾经近在咫尺的均匀呼吸,如今就这样冰寒地离去,永无重逢。万千悲苦如同砸碎了的玻璃碴儿,锋利地闪烁着光芒,笔直地插入了血管,刺入胸膛。它们划开每一道神经的外壳,缠绕每一束感觉末梢,呼啸着碾磨过去,留下亿万条深入骨髓的锐痛。

罗纬芝特别看了看李元的嘴巴,那里现在已不留任何痕迹。口对口吸痰?!李元啊!你多么可怕多么傻!多么原始多危险!现代的医生们早已放弃了这一极其有效但极其惨烈的救治方式,它把医生置于了死亡的裸境。这等于是让一个人挺身而出为他人抵挡子弹。每个人的生命都是宝贵的,没有人可以要求医生们这样做。正规医学训练中,绝没有这样的教程。与时俱进的医疗器械,对这种危境有多种解救方式,每一种都有效,但需要时间。而抢救中最宝贵的正是时间,它以分以秒甚至是1/10秒为尺度来计算。

李元你选择了这种最古老最朴素最直接的抢救方式,你可曾在那一刻想到过我?!

你一定是奋不顾身地扑过去,完全忘记了那是数以亿万计的病毒大本营。你赤膊上阵,对病人肝胆相照生死相许。不!也许你没有忘记,但你还不是真正意义上的医生,还没有练得面对死亡心若止水。你还不懂得第一要务是保护自己。生死相搏之时,完全将自身置之度外,以命换命。

可是,李元啊,你知不知道你的命,抵得过千百条命!你知不知道,你用了整条江河,去挽救一滴水!你知不知道,你救了一个素不相识之人,却把你的爱人,推入万劫不复的深渊!

这是离她的恋人最近的地方,她想就这样站着,一直站下去,直到成为一尊冰雕。周围无数尸体,冷气流动发出毒蛇吐信般的咝咝声。不知过了多久,罗纬芝防疫服中佩戴的对讲机响了。"请速回。冷库内温度极低,你已经到了极限时间,如不即刻返回,将出现严重冻伤。"

罗纬芝一动也不动。她知道,这一别,永无相见。没有任何人能到这地下极寒的深处送别李元,被他抢救过来的那个孩子,可能一生也不会知道是谁挽救了她的性命。这个风华正茂的年轻人,就此一去不复返地告别这个世界,复归为原子。往事纤毫毕现,曾经的点滴回忆,凝聚成素白冰霜,一层又一层地压迫在罗纬芝锁骨与锁骨之间,那正是人的咽喉所在。

罗纬芝希望自己在此地冻裂,她已然做好了准备,承受生命坠落时的崩碎,和李元一起化升为原子。一个大头针尖的位置上,能容纳2500万兆原子。现世离得这样近,化为原子的时候,一定也是肩并肩唇齿相依。到那时候,一切悲伤都不复存在,他们在天空任意飞舞。飞累了,就停下来歇一歇。他的氢和她的氧,会变成一滴清澈露珠。她的碳和他的碳,会变成一块甜美的蛋糕。他的锗和她的锗,会变成一株峨眉灵芝,他的氮和她的氮,会变成一树清凉绿荫遮泻地……不过,那都是后话了,此刻,罗纬芝最想让自己变成一粒小小的太阳,沾染到他的唇边,焙化那里已经开始凝聚的冰晶,再享受一次销魂的深吻……人生要在离开这个世界时安详,和你在一起,哪里都是天堂……罗纬芝直挺挺硬邦邦地倒下了。早就觉察事态不对的尸体窖工作人员正好赶到,将她救出。

Chapter 37

99% 的医生都会拒用形迹可疑的"白娘子"
孙悟空开出的药引子：鲤鱼尿炼丹灰五根龙须

高尔夫球场。绿草如茵茵，上支一把巨型阳伞，陈宇雄紧急召见身为抗疫正副指挥的谢耕农和叶逢驹。因是闲聊，不算正式会议，就没叫别人。三人围着圆桌，叫了上好的菊普，聚在一起会商。远远看去，像闲来无事的三个退休老汉。

老年人常常给人以错觉，他们表面上啰唆而昏庸。一旦面临危险，他们就焕发出了青春，立即能判断出哪些是最重要的。

陈宇雄说："今天不是会，但有个主题，还是花冠病毒。没有长幼尊卑，谁想起什么就说什么。不扣帽子，不打棍子。主要是我黔驴技穷，不知道下一步怎么办了。"为了证明自己的诚意，陈宇雄提议让叶逢驹当今天的会议执行主席。叶逢驹嘟囔道："还说不是会，连主席都指定了，挂羊头，卖狗肉。"

谢耕农先是谈了谈情况，经过临床实践，证明"白娘子"的疗效，比联合国世界卫生组织紧急调援来的药物要显效十数倍。在小规模的试用中，治愈率达到了95%。

陈宇雄非常兴奋，说："这太好了！ 95%，这什么概念啊？ 100个人才死了5个，了不起啊！总算看到胜利的曙光了。"

叶逢驹泼凉水道："可惜发明这个疗法的人，本人却在这5%中间，不幸死了。"

陈宇雄万分惋惜:"是那个叫李元的年轻人吗?"

叶逢驹说:"正是他。这简直是个天大的自嘲!你说这个疗法有效吧,连发明者本人都命丧黄泉,这在疗效上就非常缺乏说服力。"

陈宇雄还沉浸在对李元的悼念中,说:"这是因公殉职。要给他一个名分。"

谢耕农说:"这些都好办,我们一定提出一个厚葬李元的方案,记功啊、抚恤啊都会有,只是现在还秘不能宣。目前的关键是如何应对疫情。好不容易出现了一个行之有效的药物,但它又是不完善的。下一步怎么办?"

陈宇雄说:"我这个官,反正也快当到头了。虚报死亡数字是我同意的,把未经国家审批的药物改头换面用于临床,也是我拍的板儿。再加上重用没有医疗职称的江湖郎中,结果人又死了,等等等等,虱子多了不咬,账多了不愁。现在,我豁出去了,打算再下一令,让所有花冠病毒感染的人,都开始服用'白娘子'。你们二位觉得如何?"

谢耕农说:"既然不分官阶,就容我叫你一声学弟。学弟你这个为民牺牲的精神很可贵,不过,事情可能并不像你想象得那样简单。你要在医院临床上大规模应用'白娘子',请问你有药品说明书吗?你有多种剂量的统一标准制剂吗?你有临床数据吗?你以为医生就是那么好指挥的?他们中间铮铮铁骨不唯上不唯权藐视官僚的,大有人在。你把一个没有国家批号没有有效期没有临床试验报告的白粉末,想通过他们的手,让所有病人们不分青红皂白就吞下肚子,我估计你没准会遇见另外一个95%,那就是可能有95%的医生拒绝执行。"

陈宇雄连喝了两口茶,压下心中的不满,反驳道:"学长你也不是医生,说起来头头是道,假装内行,我不服。"

谢耕农说:"谢谢你的信任,把我安插到这个吃力不讨好的位置上,我临危受命,不断学习,现已略懂一二。我今天讲的,绝对实事求是。不信,你问问叶逢驹。人家可是医学界的院士。"

叶逢驹说:"基本正确。只有一点不够实事求是。"

陈宇雄和谢耕农异口同声道:"哪一点?"

叶逢驹说:"就是95%的医生会不接受用锗来治疗这一条。"

陈宇雄看到了希望，毕竟谢耕农临时抱佛脚修下的那些医学知识，属零敲碎打，不够系统。人家叶逢驹才是举足轻重的人物。他眼巴巴地说："就是嘛！那么你认为……"

叶逢驹说："我的意见不是95%拒用，而是99%的医生都会拒用这个形迹可疑的锗。"

三人无言，听得见远处草坪上的花喜鹊，卖弄地摆着长尾，喳喳叫。石楠花和金雀花簇拥的球道，在更远处的沙丘下辗转曲折。他们怅望远方，都知道在峭壁区附近轮廓精巧的果岭上，第九洞的难度很大，从发球台将球击出时，一不留神就会落入湖水中。过了许久，陈宇雄说："那我们就束手无策地看着无数性命，被花冠病毒捏碎？"

叶逢驹说："我并不是要扼杀这个方法。不过，就算是我们决定用锗，我们到哪里去找到这些药物？随着李元的病逝，我们就断绝了对锗的进一步了解。"

陈宇雄说："怎么会是这样？"

叶逢驹说："李元进入传染病院之后，基本上剥夺了他同外面自由联络的可能性。这是咱们一贯的规定。他也几乎没有要求向外打过电话，似乎一切都在他的掌控之中。唯一的一次是打给他的邻居，一个叫詹婉英的老太太，他留下的联系电话也是这个。估计是让人家帮助照顾一下家事吧。追查他入院之前的电话记录，联系最多的是罗纬芝……"

陈宇雄说："这个人我知道，就是她的血救了天果，哦，还有苏雅。"

叶逢驹说："对。罗纬芝是服用过锗并且康复的人。但她本人并不是这一疗法的发明人。"

陈宇雄说："你的意思是说，即使是我们打算应用'白娘子'，现在也没有这个条件了？"

叶逢驹说："正是这样。虽然我们知道'白娘子'的化学成分是元素锗，我已经调查了相关资料，国库里也有足够的锗储备。但是具体怎么用，我们一无所知。这个计划就愈发的不可行。"

有服务生来随侍，陈宇雄示意他赶快离开。三个人今天齐聚高尔夫球场，并不是打算锻炼身体，看中的是这里绿茵无人，密谈之事，只有风知道。

谢耕农说："我觉得这是两个问题。首先,是用不用'白娘子'。其次才是怎么用的问题,不要混为一谈。我们不能用第二个问题的难度,就把第一个问题给否定了。这是主次不分因小失大。"

叶逢驹说："好吧。我同意你的批评。那么现在咱们把问题聚焦一下,表决一下。谁同意用锗,也就是你们口中的'白娘子'?"他开始行使主席的职责。

陈宇雄和谢耕农都举起了手,叶逢驹自嘲道："得,主席被架空了。好,少数服从多数。那咱们进行第二项:怎么用? 这里包含着诸多的小问题。第一个问题是:如何找到李元的团队?"

谢耕农说："你有什么根据认为这不是李元一个人的创意,而是一个团队呢?"

叶逢驹说："为的是这个策略的大胆和缜密。我们都听过李元的方案,我相信这不可能是一个人的智慧,必然是一组人的集体行为。还有那些李元带进传染病院的制作精良的锗元素片剂。在很短的时间内,完成这项工作,绝不可能是一人所为。"

陈宇雄赞同道:"你说的有道理。不过,我们到哪里才能找到他们呢?"

叶逢驹说:"在这一点上,我持悲观态度,很可能找不到。"

陈宇雄说:"老叶,你这个人有点意思。前半部分充满乐观,后边却悲观主义。"

叶逢驹说:"不难设想,这个团队的核心组成人员李元阵亡,对团队必然是重大的打击。他们很可能转入再次试验和研究的阶段,不问世事了。要不然,他们会主动同我们联系,但是现在丝毫没有这种迹象。"

陈宇雄说:"那我们可以动用一切手段侦察和寻找他们。这并不是做不到的。"

叶逢驹说:"强扭的瓜不甜。战胜花冠病毒,并不是他们法定的责任。你只能等着他们再次挺身而出,如果强迫他们,肯定一无所获。他们不是罪犯,锗也不是毒品。而且锗的体积非常小,便于藏匿。就算是不藏,你亲眼看到了,没准儿还以为是一罐子盐。"

叶逢驹接着说:"其次,是我们刚才讲的医生们的态度。我依然坚持那个观点,没有医生肯用这个来路不明的锗。"

陈宇雄很明确地说:"这一点,刚才议过了,不再议。"

叶逢驹说:"好吧,我还有第三点。就是民众能否接受这样一个没有任何证明的偏方。当然了,中国有句古话,偏方治大病。不过那作为民间流传的小道消息,个人行为,可以一试。作为大规模的政府行为,这个责任担当不起!"

听到这里,谢耕农说:"叶主席,我算明白你的策略了。就是抽象的肯定,具体的否定。绕了半天,你还是认为不可行。"

叶逢驹说:"只要你们把这三个环节都解决了,我举双手赞同锗。"

沉默。

有一晌没吭气的陈宇雄缓缓地说:"我下面说的话,不是市长的口气,是一个爷爷的口气。"

二人笑道:"市长不要倚老卖老,我们也都不年轻。"

陈宇雄急忙澄清,说:"我可不敢称是别人的爷爷,我只是说自己是陈天果的爷爷。那天,我看到苏雅生命垂危,就死死扣住罗纬芝,希望她能用自己的血救下陈天果的妈。当然了,要是罗纬芝真会因此丧命,我也不敢一定用人家的命换我孙儿的快乐。这点请相信我,我没有那样穷凶极恶。但是那一幕让我深深震撼人在病魔面前多么渺小无力!由此我想到千千万万的花冠病毒病人和他们的家属,多么希望能拯救他们亲人的生命!今天我们手中就握有这种可能性,却如此优柔寡断。我们常说有1%的希望,就要去争取100%的可能。现在我们已经有了95%的希望,而且这还是一个非常优秀的年轻人用他自己的性命换来的,却不能放手一搏,这是耻辱!"他站了起来,眺望远山。马上又坐下了,他知道在那个方向,隐藏着多座酒窖改装的尸体库,个个人满为患。他只得偏转头不去看那个方位。

谢耕农沉吟道:"我有一个方法。既能让李元的团队现身,还能让医生们欣然使用这一疗法,最后是患者义无反顾地接受这一疗法。"

陈宇雄和叶逢驹一起站了起来,说:"快讲!"

谢耕农拍拍头顶,说:"你们先听我讲个故事。"

两老汉大叫:"这都什么时候了,你还有心思讲故事!"

谢耕农说:"如果你们不听我的故事,我就不说我的法子了。"他招招手,让等在远处的侍者拿来白酒。"自打知道红酒库都成了停尸房,我就再也不喝红酒了。不是因为心理障碍,是因为只要一联想起这事儿,就觉得亵渎了责任。"

备下简单几碟小菜,几人一边用极小的酒盅喝着白酒,一边嘀嘀咕咕。无论谁看到这几个佝偻着背的老人,一人绘声绘色地说,两人似有似无地听,都会惊奇大灾之时,还真有人逍遥自在。

"话说那唐僧师徒四人西天取经路上,离了驼罗庄,到了七绝山稀柿口,前方恶臭,众人无法,猪八戒变成了一口大猪,嘴长毛短半脂膘,圆头大耳似芭蕉,修成坚骨同天寿,练就粗皮比铁牢。白蹄四只高千尺……"谢耕农微闭着双眼,喃喃自语,很是陶醉。

另两人听出这是"西游记"片段,惊诧莫名。陈宇雄率先打断谢耕农说:"学长啊,你古典文学修养不错,比我好。这么大岁数了,还能把吴承恩纂的这些个水词记住,佩服。不过,咱们这是火烧眉毛的事,你现在背这个,有点不人道。"

叶逢驹说:"我知道你一定另有深意。您就把深意直接揭晓吧,太忙,你不能在这儿扮个说书人过瘾。"

谢耕农睁开眼睛说:"我的办法就藏在这西游记里。忙什么忙? 我们现在要决定的事儿,是最重要的事,不在乎这几分钟。我们在这之前,已经马不停蹄地忙活了成千上万分钟,结果怎么样? 还不是尸骨成山! 慢一点,让我们想想还有什么好法子,从古人那里借点智慧。你们要是还这么不耐烦,我就真不说了。倒不是要挟你俩,而是你们的心态若是不放端正了,我说了也白搭!"

谢耕农声音虽不大,但透出了恼怒。这二位只得赌咒发誓,说再也不干扰谢耕农说书人的表演了,谢耕农这才悻悻地继续说下去。"好吧,那我就稍微说快点。"他也做了适当的调整,不再背诵冗长的桥段。

"话说那猪八戒用粗壮口鼻拱出一条路,师徒四人前行。眼前看到一座繁华城池,城头杏黄旗上书有'朱紫国'三个大字。这是个超大型城市,门楼高耸,人物轩昂,衣冠齐整,看起来不亚于大唐的首都长安。四人当中的领导者唐僧说,咱们就到'会同馆'去吧。它这个名字起得好,顾名思义,想来乃是天下通会通同之意。师徒四人办完了入住手续,大概类似咱们登记身份证的过程。之后有管事的送支应来,这支应就是招待饭食之类的。食谱计有:一盘白米、一盘白面、两把青菜、四块豆腐、两个面筋、一盘干笋、一盘木耳……"

陈宇雄忍不住插话道:"看起来那时候的民生也还解决得不错。"

叶逢驹说:"比较绿色。胆固醇啊油脂啊都不超标,符合健康饮食标准。"

谢耕农翻了翻白眼,被人打断煞了风景,气恼。又一想,人家这也是从他的故事里汲取了正面知识,不便打击,继续说下去。

"唐僧吃完了饭,打听好了到哪里去换官牒文书,然后整束了就去进朝。临走时候,吩咐众徒弟们,切不可出外去生事……"

"一般只要有这样的交代,就一定会生事。"叶逢驹说。

"别打岔! 好好听。"陈宇雄说。按说这《西游记》大家都读过的,但时间久了,那些大同小异的除妖降魔的故事也记得不甚清晰。反正这一时半会儿的也干不成什么别的事儿,索性安心听故事吧。

谢耕农情绪排除干扰,继续一板一眼讲下去。

"不一会儿,唐僧到了五凤楼,果然是'殿阁峥嵘,楼台壮丽'。注意啊,这两个形容词不是我想出来的,是人家吴承恩原版就有的。总之,这体面辉煌的五凤楼,约略相当于咱们现在的国家外交部。正好朱紫国国王在那里现场办公,唐僧上前就把一应文件交上去,国王看了,十分欢喜。说法师啊,你那大唐,有几朝皇帝了? 多少臣子啊? 至于唐王,得了什么病,要让你跋山涉水地西天取经?

"这厢唐僧就一一作答。朱紫国国王听完以后,长叹一声道,你们不错啊,真是天朝大国。像我这个孤家寡人,病了这么久,却并没有一个人站出来救我啊。国王这么一说,唐僧才抬起眼皮偷偷打量了一眼,这个国王啊,还真是病得不轻,'面黄肌瘦形脱神衰'。请注意,这两个词也不是我杜撰的,是吴承恩的原创。

"刚才老叶猜得不错,是要出事。先不说那边唐僧被朱紫国国王留下吃饭,这边三个徒弟自备饮食。突然发现没有调料,孙悟空和猪八戒就一起到街上去买油盐酱醋。二人上街西行，走到鼓楼边，只见那楼下无数人喧嚷，挤挤挨挨的，填街塞丘。这'填街塞丘'一词，咱们现在不大用，这也是吴老的原话，想必就是人山人海之意。孙悟空走到鼓楼下边，拥堵得水泄不通。好不容易挤到近处，孙行者闪开火眼金睛，抬头看到一张巨大的黄榜，上面写着：'朕西牛贺洲朱紫国王，自立业以来，四方平服，百姓清安。近因国事不祥，沉疴伏枕，淹延日久难痊。本国太医院，屡选良方，未能调治。今出此榜文，普招天下贤士。不拘北往东来，中华外国，若有精医药者，请登宝殿，疗理朕躬。稍得病愈，愿将社稷平分，绝不虚示。为此出给张挂。须至榜者。'

"孙悟空看完之后，心生一念。决定姑且把取经之事放一放，做个好玩的事。想定之后，他弯下腰，丢下原来准备买调和面的碗盏，抔了一小撮土，往上洒去，念动咒语，先是使了个隐身法，跃上前去，轻轻地揭了黄榜。然后又吸了口仙气朝着地上吹去，一股旋风就起来了。趁着尘沙弥漫的当儿，孙悟空转回身，径直到猪八戒站着的地方。没想到八戒靠着墙根，已经睡着了。孙悟空也不叫醒他，将黄色榜文折了，轻手利脚地揣进了猪八戒怀里。然后转回身，自个回了旅馆。

"这边鼓楼下的人们，突见狂风骤起，只好各个蒙头闭眼躲闪。等一会儿风过了，一看，刚才张贴得牢牢实实的黄榜，此刻没有踪影。这还了得啊，大家都觉得十分恐怖。那黄榜之下，原来站着12个太监加12个校尉看守着，现在黄榜挂上不到三个时辰，被风吹去，这谁担待得起啊。马上战战兢兢左右追寻。这下就看到了倚墙而睡的猪八戒，怀里露出了一角黄颜色的纸边。赶紧叫醒他问道，是你揭了黄榜？猪八戒稀里糊涂地把嘴一撇，吓得那几个校尉，跌跌撞撞扑倒在地。猪八戒转身要走，那几个人爬起来扯住他说，你既然揭了招医的黄榜，赶紧跟着我们到朝里去医太岁吧，还要到哪里？猪八戒慌慌张张地说，你儿子才揭了黄榜！你孙子才会治病呢！校尉们不依不饶说，那你看看怀中揣的是什么？猪八戒低头一看，果真自己怀里有一张字纸。展开一看真是黄榜。这猪八戒可不傻，他一想就明白了是怎么一回事，咬牙切齿地说，猢狲害煞我也！气得马上要扯破黄榜。太监校尉们一拥而上，说，哎呀你找死啊！这是当今国王出的榜文，怎么能扯坏？你既然是揭了黄榜，必然是个有本事的大医，赶紧跟我们进宫去。八戒只好说，你们不知道啊,这榜其实不是我揭的,是我师兄孙悟空揭的。是他暗地里撕下,然后揣在我怀中,自个儿丢下我走了。你们若想把这事搞明白,跟着我去找他。

"大家就一路走。好不容易找到孙悟空,问他到底是怎么一回事。孙悟空说,这招医榜,确实是我揭的,你们得让国王亲自来请我。我就有手到病除之功。衙役们就把这话回给了朱紫国国王。后来因为国王身体实在太糟糕了,动唤不了,孙悟空只好屈尊到王宫里去了。这国王哪里是个随便人就能医的? 孙悟空就露了一手,用的是悬丝诊脉之法。具体操作方法是这样的——请国王在宫内安坐在龙床上,按手腕上寸、关、尺的穴位,用金线系了。就是说,金线一头系在国王腕上,另一头理出窗外。孙悟空在宫外接了线头,用自己大拇指先托着食指,看了寸脉。然后再将中指按大拇指,看了关脉。最后又用大拇指托定了无名指,看了尺脉。寸关尺都看完了,诊出国王患的是惊恐忧思致病,名为'双鸟失群'。孙悟空诊完病,提笔开出药方。弄回来药材,自己动手,搓了三个大丸子,名曰'乌金丹'。他用的煎汤之物有些特别,共有六样药材。都是什么呢? 你们听好了。是'天空飞的老鸦屁,紧水负的鲤鱼尿,王母娘娘搽脸粉,老君炉里炼丹灰,玉皇戴破的头巾要三块,还要五根困龙须',至于那药引子,用的是无根水……"

叶逢驹和陈宇雄先是愕然。倒不是愕然这个故事,是惊讶谢耕农的记忆力如此超群,竟然事无巨细一一复现。愣了一下,就开怀大笑。按说瘟疫流行重任在肩,他们不宜这样肆无忌惮地笑,但压抑太久,听到如此无厘头的药引子,实在忍不住放声一笑。

"后来呢?"

两人异口同声问,好像幼儿园的两个小朋友。

"后来朱紫国国王的病就好了。然后孙悟空他们就帮助朱紫国除妖。"谢耕农的故事告一段落。和刚才的细细铺排花团锦簇不同,谢耕农三下五除二地收了尾。

陈宇雄和叶逢驹面面相觑,一时没辨出这故事深意何在。

沉思了一会儿,陈宇雄试探说:"学长的对策就藏在这故事里?"

谢耕农说:"对。如果你们猜不出来,就说明没诚意。我就算明言相告也没有用。"他半是期望半是失望地说。以他对这两位老弟智商的了解,理应更快做出反应才对。现在的迟钝，只能说明他们诚意不足。

陈宇雄看似避重就轻地说："咱们的同音字，有时让人费解。比如你说的这个黄榜，是黄颜色的黄，还是皇帝的皇？以前看西游的时候，觉得反正里外都是皇家的东西，也没太在意。"

谢耕农心中一动，觉得有门。回答："皇家的告示，故称皇榜，皇帝的皇。因为那个纸用的是明黄色，这个颜色普通百姓是不能用的，乃天子专用的颜色。所以，民间就简称为黄色的黄榜了。过去常说的金榜题名时，那个金榜，也是指的这种用黄纸书写的皇家告示。"

陈宇雄若有所思道："你这个故事的意思，是让我们仿照朱紫国国王的法子，也贴出皇榜，向人民说明一切，广招天下有识之士，共同抗御花冠病毒？"

谢耕农脸色冷峻起来，说："市长，正是。既然过去的一个西域封建帝王都可以做到的事儿，我们为什么就不能做呢？"

叶逢驹听到这会儿才恍然大悟，说："你的用意是我们不拘一格降人才，直接向人民喊话？"

谢耕农说："事到如今，我们能想的法子都想了，能采取的措施都用遍了，花冠病毒依然如此嚣张，天天把人送进红酒库。尽管大能量的焚化炉已经到位，开足了马力在工作，但还是供不应求，红酒库第二轮扩充已经开始。事到如今，如果我们还墨守成规，等待着审批，强调职称和学历，那么等待我们的将是更为惨烈的牺牲。另辟蹊径，广纳民意，求贤若渴，任用奇才，方有可能转危为安。"

沉默良久。叶逢驹说："我知道我是少数。我讲了以后，会被你们斥责。但是以一个科学家和医学专家的良知，我还是要讲。在21世纪的今天，用神话故事中的方子，解决如此严峻的传染病，这不是鬼迷心窍吗！好了，我走了。"说完，叶逢驹站起身来，蹒跚而去。他原来是个腰板笔直不苟言笑的医学博士，现在颓废得像收废品的流民。

谢耕农也站起身来，说："我也要走了。不是在这举棋不定的时刻逃跑，而是没有新的话可说了。这个决定，要由你做出。当然，可能你还要经过很多说服斡旋的过程，我爱莫能助。朱紫国的国王，是为了自己的疾病出了招贤榜,而我们这一次,是为了千千万万的老百姓。把缘由向民众说清楚,我相信李元的团队会挺身而出,就像耐不住寂寞的孙悟空。人民也会像朱紫国的国王一样,相信锗元素制品。锗就算再奇怪,也比孙悟空开出的药引子'空中飞的老鸦屁,紧水负的鲤鱼尿,王母娘娘搽脸粉,老君炉里炼丹灰,玉皇戴破的头巾三块,五根困龙须'要靠谱。就算是没有更完整的治疗记录,李元在医院医好了 95% 的病人,还有罗纬芝、您孙子、儿媳妇的案例,都是我们亲眼所见。这些案例中已经有了老人妇女儿童,覆盖面比较广了。我相信群众的眼睛是雪亮的。当然,也不排除有些人不信服,那也没有关系,他们万一患了花冠病毒感染,还可以自愿选择用老法子治疗。两条腿走路,都不耽误……"他突然发现陈宇雄并没有认真听他这一番话,而是眺望长空,目光迷离。

谢耕农说:"陈市长,千斤重担,不,应该说万斤重担,就压在您身上了。请多保重!"预备拔腿就走。

陈宇雄站起身来说:"我这就同病中的书记商量。不过,黄榜这个名字不好。无论是皇帝的皇,还是黄颜色的黄,都不好。有腐朽气息。"

谢耕农说:"我们可以老酒装新瓶,叫什么名字并不重要,重要的是实质。这就要考验你的政治智慧了。"

陈宇雄手一劈:"好!就叫——人民榜!"

Chapter 38

淡漠和寻死倾向,是抑郁症的核心症状之一
多次笑容之后,人就忘了自己先前想拒绝的是什么

罗纬芝被李元的死讯重创,茶饭不思,夜无一时安眠。李元到临死,也没告诉他那个具有催眠作用的1号白色粉末是什么。就算他告诉了她,就算这粉末化作雪花铺天盖地落下,罗纬芝也夜不能寐。心若荒草,应时而生。老母亲看在眼里,不知发生了什么事,整天围着罗纬芝转悠,也不敢问。罗纬芝嫌烦,跟母亲也没好脸色。使过小性之后又后悔,强打起精神,吃点东西,让母亲心安。靠落地窗有一把深棕色的藤制躺椅,本来是母亲坐在上面,遥望楼下的。后来母亲身体越来越差,瘦骨嶙峋,无论藤椅上垫多少海绵垫子,老人家还是觉得硌得慌,只好挪到角落里成了样子货。现在,母亲见罗纬芝终日痴痴望着楼下,就让百草把藤椅搬出来,悄悄放在窗边。罗纬芝果然坐了上去,整天不吃不喝,裹在一堆烂棉絮里,披头散发地凝视着窗外。连影子都皱缩起来了,被悲伤盐渍。

那里曾经有过一个黄昏,停过一辆汽车,车边有一个青年,在向上张望……

这一天已是夜里子时,罗纬芝还没有睡,坐在藤椅上,向虚空暗夜凝望,她甚至想推开窗户,纵身而下。这样,痛彻心扉的苦楚就会消失,她就可以和爱人永恒相伴。她知道这种淡漠和寻死的倾向,是抑郁症的核心症状之一,却无力自拔。如今这世上唯一羁绊她的,就是妈妈。那么,等等吧,等到妈妈

先走，自己就彻底解脱了。只是，自己能等到那一天吗？如果真是等不到了，妈妈您不要怨我啊……

窗外迷离的世界，是一个无忧无虑的诱惑。

突然，电话铃响了。罗纬芝一下子弹跳起来，捂住了电话。她怕铃声惊醒了妈妈。这个世界上，李元不在了，有谁会在半夜三更打她的电话呢？

一个非常欢愉的男声传了过来："罗纬芝，你好！"

"你好。"罗纬芝机械地应答。她连问"你是谁"的好奇心，都散失殆尽。爱谁谁。

"猜猜我是谁？"对方似乎完全没察觉罗纬芝的倦怠，自作多情地出谜语。

罗纬芝有气无力地回答："你是骗子。"

对方吃一惊，说："你怎么这样说？"

罗纬芝木然说："各种通信工具早已告知全国人民群众，凡是问——'猜猜我是谁？'的，一律都是骗子。"

对方赶快说："恕我孤陋寡闻。出国日久，不谙你们中国的国情了。我是郝辙。"

罗纬芝气不打一处来这个民族败类，还有脸打来电话。愤怒可以给人以力量，她"霍"地在藤椅上挺直了身子，藤椅发出了嘎吱嘎吱不堪重负的碎响，好像罗纬芝片刻间长了百十斤的分量。

"卖国贼，你也不看看这是几点了！"罗纬芝咬牙切齿道。

"哦，对不起。我忘了咱们现在昼夜颠倒的时差。我刚刚起床，阳光灿烂。窗外的池塘里，有黑天鹅在游弋。动作优美至极，简直是一块墨玉在推剪一匹蓝缎子。嗨！你好吗？有日不见，很是惦念！"郝辙不计较罗纬芝的咒骂，兴致勃勃。

"好极了！"罗纬芝力求铿锵地回答。

"是吗？我对你情有独钟，你还记得吗？"郝辙轻佻地说。

"你干的所有一切，天理不容！"罗纬芝在暗夜里攥紧了拳头。不过以她现在的体力，就是郝辙站在面前，猛抽他一个嘴巴，也只有蜻蜓点水的力道。

"罗美女，我可真得谢谢你。我能有今天的这一切，豪宅豪车奢华生活，无尽的钱财,被人尊为座上宾,都和你的血大大有关系。要是没有你的鲜血,这一切都是空中楼阁。所以,无论我知道要挨多少骂,我还是要打电话给你,表达我真诚的谢意。我这就在远方给你鞠个躬了,等我想想啊,中国在哪个方向啊……"郝辙不歇气地说着,生怕罗纬芝打断了自己。然后听筒里发出一阵细微的声音,好像对方真的在那里寻找方位整理衣襟并弯了弯腰。

罗纬芝冷笑了一声,说:"用别人的血,到外国资本家那里邀功,你还有脸打电话过来。脸皮真够厚的!"

郝辙说:"告诉你吧,岂止是脸皮,我已练得心黑如漆,胆硬如钢。"

罗纬芝讥讽道:"没学过医吧?"

"没有。怎么啦?"郝辙大大咧咧地说。

"你这自以为是的描述,让我不齿。心黑云云,不敢恭维,因为没见过真正的天然漆是什么样子,不好妄说,估计像沥青吧!胆硬成了那个样子,大凶兆!往最好里说,也是装满了石头子样的胆结石。轻者,你胆绞痛在地上打滚;重者,你胆囊炎胆坏死败血症!最大的可能就是胆囊癌,死在异国他乡,化为厉鬼!"

远方的郝辙说:"你不必咒我,我不怕。人至贱,而无敌。虽然我的手段卑鄙了点,比如偷毒株偷你的血,但我的初衷是好的。只要目的伟大,我不在乎手段的下三烂。成者王侯败者贼,这是东方的光荣传统。要知道,病毒是没有国界的,抗病毒的药物也是没有国界的。不管哪国的科学家,研制出了抗病毒的药物,都是人类的福音。你不是也到尸体窖里偷病毒吗?咱们俩彼此彼此,并没有高下之分。只不过是你卖出货物的那家主子不灵,所以你才没有收益。"

主子?这个词深深地刺痛了罗纬芝,如果说那是她的主子,那这个主子,已经为了拯救众人,含笑九泉。罗纬芝向远方的郝辙说:"听着!科学家是有国界的。用自己同胞的生命和鲜血,去换外国人的犒赏,你就是汉奸卖国贼!你根本就不是为科学服务,你是为金钱服务,是极端自私自利的渣滓!"说完她狠狠放下了电话。

一个知识女性的最大弊端,是你在吵架的时候不能破口大骂,不能口吐脏字。因为你没这样操练过,真正需要用到的时候,也不知如何张口。

　　这个电话的最大功效，不是罗纬芝呵斥了郝辙，宣泄了怒气，乃是让她振作了起来。是的，死者不能复活，她长久沉浸在哀伤中，是所有亲人都不愿看到的。她知道哀伤也是一种兴奋，虽然这种话说起来有一点拗口，但任何强烈而持久的刺激，都是大脑皮层的高度兴奋。哀伤太强烈了，这种负面的兴奋笼罩一切，就引起了神经其他部位的广泛抑制状态，没有食欲，没有动力，没有感知力，没有理想和抱负……这样下去，是要滑落深渊的。好在愤怒是比哀伤更强有力的刺激，她被深刻的愤怒激醒。她在暗夜中对自己说，罗纬芝啊，你知道把悲伤再往前走一步，就是升华。而你却久久地停留在这泥潭里，等待着沉沦。这是错把悲伤当成事业了，通过煎熬受苦而让自己同心爱的人长久地连接，这可是个极大的诱惑，它是海妖的歌声，你再一路追随下去，会触礁而死。

　　罗纬芝，你错了。必须拨转航向。阳光才和他相连，奋斗才和他相连。

　　如果说，李元真的曾是她的主子的话，她现在明白了，自己这样颓废，是主子万万不愿看到的。为了那个年轻而昂扬的青年，更为自己，她必须抖擞精神，重振人生。

　　罗纬芝第二天早上起来，把自己收拾干净。情绪的整理常常是从身体开始的，很想到哪里理个发，可惜街上的理发师傅都还乡了，就用一块手绢把长了的头发扎起来。拿过来随手客串发带，别有特色。没有任何胃口，勉力吃了一个茶鸡蛋、一碗牛奶。虽然面包片嚼在嘴里像石灰渣，还是奋勇下咽。老母亲吁了一口气，熬了这么多天，姑娘总算活过来了。老人家是温饱社会的忠实拥趸——能吃才能做嘛！

　　有人敲门，百草开了门，和对方轻声对谈了几句，今天一大早，她就敏锐地感知家里的空气变轻松了，于是不再蹑手蹑脚，兴冲冲地说："有客人！"

　　罗纬芝打起精神说："什么人？"

　　百草说："一个男的，年轻。说他要见你。"

　　罗纬芝走过去，于是她看到了意气风发的辛稻。辛稻永远是与众不同的打扮，这一次穿的是灰色中山装。真佩服他在这风声鹤唳的时辰，还有精气神打扮。商家难得营业，也没人推出新款式流行色什么的，辛稻的服饰就是存货了。真是时尚中人,不知何时备下的存货,依然能领风骚。

辛稻说:"咱们俩能谈谈吗?"

罗纬芝说:"那就到外面走走吧。家里人怕打扰。"

两人沿着公园的绿地散步。瘟疫一来也有好处,所有的公园都不收门票了。不知道这是一种服务民生的措施,还是售票的人不愿上班,估计这个节骨眼上还敢上公园的人,都是好样的,索性顺势免费了。

辛稻一本正经地说:"我要知会您一个信息。"

罗纬芝费力琢磨:"我好像想不通咱们之间,存在着什么知会与被知会的关系。"

辛稻说:"我和您说过的那位女宣传部部长没有任何关系了。"

罗纬芝恍然大悟:"哦,那好像是很久之前的事儿了。不过,这与我何干?"长时间没有一针见血地与人对谈了,她迟钝了,反应速度有所下降。

辛稻语重心长地说:"与她没有了关系,就有可能和您有关系啊。"说完,假装看一旁的紫色木槿花,一边用余光打量罗纬芝的反应。

罗纬芝多少恢复了一点锐气,说:"你跟她有没有关系,是你们的事。和我有没有关系,根本就不是个事儿。"

辛稻不解道:"此话怎讲?"

罗纬芝说:"就是咱们根本不可能有任何工作以外的关系。"

辛稻不屈不挠道:"以前的确是这样,谢谢你对我工作的指点和帮助。但以后,有可能建立起新的关系。"

罗纬芝毫无回旋余地地说:"没可能。"

辛稻叹了口气,说:"我知道,你是在记恨我和那位女主编的关系。"罗纬芝辩驳:"没有。我如果记恨你,就说明我对你有所求,有所期待。我没有任何希求,当时不过是信口开河,职业病罢了。"

辛稻说:"我就是喜欢你这种职业病,你的职业病,让你充满了性感。"

罗纬芝尽管尚在萎靡中,还是被这句话所吸引。她微微一笑说:"稀奇。我还是第一次听人说职业病会让人性感。"

辛稻一看罗纬芝笑了,信心大增。人会笑,这可是个好预兆,人一笑就会丧失警惕,心生好感。所以唐伯虎逗得秋香三笑之后,就抱得美人归了。每笑一次,人就放松一层警惕,多次笑容之后,人就忘了自己先前想拒绝的是什么东西了。无意之中丢盔卸甲,就能接受你想渗透的理念。

辛稻何等聪明,抓住时机,扩大战果:"有的女人把苗条体型当成性感,有的女人把姣好面容当作性感,这些都太表面化了。凡一眼能看透的东西,都和真正的性感有距离。最好的性感,就是女人和男人不同的思维方式,不同的视角。这就是有些女人白发苍苍依然充满性感的原因。那是另外一个世界,是男人们不懂又充满了好奇的世界。"

罗纬芝第二次微笑了,她想起了老母亲。真的,她常常觉得母亲虽已风烛残年,仍然充满了性感。她一直没能找到原因,这个精明强干的小个子男人,给出了极好的解释。不可否认,辛稻是非常有特点的人,他的好学敏感和渊博知识,还有那种永不言输的劲头,包括他的野心,都是有吸引力的。也许,这也是一种性感?

辛稻变得严肃起来:"你跟我是不一样的人,但我被你所吸引。我知道你直到现在为止,没有看得上我。"

罗纬芝打断了他的话,说:"别伤心。不是看得上看不上你的问题,而是我根本就没看过你。"

辛稻淡然一笑,说:"这有些不符合事实。第一次见面,你就看到了我领带上的明黄色小龙。再说,就算以前没有认真看,现在看也来得及。"

罗纬芝辩解道:"那种看和你现在所说的看,是不一样的。"

辛稻说:"我向你示好,是因为你能帮助我实现自己的价值观。你看穿了我,你修正了我。我知道你所具备的知识和品格,正是我所缺乏的。为了我的理想和抱负,我选择你。你知道,对于一个人来讲,他的价值观是最稳定的体系。所以,你可以相信我的忠诚。我不是忠诚于你,这不牢靠。我是忠诚于我的信仰。这下你可以彻底放心了吧?你会是我的最好的政治伴侣。"

罗纬芝叹为观止:"世界上像你这样的示好宣言,一定少之又少。不知是不是孤本?从头到尾,都是我怎么样怎么样的,你哪里考虑过别人呢!"

辛稻说:"一个人只有从自己的角度来看,这个婚姻是有利的,这个女子是值得他拥有的,这样的婚姻才是最稳固的。我知道你是研究心理学的,你能看得透人心。那你能懂得如果我们俩结合起来,该有怎样富丽堂皇的结果。"

罗纬芝第二次笑了起来,说:"这个词用得好,富丽堂皇。可是,我不喜欢富丽堂皇,我喜欢山清水秀。"

辛稻赶紧说:"这很简单。只要我们携手,哪里的青山绿水,都可以拥有。我还想告诉你,我是有一点背景的。通常我不愿意说这个话,怕引起不必要的误会。对你,无妨。"

罗纬芝点点头说:"谢谢信任。这我知道。"

辛稻讶然:"我从来没有告诉过任何人。你是如何知道的?"

罗纬芝说:"有背景的人,有一种气味,看不出来,闻得出来。你对音乐太精熟了,没有极好的家教,到不了这个地步。你对于官场出神入化的把握,除了天赋,还要有家传。再者,你讲话口无遮拦,这除了坦诚聪明直率以外,还要有后台。你没有受过官场荼毒,没有升迁履历上的创伤。这些,都不是一般平民子弟所能拥有的。"

辛稻说:"你有没有想过进入官场?你可能会有非同一般的发展。"

这一次,罗纬芝大笑了:"我不会做贪官,不会行贿受贿,但我一定会久久不得升迁。被人诬陷开除公职也不是没有可能。"

不管怎么说,忧郁的罗纬芝第四次笑了,这就好。辛稻说:"我有一个很大的缺陷。"

罗纬芝略微露出感兴趣的神色,说:"讲讲看。我想知道你自知之明的程度。"

辛稻说:"我太矮了。只有一米六五。"他说这话的时候,并不自卑,反倒加大了声音。草丛中一只麻雀飞了起来。燕市已经多年看不到麻雀了,瘟疫给了它们休养生息的机会,居然从郊外飞到了市区内。

罗纬芝说:"这其实不是缺点,它助你得到了现在的位置。"

辛稻说:"你怎么知道?"

罗纬芝说:"书记的个子是一米七,他不可能用一个身高一米八的助理。所以,你的身高帮助了你。官场并不是篮球场,看重男子的身高,是游牧社会甚至可以说是远古时代的风俗了。时过境迁,你不必拘泥于此。"

辛稻说："我马上就要从现在的位置到另外的岗位上。具体是什么，我暂时还不能告诉你。总之，是进步的。"

罗纬芝说："祝贺你。我会为你保密。"

辛稻说："一般男子求爱，会拿出鲜花、钻戒、房子等等，这些对我来说，非常简单，我都有。但是，我觉得最重要的不是这些，是不断地进步。进步，你懂。"

罗纬芝说："岂止我懂，连老版《南征北战》电影里的乡下老大娘，听到高连长变高营长了之后，说的话也是'又进步了'。你不必这么含蓄。"说到这里，罗纬芝伸出了手。

辛稻以为这是一个祝贺，赶紧握住了罗纬芝的手，心想你已经笑了四次，又知道我的前程似锦，现在，矜持的女孩改变主意了。

不料，这是一个告别的握手。

罗纬芝不想再这样信马由缰地说下去了，徒然浪费时间。她说："我要的是心里的青山绿水，您没有。"说完之后，她第五次笑了，补充说："感谢您的开诚布公。对于我这样一个老姑娘来说，能有您这样光明在前的青年官员示好，实在应感激涕零。您也不要觉得我曾经窥破了您的私情，所以才对您有成见。不是的，我本身并非冰清玉洁，对人的感情世界之复杂，也有充分的谅解。我拒绝您，和这一切都没有关系。您出身高贵，天赋异禀，十八般武艺样样精通，除了个儿矮一点，刚才我已经说过了，这在现代社会，也算不上缺点。因为矮，您变得更加傲然，是个控制型的人，而我恰好是个不受人控制的人。您青睐于我，不过是想给自己多两条臂膀，更上一层楼。我能理解您，却不能和您同道。我的心，已经交给了另外一个人。我再也没有余力爱别人和接受别人的爱了。请您原谅！顺便说一句，您今天穿的这件中式衣服非常好，它遮蔽了一点您的傲气，让您显得不那么锋芒毕露。祝您一路亨通！"

罗纬芝款款而去。辛稻轻轻跃起，抓住路旁一棵垂柳的柳条，好像薅住一缕翠色头发。他整个身躯猛地摇晃，让那棵不算太细弱的柳树如遇暴风。

Chapter 39

一公斤药物,比十公斤黄金的价格还要贵
把花冠病毒这匹脱缰之马,重新约束入厩

"人民榜"的颁发,是一件大事。

这一天,燕市所有报纸头版头条,都注销了黄颜色圈起来的榜文,这让人容易联想到黄榜,然而又打了擦边球。"人民榜"——三个明黄大字,非常醒目地悬挂在榜文之上,触目惊心。本市所有的电视台,每隔一小时,都会重复播出"人民榜"榜文。一天之内,燕市所有的人都知晓了"人民榜",信息还在不断传播中。

榜文其实很简单,相当于燕市陈宇雄市长的一封"告全市人民书"。也可以说是陈宇雄写给本市民众的一封公开信。陈宇雄坦承对于花冠病毒在本市肆虐如此之久,夺去无数生命,他身为市长,负有不可推卸的责任。鉴于直至目前为止,调动一切医疗力量,使用一切医疗手段,花冠病毒导致的死亡率依然居高不下。他作为一市之长,感觉如泰山压顶心如刀绞。他说,自己家的亲人就有被花冠病毒侵袭的,曾濒临死亡。因此所有被花冠病毒感染的民众所遭受到的痛苦,他感同身受,寝食不安,无一刻不思虑。鉴于目前的医学诊疗手段,对花冠病毒的感染尚无特效之药。他向本市所有民众和这个世界上所有善良智慧的人们呼吁——不限国界,不限民族,不限受教育的程度,不限有无医疗技术职称,不限男女老幼,不限社会阶层和背景,凡对治疗花冠病毒有独到心得和有效药物者,都可以迅速和"人民榜"办公室联系,医学专家们将以最快速度审查和落实相关提议。在"人民榜"的结尾,陈宇雄说:"我郑重地向你们呼吁,罕见的灾难不能毁灭我们,只是更加促进了我们的团结。中华民族历史上经历过各种灾难,最后都被我们一一克服与战胜。我们万众一心,必将以非凡的智慧和在所不惜的勇气,拯救我们自己,进而拯救人类。因为,病毒是没有国界的。"

陈宇雄的"人民榜"能够刊出,并不容易。之所以采用了这种半公半私的表达方式,也是因为在班子内讨论时,遭遇到强大的阻力。直到最后陈宇雄慷慨陈词,表明自己将对此后果负起全部责任,颁布"人民榜"的决定才以微弱多数通过。

民众议论纷纷。肯定了政府敢于直面灾难的勇气,敢于更广泛地发动群众,对推动抗疫工作取得成效重拾信心。

"人民榜"办公室忙得不亦乐乎。但绝大多数电话,都是来问询是否有了特殊的药物或方法,以救人或是安心。总之是期待结果的人多,贡献成果的人少。还有些人贡献的是偏方、验方,比如说这花冠病毒感染可能属于瘟病,可用治疗大头瘟的方子试一试。例如"三黄二香散"。如不行,再用灯火燋法。取一寸半的灯芯草,先把一端约一厘米泡在香油中,然后打火点燃,对准患者耳朵尖靠近头发处,等火焰变大后,迅速垂直地接触穴位皮肤……

蓝晚翠出任"人民榜"办公室主任,看到这疗法,不由得捏了捏自己的耳朵。她那双戴着翡翠耳环的耳朵很小,耳尖紧靠发际,若用这疗法,一不留神整个头皮都有可能变成火炬。在花冠病毒的治疗组里,有非常好的中医大师,各种方子都已试过了,并无显效。

蓝晚翠受命可以直接与市长联络。三天后,她冲进陈宇雄的办公室,大声报告:"有人揭榜啦!"

陈宇雄听闻十分高兴,李元的团队终于出现。急问:"他们在哪里?"

蓝晚翠报告说:"他们在外国。"

陈宇雄大吃一惊,李元的团队这么快就到了国外,难怪一点消息都没有了。

陈宇雄说:"他们怎么到了国外?"

轮到蓝晚翠吃惊,说:"他们本来就是外国人啊!"

陈宇雄明白是自己张冠李戴。

第一个有效地撕下"人民榜"的,是 YY 国的 S 公司。S 公司是一家制药跨国公司。他们来函表明自己已经试制成功了一种针对花冠病毒的特效药,愿意为燕市人民战胜病毒贡献力量。

虽然没有看到李元的团队出现,这也是个好消息。

陈宇雄指示:"赶快和 S 公司联系。欢迎他们。"

蓝晚翠已经做了周密的准备,说:"我已经向相关部门调查了有关资料,这个 S 公司,收买了我们的媒体人郝辙。郝辙出逃时,先从陆路到了国外,然后再到 YY 国,正式加盟 S 公司,见面礼就是送上了花冠病毒的全系列病毒毒株和有关抗体。之后 S 公司投入大量的人力物力来研制特效药物,现在已经初见成效。"

"原来那个失踪的郝辙和他们在一起。"陈宇雄记起曾有人汇报过这件事。

蓝晚翠说:"郝辙现在是 S 公司的重要人物之一,享有非常高的薪水和豪华待遇。"

陈宇雄愤然说:"发国难财,败类!"顿了一下,他又说:"咱们先不讨论这件事,赶快和 S 公司落实下一步的具体问题。"

蓝晚翠迟疑了一下,说:"S 公司的药物报价非常高,一公斤药物比十公斤黄金的价格还要贵。"

陈宇雄拿过报价单看了一下,愣了,说:"这简直是乘人之危拦路抢劫!穷凶极恶!"

蓝晚翠说:"相关资料还证实,S 公司的这些药品,并没有经过严格的临床测试,很可能要在我们的病人身上取得第一手的资料。而且,他们给出的条件很苛刻,我们的医生按照他们发出的治疗方案操作,按照他们预先设计好的表格,每日几次抽取病人的血液做医学监测。但最终的资料和研究结果,对我们是保密的。"

陈宇雄怒火中烧:"这是搞医学上的帝国主义殖民主义!"

蓝晚翠说:"那么,如何回复他们?"

陈宇雄本想说,把这些 YY 国佬赶回去!但他不能意气用事,毕竟这也许是战胜花冠病毒的救命稻草。药就算再贵,人的生命毕竟比黄金还要珍贵。他是一市之长,不能轻易就掐灭那些垂危病人的希望。他长叹一口气,说:"暂且放一放。"

无奈的时候,放一放,任由时间来决定,答案就有可能自动浮出。

蓝晚翠说:"还有两个女人,说她们可以治疗花冠病毒。"

陈宇雄眼睛一下子睁得滚圆,说:"两个女人? 她们是一个团队的吗?"

蓝晚翠说:"她们是分别来的,不是一个团队。脚前脚后撕下'人民榜',都要求面见您,说自己有很好的方略。"

陈宇雄看了看表,下面还有重要的安排,时间很紧张。不过,抗击花冠病毒,是当前重中之重。两个人既然都是献方看病的,就合并同类项,一起会见吧。想定后,他对蓝晚翠说:"如果她们不介意,就请她们一起到小会客厅。"

幽雅洁净的小会议厅里,即使在紧急慌乱的时期,水晶花瓶里依然有盛开的豹纹百合,香气浓郁。

两位女士进来了。一位比较年轻,但面色惨白如纸。另一位年岁较长,大约 60 岁,气色尚好,只是额头上一缕白发如雪。两个人虽不曾相约,可能是巧合,都穿了黑色的衣服,如同飘进两朵乌云。小会议厅原本面积就不大,沙发又是咖啡色的,地面铺着灰色的地毯,几种暗色协同作战,连灯光都黯淡了。

陈宇雄说:"欢迎!"对其中那位比较年轻的说:"咱们见过。"

年轻女子点点头,说:"是。我是罗纬芝。"她黑色长裙及地,脚穿着浅口黑色平底鞋,露出纤巧细幼的脚踝。

陈宇雄说:"很对不起,因为我时间有限,就让两位一起来了。两位都撕下了'人民榜',咱们就开诚布公地谈花冠病毒。都是为了一个共同的目标,想必你们不会在意吧。"

罗纬芝说:"我不在意。三言两语即可谈完。"

穿黑色棉衫的老年女子对罗纬芝说:"那您就先谈吧。我要说的可能稍长一点。"

罗纬芝说:"那好,我就先说了。我是已经殉职的李元先生的好朋友,对他的疗法略知一二。我本人也曾接受过李元先生的疗法治疗过,现在血液中还保有高浓度的应对花冠病毒的抗体。我很想把这一切贡献出来,从知识到血液,都在所不惜。我的能力有限,但为了抗击万恶的花冠病毒,我会不惜一切代价,贡献所有的力量,以此来纪念李元先生。花冠病毒是杀害李元的凶手,我要为他报仇。"

陈宇雄不断地点头。这并不纯粹是一个领导干部的礼贤下士,陈天果和苏雅都已经基本康复,除了略为虚弱以外,看不出曾被花冠病毒荼毒的痕迹。从罗纬芝一进得门来,陈宇雄就知道她要说什么了。

在一旁很注意听的老太太,插话道:"初次见面,反驳您不礼貌,请谅解。你说的有一点我不能同意。花冠病毒并不是我们的仇人,它们也是世界的主人,资格比我们要老得多。我们只能说,人类不应该在不恰当的时间,在不恰当的地点,打扰了它们,遭遇了它们。从这个层面上来说,花冠病毒是无罪的。"

罗纬芝愤然驳斥:"它们害死了那么多人,怎么能说它们无罪?!"

老太太说:"你能说这个地球到底是谁的? 谁出现得早,谁就是主人吗?那么,病毒毫无疑问是在人类之先了。你要说谁是最高等的动物,谁最聪明这个世界就是谁的,那不就落入了人类沙文主义的窠臼吗? 你要说只有人类该活着,谁妨害了人类谁都应该灭绝,这恐怕霸道了。"

罗纬芝如果静下心来,会觉得老太太说得也不无道理,但面对着李元之死所带来的巨大伤痛,罗纬芝无法镇定冷静。她说:"不管怎么说,我们现在的任务是和花冠病毒决一死战。"

老太太说:"如果我们没有一个和世界上的万物和平共处的心态,那么,就算这一次战胜了花冠病毒,以后还会有各式各样花样迭出的病毒来造访人类,最终人和病毒谁输谁赢,不得而知。"

罗纬芝义愤填膺,觉得这老太太简直就是病毒的代言人,她说:"请问您这是站在什么立场上讲话? 您是谁?"

老女人温和地说:"姑娘,我能理解你的心情。我们通过话的,我是詹婉英。"

罗纬芝想起来了,李元的死讯就是这个老女人通知的。那之后,她想和詹婉英联系,但那个号码再也没有接通过,好像詹婉英已从大地上消失。罗纬芝想不通詹婉英为什么大隐隐于市,又为什么现在挺身而出。

陈宇雄记起了这个名字,她是李元在传染病院中的联系人。难道她同李元的接触中,知晓了更多的秘密?他说:"我知道您是李元的邻居。"

詹婉英低下了头,这使得她额前的白发更加触目惊心,好像是默认。然后,她缓缓抬起头说:"我是李元的导师。"

石破天惊。

罗纬芝惊愕得说不出话来。在那个她亲爱的高大英俊的男子口中无比神奇和尊重的导师,居然是位白发苍苍的老妪。

好在陈宇雄见多识广,身居高位,各色人等一应俱全都见过,并不很觉诧异,说:"您终于来了。我们一直在找您,这个'人民榜',很大程度上是为您和您的团队度身而做的。现在,您的出现,令我们万分欣慰。"

詹婉英平静地说:"李元之死,重创了我的团队。'白娘子'不是万能的,我们要沉痛地吸取教训,总结经验,拿出更完善的方案。而且李元的死,让我们和抗疫前线的联系陡然中断,必须寻求新的可靠方式。这就是我们暂时消失的原因。看到'人民榜'颁布,我们感觉到了事态的危急和政府的由衷诚意,加之我们的研究也取得了长足的进展,把握较以前大幅度提升。这就是我今天撕下'人民榜'的原因。希望我们的努力,能够为千百万人带来福祉,希望能把花冠病毒这匹脱缰之马,重新约束入厩。"

詹婉英转过身,轻轻握住罗纬芝的手说:"小罗姑娘,我知道你复仇心切,但是,病毒是无知无觉的,人类袭扰了它们的生存之地,那不是它们的错。看到显微镜下的病毒,人们必将对它们的美丽,惊诧莫名。每当我在显微镜下观察它们的时候,都充满感叹。它让人意想不到,非常精巧,充满生命和运动气息。对这样历史悠久的生物,我们要致以尊崇与敬意。请站在病毒的角度想一想,它们是多么无辜。本来是一种在黑暗中自得其乐的生灵,现在,完全不是它们自己的原因,家园被击穿了,只有不耐烦地走到了人间,它们逃逸出来,依照本能开始繁衍。它们和我们发生了惨烈的战争。李元就是这场战争中殉难的勇士,我们会永远悼念他。"

罗纬芝泪眼婆娑,看着詹婉英,无比尊敬。李元的导师,对她来说,如同先祖。

詹婉英转过身,轻锁眉头,对陈宇雄说:"还有一个非常重要的技术性问题。"

陈宇雄说:"请讲。"

詹婉英说:"纯度极高的元素锗,我们的备量如何?"

陈宇雄说:"中国是产锗的大国。元素锗的供应没有问题。"

詹婉英说:"那就好,巧妇难为无米之炊。我和我的团队将全力以赴,力争控制住疫情。"

陈宇雄压抑着狂喜,说:"太好啦!期待我们战胜花冠病毒。"

詹婉英走到窗前,推开窗户,灿烂阳光普照大地。她鸟瞰着整个城市说:"谢谢你们的信任!你们的这个决定,将被记载入历史。这一次抗疫,也许将不再大量死人,但我们并没有赢,病毒也没有赢,打个平手吧。我担忧,在不远的将来,人类和病毒必将再次血战。"

陈宇雄说:"我马上调集抗疫指挥部负责人,我们来商量下一步的工作步骤。"

詹婉英说:"今晚你们商议,明天正式启动。现在,我要和小罗姑娘先告辞,我想和她聊聊。"

教授化身病毒，断言和人类必将再次血战
20NN 年 9 月 1 日，燕市彻底战胜了花冠病毒

出了市政府，罗纬芝和詹婉英并肩走在道路上。

詹婉英的黑色高支纱的棉衫，被清风徐吹，衣摆飞扬人也欲仙。罗纬芝的一袭黑色长裙，好像修女装。她虽然比詹婉英个子要高，但一想到她是李元最尊崇的导师，罗纬芝就不由自主地佝偻着身躯。

"多吃点东西。你太瘦弱了，李元看到会心疼的。"詹婉英轻抚她瘦削的肩，慈爱地对罗纬芝说。

罗纬芝点点头。是的，就算自己不想吃，为了你的爱人，你也应该努力吃饭。碳水化合物是一切能量最朴素的来源。

"想吃点什么？"詹婉英轻问。

罗纬芝在一分钟之前，什么也不想吃，但在这一瞬，突然想念一种食物。她说："大白菜饺子。不要菜叶，只要菜帮。一定是手工剁的肉馅，手工包的。煮得要恰到好处，既不生也不烂，咬在口中，会咯吱咯吱地响，像踩在一尺厚的积雪上的动静。"

詹婉英微笑着说："好啊，哪天你到我那里去，我给你包这种饺子。"

罗纬芝受宠若惊。她知道詹婉英的时间多么宝贵。她手工包出来的饺子，价值估计相当于用慈禧的翡翠白菜当了食材。

看到罗纬芝素颜渐渐舒展，走出阴霾，詹婉英柔声说："讲讲你看到李

元的最后情况吧。我们都没有见到他的遗容。"看得出,她竭力隐忍着锥心之痛。

罗纬芝开始描述,如同对着一位母亲,述说她英勇阵亡的独子。讲完了,罗纬芝特别强调:"李元的面容非常安宁。"

詹婉英用颤抖的手指,拂动额前的白发,长出一口气,说:"我知道他会是这样的。无论谁进去,都要做好这个准备。在地狱和天堂之间,横亘着我们的生命。它是如此不堪一击,又是如此坚硬如钉。死亡,有时是生命的陷落,有时是生命的飞升。李元是在陷落中的飞升。"她轻轻地握着罗纬芝的手,说:"孩子,你爱李元吗?"

罗纬芝点点头,她以为自己会落泪,但是,没有。她晓得自己是不敢落泪的。李元挚爱他的导师,肉身分解而出的原子,此刻一定聚拢在导师周围。罗纬芝祈愿——愿李元所有的原子,都穿上五彩的衣,围着他至尊的导师翩翩起舞。人成了原子,就无所谓男女了吧?一概轻盈,一概艳美。原子可会流泪?此时你会不会想起我……我不哭,我万不能让泪水打湿了你的原子,挂在它们的羽翼上,让它们沉重得无法翩翩起舞。

詹婉英说:"你懂得我们的学说。在这个世界上,遇到谁,认识谁,错过谁,都是注定的。从宇宙大爆炸那一刻就决定了,决定了一切原子分子的坐标和速度,而那正是所有人生的核心秘密。孩子,不要难过,最好的悼念,不是哭泣和黑纱,是柔和与温馨,甚至满怀诗意的追思。因为我们从根本上来说,是不朽的。"

罗纬芝最终的哀痛,在这句话面前,化为齑粉。这个世界上果真有比死亡更强大的东西,那就是原子。元素以最古老深沉的理由,让人们安时处顺,知命乐道,镇定自恃,高贵沉静。死真的不算什么,你从此获得了更辽阔的宇宙,浮游天涯。

罗纬芝充满感动地说:"我可以叫您一声妈妈吗?我知道李元多么爱您。"

詹婉英顿了一顿,说:"这个以后再说。万物的真实本性,就是原子。我们来自同一个源头,也将魂归一处。是不是母女,这不重要。"

罗纬芝点点头。

詹婉英说："纬芝,你可想知道李元的身世？"

罗纬芝说："他给我讲过一点点,小时候挺幸福的,后来父母因车祸而亡。"

詹婉英叹息："事实是另外的样子。"

罗纬芝不相信,说："李元绝不会骗我！"

詹婉英说："李元他没有骗你。真相话长。你愿意到我家看看吗？"

罗纬芝说："当然愿意。"关于李元,她愿意知道所有的细节。

詹婉英的工作地点在郊外,她的家是一所外表毫不起眼的小院落,进去之后发现一切都井然有序,且有一种可怕的洁净,所有的对象都纤尘不染。

罗纬芝和詹婉英落座于客厅。客厅有三道门,分别通向厨房、卧室和书房,墙壁是灰色,饰物的主基调也是灰色,深灰浅灰银灰杂糅,虽说都是棉制品,却给人铮铮金属的感觉。

詹婉英说："李元到传染病院去,除了携带'白娘子'施治于病患,还有一个很私人的理由。"

罗纬芝想不明白,说："他有什么私人理由？ 我从不知道。"

詹婉英说："他想到一号尸体窖,去看自己的生父。"

罗纬芝一时搞不清这其中的逻辑,多年前车祸去世的尸体,会保存至今吗？

詹婉英轻轻地说,好像怕打扰了亡灵。"李元的生父就是病理解剖学教授于增风。"

罗纬芝"霍"地站起来,又颓然坐下,片刻间领略了加压和失重感。她说："您怎么知道的？"

詹婉英轻轻地呷了一口咖啡,说："我就是萧霓雪。你调查过于增风,应该听说过的。"

罗纬芝已经受过太多的刺激,然而所有的恐吓,都抵不过这一击的骇然。她战战兢兢地问："您是李元的生母？"

詹婉英说："是的。"

"于增风是严厉而伟岸的男人,博学并且容不得丝毫谬误和温情。非常专注于事业。当然,我们结识的时候,他还只有学业,谈不到事业。这在科学上,自然是极好的品质,但他却不是一个好的情侣。我们因为相似而互相吸引,又因为相似而互相排斥。我怀孕的时候,他当时正跟随导师参与一种新的致病菌的发现和培养过程,的确是挑灯夜战昼夜兼程,顾不上我们。你可以想象一下,一个女孩子,一下子被这种事情缠绕,她多么希望那个肇事的男生和她一起商量,决定如何善后呢?当时,我们在两个不同的城市实习。但是,无论我怎样恳请甚至哀求他,没有丝毫作用,好像那只是我一个人的不周到才造成了这种后果,他到后来甚至不接我的电话了,他觉得我在他攻关最关键的时候,骚扰他干涉他,给他徒添麻烦。时间一天天地过去了,不动声色拿掉孩子的可能性日益衰减。我苦恼万分,他在远方麻木不仁。我知道他把雄心像钉鞋一样穿在脚上,时刻准备起跑。这时候,他已经听到了发令枪的撞击声,他怎么会为了婆婆妈妈的事情,耽误了自己的前程!

“记得一个半夜,我突然感觉到了胎动。我知道在理论上,要到怀孕四五个月以后才可能出现这种感觉。那时候,胎儿还不到三个月,是没有这种可能的。但我不明白这是因为我太敏感,还是因为那孩子有特别强大的心肺功能,总之我万分明确地感觉到了——在我的身体内,有另外一颗心在‘怦怦’跳动。姑娘,你还年轻,还没有经历过这种感觉,但是我相信,你以后会有机会体验这种感觉的……”

罗纬芝下意识地摇了摇头,不会的。没有了那个阳光英俊的男生,她不会走过这样的历程了。

导师沉浸在自己的回忆里,忽视了罗纬芝的态度,自顾自地说下去:“我敢打赌,你会喜欢这种感觉。它太神妙了,简直找不到可以比拟的东西,那就是生命和生命的薪火相传。从那一刻起,我突然有了明晰的决定。这不是于增风的事情了,这是我一个人的事情。这种感觉是那样清新,力量就从中蠢蠢欲动地升起来,好像它是一个太阳,给了我温暖和光亮。那一天,我睡得特别好,早上起来,仿佛重生,过去我总觉得自己是单独一个人面对困境,无比地期待着于增风来到身边。现在,我知道他不会来了。

“人什么时候最可怕?不是发怒的时候,而是胸有成竹地不作为。但我不是一个人了，有另外一个生命驻扎在我身体里。我怎么能杀死他？他是我的孩子，是我的盟友，我无所畏惧了。后来，我利用上班病人就诊的机会，找到了愿意收养孩子的夫妇。我和他们说好，孩子一落生就送给他们。但是，唯一的条件，就是一直要让我知道孩子的消息。我可以保证永远不告诉孩子，我是他的亲生母亲，但是我要注视着他成长。那是一对很有教养的知识分子夫妇，他们明白我的心意，也相信我的承诺，所以，直到他们去世，我一直恪守着自己的诺言，从未对孩子宣称过我是谁。甚至在那对夫妇逝世之后，我也没有告诉过我的孩子，谁是亲生父母。但是，由于我一直和这个孩子相处，他对我很亲。我直接参与了他的教育和人生的重大决策，比如到国外学习，回国效力，等等。

"后来，我成立了自己的公司，研究生物化学和保健食品，邀请这孩子到我公司来任职，我给他丰厚的报酬和业务指导。我甚至想永远保守这个秘密，爱一个人，最好的礼物就是送他平顺，不要带给他混乱。既然他不曾知道这个秘密，既然这个秘密会给他很大的扰动，比如他觉得这是父亲对他的遗弃，比如他质疑我为什么多年来守口如瓶，现在又要说出真相，我都没有法子很好地解释。还是让我一个人默默地把往事藏匿，在暗中帮助他成长最好。

"我以为事情会一直这样保持下去，秘密地带入坟墓。没想到瘟疫袭来，没想到由于你的出现，我知道了于增风的下落。当得知他死讯的那一刻，我如五雷轰顶。我这才发现，在我心中，这个男人是无可替代的。我原以为已心如死灰，不会再激起涟漪，没想到我大错特错了。我再也没有了和他对话的机会，我再也不可能把一切向他说明。我无法让他看到自己的孩子了。他当初愤而起诉我，就是为了找到自己的孩子，我却让他至死未能如愿。而且，当我看到我们的儿子如此健康阳光，这个孩子却可能至死被蒙在鼓里，不知道自己的亲生父母到底是谁，我怀疑自己做错了，也许在心灵的最深处，我是和于增风一样的人，我们都不甘妥协，都有一种执拗顽强的精神。

"于增风是真的死了，冻在尸库中，不定在哪一个晚上就会尸骨成灰，我的孩子就再也不能见到他的生身父亲了。从另外一方面说，于增风也再不能见到他的孩子了……瘟疫大规模地改变我们，让我们无比珍视亲情和今世。于是,面临着可以有一个人深入到抗疫第一线,有可能进到尸体库见到于增风的时候,我把他们叫到了身边……"

"他们……"罗纬芝不由得失声叫道,"怎么会是'他们'? 一个复数?! "

"是的。是复数,是他们。"詹婉英清晰地重复。她接着说:"当年直到我为自己接生的时候,我都不知道自己怀的是双胞胎。因为我毕竟没有经验,也不敢去做任何检查,只觉得孩子怎么这么爱动啊,似乎总是一刻不停。我不知道自己肚子里,是一双兄弟。我每天所做的最重要的事儿,就是用特制的宽带子,把自己的肚子勒啊勒,让人看不出来。到了临生产的时候,我提前请了假,到了乡下一处家庭旅馆。我多付了钱,人家就答应了我在这里生孩子。生出了老大之后,没想到紧接着又生了老二。原先说好的那对知识分子夫妻,马上来车接走了老大。可老二让我乱了方寸。给谁啊? 我一时找不到好人家。就在这时,旅馆的房东太太,过来说他们愿意收养这个孩子。还说他们在当地政府有亲戚,收养手续都不成问题。我还是同样的要求,我可以永远不告诉这孩子他的亲生父母是谁,可你们要让我知道下落,要让这个孩子读书,读大学。

"我能理解那个苹果 CEO 乔布斯,他也是私生子,他的母亲也曾固执地要求孩子读书的权利。我对房东夫妇说,如果你们没有钱交学费,我可以供给。他们答应了一切。就这样,我把两个孩子在一天之内都送了人,神不知鬼不觉的。这就是后来于增风找不到孩子的真相,而且他始终不知道,他不仅有孩子,而且是有两个孩子。我觉得他既然曾经对我和孩子那样冷漠,他就不配知道有关孩子的一切,他应该领受这种精神报复。有人做过很多错事,都可以原谅。有的人只做过一件错事,却无法原谅。我对于增风,就是这样。直到他悲壮地死了,我才开始反思。

"我知道我已经还击了于增风,他至死都没有见过自己的儿子。我第一次迷惘我是不是也剥夺了我的孩子们见到自己亲生父亲的权利呢? 回答是——是。我不能代表我的儿子复仇,我要征询他们的意见。我是个科学家,我有勇于改正错误的习惯,我决定告诉他们真相。"

"他们是……"罗纬芝知道这时保持沉默是最好的策略,但她实在忍不住。

"他们都是我的助手,我的学生。我努力工作,把自己的理想和赚钱养孩子结合起来。我知道他们终有一天会成为栋梁之材,这需要大量的金钱和前沿的教育滋养,当然,还有人格健全。我矢志研究,托凌念的养父母帮我改了名字,重新开始,开辟了元素医学的事业。我送给自己孩子最好的礼物,就是让他们在学术发展上有广阔的天地。他们其中一个是李元,我想你已经知道了,还有一个是凌念。他就是我送给房东夫妇的那个孩子。他读了医学和物理学的博士,脑子也很聪明,可能是养父母的性格关系,他和李元虽然在相貌上近似,脾气秉性却大相径庭,直率而不计后果,也许更像于增风吧。

"他们两个都在我手下工作,是我特意把他们招来的,一是培养他们,二来我能日夜亲眼看到他们,无比欣慰。每个人来到这世界上的使命是不一样的,我是一个科学家。我不是一位贤妻,但我要成为良母。人们曾怀疑他们是双胞胎,但两个人都对自己的身世确信不疑,别人也就不好再说什么了,旅馆夫妇连凌念的出生日期,都另写了一个时间,人们只能惊叹这个世界上真有长相如此酷似的人。好在性格反差太大,相处起来,区分他们两个并不大困难。

"后来,本应是李元到一线去试用'白娘子',他经验丰富,处事稳妥。临出发的前一天晚上,我把他俩叫到跟前,向他们说了于增风的事儿。我说李元你这一去,如果有机会下到葡萄酒窖的时候,你可以去找一个人。在那个人面前,你鞠个躬。他不是别人,是你的生父于增风。李元虽然非常震惊,反应还算中规中矩,老二凌念的情绪极为激动。他坚决要求上前线去,要亲眼见一见生父,恳请哥哥把这个机会给他。

"李元本来就是老大,平常也老让着凌念,最后就把这个可能性换给了弟弟。兄弟两个人,都不能确保一定有抗体,危险系数是一样大。手心手背都是肉,我也不能代他们做主。第二天,凌念就以李元的名义出发了。以后的事情,你都知道了。后来通知我们李元牺牲,我和他们商量让你去告别。真正的李元不能去,我不能确保他有抗体,我不能丢了一个再丢一个。我想去人家也不让,说普通人没有抗体。你在藏尸库里看到的那个人,并不是李元,而是凌念。所以,李元还活着,只不过他已经叫凌念了。"

当年的萧霓雪,今日的詹婉英,温和地述说着百转千回的往事,滴滴泣血,却风雨不惊,保持着充满沧桑的美丽。只是在那优雅的身段里,心弦已断,遍布着深深的新伤和旧疾。

罗纬芝木僵了。她无法承接这个悲喜交集的结局,呆若木鸡。

"您是说,李元……他还活着……"罗纬芝泪如雨下。

"是的,孩子。他叫凌念了。"詹婉英轻声说。

罗纬芝无法放肆地表达自己的欢欣,因为对詹婉英来说,她失去了一个儿子,无论是哪一个,都痛彻心扉。对罗纬芝来说,李元就是李元,无论他叫李元还是叫凌念,她的爱必将有所附丽。狂喜啊,山河倾倒风云变色! 不过,罗纬芝还记得保持最后的底线,在哀绝的母亲面前,务必有所克制。

罗纬芝悲欣交加,詹婉英倒相对平静。也许最尖锐的痛楚,已在暗夜反复磨砺,噬骨入髓。她对着书房门说:"李元,也就是凌念,在那里等你……"

罗纬芝抬头一看,李元从书房走出来,站在不远处,长身而立面容肃穆地看着她,目光如炬,像大战后的狮子,疲惫而坚定。

罗纬芝并没有一个箭步跑过去,而是用尽全力按了按胸口,那里有他们的信物——水晶剑。一瞬间,她没有感到丝毫疼痛。罗纬芝大失所望,原来这不过是玄幻梦境。但是,紧接着,她清清楚楚地感受到了液体在肌肤上掠过的温热滑腻,这一次她明确知道了:此为胸前皮肤被剑刃所伤,刃走轻灵,随之流出了鲜血。

罗纬芝什么话也说不出来,咽喉闭塞,眼眶将泪水急剧分泌出来又火速烘干。她动也不动,一步未行,身体滞重,双腿紧绷,片刻间跋涉地狱到天堂的万水千山!

悲喜,不可以如此猝不及防! 这样的下坠与升腾,人一生至多经历一次。多了,就会神经断裂脑浆沸腾,就会血液失控冲出脉管。这是灵魂的原子爆破,这是身体的滔天陷落。

李元稍显木讷和苍老,没有想象中的热情似火,反倒有很浓烈的陌生感,横亘在他们之间。他一向明澈的目光中,多了枯骨般的深沉。罗纬芝先是惊讶他的克制与理性,闹得自己也无法痛快淋漓表达惊喜和重逢的快乐。略一迟疑,这惊天地、泣鬼神的相见一瞬,就在彼此目不转睛的凝视中,沉入了凡常。

罗纬芝刚开始以为这是因为导师母亲在场的原因。即使是贵为科学家，也不敢在老娘面前公然表达自己对心爱女生的狂喜。但詹婉英借机离开后，李元依然很有距离地看着罗纬芝，好像他们不曾唇齿相依。

罗纬芝惊喜之中，依然保持着心理学家的基本素养。略一思索，也就明白。大智若愚，大巧若拙，大音希声，大象无形！

她对李元的情感，屡经生离死别的煎熬，虽痛不欲生，相见即释然，猛烈单纯。但李元这一段的经历，浓缩复杂得多！一个人突然知道亲手抚育你几十年的父母，原来和你没有丝毫的血缘关系，这是何等的崩塌！又知晓自己的亲生父母，一方是一直孜孜不倦指教自己的恩师，一方是大名鼎鼎的首席病理学家，但已天人永隔，这是何等崩溃！突然又明白和自己情同手足的工作伙伴，真的是自己的手足自己的兄弟，肯定惊诧得瞠目结舌。亲兄弟还没有来得及一续短长，就匆匆一别成为永诀，留下活着的这一个，沉浸在煎熬遥思中……

这其中的每一件，单独拎出来，都足够让一个人身心颠覆斗转星移。在极短的时间内，一股脑儿砸过来，所有的狂喜与剧痛，交织上阵，像斑斓炫目的鞭子，以暴风骤雨的方式轮番击打，纵是再强健的心智，也会倒海翻江方寸大乱。就算元素再万能，能辅佐它的主人不休克，已是大功。

李元还肩负着极为繁重的科研任务，在寻找更有效更安全的元素疗法，他现在能直挺挺地屹立不倒，真是奇迹。

罗纬芝电光石火地想明白了这一切，理解了李元的笨嘴拙舌和反应迟钝。她疼惜他，恨不能将他缩到婴儿般大小，然后抱在怀里，给他活力和温暖。相信过一段时间，李元会慢慢恢复元气。

片刻后，李元和罗纬芝才拥抱在一起，岩石之坚和羽毛之柔裹胁在一处。罗纬芝附在他耳边悄声说："吓死人啊，为什么不早点告诉我！"

李元用更小的声音说："弟弟去了，妈妈万分悲痛，工作又极其繁重，我也不好意思独享幸福，每天都想告诉你……"

罗纬芝用极微弱的声音说："这当然是原因。不过……还有……"

李元几乎耳语道："妈妈要特别考验你，必须意志坚定如铁才能做她儿媳。你现在是及格啦！"

罗纬芝莞尔一笑,说:"李元,我一直想问你一个小问题。"

李元摇摇头说:"我这一阵子一头扎在元素里,别的问题,脑子不好使了。"

罗纬芝说:"正是一个元素的问题。这一次你要告诉我,'馒头'1号到底是什么东西？"

李元说:"是碱化血液的药粉。常常吃肉,人的血液偏酸,就很容易失眠的……"正说着,詹婉英脚步渐近,两人急速分开坐在沙发上。闲扯着,离题万里。

这也是一种爱情。相知太深时,有时在他人面前,只能选择看似肤浅的交流。就如同已被白蚁蛀空的大堤,凡人看到的是表面轮廓依然健在,纹丝不改,只有蚁群心知肚明,它们已在你看不见的地方,将所有穴道相连。

大惊若静,大喜若傻,大苦无语,大悦反怯！

詹婉英拿来一个黑色的文件夹,对罗纬芝说:"你曾经把装有于增风最后遗言的纸袋,给了李元。"

罗纬芝说:"不知道凌念在里面是否看过？"

詹婉英打开夹子,说:"凌念看完了,他说父亲最后的字迹像融化的巧克力,黏在一起。好不容易才解读出来,从电话里读给我们。那并不是一些科研资料,几乎是临终前的呓语。原件可能还在凌念身上,你说最后他和父亲并排而卧,这也是他们的团圆。于增风已被病毒所充溢,化身为病毒的代言人。我把它留给你,算是对于增风和凌念的纪念。"

罗纬芝打开了黑色的文件夹。

粗大的黑体字,有的地方被水渍浸淫,那可是詹婉英的泪水？

我。病毒。星辰。海水。恐龙。共栖。久远。无敌。庞大。渺小。

我。碎片。长久。灭绝,恐龙。进化。猴子。人类。

我们。无怨。无仇。古老。你们。祖先。进入。身体。化合。一体。死亡。重生。循环。交叉。相安。

我们。酷寒。冰川。家园。消失。黑暗。习惯。安静。长眠。

我们。惊扰。苏醒。天光。喧闹。不安。激活。温暖。

我们。流淌。明亮。泛滥。新家。繁衍。扩散。噬咬。溃烂。排泄。呕吐。燃烧。斑斓。腐朽。死亡。飞扬。沾染。落户。

狙击。惊愕。哆嗦。交战。无能。再战。再胜。再生。欢宴。魔鬼。飘逸。漂移。泛滥。

再见再会再来……

20NN 年 9 月 1 日,最后一名病人出院,中国燕市彻底平息了此次花冠病毒感染。

初稿 2011 年夏至
二稿 2011 年中秋之晨
三稿 2011 年立冬